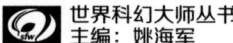

世界科幻大师丛书
主编：姚海军

QUEEN OF ANGELS

［美］格雷格·贝尔 著　　刘宇韬 译

天使女王

四川科学技术出版社

QUEEN OF ANGELS

Copyright © 1990 by Greg Bear

Simplified Chinese edition copyright:

2015 SCIENCE FICTION WORLD

All rights reserved

图书在版编目(CIP)数据

天使女王/[美]贝尔 著；刘宇韬 译. —成都：
四川科学技术出版社，2015.6

（世界科幻大师丛书）

ISBN 978-7-5364-8092-6

Ⅰ.天… Ⅱ.①贝… ②刘… Ⅲ.科学幻想小说
-美国-现代 Ⅳ.I712.45

中国版本图书馆CIP数据核字(2015)第100737号

图进字 21-2011-76

世界科幻大师丛书

天使女王

出 品 人	钱丹凝
丛书主编	姚海军
著 者	[美]格雷格·贝尔
译 者	刘宇韬
责任编辑	宋 齐
特邀编辑	敬雁飞
封面绘画	赵恩哲
封面设计	杨 爽
版面设计	杨 爽
责任出版	欧晓春
出版发行	四川科学技术出版社
	成都市三洞桥路12号 邮政编码：610031
成品尺寸	140mm×203mm
印 张	17.375
字 数	320千
插 页	2
印 刷	四川五洲彩印有限责任公司
版 次	2015年6月成都第一版
印 次	2015年6月成都第一次印刷
定 价	48.00元

ISBN 978-7-5364-8092-6

■ **版权所有·翻印必究** ■

此书献给亚历山德拉

致以我永远的爱

从她出生以前

直到10000000000*以后很久

卷　一

1100 – 10111 – 1111 11 11111

练习一：

想象一下这幅图画，灰白的天空笼罩着幽暗枯槁的树。树枝刺目地蚀刻在单调的背景上。这幅图画恒久不变。它灰得毫无生机，即使闭上眼睛也想象不出它的活力。这不仅仅是冬天，毫无疑问；这是死人眼中的最后景象。现在问：你想要安详和宁静吗？

练习二：

这是一片麦田，每条麦秆都显得很完美，是一片人类的田野。这儿有一样东西，它对所有人来说都是完美的；而找出那样东西、碰触它就会改变所有人。现在问：完美是确然的吗，我们只有死亡后才完美吗？

1

玛丽·蔡泡着醋浴，黑如逆戟鲸的皮肤在水中闪闪发光，水纹不断碰触着身体。这是她七十二小时以来第一次如此清闲。空气中飘着酸味，惹得她鼻头发痒。她握着从桑普勒博士办公室拿来的高级纸质版官方手册，通过索引找到《压力下出现轻微褪色》一章，想查出为什么她臀部的皱痕会从黑色慢慢变成灰色。你每两周泡一次醋浴吗？手册质问。

"是的，桑普勒博士。"她确实来泡这半小时的醋浴了。

如果皮肤因压力而发生褪色，可以提高进行醋浴治疗的频率。黑色素的替代品会从上至下、通过维生素供给和表皮营养液输入。褪色可能是因为衣服太紧（可以穿得宽松一点或换一种着装风格），或是由糟糕的营养吸收引起，不一定都能通过维生素治疗改善。如果变色只持续了几小时或者一天，那就无需担心：这在适应新身体的第一年里是很寻常的。

"很好。"桑普勒博士没有警告过她会有这样的小麻烦。玛丽合上手册，把它放到瓷砖漱洗台上，然后仰起头，让头发浸入水中，洗去这三天来的污垢和汗水。

她洗不掉脑海中那八个年轻巢区居民肢体损毁的画面。昨天晚上,第一支调查组接到社区医探发现人类尸体的报告,前往东区第一巢①的三栋。他们在头两个小时里架起探测仪,分析现场并扫描了热源,之后速冻装置便冻结了整栋公寓。玛丽是当值人员中资历最深的,因此从七点钟她被委任为这桩罕见谋杀案的负责人开始,就一直忙碌至今。

公寓冷冻后,法医便可以开始慢慢地一层层研究整个谋杀现场。从大尺度到微生物级别,一切都将经过筛选和分析。到了明天,最迟后天,他们就能知道过去一年里出入公寓的所有人的信息了。多亏了《瑞普金修正案》,人们的皮肤组织、头发和唾液痕迹是跟医疗记录绑定的,上帝保佑那个混蛋。通过微生物群落异常和对源点的推测,她可以从嫌疑人公寓的每一个房间里找到犯罪痕迹。感谢进化学和线粒体DNA。

她闭上眼睛,脑海里仍旧是那些硬邦邦的尸体,它们盖着一层薄薄的霜,周围凝着黑暗寒冷的血泊,当中的记忆和生命早已离去,只留下一个以人体为材料的可怕谜题,等待着解谜者的到来。

这是二十八岁的玛丽·蔡警察生涯的第五个年头。玛丽能力出众,加上法律禁止歧视自愿转换者(感谢瑞普金之前的平权主义者),她在三年半间不知不觉升为了监督调查组的中尉。她自愿继续待在调查组,并将其视为毕生的事业。玛丽并不喜欢死亡,她只是喜欢解开谜底抓获罪犯的感觉。她喜欢追捕社会中的食人魔、寄生虫和那些未接受治疗又不能适应社会的人②。

---

①《天使女王》中,未来的洛杉矶大致被划分为巢区和阴影区,前者高大华丽,装有巨大的镜面以反射日光,后者被前者遮蔽了阳光,故称为阴影区,多为贫民所居,又被进一步划分为若干"周区"。

②《天使女王》世界观中,美国盛行心理治疗,认为普通人心理均不健全,并以是否受过治疗将人划分为受疗者与未受者。但有少数不需接受治疗便能保持心理健康的人,他们被称为天生健康者或自然人。

　　玛丽仍然相信，在与挑选者及其他法外复仇者的斗争中，她一直发挥着积极作用。这些人的行为给所有人带来了难以想象的痛苦，而她的解决方式则建立在迅速果断的司法制度、强制治疗或监禁之上。百分之九十五的罪行都可以通过治疗解决：把犯人交给治疗师，后者会找到并消除病态的犯罪动机。

　　在她赶到现场两小时后，警官们带来了一个可能的证人：一个憔悴的男子，头发已经开始花白，名叫R.费特，是公寓主人E.戈德史密斯的朋友。当时玛丽还没进过公寓，但她已经通过现场刑侦人员了解了大概情况：房主的嫌疑很大。

　　经过一番审问，费特也没透露什么信息，很快便被释放了。她犹记得他的反应：他像一条被提到半空中的鱼一样迷惑，当她提醒说，他可能会因为没有举报戈德史密斯的精神异常而被指控时，他很惊愕，也很恐惧。起初，她对这个阴影区居民有些蔑视，他表现得是那么惊慌失措。

　　她抬起一只手，看着水珠顺着自己海豚般光滑的皮肤滴落。现在她为这种想法感到歉意，她对他太苛刻了。玛丽并不经常处理谋杀案。费特什么都不知道。但作为朋友，怎么可能不知道对方有异常呢？

　　泡得够久了。她从黑色的塑料桶里站起身来，哼着流行曲。小小的翡翠色阿贝特——这是她上次加薪后买的中国款——拿着叠好的制服出现在她眼前。

　　玛丽吹了声口哨，房屋管家便开始朗读她收到的信息。她在屋里走动，它充满阳刚气的声音便一直跟随着她，穿过了三个房间。"西奥多拉·费列罗给你打了个电话，没有留言。"管家说。

　　她已经有三个月没跟费列罗联系了。她的这位朋友正在争取晋升，玛丽猜她一定非常忙碌。她们在学生时代曾经走得很近：当时费列罗刚刚完成一次小型治疗，表面上已经实现身心平衡，其实还很脆弱；而玛丽才完成她的转换，同样觉得自己像是一只软壳的虾子——手术一完，她就被带到军校的同学那里去了。之后，她们的日子都异常艰难。西奥多拉错过了两次晋升机会，在少尉军衔上止步不前。"回拨，通了以后叫我。"她说。

美国的百万大众有三分之二渴望获得一份高薪工作和一个巢区居所，但玛丽·蔡和他们不同，她不需要治疗就获得了成功——前门背后挂着一个相框，里面是她所属部门最新的治疗需求评估结果。她天生就是个身心健康的自然人，一次就通过了特工测试，而每年的洛杉矶警署测试也通过得同样轻松。她的评估值一路平稳攀升，大脑各个区域都很正常，表明她的人格、子人格和才能处于平稳均衡的状态。她的思维方式很得体，自我意识的强度也恰到好处：她清楚自己是谁，能做什么；她了解该如何自尊自信，如何在不可避免的挫折中避免受到伤害。她是一个成熟的年轻女性，具备晋升的条件。评估结果就是这么显示的，但玛丽在自我反省时，对这种评判持保留意见。

她工资很高，但从不挥霍，唯一的"奢侈品"就是位于北区第二巢第二足高处的一间公寓。这房子空旷而时髦，色调兼具暖灰、天鹅绒紫和深黑。这里是逃避巢区亮如白昼的午夜的最好屏障。她可以暂时忘却自我，变成这个房间的一部分，暗黑的肤色与房间装饰融为一体，也可以透过没有窗帘的窗户迎接第一手的阳光。她不需要华而不实的东西。她对艺术和文学没有追求，也不羡慕那些与她截然相反的人。她是为追捕而生的，而非歌颂人类的灵魂。

她的私生活也同样简单，就是五项力量集中训练，其中就包括战阵舞：那是一种自己对自己的战斗，用来激发身体全部的潜能。这些活动都在一个空荡荡的小房间里进行，四面是白色的泡沫墙，她的身影倒映其上,就像扫在空白帆布上的笔墨。

训练结束后,玛丽小心地穿上制服,把单分子纤维网护甲的关键节点封好,抬起防止脚在供血不畅时出现麻痹状态的支撑靴。她的等级不允许日常携带武器。她并不是常规战斗人员。过去十五年来,美国的暴力犯罪大幅减少,因为接受过治疗的人不会主动寻求暴力。

她深色的眼睛冷静异常,但既不空洞,也不冷漠。她转换后的声音低沉而不乏甜美的温柔,充满力量而不乏母性。她可以哼唱摇篮曲,也能发出警察特有的威胁咆哮。

玛丽·蔡安静、稳重、高大,皮肤犹如夜一般黑。她拥有想要的一切,除了自己的过去。过去的一点残留物全躺在卧室衣柜抽屉的角落里,那是一个盒子,里面放着过去的家庭照片、磁盘和储存条。

她站在衣柜旁,忽然对西奥多拉的来电产生了一丝清晰的不祥预感。她抚摸了一下那个抽屉,又弯腰轻抚她的乐福,一只红白条纹的小猫。它蹭着她的靴子,喵喵叫着,栗色的眼睛机灵而耐心。这是她与少女时代仅存的联系了;小猫是玛丽的父母在她高中毕业后送给她的。

"连接西奥多拉·费列罗。"管家说道。

"把视频连上,"玛丽告诉管家,"我要在客厅通话。"她快步来到电话面前,弯腰整理了一下护甲上的褶皱,然后直起身,从容不迫地道,"你好,西奥,好几个月没联系了,能再听到你的声音真好!"

玛丽没能看到她的朋友。费列罗的视频处于关闭状态。"是啊,感谢你打过来,"对方的声音紧巴巴的,"有件事我想应该告诉你。"

"你成功了?"玛丽问,她很确定西奥多拉通过了。

"没有,"费列罗说,"已经三次了,最后一次机会。我被推荐进一步的治疗。"

玛丽既惊讶，又同情，"告诉我是怎么回事。让我看看你，亲爱的，我的视频连着呢。"

"我知道，"费列罗说，"但我不会打开视频。"

"抱歉，你说什么？"

"我不想见你，玛丽。我不想刺激自己。"

"你让我感到不安了，西奥。到底怎么回事？"

"我没通过。这句话就已经足够了，你不觉得吗？"

"西奥，我现在正在处理一起非常暴力的大型谋杀案，死了八个人。进展很慢，我马上得回去继续我的工作。"

"我很抱歉现在说这些，但是你本来就比我占优势，我拒绝参与这种竞争，玛丽。"

"我有什么优势？"

"你是个转换人，与众不同，你是受保护的。警察不敢让你回去治疗，不然你一哭闹，联邦警局就会介入。他们不敢碰你。"

"这都是胡说。"玛丽感觉怒气涌到了脸上；她的脸色不会变红，但她能感到脸红。

"我不觉得是胡说，玛丽，现在我真的很想把你挂断。"

"西奥，我很同情你，但别拿我撒气。我们一起度过了学生时代。你对我很重要。他们想让你做什么——"

"我不需要告诉你！你是个该死的异种，玛丽。我不连接视频，是因为我不想看见你。我甚至不想跟你说话。你让我不可能拿到高分。当你的人生赢家吧，亲爱的。"电话嗒的一声断了。

玛丽呆呆地站在放电话的灰色小桌前，紧紧抓着桌角。她低头看着自己光滑的黑色手指，先是绷紧又放松，然后将手从桌上抽回。几个月前，她就发现西奥多拉声音里的剑拔弩张了，但从未想过事情会变成这样。玛丽心里一边想,这就是为什么警局要她做进一步治疗了;一边则不禁问,为什么她这么恨我?

为了不让这个问题继续萦绕在自己的脑海里,她穿过客厅,打开了文学视频。网上的新闻都在说,AXIS①的信息终于穿越群星到达地球。玛丽面前是探测器进入目的地轨道的模拟场景。她心不在焉地望着屏幕,纷乱的思绪慢慢地涌入心中。

为什么她要进行转换,为什么她选择了这样一个"怪异"的外观呢? 是为了获得优势,还是为了改变她不甚满意的外表、以求配得上自己的内心?

玛丽的父母和兄弟姐妹能够接受那只经过转换的红白猫,却不能接受经过转换的女儿。她已经有四年没和家人联系过了。

而如今轮到了西奥多拉,她为数不多的朋友当中,曾经最要好的一个。

她回到抽屉前,打开它,拿出一个装着巴掌大磁盘的信封。只有在极度不快、急需改善情绪时,她才会翻看这些纪念物。她将磁盘放进读取器中,找出4021号照片。这是张彩色照片,但并非3D,里面的她仍旧是二十岁女人的形象,高一米六五,皮肤苍白,圆圆的脸上露着愉快的笑容。照片中的年轻女人穿着一件三十年代中期流行的蓝绿相间的露脐装,左肩和大半条右腿都裸露出来——毫无吸引力的装扮。在年轻女人背后是一栋白色的木质房子,那里如今是斑鸠城的阴影第五周区。她的脚旁趴着乐福,它比现在瘦两公斤。这是原原本本的二十岁的玛丽·蔡,雄心勃勃却平平静静,聪明过人却从不张扬,只求安静地完成她的司法专业学习,获取足够的雇员信用等级来为转换手术贷款。

她眯起黑色的眼睛,绷紧嘴唇,将磁盘塞回了信封。

---

①即后文中出现的外太空星际探测器。

疯人院地球如此疯狂，生在这儿便毫无选择。我们都如同疯子一般。庆幸的是，我们的疯狂爱着我们。

2

憔悴而紧张的理查德·费特站在公交车上，身体随着汽车转弯而倾斜，直立的膝盖碰撞着坐着的乘客膝盖。他仍在发抖，为今晨的消息而震惊。

三个站之前，圆形的白色小自动巴士就已挤满了阴影区的男女老少，他们外表形形色色，但都是现代生活的受害者。巴士再也挤不上人了。

光线透过车窗照到乘客身上。东区第一巢的三座塔楼上，高耸的齿轮啮合镜臂缓慢旋转，五颗太阳闪耀其上，将光慷慨地赐予地面的生灵。今天可不是什么好日子，受尽了本不该受的折腾。尽管这让我有个好故事可讲，能让夫人的讨论组兴奋五分钟，吸引来一点注意力，令我暂时忘却戈德史密斯，暂时忘却他干的好事。是他干的吗？男人是会杀人的诗人，女人是会吃人的天使——他说过这种话，只是从不曾写下来。戈德史密斯就是会杀人的诗人。他竟把我给牵扯进来了。耶稣啊，我可是一个人畜无害的人啊。

巴士驶进一堵桉树墙内。五颗太阳被挡在外面。他拉了拉刹车绳,巴士停在了通往高处别墅大门的路旁。这里就是罗夫人的山谷豪宅。

他走下车。小巴士在修补过的柏油路上轰鸣而去。理查德站在坑坑洼洼的人行道上,低着头,眼睛半睁,在心里思索着:我该怎么说呢? 要争取最大程度的净化。真糟糕。他们全都认识他。

罗夫人有一头红发,六十岁,认为人类是值得培育的对象。她喂养她的门客,给他们提供娱乐、卧室和床,在他们不高兴的时候倾听,为他们提供需要的所有东西,除了平等,因为她不是他们中的一员。她的确生活在阴影区,但绝不是阴影区的一员。巢区对于她来说也是一样。她声称,她蔑视那些"冷血的完美主义乌合之众"。

罗夫人和她的门客不是同类,正如她同她的花园和猫不是同类一样,但她也同样仁慈地关照着它们。

就把这事儿当作故事来讲。虽然很做作,但也不失为挨过痛苦时光的一个方法。告诉他们,我差点儿被当作谋杀犯。八个人死了,可这样我才有五分钟来告诉所有人发生在我身上的事,因为我们都认识戈德史密斯。警察还指责我没有举报他,尽管我明知他需要治疗,那种我不需要的治疗——我不需要。我要在她出现之前开始讲故事,这样她就会要求我重复一次,从头到尾再听一遍。这样我受关注的时间就能长一些。

理查德打了个哆嗦。基督! 我是个人畜无害的人。饶恕我吧,但我配讲这个故事。

他在宽阔的石阶梯上迈了两大步,不理会两旁造于上个时代的破损的石狮子——它们又是模仿上上个时代的风格而造,走进这间大宅仿西班牙式的门廊。

在一个白珐琅锻铁笼里,一只红蓝相间的大鸟一边整理自己的羽毛,一边对他眨巴眼睛,一只磨破的爪子上露出了银色。新添的玩意儿。四十年的文物,价值连城;真鸟比这便宜得多。金刚鹦鹉。

这扇门认得他,理查德朝它沉重的木头脸礼貌地点了下头,混进了门里的一大群未受疗者当中。楼梯旁聚集着十四个罗夫人的门客,他们的拖鞋和硬塑料鞋底敲打在冰冷的红色花岗岩地面上:三个年轻的长发女大学生正在欣赏壁龛里的诗神布拉吉①;两个穿着燕尾服的男人在讨论阴影区银行的交易情况;四个穿工装的诗人站成一圈,正在相互赞美对方的手写打油诗。他们身上穿着自己最好的衣服;在理查德走过的时候,他们点点头,朝他晃了晃手上的饮料致意。理查德不是本月的红人。他们算是朋友,但不是会患难相助的那种。佩特罗尼乌斯②对这样的人肯定深有体会。我主在上,难道我就只配得到这种朋友么?

在远处的椅子上坐着夫人本月最青睐的红人——来自古老家族的莱斯莉·维杜格,她是一个可爱的白发"幽灵",理查德从未跟她交谈过,也许是出于害羞,不过更可能的原因是她每时每刻脸上都挂着笑容,眼睛四处观察,他可不喜欢这样的人。隔着一张玻璃茶几坐在她对面的是杰拉尔多·弗朗西斯科,一个专用古老技术复制版画的纽约人。另一个正怯生生地走近他们俩的,是雷蒙·卡斯卡特,他自称为生态学家,还会写诗——他的诗偶尔能打动理查德,不过更多的时候则令他觉得无聊。正离开诗人圈子、靠近雷蒙的是西奥布翰·伊顿布拉加,一个言行举止充满了异国风情的女人,但她做起事来却很笨拙,偶尔还会很粗鲁;她是一个他认为没

①北欧神话里的美神,掌管诗歌与艺术。

②罗马贵族,通过阴谋篡取皇位后,又被赶下台,死于罗马市民之手。

有任何才能的白痴,现在的名字显然是编造的,真名他无从得知。

理查德在诗人圈子中找到了他的位置,他阴郁的鹰脸和清澈的灰眸子没有流露出一丝热切,只是默默忍耐着。一些激进分子侮辱纳米艺术的言论引得诗人们放声大笑,声音里充满恨意与妒忌。跟巢区艺术家拥有的资源相比,他们简直像是玩橡皮泥的小孩。这些诗人是个人主义者,无比珍惜自己未经治疗的不诚实与扭曲观念;他们认为天然的丑陋是艺术所必需的。理查德在这点上跟他们看法相同,但不像他们那样较真。说到底,巢区多的是高尚的艺术作品,相比之下,这群卑贱诗人写出的病态打油诗不值一提。自尊自爱就是接受治疗,自我憎恨才自我放任。

"理查德通常不会来得这么晚。"娜戴恩不知从哪里冒了出来,站到他身后。她身着红色的衣服。娜戴恩·普勒斯顿跟他年纪一样大,不过她是最近才脱离了生活优裕的巢区居所,原因是一场糟糕的离婚。她脸蛋光滑,头发乌黑,有一副孩童般的可爱笑容。他在一瞬间的回忆中看到了她苗条的身材。她有四分之三是甜美的女孩,剩下四分之一则是涂着睫毛膏的妖魔。最近她是他的性安慰,但仅限于她甜美的时候;当她的坏脾气大发作时,理查德就不会奉陪了。

"我今天经历了一场冒险。"他轻声说,灰色的眉毛扬了起来。

"怎么回事?"娜戴恩追问道,但诗人的圈子对此并不感冒,他们的谈话还在继续。

这就是报应吗?因为我写了那些书?这句话不错。

"埃曼努尔·戈德史密斯失踪了,"他低沉的声音依旧很轻,但足够令人听清,"洛杉矶警局正在找他。"

诗人们转过头来。他有几秒钟的时间来吸引他们的注意。"警察找我问了关于他的情况。"理查德说,"前天晚上有八个人被谋杀

了。我去了埃曼努尔在东区第一巢第三足的公寓。电梯被封住
了,警察就在那儿。房间也被冻结了。最令人吃惊的是——"

罗夫人优雅地从台阶上快步走下,穿着一件蓝色雪纺绸长裙,
红色的头发轻轻披在肩上。理查德停下来微微一笑,露出参差不
齐的大牙。

"多么可爱的讨论圈呀。"她满面笑容地打着招呼,慈祥的脸庞
经过岁月的雕琢,蔚蓝的双眼一视同仁地扫过她的门客。她想作
出愉悦而善解人意的表情,尽管并没有笑意,"总是这么令人喜
悦。原谅我迟到了。请继续吧。"

娜戴恩说:"理查德撞见了一个凶案现场。"

"真的?"罗夫人在最后一级台阶上说道,同时把象牙色的手放
到了乌木扶手上。莱斯莉·维杜格来到她身边,罗夫人对她报以一
笑,然后将全部注意力转到理查德身上。

"我被一个穿制服的女警审问了一顿,那家伙长得奇怪极了,
皮肤像煤炭一样,却不是黑种人。一开始,我还以为她要指控我是
凶手,或者至少是对埃曼努尔的状况知情不报的帮凶。我当时在
想:这就是报应吗?因为我写了那些书?"

"从头再说一遍,"罗夫人说道,"我相信我错过了些什么。"

没有痛苦,何来收获。世事艰难。我们的所有知识都来源于经受的磨难。我们互相折磨。种族就像在金属上蚀刻出沟槽的酸,无法抹灭。希望?

3

在一个失落的传说年代,南加州的褐色海滩边生长着混种矮树以及虬曲的松树,居住着印地安人和西班牙人。如今,从大苏尔海岸以南二十公里处到下加利福尼亚半岛①顶端驻满了一个个社区,它们被高速自控公路②连接起来,由海水淡化工厂和远在加拿大的冰山融水提供水源。其间最著名的要数圣巴巴拉的群塔,装配着镜面、永远亮如白昼的洛杉矶巨型巢区,南海岸成百上千段的纪念碑,还有圣迭戈的陶瓷拱顶建筑与尖塔。在圣迭戈与圣奥诺弗雷的几处海水淡化工厂之间,拉霍亚和德尔玛默默被包围在这些社区中,仿佛巨人脚下的蝼蚁,显得小气而寒酸,只能暗自回顾往昔的光荣历史。

这两座城市与加州大学圣迭戈分校相邻,里面居住着成千上

---
①墨西哥西北部的半岛。
②原文为slave way。本书世界观中,未来美国的高速公路全面自动化,驾驶权由公路控制,故将其译为"高速自控公路"。

万的倒退主义者——他们希望恢复过去简单的生活方式。这里曾经住满了医生、律师和企业家，但他们几十年前就抛弃自己的海滨"宫殿"，搬进了新的奢华生活中心——纪念碑。于是，赶不上时代潮流的大学师生和学者就占据了他们原先的位置。

马丁·博克博士过去也是这里的大学教授之一，曾是享誉全国的人物，但他最近离开了纪念碑和上层社会，来到了贫民区。他在拉霍亚小岛的山上找了间不太贵的旧公寓，然后便整天无精打采地坐在这里，几乎连接电话的力气都没有。这天，他看着文学视频21频道关于AXIS历史性发现的报道，试着激发自己的一点热情。

电话铃响第三声时，他调低了新闻播音员的声音，确认了视频链接是断开状态，才开口道："接通吧。"电话连接上了。"你好。"马丁的声音嘶哑而模糊。他听起来像个六十岁的老头，而他实际上才刚过四十五岁。

"我找马丁·博克。"是一个悦耳的男性声音，听上去充满进取心。

他咳嗽了两声，"就是我。"

"博克先生，你曾经为心理研究协会工作——"

"只是曾经。"他犹疑了一下。对方似乎是个记者，"我跟那件事没有关系——"

"当然，当然没有。我叫保罗·拉斯科，博克先生。我不是记者，对瑞普金的丑闻也没有兴趣。我感兴趣的是你在心理研究所做的研究。我能尽快跟你谈谈吗？"

文学视频里，AXIS的模拟图像出现在他面前，同时伴随着播音员的解说。飞船的减速板展开，看上去就像深空中的一只蜘蛛。减速板以惊人的速度收起，AXIS的"孩子们"就像成千上万的硬币般散开，沿着引力的方向画出一道道灰色曲线，旋转着飞向半人马

α星B的第二颗行星。

"我最不想谈论的就是心理研究所。"马丁说,"你从哪儿弄到我的号码的?"

"我代表托马斯·阿尔比贡尼先生。"拉斯科顿了顿,等待马丁的回应,尽管没有得到想要的答复,他还是流畅地继续说了下去,"卡萝尔·纽曼把你的电话告诉了他,她觉得你可能有办法帮他。"

"我不明白。我已经有一年没在心理研究所工作了。卡萝尔是怎么跟这个阿尔比根斯先生搭上关系的?"

"阿尔比贡尼,或者托马斯,先生。卡萝尔·纽曼是他女儿的治疗师,他们私下是朋友。我知道你在管理委员会那里遇到了麻烦,但正因如此,我们才认为你更有价值。就谈一小会儿。嗯,一起吃个午餐如何?"

马丁看了一眼一片狼藉的狭小厨房,他连命令公寓阿贝特清理房间的力气都没有。从前天晚上起,他就没吃过东西。"你似乎认为我理应知道阿尔比贡尼是谁。"

"他是个出版商。"

"噢? 出版文学视频?"

"还有书,"拉斯科强调道,"比起视频,我们更注重文学。"

"他想采访我?"

"不,跟采访毫不相干。"

马丁擦了擦鼻子,"如果真是这样,再加上卡萝尔的关系,也许我可以接受吃午餐。"

"你知道这地方吗?"拉斯科说了一个拉霍亚海滩酒店的名字,那里收费非常昂贵。

"我知道。"

"那我们一个小时后见? 告诉前台是阿尔比贡尼先生的桌子

就行了。"

马丁哼了一声,表示同意,然后挂断电话。他重新靠上陈旧的扶手椅背垫。破旧的咖啡桌上摆着他二十年研究的精华成果——他年轻时绘制的人类大脑示意图。他在示意图旁边画了一只粗糙的漫画式吸血鬼,牙齿上滴着血;又用几只散开的箭头,把吸血鬼和粉白色花菜般的前梨状皮质、嗅球和嗅脑连接起来。

他坐在扶手椅上,能看到狭小的卧室,床的一角是一个放磁盘的金属架。马丁的毕生心血都凝聚在这些磁盘里,但它们已经付之东流——因为瑞普金总统下台并自杀,引发了针对心理研究所的大规模违宪调查和清洗。他并没有直接牵涉进瑞普金丑闻,但他的研究早被盯上了。联邦警局叫停了心理研究所,把他驱逐出了自己的"圣地"。

他调高了 AXIS 报道的音量,猛地从扶手椅上跳起来,走进卧室洗漱更衣。

马丁曾经在"精神国度"中畅游,如今却堕落到这种境地,要靠好奇的陌生人的午餐邀请才有机会出门了。

为什么要戴眼镜？为什么要向外看、向前看？你不可能到那儿的。我也一样。我们都是凝视迦南的摩西。在地狱里，有谁会关心我们的孩子能否抵达乐园？这真是一个该死的夜晚啊，不是吗？

4

文学视频21（科学与哲学网）日期12/23/47

1：AXIS 24小时多元网覆盖报道的四种节目

　A网络：PubAcc大卫·塞恩和他的团队

　B网络：PubAcc直接数据库下载链接（霍比科技）

　C网络：澳大利亚平面信息：分析（付费）

　D网络：月球平面信息：分析（付费）

2：定制婴儿协会图森亚利桑那0800—2200

　（协会成员付费）

　A网络：健康与公众接受度

　B网络：未来社会变更

　C网络：人类的信仰、历史和科学的图像

3：公众科学问题论坛PubAcc多元网0900—2100

A网络:戴安娜·马尔德罗-李维斯·忒普

  科学/技术人士的采访录像(不同主题的拓展目录)

B网络:参议院关于转换法律的辩论:东部各州存在歧视?

C网络:阿贝特设计协会

  克里夫兰,俄亥俄州

D网络:纳米科技新闻(精选录制,订阅费20美元)

E网络:退出选择

选项:1/AXIS多元网A网络和B网络之间可以任意切换。无需任何费用。

文学视频21/1A网络(大卫·塞恩):"AXIS已经发展了十五年,花费不下一千亿美元。很多人认为我们把太多资源投在了这块不切实际的废铁上。但是早在三十年前,全球的大部分声音就已经表示支持这项行动了。AXIS,即外太空星际自动探测器,成为了人类历史上最宏大的项目,它或许比火星登陆计划、重返月球计划、轨道平台空间站计划三者加起来还要重要。因为,计划、建造和发射AXIS让整个世界有序地推动了自身发展,带着前所未有的前瞻性目光,步入了新的产业革命时代。

"AXIS项目成功所必需的技术——用纳米科技制造出比细胞更小的机器——已经改变了我们的生活,并将在不久的将来继续发挥它的作用。但哪个方面的作用更为重要呢,是促进经济和产业的发展,还是它对价值观与心理的影响?

"我们也许能通过AXIS发现自己的另一半,我们的灵魂伴侣;我们可能找到人类未来的丈夫和妻子,《圣经》所述的那些曾经和地球生灵一同生活的天使。

"AXIS也许能治疗我们所有人。对于尚未被治愈,却还要继续漫漫长途的人类来说,它或许是一剂良药。我们可能终将得到一个机会,去与我们的创造者或同类相比较,并最终了解自身究竟处于什么状态。

"观众朋友们,你们可以在文学视频21的其他频道上找到更多节目。我们正在播放从澳大利亚以及月球背面控制中心传来的反馈信息和报道,并发表我们的见解。

"在过去的几周里,AXIS已经传回了环绕半人马座α星B的三颗行星的图像。由于这三颗星球还未被命名,所以我们暂时分别以B-1、B-2、B-3来称呼它们。B-3早已被月球上的天文学家发现:它是一颗比木星大十倍的巨型气态行星,周围环绕着由冰态卫星构成的行星环就像土星一样。B-1是一颗非常靠近半人马座α星B的岩石行星,很荒凉,跟我们的水星相似。但当下我们的重点是B-2,一颗体积只比地球小一点的类地行星。B-2的大气成分与地球极其相似,它的大陆和液态水海洋也类似地球。B-2有两颗卫星,直径都在一千公里左右。

"AXIS的传感器和望远镜在三年前就已经发现了B-2。现在AXIS正在朝这颗类地行星前进。事实上,它在四年前就已经动身了,因为AXIS发给我们的信息是以光速穿过了4光年的距离到达的。信号经历了五十个中继站的传输,跨越了将近四十万亿公里的宇宙空间。报告本周刚刚到达我们这里,在此之前,以压缩形式传输的信号会先接受加利福尼亚的智能机器以及全球的行星科学家的解码、增强和分析。

"在物理法则和当前的技术水平下,这就是我们所能提供的最接近实时的'直播'了。"

切换/文学视频21/1网络(解码:澳大利亚海岬控制中心:信息中继的宇宙轨迹:月球控制中心:澳大利亚海岬控制中心:AXIS思维系统团队领导者罗杰·阿特金斯)

(! =实时的)

AXIS(生物波段4)>你好,罗杰。我想你还在那儿。这么远的距离即使对我来说也是挑战,毕竟我的思维多数时候是以人类为模版的……[机器-生物思维系统优化版本的礼貌算法分析]。我离B-2已经不到一百万公里了,报告时间2043年7月23日1205:15。我正在调整我的机器记忆与生物记忆,准备好从我的"孩子们"那里接收信息。它们现在正像一团云雾似的散向B-2。关于B-3的数据已经进入中转。你可以看到,这颗星球很像木星,非常漂亮,尽管它看上去偏绿、偏黄,而不是偏红、偏棕。我正在享受B星光芒的能量:这让我有机会完成一些已经延迟的任务,重新开启在黑暗寒冷中关闭的记忆区域。我刚刚完成了自我分析。你一定能从我的礼貌算法中看出来。我还是"优化版本"。我没有用正式的"我",因为我仍旧无法理解关于自我意识的笑话。

[算法诊断总用时:4.05兆秒]

感觉:

我的温度为276K。辐射流量为82太阳单位。我的视觉加热良好;活组织已完全生长,能在21小时之内进行电子接入。我最后的生物延伸也生长良好;营养没有降低,预计将在1小时内整合新的神经延伸,检查它们的适应程度。

我想我在地球的姐妹应该能适当地、礼貌地、温和地处理好这些信息。

! 吉尔>罗杰:怎么样了?

！罗杰·阿特金斯：很好。

[冗余和奥里芬特代码检查完毕]AXIS（生物波段4）非神经系统报告说它们已经可以下载过去六个月获得的关于C的信息。

闲聊得已经够多了。如你所见，我很健康。期待接下来非生物系统进行的集中诊断。

[以机器语言路径发送：优化版本机器运算]

！罗杰·阿特金斯·阿伦，AXIS的任务完成得很好。吉尔的模拟也与之完全匹配。以机器语言路径发送。

文学视频21/1B网络（AXIS宇宙系统计划总经理亚历山大·泉的采访录像）："生物与整合小组报告AXIS正处于最佳状态。我们正准备从AXIS的传感器上接收信息，它在过去半年朝B-2前进的途中一直收集着数据。这部分信息大都关于半人马座α星C，俗称比邻星。就和大部分观众所知的那样，天文学家对比邻星很感兴趣，尽管它离半人马座α星A与B隔了一万亿里。事实上，C是一颗很小的恒星——目前所知的五颗最小的恒星之一，质量不及太阳的十分之一，直径不到木星的一半。它与鲸鱼座UV红矮星非常相似，是以天为周期反复发亮、变暗的耀星。

"关于A与B的信息现在已经解码完成，全球用户都可在澳大利亚/平面信息订购服务器上购买，当然了，这项收益将用来支付今后的AXIS数据分析费用。"

文学视频21/1A网络（大卫·塞恩）："我们准备截取AXIS的部分报告——据说大多都是数字和一般人不感兴趣的东西，并与大家分享其中的两首诗：一首是四个月前AXIS写给他（她/它）的程序开发者的,属于某次大范围测试中的一项内容;另一首则是AXIS离开太阳系六个月后写下并发回的,那时,AXIS还是在生物系统基础上运行的。

"AXIS的'思维'包括一个机器系统和一个生物系统。在AXIS还靠物质-反物质等离子推进器加速的几年里,这场无人星际探测是由一台原始的、坚固的防辐射电脑控制的。反物质推进器在发射四年后停止工作,AXIS由此进入了一个冰冷而安静的模式,只维持着最基本的维护和感知功能。在这段时间里,AXIS的'思维'——照我说,跟一台简单的计算机没有什么区别——最重要的任务即是记录大量深空实验的情况,这些实验在推进器燃烧时是无法进行的。在进入减速阶段的六个月前,AXIS用上了一个小型核聚变发电机——它算是奢侈品了,仅比人类的拇指稍微大一点,产生的电力却足以供纳米机器正常运转,制造出AXIS巨大而轻薄的超导体翅膀(或者说叶片)。

"AXIS巨型翅膀的功能相当于超级发电机的旋翼,通过切割银河系磁场的磁力线来发电。它产生的电流——有数十亿瓦的能量——被用来分解AXIS的反物质推进器,在纳米毁灭装置的帮助下令其化为粉末,并用电力将粉末推至AXIS运动的反方向,进一步降低速度。

"AXIS通过切割银河系磁感线发电,利用能量守恒定理,在不使用仓储燃料的情况下更快地减速。巨大翅膀产生的能量能够有效地驱散深空的寒冷,但AXIS要等到接近半人马座α星B时,其生物思维系统才会开始生长。

"以地球时间来看,过不了多久,这个复杂的神经网络便能完成生长和整合。AXIS在离开太阳系并关闭反物质推进器时,旧的思维系统已经死去并被回收,新的AXIS生物思维系统将取而代之。

"AXIS的首席思维设计师与编程师罗杰·阿特金斯告诉我们,他知道以下哪首诗出自机器思维,哪首诗出自生物思维。你能看出区别吗? 请看这两首诗。

> 请传递
> 当夜晚降临你的中庭时
> 手把手地传递这朵花
> 每个夜晚都告诉它
> 它已经尽了力
> 我们需要在白天伸展手臂

"这首看起来也许很好猜,不是吗? 但阿特金斯博士提醒过,AXIS的诗没用什么深刻的象征,也不代表它有某种特别的愿望,比如很想靠近一颗温暖的恒星。接下来是第二首。

> 这不是我们要说的
> 用不同的措辞表达
> 在那睿智日子里
> 智慧玩着它破碎的游戏
> 掩盖一切踪迹
> 索要那早已消逝的

"或许不算好作品,但考虑到作者连人都不是,还被塞在游艇大小的飞船里,这诗不算差了。观众不妨猜猜哪首是机器思维写的,哪首是生物思维写的,就用下面的两个数字回答。我们会在接下来的一个小时里统计有多少人答对了,然后……告诉大家结果。"

审查员:"这张清单还长得很啊。我们的案子已经堆积到几个世纪之后了……我不大了解这三个人的罪行。"

办事员:"一起是希伦·萨皮尔斯坦,一起是克劳斯·席勒,一起是马丁·波曼。"

审查员:"我记得波曼先生。你以前来过这个法院,对吧?"

波曼:"是的。"

审查员:"因为你向同类施暴。"

波曼:"是的。"

审查员:"这一次他又为什么被起诉?"

办事员:"他又在地狱施暴了,阁下。"

审查员:"但另外的这两个……是当代的人吗?"

办事员:"这两个是人类,阁下,生于21世纪。"

审查员:"人类生来就该迅速吸取教训,而不是争取活得更长,像天使和恶魔那样。他们现在还没吸取教训吗?"

[没有回答]

审查员:"适合这种犯罪的刑罚我们已经用光了,更没有地方收留他们。把他们送回去。"

办事员:"真的吗,阁下?"

审查员:"把他们送回同类当中。让那些活着的人去想办法惩罚败类。打开地狱的大门,把这些罪人推出去,一个都别留下!"

5

中午时分罗夫人感觉累了,于是她的信徒纷纷离开,除了她要求留下的费特。十二点三十分,整栋凉爽的石头宅子静了下来。罗夫人吩咐阿贝特给他们二人端上冰茶。黑色阿贝特恭顺地甩着四条蜘蛛腿从餐厅跑进了厨房。

"你发表作品了吗,理查德?"她问道。此时他们坐在阳台上,望着宅子后面一片绿色和灰色的阴暗峡谷。

"没有,夫人。我不是为了发表而写的。"

"当然不是了。"

她在嘲弄我。装得倒好。

"你的故事令我印象很深刻。我们都喜欢埃曼努尔·戈德史密斯。我年轻时候就认识他了,当时他还在写戏剧。那时候你认识他吗?"

"不认识,夫人。那时我是个脑力劳工。我第一次见到他是在十三年前。"

罗夫人点点头,然后又摇摇头,同时皱起了眉,"拜托,别用那种贬低人性的词,我们都记得语言曾经是文明的。"

"抱歉。"

"警察确信戈德史密斯就是凶手吗?"

"看起来是这样。"理查德说。

她若有所思,双手搭在华丽座椅的柳条扶手上,"这事太有意思了——埃曼努尔是个杀手。我想他心里一直有一个杀手,但这想法很疯狂,所以我从没说出来过……直到现在。你曾经是他的跟班,对吧?你喜欢他的女人?"

"我曾经是跟班,夫人。我喜欢的是他的作品。"

"所以这桩案子令你很沮丧。"

"是很惊讶。"

"但不沮丧?"她好奇地问。

"如果真的是他做的,我会很愤怒。这是对所有未受疗者的背叛,他曾是我们当中的佼佼者。我们会被围攻至死,我们的生活方式会遭到贬低,我们的作品将被唾弃。"

"真糟糕。"

理查德热切地点点头,简直像是巴不得经受那些严峻考验。

"你遇到的那个转换人警察……你说,她不是黑人,却有黑色皮肤。"

"有些东方特征,夫人。"

"黑色的复仇女神。我真想会会这个女人……我猜她既优雅又镇定?"

"猜得很对。"

"也是治疗者?"

"我想是的。她像巢区人。"

"曾几何时警察还薪水低廉、地位低下。"

"我也记得,夫人。"

"他们大概很喜欢进入阴影区的感觉。"

"埃曼努尔住在东区第一巢的第三足,夫人。"

她点点头,回忆着,"我不担心他是否会被抓住判罪,"她的声音轻如羽毛,"他从来没有真正成为过我们的一员。他的确没受过治疗,但他是天生健康者,根本不需要治疗。而我们中没有一个人是天生健康的,亲爱的。我们仅仅是未经治疗。未经治疗,就是我们表达嘲讽与抗议的一面旗帜。噢,不,埃曼努尔的行为不是会令我们——而是会令比我们高等的群体蒙羞。"

罗夫人放他离开的那一刻,他立马感觉自己的灵魂都已飞出门外。没有别人,我就更加什么都不是了。独自一人等于跟损友为伍。

理查德在起伏不平的水泥地上东一步西一步地迈着步子。他发出信号五分钟后,一辆圆形白色自动巴士驶进桉树墙内,打开了车门。

"目的地是?"巴士的声音悦耳,雌雄难辨。

人类。一个苦难终结的地方。

理查德报了一个太平洋格伦代尔大道上的地址。那是一条通往东区第三巢下阴影区的大道,有一个文艺厅,他在那儿也许能喝些家酿啤酒,最重要的是,不会孤身一人。也许他还能再讲一遍那个故事,取得最大化的效果,得到最大程度的净化。黑色的复仇女神。就这样说。

"一小时后抵达。"巴士告诉他。

"这么久?"

"有很多人呼叫巴士。请快上车。"

理查德走上车,抓住一条吊环。

摩西从何烈山上下来,头发燃着上帝的火,唇边熏着上帝的黑烟。他刚刚吃了燃烧的灌木多汁的叶子,人性从身体里泯灭,只留下一具碳钢般的身体,轻轻一碰就作响。他思考着自己的未来。他领导着男人,还有女人。黑暗中,他坐在亲爱的妻子西坡拉身旁,诅咒自己的不幸。

　　男人不知道自己想要什么,或是怎么得到这些东西。他们只会做第一件涌上脑子的事。他们憎恨立即行动;他们鄙夷爱,因为害怕被利用。天使还来不及眨眼,他们就能施暴,然后将自己的谋杀和破坏称作勇敢,一面夸耀,一面痛饮和流泪。还有女人! 碳钢不都该比这强吗?

　　"给我一个荣耀的使命吧,我主,让我远离这群乌合之众。"

　　就在这时,上帝降临,恼怒于他,令他们帐篷外的大地颤抖。叶忒罗之女西坡拉说道:"摩西,摩西,你都做了些什么啊?"

　　"我起了一个不该的念头。"摩西希望这句话能平息上帝的怒气,但大地变成血红色,天空布满了血红的云。摩西,即便如同一块碳钢,也感到害怕。

　　西坡拉突然想到了一个聪明的计策。她割下他们可怜儿子的包皮,把血沾到摩西身上,又涂到了门框上。

　　"离我的丈夫远点,"她大喊,"他是个好人! 带走我的儿子,放过我的丈夫!"

　　摩西躲在叶忒罗之女身后,清楚地明白了他的人民有什么弱点。

6

玛丽·蔡在十三点钟回到了被冰冻的公寓。她只休息了六个小时,只够打会儿瞌睡、泡个醋浴、写写书面报告。她为这件案子申请了最长破案期限,也确定能得到批准。

他们已经识别出了一些受害者的身份,其中有大人物,有学生,有名流政要之后。她在大厅门外的小隔间里套上供热服,命令封锁打开,步入室内淡蓝色的寒冷空气中。

一台无线分析器挂在天花板轨道上,取代了嗅探器。尘鼠穿过一度曾有生命、现在已经变得冰冷僵硬的地毯,寻找着上面的皮肤纤维和其他碎屑。它们已经找到了所有受害者和埃曼努尔·戈德史密斯的痕迹,还发现三十六小时前这里有过其他四名来访者。

玛丽一个一个地观察着这些年轻的尸体,冷静地跟他们道别。按照死亡顺序排列的名单:

奥古斯丁·悦庭

尼欧娜·怀特

贝蒂-安·阿尔比贡尼

恩里·吉格

托马斯·芬奇

还有三人未识别身份。

悦庭的母亲是北区第一巢的总工程师;怀特的父亲是"工人公司"——太平洋沿岸最大的雇佣代理机构——的老板,代理了两千三百万受疗脑力劳工和天生健康的脑力劳工,两人都是人中龙凤。玛丽还没转换之前,工人公司曾经找过她,但她拒绝了。西海岸的警署只通过"人类考察有限公司"招人,尽管她那时还很嫩,也已经明确了自己的目标。

贝蒂-安·阿尔比贡尼的父亲是个出版商——档案里显示,他主营图书出版,比起视频更侧重文学。他也是戈德史密斯英文作品最重要的出版商。托马斯·芬奇的叔叔是高达公司——亚轨道空间的杂货总经销商——的法律顾问。恩里·吉格是戈德史密斯的教子,一个才华横溢的诗人,也因支持艾洛伊人①和不太合法的视频活动而闻名。

玛丽肩膀上的暗红激光跟着她的目光移动。空气寒冷如铁。分析仪在她头顶飞入另一个房间,活像一只没脚的昆虫。

芬奇,最后一个被杀的人,像一根断了的十字架一样躺着,歪歪扭扭的伤口从脸部、喉咙一直划到锁骨,睁开的双眼翻白。

对犯罪感到麻木的警察当不了好警察。玛丽的脑海里深深印着每一道被冰冻起来的刀口,每一位死者眼睛里的恐惧和脸上的痛苦。正是这种记忆给了她不断努力的动力。

玛丽会查出凶手,将他绳之以法。他会被判处强制治疗,甚至是心理重构,如果有必要的话——而警方一定会证明这有必要。如果现在嫌疑最大的戈德史密斯真是凶手的话,文学视频一定会缠着警方不放,炒得沸沸扬扬,但她会在此之前就把问题解决掉。

她这次回来是为了做背景调查,看看戈德史密斯的私人文档。戈德史密斯用作办公室的房间里没发现尸体,探测器对它的检查分析也已完毕,她可以进去搜查。警方和联邦调查局的授权证明给了她《瑞普金修正案》下的最大搜查权,因此她可以调查戈

---

①指那些接受了可以延长生命的治疗的人。

德史密斯生活的大多数方面。多亏《修正案》还没被现在的最高法院撤销。玛丽个人并不赞同这个《修正案》，但并不介意从中获得便利。因为，如果不能在这儿搜到信息，她就得去公民监控管理所查问，她可一点儿也不喜欢那地方。

戈德史密斯不是个整洁的人。她戴着面罩，俯身查看戈德史密斯的桌子。桌板和键盘很普通——不是金的，也不是木的。有冷掉的饼干和半杯结冰的酒。面包屑。纤维笔尖的钢笔——她不知道戈德史密斯是从哪儿弄来这种东西的。一沓纸散落在黑色的大理石桌面上——不是那种可以反复擦写的电子纸，而是真真正正的纸。许多磁盘堆在桌面边缘，有几个落到了地上。玛丽脑海中浮现出一个画面：一只手掌将它们从盒子里拿出来——那个空荡荡的盒子就躺在不远处，又胡乱地甩出去。这个动作常见于极度不安的人。

她弯下腰，把磁盘捡起来。磁盘投射出了绿色的标签：《前行的摩西》《新生活之道》《借记/财产》。毫无疑问，戈德史密斯的工作很稳定，他无须给自己的数据和作品加密。一部作品就占一个磁盘，对于文字文件来说未免太奢侈，除非里面还有改编的文学视频。文学视频的版税可以解释戈德史密斯为什么住得起第三足高处的公寓。

这桩案子发生之前，玛丽就听说过埃曼努尔·戈德史密斯。他时不时给晚间节目当嘉宾，谈论的都是他年轻时的作品。他已经没再写新书了。玛丽·蔡还打算在自己的岗位上发光发热一个世纪，但她承认这个念头可能有点幼稚——作为警察不能吃老本，毕竟他们拿的是薪水，不是版税。

他的书架上有纸质版的图书，玛丽并没有把书拿下来，只是估计它们大约有八十到一百年的历史了。在这个信息爆炸的年代，这些旧玩意儿既昂贵又占地方,整个世界图书馆可能都没有戈德史密斯这五六十卷厚厚纸张占的地方大。

这个房间摆设凌乱,风格古旧,使用效率低下,但可以说大多数诗人都是这样。不过,桌上散乱的磁盘显示戈德史密斯的心理非常混乱。

显示了他体内某种东西的终结。

玛丽拿起平板查看分析报告。办公室区域内的脱落细胞及纤维的分析化验结果表明,这里只有戈德史密斯来过。也就是说,不管他结交过谁,没有人进过这间内室。

玛丽推测,在谋杀发生之前,戈德史密斯的思绪极度混乱,而且他在谋杀发生后没有回过这个房间。放射性检定也还没有完全排除另一种可能性:戈德史密斯并不是在公寓内完成谋杀的。但这不太现实。

玛丽把手伸向一沓半英尺①高的纸,发现了一张机票确认单和几份颜色各异的文件。她拿出那张机票单。是两天前去伊斯帕尼奥拉的往返机票——时间刚好是在谋杀的后一天。他用了这张票吗?她在平板上添加了一条备忘录,提醒自己跟北美航空公司确认此事。

剩下的文件都是书信——又是纸质书信,堆成一摞,都盖着金色的泥印;旁边摆着跟那些纸质书一样原始的文具,都是有钱的怪人才会用的。看到泥印和签名的时候,玛丽的眼睛睁大了:约翰·亚德里上校阁下。

这信是真的吗?报告里没有提及。纸张上仅能检验出化学、生物方面的痕迹,研究信件内容的任务得由她自己完成。她拿起那封信,戴着手套,双手握住厚纸张的两边,仔细地检查信件,发现

①1 英尺 = 0.3048 米

上面的字像是用原始的电动打印机印上去的,甚至可能是用打字机打的;邮戳和邮票来自伊斯帕尼奥拉,即约翰·亚德里征服前多米尼加共和国和海地后建立的国家。

2047 年 11 月 28 日

亲爱的戈德史密斯:

无论何时,我们都非常高兴收到你的来信。赫迈厄尼会欢迎你的。现在难得听到真心的赞同了。我很高兴我们的书信能结集出版,很喜欢《摩西》的暗喻,并感激你在扉页上说把此书献给我。我只希望,我们的努力能有助于将旧世界引入理智的时代。

你忠诚的,

约翰·亚德里上校

伊斯帕尼奥拉

玛丽小心地把信放回原处,仿佛手里拿着的是一条蛇。

我不追求。我存在。

7

自从储蓄见底后，马丁已经有六个星期没尝过这样的美味了。他拒绝继续靠救济金过活，为市政助理职位投递的申请又迟迟未通过审查——这要么是因为相关部门不肯录用他，要么就是因为他们低效无能。而市政服务机构是最后一个能给未受疗者提供体面薪水的地方了。现在，他坐在深色拷花丝绒装饰的高级卡座里，一只手拿着一张卡片，另一只手拿着威士忌，感觉自己不那么蔑视文明社会了，与人类的距离也近了一些。卡片的背后写着："请您先用餐。我们会迟到半个小时。抱歉。拉斯科。"

他们迟了半个小时，不多也不少。看到那个灰色卷发的宽肩膀大个子走进大厅，旁边还有一个梳着大背头的短鹰钩鼻男人的时候，马丁毫不怀疑这两人就是他的资助者。

"阿尔比贡尼先生，这位是马丁·博克。"鹰钩鼻的拉斯科介绍道。他们握手致意，没有浪费时间寒暄一番。阿尔比贡尼看起来病恹恹的，心思也明显不在这儿。但拉斯科要么是真的心情很好，要么就是个演技高超的家伙。

"我刚刚吃了一顿可口的午餐,"马丁说,"但现在我担心可能帮不到你。"

"别担心。"拉斯科说。

阿尔比贡尼直直地盯着他,什么也没说,他长长的灰色小胡子挂在紧抿的苍白嘴唇之上。拉斯科将菜单交给服务生,为他们俩点了菜。然后,他朝马丁摊开双手,表示他什么也没有藏。

"你认识埃曼努尔·戈德史密斯吗?"他问马丁。

"听说过他,"马丁说,"如果我们说的是同一个人的话。"

"是同一个人。诗人。三天前的晚上,他谋杀了阿尔比贡尼的女儿。"

马丁点点头,仿佛他刚才听到的只是一桩图书出版侵权案而已。阿尔比贡尼依旧盯着他,思绪却在别处。

"他现在是个逃犯,精神上病得很重。"拉斯科继续道,"你愿意帮他吗?"

"怎么帮?"马丁摆弄着杯子,却提醒自己不要喝杯中酒。

"阿尔比贡尼先生过去是——现在也是——戈德史密斯的出版商兼朋友。他对戈德史密斯没有恶意。"拉斯科没能轻描淡写地带出他预先准备好的说辞。

马丁尽力抑制住扬起眉毛的冲动。这餐午饭越来越往超现实的方向发展了。

"如今戈德史密斯的心智已经非常混乱,也许已经疯了,我们想让你去帮他。我们想找到他的病根。"

马丁摇了摇头,"我告诉过你,我已经跟心理研究所没有关系。我被告知——"

阿尔比贡尼的目光突然活了过来。他终于看到了马丁。拉斯科瞥了一眼他的老板,然后将头和肩挡在阿尔比贡尼面前,似乎在为他做一堵阻挡外界的人墙。"我们可以安排你回去,并且重新开启那个研究机构。"

"我不想回到那儿工作。我确信自己当时的工作是合理而有价值的,结果却被开除了。"

"但你并没有用合理的方式去做。"阿尔比贡尼说。

"我不知道当政治和科学掺杂在一块儿时,怎么做才是合理的。你知道吗?"

阿尔比贡尼缓缓地摇了摇头,再次沉入自己的世界,好像对他们的话充耳不闻。

"戈德史密斯需要接受心理探测。"拉斯科说。

"他还没被拘留起来吧,我猜。"

"没错,"他犹豫片刻,"暂时没有。我们需要知道是什么让他变成了谋杀犯。"

"他需要的是合法的治疗,而不是心理探测。"

"他的问题单靠治疗无法解决,"阿尔比贡尼咬牙切齿地说,"一个治疗师或许能修正或是改造他,但这不是我想要的。我需要了解原因。"他的眼中闪过一道愤怒的火焰,"他杀了八个人,都是他的朋友,其中包括我的女儿,还有他自己的教子。他们没有伤害过他,他们对他毫无威胁。这是故意犯罪,是有预谋的犯罪。"

"这才过了几天——"马丁说。

"从理论上讲,你能对戈德史密斯使用心理探测,然后告诉我们是什么导致他谋杀了他的朋友吗?"拉斯科问。

一个镀银阿贝特和一位人类服务生端来了他们的食物,阿贝特的托盘就放在他平坦的背部上。服务生询问马丁是否需要再来一杯饮料,他谢绝了。

"你们没把所有东西告诉我,"马丁叹息道,"先生,我感谢你们的热情款待,但是——"

"在确定你很感兴趣,而且一定会接受之前,我们无法把一切解释清楚。"拉斯科说。

"这情况挺棘手。"马丁说。

"你是我们最好的选择,"阿尔比贡尼说,"而我们并不是在恳求你。"

"你会得到高额的报酬。"拉斯科说。

"我觉得你们是想让我帮你们闯进心理研究所,把戈德史密斯放进一台探测仪,找出他变成谋杀犯的原因。但是心理研究所已经关门,这显然已经不可能了。"

"未必。"说着,拉斯科吃了两口田园鲜虾沙拉。

马丁怀疑地扬起眉毛,"首先你得找到戈德史密斯,然后还得说服州政府和联邦政府重新开启心理研究所。"

"我们既有能力、也有意愿重新开启心理研究所。"阿尔比贡尼说,"保罗,我现在不关心自己是死是活,也不在意博克先生是否可能去向联邦特工报警。"拉斯科不安地望着他们两个人。

"卡萝尔·纽曼跟这事有什么关——"

"听我说,"阿尔比贡尼说,"在谋杀了我的女儿和另外七个人后,埃曼努尔·戈德史密斯来找了我,就在我位于曼哈顿海滩机场二号标塔的顶层公寓里。他向我坦白了他的罪行,然后就坐到我客厅的沙发上,问我要水喝。我的妻子正在婆罗洲度假,现在还不知情,她也不会知情,直到……心理探测结束,我可以向她解释他杀死我们女儿的动机。如果你能够完成这次探测,我保证心理研究所会重新开启,你也能以领导者的身份回归。我还会提供充足的资金,让你可以一辈子投身于研究当中,无论你活多久。"

"前提是我最后没被强制治疗,没有因为违反联邦心理研究法而被关起来。"马丁说,"我不能继续我的研究,也不能继续我花了毕生心血的工作,这样的惩罚已经够了。我不需要通过犯罪继续抹黑自己。我想我现在最好告辞了。"他站起身来。拉斯科一把抓住了他的手臂。

"阿尔比贡尼先生没有骗人。他会把毕生的财富交给你支配。"

"只是为了知道戈德史密斯的犯罪动机?"

"只是这样。接下来,我们就会把他毫发无损地送往洛杉矶警局接受审判。"

"你们不希望我治疗他,只想对他进行心理探测?"马丁摆了摆手。他不相信浮士德①的剧情会在他身上上演。

"只需要探测。如果你能找到答案,那就去找。如果你失败了,尽力尝试过也足够了。阿尔比贡尼先生仍然会资助你,心理研究所也会合法地重新开启。"

"卡萝尔要做什么——她跟这事有什么关系,除了给令爱当过治疗师外?"

阿尔比贡尼沉默地盯着桌子看了片刻,然后把手伸进口袋,拿出一张刻着JNM的卡,"等你决定了,把这张卡插进电话。你只需要告诉我们是或否。如果你的回答是肯定的,我们会马上联系你,并且安排好具体事宜。"

拉斯科起身离开房间,阿尔比贡尼跟在后面。

"请等等。"马丁的手仍旧在颤抖。他拿起卡片,"我能得到什么保证?我怎么知道你会资助我?"

"我不是流氓。"阿尔比贡尼轻声回答。

---

①歌德著作《浮士德》主人公,与魔鬼签约,约定生前魔鬼满足他一切要求,但代价是以他的灵魂作抵押。

"感谢你赴会,博克先生。"拉斯科说。他们离开了。马丁一把将卡片摔到桌布上的水杯旁,然后看着三个字母上跳动反射的光芒。

随后他将卡片拿起,塞进了口袋。

她永远也不会知道我有多爱她。我的心被什么东西填满了，我常认为那是遮挡住我视线的无边隐秘遐想。而对她来说，这不过是一场淡淡的一时情迷罢了，刚好能为她的生活提供些调剂。但这种调齐只持续了三十七天，她便以恰到好处的圆滑和说服一个任性恋爱白痴所必需的决心，把我抛在了一边。讽刺的是，一个月前，我才对另一位年轻女性做过一模一样的事，所以最后我明白了现世报是多么有道理，以及一个明显的事实：如果我得到了我想要的，就会即刻变得痛苦。从那时起，我长大了、学聪明了，从那时起，我写下了这一通胡言，让我树立起了爱情专家的名声。多亏了杰拉尔丁，又一个指印紧紧嵌进了旧黏土里。

8

"我不明白你为什么这么关心戈德史密斯。"

因为忠诚。

理查德磕磕绊绊地讲完了他的故事，阴郁地望着房间里的七位听众。他们正位于太平洋文艺厅后面一个咖啡厅、茶店兼酒庄的地方。

"我还是不明白你为什么这么关心那个老混蛋。"叶尔马克把他的白色甜甜圈泡进红酒，在酒里留下一座粉末堆成的小岛。二十岁的叶尔马克是房间里最年轻的一位，他带着淡淡的笑意看着理查德，"他什么事都干得出来。糟糕的作家每天都在谋杀我们，凶器就是他们的破散文。"

奥崔玛·帕奇·图勒开口帮理查德说话，"我们可是在讨论一起谋杀案。"她的声音像草一样柔软。奥崔玛戴着金属边框眼镜，她甚至不肯为了她糟糕的视力接受生理治疗。

"算我年轻不懂事，但我就是要说——他早就谋杀了我们所有人。"叶尔马克拉长了脸，不敢相信他们这么愚钝。

理查德悲伤地沉默下来，低头看着他放在橡木桌面上的五根手指。那个警察的表情坚定而严厉，充满指责与愤怒，让他无法忘记。现在他又得面对这些人。他想记起戈德史密斯对他说的最后一句话，却是徒劳。或许，他早该注意到戈德史密斯的变化了。他累了，还在为早晨发生的事而发抖，"我想说——"

"哈，管他的！"叶尔马克吐了口唾沫。他跃起身，咔哒一声将身后的椅子推开，"我年轻不懂事，就算我在胡言乱语吧。我早知道他会杀人的，那个混蛋。"他呵呵舌，"不过又关我屁事！"

"坐下！"雅各布·威尔士命令道。叶尔马克眼神不定地摆正椅子，像听到哨子的狗一样乖乖坐下了。"原谅我的朋友太过兴奋，但他确实说到了重点，尽管有些夸张。"

"我承认，"奥崔玛说，"戈德史密斯最近不怎么讨人喜欢，也不常露面。"

"他杀了那些人，"理查德说，"他曾是我们中的一员，却杀了人。这难道和我们没有一点关系吗？"

"不是我们，我是独行侠，"叶尔马克表情扭曲，"我能引用那个混蛋的话么，'我不追求，我存在'。"

"你看过他写的东西，而且记下来了。"奥崔玛微笑着指出。

"我们都看过，"得到威尔士首肯后，叶尔马克说，"我为我的幼稚而后悔。理查德，看你一把年纪了，还惦记着通知我们这事，我们很感谢，但戈德史密斯的所作所为跟我们没啥关系了。他就算人在这里的时候，也早就抛弃了我们。他甩下我们，就为了住进巢区。没有哪个阴影区住民会再尊重他了，即便是你。"

"他是我们的朋友。"理查德说。

"他是个婊子。"威尔士道，这再次说明了他与叶尔马克之间心心相印。

理查德看着这个小群体。当中有两个人还没发言，即艾雷恩和桑德拉·桑赫斯姐妹。她们看上去只想安静地喝喝茶，听他们辩论。理查德从叶尔马克和威尔士的眼中看到了一些他早该察觉的东西：愤怒，而在他带来新消息前，这愤怒还不存在；还有恐惧，他们害怕一旦和戈德史密斯扯上关系，警察就会来找麻烦，真正控制这座城市的巢区居民、受疗者也不会放过他们。

罗夫人说不会有人来找麻烦的，但那些警察未必这么想。我已经被他们怀疑了。也许还会再审我一次？再清楚不过了。他们会给我设套，骚扰我、隔离我、折磨我。自从有金娜和迪昂后，我都尽量躲开这种事了。

我睡了整整十五年。

刚才那种清晰的想法退去，他闭上眼睛，低下了头。"他曾是我们的朋友。"理查德重复道。

"你的朋友。"叶尔马克故作平静地评论道。

"理查德是我们的朋友。"艾雷恩·桑赫斯道。

"当然了。"叶尔马克同意道，好像因为他们在怀疑他不这么想而生气似的。他责备地看了眼理查德。

他认为我带来了不和,削弱了他的地位。他们在这里的地位都太脆弱了,他们很无助。

"对不起。"理查德说。

"为什么要道歉?"雅各布·威尔士打断他,"我们绝对不会怪你把这事儿告诉了我们,也不后悔表达了自己的意见。"

桑德拉·桑赫斯将手中织的毛衣放在膝盖上,抿起了嘴。审判女神啊,只求你把我们的话题打断。

"他是一个世界闻名的作家,我们都认识他。他对我们都很好。"

叶尔马克又咂起舌,"他迁尊降贵来逛贫民窟。"

艾雷恩开口道:"他可不是这样。"

叶尔马克站起身,再次推开了他的椅子。

"表现欲真强。"艾雷恩鄙夷地扭过头。

"去你妈的!"叶尔马克满不在乎地说。雅各布·威尔士靠上椅背,伸了个懒腰。

"够了,我的朋友。"他毫不留情地警告叶尔马克,"事不过三。"

"我不会再坐下了,如果你们还要继续这个话题的话。"叶尔马克说。

"那就走吧。"威尔士站起身,"你的消息很有用,理查德,我觉得这个话题我们也谈够了。你对朋友的忠诚很可贵,但我们并不认同。"

"我不觉得这是忠诚。"理查德说,"如果他杀了人,他就该接受治疗——"

"但就算是我们的死敌,我们也不会让他们接受治疗,理查德。"叶尔马克拖长声音说道,"我不会让任何人接受治疗。他死了也比受疗强。如果我们从不认识他,那就更好了。"

理查德点点头,不是出于赞同,而是希望他们早点闭嘴。

"别忘了阅读会,"艾雷恩·桑赫斯轻快地提醒,"把你最好的作品带来。"

"我不写东西了。"叶尔马克冷笑道。

"那就把你黑暗过去的作品拿来吧。"奥崔玛建议道。威尔士和叶尔马克离开后,她转向理查德,"实话说,这两人真孩子气。我们其实不想让他们来这里⋯⋯他们太亲密,这太古怪了。"

"就像兄弟或情人一样,但他们都不是。"艾雷恩·桑赫斯说。

"他们需要帮助。"桑德拉说。听到这话,所有人都笑了,除了理查德。未受疗者不需要帮助。对于这些珍视自身瑕疵的人来说,帮助就是死神的使者。

我们都应该住在阴影中,远离阳光,就像虫子一样。

我名字的意思是：上帝与我们同在。我姓氏的意思是：与金子打交道的工匠。但我选择了与文字打交道。它们如此常见，容易被滥用和误解，却比金子更珍贵。至于"上帝与我同在"，我并不这么想。

9

沿着南区第二巢一路上升，玛丽·蔡看着巨大的镜子手臂缓慢旋转，将低空的十六号太阳光芒聚焦在帕萨迪纳上。她走的是一条外部高速通道，用了一点市政紧急交通点数给自己弄了一辆车。

追查约翰·亚德里上校与案情的关系会很危险。她很清楚联邦政府对亚德里的多变态度。瑞普金政府曾当他是好朋友，现在的联邦政府表面上回避他，暗中却可能还与其保持着和睦关系。亚德里可能对联邦警局有用，而洛杉矶警署最终也要对联邦警局负责。洛杉矶警署有一半的资金都来自国家警察总署，没有取得警署的许可就开始行动是不明智的。玛丽希望能在今天结束之前得到许可。

洛杉矶警署指挥部位于南区第二巢人气最旺的西侧，占据了三层空间。高速通道十分细长，照比例看好像被拉直的人类头发，除了它自身边长十米的六边形外壳之外,并没有其他肉眼可见的支撑物。通道里同时运行着三台高速电梯。和大部分巢内主干道的电梯不同,高速电梯只在乘客选择的楼层停留。

玛丽坐在精心铺着坐垫的椅子上,忍受着急剧的加速,在电梯减速、开门之前的一段时间里,她觉得自己仿佛飘浮在空中,失重的感觉比超重稍微强些。

向西侧放眼望去,是英格尔伍德、卡尔弗城和圣莫妮卡的老社区。随着旧城的衰落和新巢的不断侵袭,这一带已被一大片红褐色所覆盖。圣莫妮卡密集的群山层层叠叠,就像洞穴石壁上的水晶,三十年前的网络流行语曾将其戏称为"脑岛"。正午时分,它们发着白光,随着夜幕初降,又变成灰蓝色。这一带还有一度下陷但现在地层已稳定下来的马利布城,都成了那些尚未被选中入巢之人的等候之地。由于"回春者"常在这儿进行他们的灰色交易,把好端端的市民变成不死老妖般的艾洛伊人,这一带也越来越拥挤了。

玛丽·蔡跟那些回春者比还太嫩,但她参加过逮捕艾洛伊人的行动,见过很多顶级巢区的内部居室。

她走出电梯,进入大厅。刚才还从令人恐惧的高度俯视城市,这时却进入了巨大岩穴般的巢内,虽然在臀部高的地方有一道朝水平方向延伸的狭长窗户,但却难以缓解压抑感。玛丽每次来这里都有些不适,感觉仿佛听音乐时乐曲突然变了调一样。阿贝特们在墙边的狭窄路径上移动,留下中间的位置供人行走。大厅中央是一张圆桌,后面坐着两个身穿绿色制服的年轻人。穹顶上装着散发柔光的灯具,透着教堂般的静谧。

"M.蔡督察,"她接近圆桌时,靠她那一侧的年轻男子说道,"离你和联邦协调员R.艾伦肖约见的时间还有十五分钟。"

她约见的人本来是高级督察 D.瑞弗。看来消息已经不胫而走，她之前的猜测也是正确的。她绿色的眼睛盯着对方，"好吧。我要等吗？"

"请不要在这里等，"对方的眼神中带着轻微的不屑，又明显有几分色迷迷的，"你的位置在二号大厅的第三层。"

她眯起眼睛盯着对方，直到他移开视线。然后她微微点头，故意用格外性感挑逗的步伐离开了。她不喜欢这种混合着鄙夷与情欲的眼神，于是想稍稍炫耀一下她的转换成果，刺激一下对方。这算是她一个无伤大雅的毛病，不太影响社交，但也许挺招人烦的。这么做算是对西奥的隔空报复。那个年轻人或许不会鄙夷西奥，但也多半对她没兴趣。

玛丽乘电梯上了二号大厅第三层，坐在了一群喝着咖啡、脸上写着"时间就是金钱"的家伙中间。她随意用福尔摩斯式演绎法分析起了他们，这也算是她的一个爱好，但她很为福尔摩斯不够靠谱而惋惜。警察不能凭模棱两可的证据来破案；而单靠演绎法的话，哪个侦探都没法避免得出两三种完全不同的可能性。侦察和推理缺一不可，单凭哪个都无法破解谜团。但"福尔摩斯式推理"仍旧是一种不错的娱乐手段，有时还能得出有趣的结果。比如眼前的那个年轻人，她能看出他身处联邦或州政府的高级职位。他穿戴得像个第二代受疗者（或者天生健康者），或许实际年龄比外表看来更大一些；他表情平静，但不乏个性，玛丽·蔡猜测他是个认真负责的人，却不是个好床伴。他右手的三个指甲涂着红色和金色的漆，意味着他收到了来自大家族的联姻请求。只有联邦的上流社会才有这样的习俗。名门望族为了显示自己在统治集团中的地位，才搞出这些繁文缛节。这习俗是瑞普金之前的总统戴维斯正式定下、流传开来的。高高在上的地位滋生不出高水平的情欲，倒会滋生各种各样的礼仪。而在这些受疗者中,礼仪掩饰不了他们的变态。眼前这个年轻人外表光鲜却已死去,一到中年就极可能变身为艾洛伊人。一只漂亮的寄生虫。

她进入等候区,看见一个与旁人相比显得朝气蓬勃的女性转换人。她是轨道转换人,穿着掩盖转换痕迹的衣物,在巢中很是另类,引来了所有人的目光。对方看见玛丽,露出了一个同类间特有的默契微笑。过来坐吧。

"我能坐在这儿吗?"

玛丽向她点点头。对方有些费力地倾身致意,她的肌肉应该还在适应地心引力。她显然经常来往于轨道与地球之间,拥有两套身体化学机能来适应两地。这样的转换对于个人来说太过昂贵,一定有联邦或者某望族出资赞助。那个高贵的年轻人大概觉得她调整得实在过了头,连幻想的兴趣都没有,于是无视了她。其他那些没这么高贵的家伙则肆无忌惮地观赏着她。玛丽愉快地坐到了她的身边。

"请原谅我动作不方便,"轨道转换人说,"我还在适应阶段。做的是双重化学转换。"

"我看出来了。"

"我八个小时前才下飞机。你是警察,对吗?"

玛丽再次点头。这结论不用福尔摩斯式推理也能得出。人人都认得她穿的制服,每个城市的警察制服区别都不大。

"你呢,是从绿带城来的?"

轨道转换人露出微笑,"好眼力,"她说,"谁给你做的转换?"

"桑普勒博士。"

"我也是他的团队做的。趁在地球,我一定要去拜访他。你对结果满意吗?"

她本想提一下黑色素消褪的情况,但这种信息对双重化学转换人而言没什么意义,所以她只是客套了一句,"嗯,很满意。"

轨道转换人意识到玛丽的预约时间快到了——玛丽瞥见墙上的提示器正闪烁着自己的名字——于是递给她一张名片,"我要在地球待一周,很多事要忙。我很高兴能有人做伴,一起追忆下旧时光。"

玛丽笑着接过名片,递上了她自己的,"那挺有意思的。"

"我的信息都在卡上了,"卡上的名字是:桑德拉·奥奇欧琦,"姓氏念作'欧莎克'。"

"明白了。很高兴认识你。"

对方一倾身,和玛丽触了触指尖,这种行为中不包含情欲。欧莎克从衣着和举止来看都很直,不像其他的轨道转换人;玛丽也不是双性恋。但在工作中结交到朋友很是难得,她应该把握住这机会。

R.艾伦肖混得风生水起——不用福尔摩斯式推理,也能看出这一点。这位城市-联邦高级协调员长着一副频繁接受治疗的容貌,像是那种具有超强的毅力和大把的身心问题、在治疗上花费了十几年时间和数百万美元的人。

即便他只是个天生健康者,玛丽对他的态度也不会两样。他是上级,她有求于他,而如果他们的位置对换,她也不会喜欢她带来的问题。玛丽·蔡尊重领导阶层,也认为头顶有座保护伞是好事。

"M.蔡,欢迎来到瓦尔哈拉①,"艾伦肖神情郁郁地站在桌面备忘录前面,手上拿着一只平板,"你遇上了一个麻烦的案子。"

"是的,长官。"

---

①北欧神话中死亡之神奥丁接待阵亡将士英灵的殿堂。

"请坐。"他用锐利的眼神审视着她,眼中没有一丝对她样貌的评判或是男性对女性的兴趣。玛丽对他的敬意顿时上升。并不是谁都能保持这种职业化的镇静,除非你刻意显得冷淡,但艾伦肖看上去并不冷淡。他受过太多治疗,也有很强的自我认识,没法做一个冷冰冰的人。"我有几个问题想问,还有命令要传达给你。"

她坐下来,跷起长腿,黑色的工作裤发出窸窸窣窣的声响。

"你个人坚信埃曼努尔·戈德史密斯就是凶手?"

"是的,长官。"

"我们检查了这封信。这确实是出自约翰·亚德里上校阁下之手。"玛丽很容易看出艾伦肖的政治态度——跟大部分西海岸的警察一样,他厌恶瑞普金和肮脏的东部。旧政治,旧污垢。"你知道埃曼努尔·戈德史密斯现在在哪里吗?"

"不知道,长官。"

"他躲起来了?"

"我不知道,长官。"

"他去了伊斯帕尼奥拉?"

"有这个可能。"

"但亚德里会收容他吗?"

玛丽没有冒险回答。

"你知道这案子在联邦内会是个烫手山芋。戈德史密斯可能逃去了伊斯帕尼奥拉——这消息会震惊全国的,M.蔡。"

"是的,长官。"

"联邦特工没法掩盖住这事,里面涉及太多的名流贵族了——所以他们把山芋抛给了我们,因为优先管辖权在我们这儿。要揽瓷器活儿,就得有金刚钻才行。M.蔡,你有吗?"

"我有,长官。"

"我查看了你的档案,我同意你有。我嫉妒天生健康者,M.蔡。我嫉妒你的记录。"

"谢谢你,长官。"

"我花了一大笔钱接受治疗,解决自己的种种问题。这是一笔值当的投资,但是……我就这样了。"这是一种刻意融冰、拉近关系的做法:他透露一些关于自己的事,目的是让玛丽感觉到他对她的信任。

"我相信你是想找个保护伞——来自高层的尚方宝剑,让你能集中精力开展工作。但在这回的案子里,高层也给不了你多少保护。你并不是一个人在战斗,但任务很艰巨,我们很可能没有办法及时支援你,你明白吗?"

"明白,长官。"

"我想说的是,西海岸的联邦特工跟我一样不喜欢与亚德里相关的人和事。那是政治遗留问题,瑞普金的烂摊子令人厌恶。东海岸特工的态度则很暧昧,考虑到大陪审团和法院的效率,将来几年他们都可能保持这样的态度。但也许事情会有变化,亚德里在不断推动他的进出口交易……我们则不断地尽量阻碍他。

"我批准你去搜查所有的当地线索,如果两天后还是没有进展,我会替你申请正式访问伊斯帕尼奥拉。必要的话你可以带助手,最多五个。"

"我需要两个伊斯帕尼奥拉事务专家。"玛丽说。

"我会让人找两个专家,然后把他们的名字和资料发给高级督察D.瑞弗,除非你已经有人选了……"

她没有,"你能准许我去公民监控管理所查询吗?"

艾伦肖好一会儿没有回答,皱着眉头,"我们批准监控管理查询的次数有限。但这时都用不上,什么时候才用得上呢? 我准许你去监控管理所。"

"谢谢你。"她微微倾身。

"细节会在正式下达的命令中说明。我们会跟联邦特工联系，安排伊斯帕尼奥拉方面跟你合作。随时都可以找我，别一个人闷头干。也许在这件事上，你才是我们的宝剑。"他露出了一个利落的笑容。

"是，长官。"

她离开艾伦肖的办公室，意识到这是关乎她警察生涯的案子，而警署会全力支持她。她也明白，联邦特工认为她是可以牺牲的，但不能死在小事上。如果她不害怕，那就太过愚蠢了。对任何具有基本道德的人来说，约翰·亚德里都是整个西方世界阴暗面的中心。玛丽·蔡允许自己保留必要的恐惧，但不能过度。

巢区的塔楼随着夜幕降临渐渐变暗。她驱车前往塞浦维达的阴影区警察中心，申请了一个通宵工作的房间，在警用简易床上睡了一小时，接着喝了一杯营养剂鸡尾酒，就重新开始工作了。

洛杉矶,天使之城,就像马儿一般站着睡觉。我走在深夜的阴影区(它被阴翳笼罩之前,我就在这里行走了),看着夜晚的城市忙碌起来——不只机器,人也一样……别以为阴影区只是怪人们胡乱聚集起来的地方。阴影区有自己的生命,也许不像受疗者的巢区那样干净,但绝对和过去的任何城市一样富裕繁荣。阴影区有自己的市长和议会、老板和工人、老妈和老爸、小区和商业区、医院和警局、教堂和图书馆,而且它们都充满活力。拉着鞋带把自己往上扯的人,追求完善人性的人,别忘了支撑你双脚的大地,除非你想跌得很惨。

10

毫无疑问,他成了浮士德。阿尔比贡尼和拉斯科发出诱惑,而马丁·博克很快就要屈服了。一切已成定数,但今晚他还在痛苦挣扎。可该走的形式总得走的,他必须挣扎一夜。

他足够清醒,知道他们承诺的奖赏可能只是空话。马丁·博克想拒绝诱惑,却做不到。他们抓住了他内心最脆弱的地方。科学就是他的生命,而他被剥夺了生命,却不是因为自己犯了错,而仅是由于政治斗争和历史问题引发的意外。对他而言,重返心理研究所如同重获新生。他渴望回到"精神国度"。这个奖励对他来说是其他东西无法比拟的——在科技的前沿探索知识,再以此重新定义前沿。

马丁在半黑的房间里,对着重播的AXIS新闻咧嘴一笑。他突然意识到自己正在发笑,马上清醒了过来。他有一堆问题想问,但卡萝尔·纽曼没有接他的电话,她也没有房屋管家。

马丁闭上眼睛,试图停止颤抖。他面前的这份委托存在明显的道德问题,很难解决。戈德史密斯有权拒绝他人的探入。但是,这个诗人、这个杀人犯的精神国度能反映出艺术家是如何运用潜意识力量的……他再不会有这样的机会了,再也没有了。

"我不是坏人!"他大声喊道,"我不应该陷入这样的境遇!"什么境遇?犹豫不决。机会与诱惑。

阿尔比贡尼已经孤注一掷了。除了马丁,再没其他人能实现他的愿望。除非马丁·博克在世上还有个影子鬼魂或者分身,能攫取他的成果,用更粗暴的方法挖掘他的研究领域;那人还得身在伊斯帕尼奥拉,做起事来远不像他这样畏首畏尾,他不会开发精神国度,只会掠夺它。这样的话,马丁说不定已经远远落后于那人了。短吻鳄对阵野兔,野兔永远得沦为短吻鳄的腹中餐。

马丁不是坏人。阿尔比贡尼没有马上把戈德史密斯扔到伊斯帕尼奥拉去,付钱给约翰·亚德里上校阁下、让他用刑,所以阿尔比贡尼也不是坏人。亚德里的囚犯实验当然只是坊间传言,但凭阿尔比贡尼的资源,要实现或粉碎这些流言都是可能的。阿尔比贡尼并不打算伤害戈德史密斯,而戈德史密斯肯定是个坏人。即使马丁同意帮阿尔比贡尼,这并不会构成对戈德史密斯的伤害,却能换来一次科学探索的机会,一个让他赎罪的机会,一个挽回他作为人的价值的机会。

马丁躺回沙发，依旧在瑟瑟发抖，手指也在打战。他不是坏人，这么做或许也不是什么坏事。

他从沙发上起身，再次拨通卡萝尔的号码。

"喂。"

他吓了一跳，用手梳梳自己的头发，"嘿，卡萝尔，我是马丁。"

"我料到你会来电了。但我在工作。"

马丁没来得及掩饰他的紧张，直接爆发了，"你让我陷入了一个可怕的窘境，真该死，卡萝尔，该死。"

"哇噢，我很抱歉。"

"我怀疑你是不是恨我。"

"我不恨你，听着，我只是不得已。你想跟我聊聊，可以，不过今晚不行，太晚了。我跟索伦托谷的思维设计公司签了合同，代理方是明星雇佣代理公司，你知道的。如果你能来——"

"嗯，我知道那地方。哪个实验室？"

"31号。早上可以吗？"

"十点钟。"

"我不恨你，马丁，我不知道我该不该恨你，但我确实不恨。我们应该聊聊。"

他们道了别。

马丁对重播的AXIS新闻失去了兴趣，甩出一声"关闭"，关上了屏幕。带着些许负罪感，他认识到：他之所以会颤抖，并不是因为道德上陷入了两难——从对方开出条件的那一刻起，他的心里根本就没存在过什么两难——而是因为渴望与兴奋。

在白人社会里每个黑人都是马戏团的熊，当我与我的白人女友在一起时，即使她丝毫没有这样的暗示，我也会有这样的感觉。她之所以爱我，是不是因为我是唯一有机会在这个时代的美国发光发热的男性黑人作家？我这种人，一代只能出一个，这是老规律了。世上最大的罪恶，就是历史在我灵魂上留下的罪恶。我无法爱她，我用伤痕累累的眼睛看着她。

11

理查德·费特慢慢爬上残破的钢筋混凝土楼梯，回到他在阴影区的公寓时已经七点。他踢开堆积在二楼平台上的黄褐相间的香蕉叶子，将磨得光滑的黄铜钥匙插进精巧的门锁。进门后，他对着用了十年的廉价房屋管家说："是我，只有我。"后者此时正待在满是油烟的壁炉架上。

"欢迎回家，费特先生。"管家声音嘶哑。有一回这家伙没认出我，还放出了一股恶心的臭味。当时警察没来，邻居倒是来看了。我们这些人得互相照应。

他给自己泡了一杯咖啡，然后坐上了他二十年前为他……制作的椅子。

这是一张舒服的椅子,他仅剩的一件工艺品,曾送给他的……

他瞥了一眼平板,发现今天的《阴影闲谈》上有几篇他想读的文章。他将咖啡一饮而尽,考虑着晚餐该怎么办。他不饿,但他的身体需要食物。实话说,他现在很沮丧,情感也被宣泄一空。他把全部的故事都告诉了所有相关的人,结果却只有自己在乎。他们都不是什么好伙伴。他感到痛苦,不值当。别再忍耐,别再压抑你的过去,你这混蛋。

你的妻子

你的妻子,你曾把椅子送给她。但现在不是想这些的时候。理查德闭上了眼睛,向后靠去,椅子体贴地在他身下伸展开来,凳脚抬高,靠背升起,扶手倾斜。

他为什么要这样做。罗夫人认为他没疯:他是天生健康者。那又是为什么呢?他们说埃曼努尔的天赋害了他。他内心深处的堕落冒出头,像野兽一样散发出恶臭——就像死水中冒出邪恶的泡沫、发出有毒的气体。倒挺有诗意。这没什么好在意的。如果不是因为堕落,不是因为疯狂,那他这么做就是出于理智。他早就在思考,在计划。这是他的一种表达方式,为了表达超出人类道德约束的真正的智慧。他这么做是为了艺术,想发现自己能够变成什么样。杀死他们,也杀死自己。他再清楚不过,自己再无法回到原来的生活。凶手谋杀了两次,把每个受害人都杀了两次。不对,只杀了他自己一次。一次就足够了,你已经完了,得接受强制深度治疗,等治疗结束,也许你已经不存在了。也许他就是希望经历这样的折磨。他想杀人,然后被抓,被起诉,被治疗——深度治疗……等他治完回来,就会变成一个全新的戈德史密斯。他想知道一个诗人能否抵挡住治疗的洗脑,就像科学家拿自己做实验一样。

理查德睁大眼睛,直到鼻子都皱了起来。

我只是个简单的人，只有简单的愿望。我想一个人待着，我想遗忘。

但是他不可能遗忘。他有一种冲动，想打开平板上所有的网站和文学视频，把自己沉浸在各种媒体报道中，但是他忍住了。他所知的一切已经足够了。那是一起多人受害的谋杀案，而犯人很可能就是理查德在这世上最敬重的人。

"有人来了。"管家嘶哑着声音说。门口人来人往，它从没认准过脚步声来自路人还是客人。

门铃响了，那历经百年的锈铜古董互相撞击，嗡嗡乱叫。理查德觉得这玩意儿上面大概能抖下不少灰尘，因为它很少被惊动。他推倒椅子，驼着背走向门口，透过锈迹斑斑的猫眼向外看。

门外是一个女人，黑头发，穿着灰橙相间的大衣，提着一个编织芦苇手袋，是娜戴恩·普勒斯顿。"嗨，"她弯腰对准猫眼，"我觉得你可能心情不好。"

理查德打开了门，"进来吧。"他声音低沉悲伤，就像个葬礼主持人。他清清嗓子，甩甩头，试图摆脱掉这忧郁的声调，"请进。"以前从来都是他主动去找她，而不是她来找他——这样如果撞见她心情不好，他还可以抽身离开。他不知道自己该不该为她的关心而感动。

"你心情很差吗？"她轻快地问。

"有一点。"他承认。

"你需要陪伴。"

"事实上，的确如此，我想。"他说。

"还真热情啊。你吃过了吗？"

他摇了摇头。

她打开手袋，拿出一包真空保鲜肉。"我可以用这东西创造奇迹。"她说,"有土豆吗?"

"有干土豆。"他说。

"那我们吃肉馅土豆饼。"

"谢谢你过来看我。"

"我有些时候对你不大好,"娜戴恩害羞地看着地毯道,"但是我知道你现在需要陪伴。今晚你不应该一个人睡。"

肉馅土豆饼将盐、大蒜和土豆的味道完美地融合到了一起,就像娜戴恩本人,一个像盐与蒜般个性强烈的女人。吃东西的时候,她谈起了阴影区的视频行业——她过去就涉足过这行,现在仍然有关联。他的心绪渐渐从今天的种种问题中抽离,直到暂时忘掉了最近的记忆。然后他开始专心听她讲话,却身心疲惫,甚至眼前出现了幽灵的幻觉。他的余光仿佛瞟到了一个穿着蓝色雨衣的身影。

"他们给这个场景配了音乐,"娜戴恩谈到了十年前一部视频的制作过程,"导演需要表现那个音乐家——那个大提琴手——拉琴的技术比从前大有进步,但记录员却说,我们现有的配乐已经是最好的了,每当剧中人演奏,给他配乐的都是世界顶级的大提琴家。可这样没法突出前后差距。然后导演就说,'找个糟糕的大提琴手来。'他原话就是这样,糟糕的。当你觉得最好的还不够好的时候,就激进一点,找个糟糕透顶的。是不是很奇妙?"她满面笑容,手激动地在半空挥舞。理查德礼貌地轻笑几声,点头称是。她开心的时候,理查德总是不自觉地表现得礼貌而和善,何况这故事确实挺有意思。

他边吃边沉思,思绪又回到了戈德史密斯上,就像拴在柱上的狗总绕着柱子兜圈一样。你已经是最棒的,这时你需要一个反差,否则再优秀也毫无意义;你会怎么做?

来一场大闹剧放松一下，是这样吗？

那个蓝色的人影在微笑。他不必清楚地看见也能感受到。那是他的女儿。他无法控制住自己不去直视她，但每当他直视，她就消失了。

1100–11000–1111111111

（审查员在审完十个世界的罪人后，突然发现他的桌上有一沓地球上的大人物的档案。他叹息着一页页翻看起来。一些伟人，通过发明这个或那个，毁灭了上亿人；另外一些伟人，通过哲学思辨，误导了数十亿人。他们的命运将由他裁定，而他已经越来越厌烦了。）

审查员："拜托，我的天父，够了！审判罪人已经够了，为什么还要让我审判这些最伟大、最有智慧的人？"（没有回答。）（审查员把档案扔到了桌上，似乎接受了现实。）

审查员：（喃喃）"你至少也得给我台电脑吧。"

12

六点整，玛丽·蔡的房屋管家用持续不断的铃声吵醒了她，击碎了她与母亲和姐姐在纽波特海滩游泳的美梦，"上帝，是谁呀？"

"高级督察D.瑞弗。"

"现在是几点？天亮了？"

"六点整,玛丽。"

"接通,别开这边的视频。"她起身坐在床上,伸了个懒腰,强迫血液流入大脑,然后用力地晃了晃身体,一只脚伸出床边。昨晚她在阴影区搜查到了凌晨两点,却一无所获:所有认识戈德史密斯的人都没有再见过他。

"不好意思,督察玛丽。"瑞弗自己看起来也很疲惫。输入的视频画面中,他脸色青黑,眼睛浮肿。

"早上好,长官。"

"你今年早些时候参与调查了挑选者绑架坎桑·潘案,是不是?"

"是,长官。"

"我的桌面记事本里面有一条信息是:如果我们发现任何嫌疑人的踪迹,你希望得到通知。"

她站起身,甩了甩手,完全清醒了,"是,长官。"

"我们准备在巢内进行挑选者抓捕行动。有一个坎桑·潘案的嫌疑人可能在那儿。你想参加抓捕行动吗? 我可以让你加入现场的后援组。"

她毫不迟疑地回答:"绝对愿意,长官。我想加入。"

瑞弗把地址告诉了她。玛丽迅速穿好制服,庆幸转换后的身体机制允许她长时间不眠不休地工作。

离开公寓二十三分钟后,她来到了卡诺加塔北面的天台上。她用纤长的黑色手指轻抚光亮的黄铜栏杆,从四百米的高空俯瞰洛杉矶。根据当地CEC,即巢区指挥官的指示,她爬到了卡诺加塔三分之二高的楼层。窗帘灌满了风,绷得紧紧的,她向前凑去,被阻挡在外的清凉晨风在帘后低语,离她只有数英寸。她的右手边,黎明正在朦胧的地平线上泛出点点微光。

玛丽之所以接受瑞弗的邀请,只是为了继续调查挑选者。至于坎桑·潘案,七个月前她就已经退出了——警察的工作量大得难以招架,上头也不鼓励她继续调查,所以她只好如此。

她不喜欢这类行动:抓捕挑选者就像钻进整个社会的集体噩梦。可挑选者算是犯罪、社会以及警察的所有问题的联结点。作为一个正直的警察,她没法拒绝这个机会。

她欣赏着风景,把其他的想法抛开,等待CEC的进一步指示。十分钟前她才得到待命的指令,直到现在,她甚至还不知道突击现场在哪儿。他们应该会在行动前数分钟告知她现场的位置,时间刚够她和小组集结。

夜晚的洛杉矶美不胜收。玛丽曾经读到过这样的文字:只有不成熟的文明才会奢侈地把光投进空荡荡的天空。直到今天,地球上诸多年轻的城市还在干这样的蠢事。但巢区不一样,在发光的夜空底下,这些形状不规则的高塔一片漆黑。倾斜的镜子反射着夜空,镜臂边缘闪烁着警告航标的光芒,镜片与镜片之间的磁悬浮接缝处有红色线条微微发亮。周区夹在巢与巢之间,街道闪着橙光和蓝光,房屋亮着白光和蓝光,仿佛地面上的一颗颗星星。古老而矮小的商业大厦在巢与巢之间星罗棋布,为人们提供闲暇时的娱乐场所。

随着一声轰鸣,亚轨道喷气客机从头顶划过,驶向洛杉矶空港,就像一只大鱼游过深海,只不过上下颠倒了。洛杉矶的上空迷雾笼罩,银河从来就看不清,三颗近轨道卫星倒是格外显眼。洛杉矶这样的都市没有一刻是静止的。整个城市永远醒着,活跃着,思考着。她喜欢这种节奏,她爱这座城市。如今洛杉矶就是她的父母,它包容、博大,无论是健康的还是不健康的,是挑战的还是索取的,乃至危险的事物,它都养育,都接纳。

玛丽参与过两次挑选者抓捕行动。第一次行动就是一场闹剧，没有受害者和嫌疑人，只有一间位于加州阴影区的废弃平房，以及一台已经坏掉的"地狱皇冠"。第二次他们找到了潘，当时他被独自关在阴影区的七三工场，赤身裸体地绑在一张肮脏的小床上，正遭受一台小型进口（伊斯帕尼奥拉制造）"地狱皇冠"的钳夹。他已经受到了应有的处罚——最变态的神学家能构想出的死后惩罚，也比不上这种亲历两分钟地狱之旅可怕。

挑选者很谨慎，很聪明，几乎跟高等的天生健康者没什么两样，但偏偏在最重要的方面走了歪路：他们坚信自己是某个病态制度的净化者。他们难得犯错被抓住把柄，所以今晚的行动也许至关重要。尽管八人谋杀案才发生，她之前的搜查也不顺利，这时行动有些忙中添乱，但参与一番还是值当的。

玛丽想象，挑选者会找上戈德史密斯，对他施以钳夹，并宣称他们是在替她完成使命。她赶紧抛开这令人不快的念头。根据文学视频发起的民意调查，有整整三分之一的美国市民至少是默许挑选者的非法行为的——这还没算上人们茶余饭后闲聊时表示的支持。这心态算是看热闹不嫌事大，或是欣赏以牙还牙吧。讽刺的是，这三分之一大都是未受疗者，而挑选者最主要的猎物都是未受疗者，因为他们犯的罪最令人想惩之而后快。

敲门声响起。带坏消息来的人是谁呢？真是惊喜。

"蔡中尉，"声音传入她的左耳，"走拉西埃内加通道，去54层的杜兰特巷21号。那是一栋三层高的房屋，位于巢的外层。你的待命位置在一楼阿贝特电梯入口的对面，第三队指挥官R.桑普森中尉和T.威洛少尉将和你共同行动。对方可能持有镖箭手枪和飞弹手枪等武器。现场有警医待命。"

玛丽想象自己身上昂贵的转换物质被镖箭破坏，还被警医用针刺来探去，同时问她"这是啥玩意儿？你伤这么重，想不想换回普通的身体结构啊?"。她从未连续负过伤。小心谨慎,智慧机敏,反应迅速,这些都是她的法宝。

她走到与桑普森和威洛会合的地点,那里离她待命的房间只有一百码。桑普森二人穿着便服,站在临天井的阳台上小声交谈。玛丽到了,三人便一起沿着圆形的天井走了四分之一圈。下方吹来的热风扬起玛丽的头发。他们停下来后,桑普森朝玛丽微微一笑,威洛的表情则十分紧张。

"瑞弗告诉我们,你在本次行动中不是一线人员。"桑普森平静地说。

"本案不属于我的主要职责,"她承认,"但也并非和我毫无关系。去年我跟W.泰勒和C.楚一起追查过潘案的绑架者。"

"这次的行动更重要,"桑普森说,"涉及三到四个受害者,多达十个挑选者,甚至可能包括他们的二把手。"

"许利格?"她问。

桑普森点了点头,"如果我们一周前就行动,也许现在约尔·奥里根本人都在我们手里了。"

"真的假的?"

桑普森给她看了看警用平板,上面显示着楼层平面图,"这楼有三层,价值不菲,所有者是A.皮尔森和F.穆斯塔法。这两人都是拥有执照的公设律师,都与瑞普金的竞选团队有关系,且过去三个小时里都在纽约现过身,目击者是当地警察。但现在,这房子里住着人。"

"房子出租了。"威洛扬起眉毛,仿佛这点很重要似的。玛丽点了点头。

"他们可能和'肮脏东部'①有关。"桑普森说,"但里面的都是本

①指美国东部支持前总统端普金的旧势力。

地人。墙漆里的纳米监视器在过去二十四小时里检测到了六个常住者和四个偶尔来的人,但没有发现受害人进入房子。在我们标记此处为抓捕地点前,他们已经被带进来了。"

"知道受害人的身份吗?"玛丽问。

"CEC和瑞弗认为有两个小人物和两个管理人员,不知道姓名。许利格是为管理人员来的。"

"两个都是巢区管理人员?"

"不是,"威洛说,"有一个是阴影区的制造商。我们不知道那两个小人物是做什么的。"

"他们有飞弹和镖箭,"玛丽转向桑普森,"我们会有麻烦吗?"

"这里是敏感地带,只有第一小队配有武器。"

玛丽冷笑一声,"我们又只能靠自己的九条命了。"

威洛的目光在他们之间游移,他当警察不过四个月。桑普森出言化解他的疑惑:"警医说,只要没有致命伤,哪怕是严重受损的人体他们也能修复,但每个身体最多能被修复九次。所以我们有九条命,跟猫一样。"

"啊,"威洛露出恍然大悟的表情,"你们都经历过……这种修复吗?"看到玛丽咧嘴一笑,他垂下了头。

"只有玛丽经历过,"桑普森说,"是她自己选择的,而且并非由于生命垂危。"

"抱歉。"威洛说。

"没事。"

"很棒的转换,"威洛继续道,简直不知该怎么结束这个话题才好,"真的……很棒。"

"T.威洛来自一个南方小镇,家人都是信奉基督教的技术人员。"桑普森解释道。

"在老家我们没怎么见过转换人。"威洛说。

"没必要道歉，"玛丽说，"我这是用一条命换来的时髦，以后只剩八条命了。"

威洛思考了一会儿，认真地点了点头，"我们什么时候戴头盔？"

"最后一刻，准备就绪的时候。警方已经有三年没在挑选者抓捕行动中出现人员伤亡了，"桑普森说，"我们就祈祷奥里根还认为我们骨子里是同道中人吧。"

行动指挥官的声音在耳机里响起，他们同时抬起头。他们得到的命令是设立一个窃听点，然后等待其他小队完成对建筑物下面两层的包围。法院批准的纳米监视器和监听器，已经在排水系统和房屋构架里安好。这些机器极其微小，非常高效，除非使用顶尖的仪器，否则绝不可能被发现。

"这次我们甚至能监测到图像。"桑普森说。

"更好，能看到视频。"威洛说。三人都接到了前往下一个地点的命令。

他们挤进专供阿贝特使用的低矮电梯，只得弯着腰以免撞到头。桑普森输入警察密码以控制电梯，电梯没有质疑他们的权限，径直将他们送去了指定楼层。

目标房屋坐落于巢内最外层的社区，就像是漂浮在蜂窝上宽达三十米的洞口内一般。房屋第一层正对着一条林荫道，道旁有哗哗流淌的瀑布，活生生的鸟儿在华丽的黄铜鸟笼中栖息。第二层是被隔离起来的，玻璃墙正对着巢区镜面间的缝隙，映照着混乱的洛杉矶北部。第三层上有一座没有扶手的窄桥，连接着屋顶上的私家天台，供阿贝特来往通行。

桥旁有一个阿贝特维修间，是不错的藏身之所。他们拿出头盔戴上,然后将平板调至加密监听频率,伪装成机器间的通信,以躲开探查。

"住这儿的人一定富贵逼人。"挤进维修间后,威洛不满地说。玛丽给自己找了个干净的角落,盘腿正坐。威洛用钦慕的目光看着她,显然对转换人很好奇。

"官商勾结嘛,"桑普森说,"那些隐形犯得到了回报。"在警察的行话中,"隐形犯"是指那些钻法律空子的人。

"他们自己都躲起来见不得光,又凭什么折磨那些管理者或是任何人呢?"威洛问。

"你应该读读乌尔夫·卢乐的书,"玛丽说,"如果你真对挑选者的哲学感兴趣的话。"

"我想我应该感兴趣。"

"他主张什么'社会抗体要填满每一寸空间,否则一点儿缝隙都会被反社会罪犯利用'。"桑普森说。

"你怎么会读这些玩意儿,罗伯特?"玛丽佯装责备道。桑普森这人机敏犀利,但她从不知道他还有文学修养。

"为了给你留下深刻印象呀,M.蔡。"桑普森孩子气地咧嘴一笑。

"这回我印象深刻。"

"我会去找卢乐的书的,"威洛认真地说,"警局图书馆里有吗?"

"很可能你的电子书库里就有,"玛丽拍了拍他腰带上的平板,"在我们这个科技发达的年代,电子书库可是必备资料。"

"有动静了。"桑普森说。他们竖起耳朵,听见房子里传来脚步声和模糊的对话声。由于监听系统不由他们控制,所以他们无法指定只收听某一个房间。声音渐渐清晰起来,说话的是两个人,还有什么东西发着嘶嘶的噪音——应该是一个正遭受钳夹的人在断断续续地呼吸。玛丽起了鸡皮疙瘩。她感到恐惧,比她看到戈德史密斯案的受害者时还要恐惧。

"你亲眼见过钳夹吗?"威洛问,"我是说,除了培训时给我们看的那个删减版的。"

桑普森用食指顶住嘴唇。那两个人的声音突然变得非常清晰。

"看着点这个,"一个年长的声音道,"游标别调得太高,五分钟后就结束梦境。"

"一切顺利。"另一个声音尖细,但说话者未必是女人。

玛丽看了一眼平板屏幕:连接成功。"有视频了。"她说。他们同时拿起平板,看着监视器传来的画面。很不清晰。纳米成像技术还有进步的空间。他们可以看见一个圆形的小房间,很可能位于房子的中央,没有窗户,只有一扇敞开的门。有两个人影站着。家具包括三张小床、一张椅子,还有一个控制面板或者键盘控制器靠在椅背上。

"床上有三个人。"桑普森轻声说。

玛丽的心揪了起来。那三人一动不动。他们没有死,但恐怕宁愿自己死了。

"第一队在第一层做准备。"CEC道。玛丽猜测着CEC此时身在何处,也许就跟着第一队。她能感觉到CEC对他辖下的巢区遭受挑选者入侵的怒意,"第二队占领第二层外围的显要位置。"

"就差几分钟了。"桑普森说。一个阿贝特经过他们身边,停下来用晶状复眼平静地审视着他们。威洛朝它出示了警方行动令。它没有反应,转身朝桥对面的天台去了。

玛丽瞪大眼睛,瞥了桑普森一眼,然后跳出维修间,跟着阿贝特穿过那座桥，不顾窄桥没有栏杆，也不管桥距地面有二十米高。在她身后，桑普森正向其他小队报告说，有一个阿贝特拒绝服从他们的命令。阿贝特进入电梯前，玛丽拦住了它。她双手抓住它，小心地把它放倒在屋顶上。它没有反抗，房子里却响起了警报。

玛丽在倒下的机器旁站了片刻，迅速作出了决定。她跑到天台边缘，想观望接下来会发生什么，并示意威洛也过来。威洛像走钢索似的伸展双臂，摇摇欲坠地过了桥，休整片刻后，才跑到她身边。CEC在她耳边怒吼着命令道：马上冲进去！她站在屋顶边缘，看着第一层外面的五名警察冲过有瀑布和鸟笼的小路，两个守住了出口。玛丽觉察到桥对面桑普森的目光，于是指了指天台上的阿贝特电梯入口。桑普森将头探出维修间一看，点头同意了她的计划——这显然是身经百战的警察会采取的措施。如果有人从电梯上来，她和威洛就会守在门口将其制伏；如果他们失败了，桑普森还可以在另一头固守。

下面传来一阵阵撞击声，是高频空气锤砸门发出的声响。"突击第一层，"CEC说，"进去四名警官。"

玛丽的心跳加快了。她抓住威洛的肩膀，让他躲到电梯口旁。他们蹲在了电梯门口两侧。她调整好双脚的姿势，以确保活动的灵活度和爆发力。她摸了摸门，感到电梯在震动。有人上来了。

"我们在第一层和第二层抓到了七个，"第一队队长宣布，"救出了三名受害者，其中两名正在遭受钳夹。找一个治疗师来。"

威洛将身体平贴在电梯入口的另一侧，玛丽也这么做了。门打开了。一个阿贝特转了转眼珠，发现不远处躺着的同伴，发出了尖啸。

玛丽一手扣住电梯门的边缘，旋过身体，伸出另一只手，不顾一切地想抓住电梯里的东西。威洛也冲来伸出手。他们一同拉出了一个尖叫着的女人，她手里拿着一把镖箭手枪。震动的金属碎片呼啸而过，击中他们背后的屋顶，发出的声响简直像一大群马蜂被炸出了窝。玛丽咬紧牙关，将两根手指用力捅向对方的肚子，威洛则一拳打中了对方的脸。血溅到了玛丽的胳膊上。那个女人一倒，头部摔在了电梯里面，还抬腿踢着玛丽。玛丽站起身，一把夺过手枪，同时故意扭断了女人的手腕和两根手指。她将手枪扔到了天台对面，然后横跨在女人身上，抓着她的臀部将她拖出电梯。当女人血迹斑斑的脸出现在玛丽眼前时，她近乎温柔地伸手拨开她的头发，捏住她的耳朵。

玛丽熟练地一转身，揪住女人耳朵将其拽起，另一只手臂扼住她的脖子，对着喉咙施压，直到她停止反抗。威洛铐住了她的双腿。"她朝我们开了枪，"他大口喘着气，"他妈的她朝我们开了枪。"

"你已经自动被处以强制治疗。"玛丽对那个女人说。女人一脸血污，满头乱发，抬头望着玛丽。看到她眼神中的迷茫和恐惧，有那么一瞬，玛丽感到快意。她手上放松了一些。

"我的手，"对方痛苦地呻吟，"我的鼻子。"

"便宜你了。"玛丽扭过头说。

"你这该死的婊子！"威洛大叫。

"停，停，"她恢复了职业化的镇静，"不能这样跟公民说话。"

"抱歉。"威洛说。桑普森正在向CEC和第一队队长报告说他们抓到了一个人。他们试着抬起那个女人，但她不停地挣扎。威洛又拿出一根绳索，将她的双手牢牢绑在了身侧。CEC在耳机中回复说："三层楼都已搜查完毕。有一个逃到了房顶，被第三队拿下。共抓获八名嫌疑人，找到三名受害者。治疗师和医生正在赶来。"

"我们准备过桥了,"玛丽对试图奋力挣开镣铐的女人说,"你想让我们都掉下去吗?"

对方停止了挣扎,"我们只不过是在帮你们干活,去你妈的。"她破裂的嘴唇肿了起来。

"噢,"玛丽点头,装出万分感激的样子,"对不起呀。"

于是,威洛抬起女人的脚,玛丽抬起她的肩膀,两人扛着她过了窄桥,然后把她抛到了桑普森身边。桑普森朝玛丽露出自嘲的微笑。

"你这个一碰就化的脑力劳工。"玛丽嗔笑道。

他举起手,露出破开的袖子。血顺着手腕从他的指尖淌下。

"只是一点皮肉伤,夫人。"镖箭只需割开一厘米的口子就能马上改变形状,继续往肉里钻。桑普森已经很走运了。

"差一点你的手臂就没了。"威洛敬佩地说。

玛丽退开一步,仔细打量了桑普森一会儿,然后张开双臂拥抱了他。"很高兴你还在我们身边,罗伯特。"她在他耳畔说道。

"干得不赖,玛丽。"他回应道。

"嘿,"威洛说,"我呢?"

"你哪儿流血了?"玛丽问他。威洛有些窘迫,但玛丽也抱了抱他,"我们带罗伯特看医生去。"

"至少得给我放一天假。"桑普森晃了晃手,血从他的手指上甩下,滴到胳膊上,"上帝啊,伤口开始痛了。"

玛丽站在收录此次抓捕行动相关警员证词的记录器前。在场的还有操控视频的警官,他身后站着一位警察法律顾问和一位联邦认证的公证人。

"此次行动中,你是否遭受过创伤,或是给他人造成了创伤?"

法律顾问询问。

"我自己没有受伤，不过我令一名身份未知的女性嫌疑人受了轻伤，因为当时她试图逃跑，还使用了武器。"

"什么武器?"顾问继续问道。

"镖箭手枪。"

证据处理员，一位年轻的副警长，将手枪从半透明的证据袋中取了出来，后者就放在一个警用阿贝特头顶的托盘上。他把手枪甩到了扫描仪里，供记录证物的仪器扫描。警员和技术人员已经准备在整个房子里安装天花板轨道，架设分析仪和探测仪。

嫌疑人正被关在另外一个房间等待传讯;治疗师还没赶到，所以受害者身上的钳夹还没除去。警察有权做的只是关闭"地狱皇冠"的电源。玛丽还没去过安置受害者的房间，她倒是非常想去，却又害怕会因此而做噩梦。

她的眼角余光瞥见三位联邦治疗师从宽阔的正门走了进来——两个男人、一个女人，都穿着灰白色的套装。他们走过大理石地板，爬上通往二楼的楼梯。她认识其中两位，约瑟夫·坎桑·潘案就是他们负责紧急治疗。正是在那次抓捕挑选者的行动里，她第一回亲眼见识了钳夹是怎么用的。

"当时你身边有其他警员吗?"顾问继续问道。

"有，洛杉矶警署少尉泰伦斯·威洛。"

"他是否帮你给嫌疑人造成了创伤?"

"他击打了她的脸，以分散她的注意力。"

"请描述一下伤害是怎么发生的。"

"嫌疑人从第三层的阿贝特电梯里出来时开了枪。我急忙趴下躲避，然后……"她闭上眼睛以帮助自己回忆起所有的细节，接着描述她是怎么弄断对方的手腕和两根手指的。她讨厌现场笔录,但这能为接下来的审判节省许多时间。

她完事后,就轮到T.威洛了。她走出门,在这栋房子里逛了逛,同时避免挡住技术人员的路。这栋建筑非常美妙——比她想象中的还华丽。所有的物件不是古董,就是手工制品。她怀疑这里的东西都是真材实料:陶瓷器具、木制家具、定制设备,没有一件不是上等货。这里配有一个日本产的房屋管家、十来个法国产和乌克兰产的高端阿贝特,现在都聚集在第一层的厨房,如阅兵般接受着一名警方技术人员的检查。它们很可能都被非法改造成了巡逻兵和保镖。

她在第一层关押八名嫌疑人的房间前停留了一分钟,他们看起来都是衣着得体的巢区居民,年龄大概在二十五到六十岁之间,没有一人符合她所知的激进分子或心理病态者形象。他们全都站着,手被铐在身体前面,头上戴着洛杉矶警署远程耳机,以便联系律师。

玛丽抓到的那个人已经接受了联邦医生的处理,身上缠着纳米绷带,看起来异常苍白。她正坐在一张椅子上,右边是其他排队等候处理的嫌犯,个个面容凄惨。她是唯一一个坐着的人。她望着站在门口的M.蔡,却对她视而不见。玛丽审视着剩下的七个嫌疑人,试图从中找出与潘案有关的面孔。这可是重犯了。但是她没有找到。

一位技术人员道了声"借过",从她身边挤了过去,准备安装更多的天花板轨道。

玛丽长叹一声,踏上了通往第二层的楼梯。她本来不必卷进这场抓捕的,但瑞弗可是花了一番工夫才把她安排进了行动。

巢区指挥官是一个高个儿的窄脸金发男子,身旁站着巢区检察长,两人在她经过时都对她点头致意。他们正在激烈讨论起诉以及相关后果的问题。她听到指挥官向检察长一再保证,今天早晨的一切行动都是事先得到了批准的,相关信息和州法院颁发的法庭命令都已经记录在案。

早晨。透过第二层的大型落地窗和外面的巢区镜面之间的缝隙,她望向北方的美丽晨景。雾散开了,多么美妙的一天。

她静下心来,走进了第二层中央的无窗圆柱形房间。三位联邦治疗师跪在那三张躺着被钳夹的受害者的床前,他们一边检查病人,一边交头接耳。那唯一一台"地狱皇冠"的外形很像医用阿贝特,高度大约一米,由三个球状物堆叠而成,一条"脊骨"将三个球连接在一起;控制器的样子类似无线键盘。一位治疗师正在操纵控制器,小心翼翼地让受害者慢慢恢复意识。这台"地狱皇冠"不是从伊斯帕尼奥拉进口的一次性机器,而是高级定制品,也许来自亚洲某国,能够用数分钟的时间令受刑者感觉到长达数小时的残酷折磨。

"他们给他设定了五分钟的高强度钳夹梦境,五分钟。"最年长的治疗师,一个五十岁的女人,对她的同事说,"他是谁?"

"天空私域公司的市场代表,"另外一个治疗师回答道,"泷·乔伊斯。"

那个男人呻吟一声,想坐起来,但没有睁开眼睛,脸庞因为恐惧和痛苦而皱成一团。治疗师用手臂按住了他。玛丽走进房间,双手抱臂站在一旁,紧咬嘴唇。她仿佛对床上那三个人的痛苦感同身受,能感到自己的脸也因不适而扭曲了。

玛丽见过的一位治疗师注意到了她,眨了眨眼,没有理会她。三名受害者,甚至包括没遭受钳夹的那个,都还没有恢复意识。

"天空私域,那个飞机制造商?"第三个治疗师问,"他做了什么?"

"把不合格的飞机卖给了一家印度公司。"玛丽身后传来了一个声音。她回过头,看到了CEC。

"这也不至于被罚五分钟吧。"那个女治疗师低声道,手里操纵着一个新陈代谢控制块。

"楼顶那个人是你拿下的?"CEC压低声音问她。

她点点头,"抓到了什么重要人物吗?"

"很不幸,许利格没在,不过你抓到的那个女人是许利格的情妇。让那个混蛋尝尝伤心的滋味也不错。"他用下巴指了指三名受害者,"我们已经确认了他们三人的身份,其中一位是泷·乔伊斯。新德里附近发生了四起小型飞机坠落事件,都是由于他的公司用过期的纳米材料生产飞机框架。据说他对此也知情。但他并没有被起诉,因为他害死的那些人比他穷多了。"

玛丽咽了咽口水,"其他人呢?"

"左边那个年轻人是新泽西首府特伦顿的保罗·谢梅里。听说过他吗?"

她在警局论坛上看过这个名字,"恋童癖。"她说。

"没错。过去三个月里,从纽约到洛杉矶有十二名儿童受害。他还拒绝接受治疗,声称这就是他的人生信条。"

"第三个呢?"

"第三区某个挪用了一点公款的人。他威胁与自己不和的妻子,说要杀了她。挑选者在他行动之前对他下手了,我们认为他的妻子一定参与其中。她受威胁时并没想要报警。她一定非常恨他。"

玛丽试图重新拼接发生的一切:这三个恶棍或是被蒙着双眼,或是被下了药,或者两种都有,然后被训练有素的挑选者带来了这里。"地狱皇冠"和钳夹早已准备就绪,挑选者的大众审判庭很快作出判决,并在十二小时内执行了钳夹。一两天后,他们就会被放到洛杉矶街头自生自灭。大部分经历过钳夹的人都需要接受治疗,有些人的需要极其迫切。

这些人很少会重犯他们的罪行。

她抿起嘴唇,缓缓摇了摇头,"他们应该把该死的钳夹用在自己身上。"她喃喃道。

CEC用手揉了揉自己的后颈,"你是东区第一巢谋杀案的负责人,督察M.蔡?"

"没错。"

他伸出手,玛丽用力握了握。"干得不错。"他说,"听我说几句。让这些跳梁小丑捷足先登真是件不爽的事。外面有传言说他们盯上了戈德史密斯,可能这就是我们没抓到许利格的原因。也许他正在阴影区忙着追查呢。"

"感谢你的警告。"玛丽说。

最年长的受害者——泷·乔伊斯醒了过来,发出一声尖叫。

玛丽转身跑下楼梯。

13

　　马丁·博克骑着自行车到了巴士站——他住的小区没有自动巴士服务,因为土地所有者反对政府在这里铺建导轨,而且建了导轨就得交五百元每年的人头税(两岁以下的婴儿除外)——他把车叠起来,放进一个租金二十五元一天的储物柜。马丁对着巴士站的接听耳机念出他的目的地,十分钟后,一台自动巴士轰鸣而至,驶进盖着半透明贝壳状天棚的站台。这台巴士形似一只白色与金色相间的两头蛇,长二十米,像蠕虫一样分成一节节的。车内除了座位之外别无他物,窗户和门都是伸缩式的。马丁登上车,把脚放在安全栏上,让一条安全带绕过他胸前,然后陷入沉思。

　　左右为难的感觉已经过去了。现在的他清空了思绪,眼里只有车窗里不断后退的道路。

　　一台完全私人所有的车,最基础的款式,在加州要卖二十二万五千美元,再加上十万一年的高速自控公路使用费,五万五的车船税,两万的州销售税,两万的联邦销售税,五千的高速自控公路研发费,两千五百的永久停车费,两千五百的电力供应许可费,五百每月的永久充电口维护费,五百的规定里程外行驶费,五十元的洛杉矶天使之城/加州运输公司的联合参与税。一个有全职工作、达到平均收入水平的受疗公民一年能赚三十万,一个平均水平的未受疗者能赚到前者的三分之一。一张巴士年票的价格只要两万,可高速自控公路还是拥挤不堪。

有三档文学视频喜剧节目的原型就是"高速自控公路上漂泊的荷兰人①",那些车主永远也不会离开公路,因为他们买不起房子;他们在狭窄的车里安家,躲避着税务局的追击。两档文学视频娱乐节目讲的是二十世纪下半叶洛杉矶和南加州的高速公路。那是一个美好的时代,高速公路上的车真的可以自由行动,叫作"freeway②"还名副其实。

太阳照到他的脸上,使他眨了眨眼睛。你好。现在醒了。他害怕做马丁·博克,这个时候做自己一点都不好玩儿,化作尘土的万王之王。他的注意力从外界转移到了内心。他想起了卡萝尔,想起就算是心理稳定的男人和女人也有缺点,也会起摩擦。两性之间的冲突并不是什么疾病,只是无可避免的感情副产品罢了,就跟水遇上火一定会产生蒸汽一样。人类是慢慢燃烧的炉子,他们爽快地烧焦自己,又回过头乞求更多,作为艾洛伊人重生,得到新的愉悦、新的玩物,然后再烧一次。

他闭上眼睛,压抑自己骚动的回忆。他和卡萝尔燃得一点也不慢;他们燃烧得灿烂夺目。他们为彼此举着火把,他们的激情旁人难以想象。二人之间洒落着光亮,他们的爱被这宽阔无际的光芒所包容;没有阴翳,只有温暖而清澈的喜悦。当耀目的光芒褪去后,他发现她不再那么迷人,而且比他更实际;他开始厌烦她的控

①"漂泊的荷兰人"本身源自中世纪传说,指一艘永不靠岸、一直漂泊的幽灵船。这里被用来形容那些漂泊在高速自控公路上的车。

②即高速公路,在英语中字面意思为"自由的道路"。而在文中的高速自控公路上,车受公路控制,不能自由转向。

制欲。马丁从来不是这段关系中掌控局面的那个人,他当初被迷得神魂颠倒了。

起初他嘲笑她的实用主义,嘲笑多了后,她只是毫无恶意地说:"我必须留条后路,无论如何我得有所保留。我仍是我。"

火被雨浇灭,光芒消失了。他确信他将失去她,事实也是如此。他痛苦了几周,时而渴求,时而想放弃。她越发高高在上,怀疑地看着他,意识到他天生健康而非受疗者,而再高等的天生健康者都可能崩坏。他的天赋比她强一倍,而聪慧的不稳定性却被她看在眼里。每当他开口,她都会露出质疑的表情,这已经预示了他们最终的结局。

马丁知道一切很快就会结束,而他也加速了结局的到来。可当结局到来时,当她小声地对他说"我们分手吧"时,他突然不能接受了。她一直显得那么高高在上、完美无缺,但这次她别想要毫发无损地说结束就结束。他必须以某种方式伤害她,这样她就不会再对下一个没有防备的男人如此冷酷了。他并不嗜虐,只是想对她略施惩诫。他反应过来时,自己已经站在她公寓前敲门,手上端着果盘,漂亮的水果下面藏着一堆马粪(他本可以用狗屎的,那样效果更好)。然后她请他进了门,仿佛他只是个不邀自来的朋友。她接过果盘打开包装,温柔地笑了。她很高兴你愿意和平分手,这样对你来说再好不过了。然后她拿起一个苹果,看见了下面的新鲜农场肥料——五十美元一公升的粪便。她哭了。不是愤怒或沮丧的泪水,是小女孩般的啜泣。她哭了十分钟,没有说话,没有行动,只是流眼泪。

马丁·博克呆呆看着她,眼睛瞪得跟鸡蛋一样大,品味着她的痛苦。他没有感到荣耀,没有心满意足,也没有觉得复仇和惩诫成功。但他发现了,一个聪明、和善又极具远见的年轻人竟能给人带来如此大的伤痛。

从三年前的那一刻起,直到昨晚,他们再没有交谈过。她离开了心理研究所。

马丁经历了瑞普金事件,那是另一段死掉的罗曼史;卡萝尔则接受了治疗,取得了超乎常人的成果,后来进入思维设计公司,研发人工智能和高级思维系统。

她治疗了阿尔比贡尼的宝贝女儿,后者已经死了。就是这个关系让他们又走到了一起。正是因为她,马丁才面临了浮士德的选择;正是因为她,马丁才有机会克服重重困难、做回声名卓越的科学家,并且掌控心理研究所。

才有机会游览戈德史密斯的精神国度。

巴士开进了索伦托谷。这里的三层高速自控公路建造在旧时的道路之上,覆盖了过去居民神圣的交通遗产,最高层由玻璃防护罩包裹着。公路穿过一片丘陵,上面遍布着属于思维设计公司的空中花园。流转的阳光和公路顶篷支柱的影子交替落在他脸上。

金白相间的巴士停在了思维设计公司前面的站台,并从他的卡里扣除了交通点数。一台公司专用的地面出租车等在他的面前。他出示证件后,出租车将他带到了目的地大楼前。他走下车,用手挡着耀目的阳光。

他只参观过一次思维设计公司,还是五年前心理研究所最辉煌的时候,思维设计公司的研究者和程序员都围上来笑脸相迎。他们有的穿着白色紧身衣,有的身着复古牛仔衫,纷纷上前与他握手,跟他谈论这个动因、那个动因,就好像他们真的知道自然的动因是什么、有多大能耐一样。现在他们也许知道了,马丁承认,但当时肯定没有。就连他自己,那个时候也才刚开始明白自然的精神动因若是融入程序、子程序和人格会产生多么复杂而神奇的效果。

　　思维设计公司所做的事与他的研究完全相反：他们从下往上建造，他却是自上向下探查。

　　现在的马丁·博克是个无足轻重的家伙，需要卡萝尔·纽曼的邀请才能踏进这片土地。即使有人看他一眼，也仅仅是匆匆瞥过，只是在想"这人是谁""以前我有没有见过"。多年前也许见过。那时他还没失去地位，还没吃官司，还没被驱逐，还没为社会所不齿。

　　他缩了缩肩膀。

　　三十一号大楼建在一个几英尺高的倒金字塔形铝制基台上，模仿二十世纪中期建筑的风格而建，楼龄不过十几年。大楼又宽又矮，只有三层高，北边有两条光缆放射出旋转的银河系图案，即使在临近正午的太阳照射下依旧明亮。这东西是为了炫耀思维设计公司的声望与地位，展示公司的时尚与整洁。

　　思维设计公司的确是欣欣向荣。大厅里，白金色墙上方垂着红色的帷幕，就像是一面面无风状态下的旗子。视频投影在墙面上流动，映出的脸都是当今的风云人物。

　　马丁略微有些妒忌。这还只是一个普通实验大楼的大厅。思维设计公司将他们的设计卖给全世界的阿贝特和思维系统生产商，这意味着他们能收获大量的资源。

　　一个雌雄莫辨的瘦高阿贝特站在一张大理石桌子旁，体表颜色刚好与墙面相得益彰。它头上顶着卷曲的假发，颜色和墙上的红色帷幕一个样；一只垂直于面部的眼睛将脸一分为二，如同外面的阳光一样透亮。它用悦耳的合成声跟他打了个招呼。"麻烦找卡萝尔·纽曼。"他说。

　　"你是马丁·博克？"那个阿贝特问道。他点了点头，避免直视对方垂直的透明机器眼，"我通知她你来了。"

　　"谢谢你。"马丁迫不及待地放眼四望，尽管他根本没什么想看的。心理研究所即使在最辉煌的时期,也没有自我炫耀到这种程度。不过这不算什么。大脑不会退化,赛跑赢家永远是速度最快的人,而不是最花哨的。

卡萝尔从石雕的楼梯上走下,身上是浅蓝色的紧身衣,尽管人比以前丰满了些,脚步还跟他记忆中一样优雅。她眼神淡漠,脸上挂着职业的浅笑,戴手套的右手将褐色短鬈发往脑后一拨。每当看见她,马丁的心里就会响起西贝柳斯①的交响曲。她是褐发蓝眼的挪威人,个子高挑,气质如女神,表情冷漠但内心充满热情。事过多年,她仍能让马丁想起某些邪恶的文学视频。他对她回以微笑。

"今天早上感觉好点了吗?"她问。

"好多了。之前的提议我在考虑。"

"那就好。欢迎来我工作的地方,我们可以找个安静的房间坐下聊。"

"你会给我解释一下吗?"

"我能解释的都会解释。"

他点点头,跟着她走上楼梯。"这里是开放的实验室,"她说,"供公众参观。我在后面工作。我听说你们见面谈过了。你肯定很惊讶吧?"

"我觉得我成了浮士德。"他说。

卡萝尔这回真的笑了,"这个形容不错。"她用手指轻触嘴唇,"这里无人打搅,没有瑞普金的耳目,管理也非常自由化。他们信任雇员和代理机构。现在的企业很爱护自己选中的人了。"

"本该如此。"

没想到他们还有今天。在经历了那场马粪报复、眼泪和岁月

---

① 芬兰著名音乐家(1865~1957)。

的消磨后，他们又可以走在一起轻声交谈了。他很容易误以为他们曾是一家人，就像是一同长大的兄妹。马丁·博克能感到，他心中对她的爱与欲望仍然存在，如同本能，它们建造起一座城堡，在里面填满了家庭生活的想象——等她八十岁、他八十五岁了，二人仍然相依相伴。

他们走过一个明亮清新的冰蓝色大厅，厅内的白色柱子上装饰着一只只景泰蓝花瓶。卡萝尔命令一扇门打开，里面是一间长长的会议室。灯光缓缓亮起来，照亮了褐色的天鹅绒墙壁和纳米木制家具，这装修既华贵又舒适。

"真不错。"他说。

"夸奖就免了。"她递给他一张椅子，"你见过拉斯科和阿尔比贡尼了。"她坐到马丁对面，紧身衣突显了她的曲线，但掩盖住了身体的细节。

"昨天我们一起进的午餐。我有好一阵子没吃过那样的大餐了。"

她点点头，但无视了这个话题，"他们'浮士德'了你。"

"的确。"

"你要上钩吗？"

他犹豫了一下，咬紧牙关，然后扬起眉毛看着她，谨慎地说："嗯。"

"贝蒂-安是个可爱的女孩，"卡萝尔说，"我不知道她是否跟她父亲一样聪明，但她拥有一个完好的灵魂。"卡萝尔用"灵魂"这种颇有诗意的词来指代一个整合完成的精神机制，"她的愿望是成为一个诗人，一个母亲。她希望她的孩子能透过诗人的眼光看待世界，而她才十八岁。我帮助她治疗了一些遗传性的问题，比如阻碍性愉悦的子程序缺陷。毫无疑问，她能成为劳动代理机构眼中的高素质人才，即便她不利用父亲的关系也一样。"卡萝尔身体前倾，蓝色的眼睛盯着他，令他联想起诸神的愤怒，"她崇拜戈德史密斯。"

"你见过他吗？"

"没有，而且你也没有。"

"没错。"

卡萝尔重新靠到椅背上，用左手撑着右肘，"阿尔比贡尼不知从哪里听说我和你共过事，他知道我的名字对你有特别的意义。但是我告诉他，他必须亲自去劝说你。他让拉斯科打电话，是因为拉斯科判断人很敏锐，他从你们的电话里探了不少口风。"

"他可真有手段。"

"阿尔比贡尼可以做到他所说的事，马丁。他没骗你。他可以让你重回心理研究所，获得充足的资金，而且记录干净。他可以改写一部分历史，恢复你的名誉。他平时不喜欢这样干，但是他的确有这个能力和资本。"

"挺像乔治·奥威尔的小说。"

"阿尔比贡尼不是政府官员，对政治也不感兴趣。他不想侵犯人权。比起愚民，他情愿让他们更聪明、更幸福、更安稳，毕竟聪明、幸福、安稳的人才会买他的书和文学视频。"

"比如埃曼努尔·戈德史密斯的作品。"

"戈德史密斯是个未受疗者，"卡萝尔说，"一个有特权的天生健康者。这回的案子更支持了只有受疗者才算真正的人类的说法。"

马丁摆出一副苦相，"我希望你不会相信这种话。"他说。

她耸耸肩，"我想你是个既得利益者。假如戈德史密斯接受过治疗，就一定不会杀人。但你不能强迫他受疗——阿尔比贡尼不希望这样。这是一个伤心欲绝的绅士强烈又古怪的念头,但我们要满足他。我们不会伤害戈德史密斯,也许还会找到一个治愈他的办法。"

马丁陷入沉默,紧皱起了眉头,"这不合法。我从来没干过违法的事。"

卡萝尔点了点头,"违不违法,在检察官和律师眼中有微妙的差别。"她转过身,"我不想引导你犯错,马丁。"

"太晚了。我已经陷进去了,"他叹息道,"但不是你的错。不过我在想,你为什么要趟这浑水。"

"贝蒂-安是个可爱的女孩。他怎么下得了手?"

"所以你希望的跟阿尔比贡尼一样。"

卡萝尔抬头望了他一眼,"差不多。"

重燃旧情的模糊念头消逝了。回不去以前的美好生活了。他只是她的过程,不是终点。

"你不怎么像是……我忘记她的名字了。玛戴琳?玛甘泪①。浮士德的欲望。"

"你现在肯定已经全都忘了。"她看着他,形如神祇,但别的男人会这样想吗?也许她只是一心专注于观察他的反应,却不肯暴露自己的内心。

马丁避开她的眼神,"下一步干什么?"

"我不知道,"卡萝尔说,"你用卡片联系拉斯科了吗?"

"还没。"

"那就联系吧。"

"你还真冷漠。"他轻轻地说。

---

①玛甘泪,《浮士德》中女主角之一,浮士德返老还童后的恋人。两人的恋情以悲剧收场。

"你进行心理探测的时候,我想跟你一起进去,"卡萝尔说,"我想加入你的团队。"

"你对当事人有偏见。"

"我从没见过戈德史密斯。即使见过也不认得。"

"他杀了你的病人。"

"我能管好自己。"

"我不认为你能做到。"马丁感觉自己的声音冷了下来,"另外,我已经很久没有跟你一起工作了,你不了解新的程序。"

"不好意思,我了解,大部分都了解。这两年,我一直在对一个思维进行心理探测。"

"一个思维?这是什么意思?"

"也不是什么秘密。思维设计公司一直致力于完成一个有完整人格的人工智能——吉尔。你肯定听说过——公司与AXIS的团队协作,研发了AXIS的模拟系统。五位主要程序设计师将他们的记忆和人格导入了模拟系统的中央处理器,我的工作就是对它进行心理探测。"

马丁大笑起来,"那是受控制的环境,不一样的。"

"没有你想象得那么受控制。我们有我们的问题,而我解决了它们。我待在精神国度的时间很可能比你更长。我承认我的工作不大一样,但至少也算高级训练课了。"

"他们是怎么做的,先混合再配对?"马丁问。

"是综合并建立新的模式。程序设计师的模式会逐渐消失,取而代之的是新的独立人格。他们离期望的结果不远了,但我的工作已经告一段落,可以休一次假。我告诉他们,我要跟陶斯镇的一个治疗小组待一段时间,进行高级的扩展治疗。有更好的心智,才能获得更好的生活。"

　　马丁印象中的卡萝尔很聪慧,喜欢事先计划。但现在她变得更加精于算计和操控了。"是谁在'浮士德'谁?"他问。

　　"我得走了,"她站起身,"给拉斯科打电话吧。你不会后悔的。"她微微一笑,"这事是小菜一碟。"

　　"你明知道不是。"

　　"那就当是攀登心理探测中的珠穆朗玛吧。对象是一个诗人谋杀犯。你不好奇吗?戈德史密斯的精神国度是怎样的?像地狱吗?或许我们能找到邪恶的根源,就像找到尼罗河的源头一样,找到人类灵魂之源。"

　　马丁站起身,感觉有些头晕。

　　"我带你出去吧。"卡萝尔拉住他的胳膊。

抬起你的头,垂着一边胸脯的母亲
唤醒伟大的睡狮埃及,四处看看
你对你的孩子做了些什么? 你羞愧吗?
他们被掳走时你没有哭泣
你知道会发生什么吗
如枯骨行走,你提起裙子,却没有影子
然后你唤出了爱的灾祸
横扫,收割;半数的人死了,母亲。
你的胸脯依旧垂着,尖端滴下苦涩之液
白色的乳汁,黑胸脯上的白乳汁
横扫,收割
乳汁粉红,鲜红。

14

上午十一点半,临时居所里,玛丽·蔡的平板通过加密警用线路收到了戈德史密斯公寓的分析报告。她心不在焉地翻阅着报告,一边喝着浓茶,一边想着伊斯帕尼奥拉,即前海地与前多米尼加共和国。她也想到了约翰·亚德里上校。她试着不去想早晨的抓捕行动和那些"地狱皇冠",还有可怜又可恨的泷·乔伊斯醒来时的尖叫。

她闭上眼睛,从分析报告上抬起头,皱着眉,为自己没法集中注意力而生气。临时房间比较简陋,墙面是柔和的蓝灰色,地毯是森林绿,铺好的床单绷得紧紧的。玛丽将手写笔抵在嘴唇上。

犯罪的过程是怎么样的。戈德史密斯(百分之九十是他)提前邀请了他的粉丝,安排每人相隔十五分钟到达,并要求他们严格遵守时间。玛丽看了传真过来的邀请函,九张都是由专人送上门的。其中一个年轻的粉丝逃过了一劫(通过视频采访得知)。邀请函上说,聚会的主题是欣赏主人的新诗,同时庆祝三位粉丝和戈德史密斯的生日。

那天是戈德史密斯的生日。她直到现在才知道这回事。不知为何,这条信息震惊了她,让她不得不深吸一口气。

戈德史密斯(百分之九十是他)把他们一个个带到了客厅。凶器原本被假设为事先藏好的,但玛丽忽发奇想:凶器其实是那把放在外面的博伊刀,有黄金刀首、象牙刀柄,钢铁刀刃寒光闪烁。那把博伊刀有一个世纪的历史,是他父亲用来防备"白鬼"警察的武器(通过第九个粉丝的采访视频得知)。他伸出一只手,像父亲般搂住对方的肩膀,另一只手却拿刀割断了对方的要害,令血流喷涌而出,被害人猛然惊醒,却为时已晚。戈德史密斯很可能没被血溅到,也许只需要清洗一下胳膊,就能迎接下一位被害人。他手法如屠夫般精练,像宰牛一样挨个杀了他们。

她再次闭眼紧握传真件,眉毛拧在一起,眼睑跳动。然后她睁开眼,继续看了下去。

图表。图解。来自多名犯罪技术人员、法医的证据报告。阿贝特、分析器传来的监视面画。房间冷冻前的热成像照片显示着室内温热人体的活动,身体倒地的轨迹(墙上飞溅血液的形态分析)。被害者血迹的颜色各不相同,前一个被袭之人的血被后一个的所覆盖。血液渗透、冷却和凝固的时间节点。细胞坏死和细菌生长的情况。尸体被拖到角落堆积起来的CG①模拟。每具身体死亡的精确时间,死亡前的肌肉动作(这种细节不是必需的,只是为了报告的完整性)。包括血液在内的体液排出情况(真是痛苦的解脱)——衣物减缓了体液流出的速度。身体的冷却情况(细胞坏死、内部腐烂、肠内细菌生长的细节)。

诸如此类,她几乎有些恶心了。

她转向了地毯和地板上的人体组织残余物分析。主要沉积物都在过去四十八小时里被地毯部分吸收了——表皮角质、头发、人造纤维、特里隆斜纹尼龙巴西丝绸、唾液、精液(是手淫的产物,因为没有混杂其他男性或女性的体液)——这些都属于戈德史密斯。他处于独居或几乎是独居的状态。

至于水管系统,淋浴室和浴缸中没检测到不属于戈德史密斯的细胞和毛发,没有留宿的情人或者亲密的朋友在这里洗过澡。对水槽和马桶中沉积的不属于戈德史密斯的残留物的分析表明,戈德史密斯处于独居状态,并且他经常(每周两三次)邀请八至十二个人来家,举行时长不超过两小时的聚会。残留物的分布状况为:百分之三十四已识别,其中有百分之三十五属于受害者;百分之六十六未识别(已经开始鉴定头三十天内留下痕迹的人物身份)。结论:除了戈德史密斯,这房间没有其他长期居住者。

戈德史密斯没养动物。他的公寓(典型的巢内居所)里没有昆虫的痕迹,仅有五只从外面飞来的虫子。戈德史密斯使用合法的

———————————

①CG原为Computer Graphics的英文缩写,是通过计算机软件所绘制的一切图形的总称。

昆虫病毒杀虫,保持公寓的清洁。

地毯上所有的非人体残留物都是正常的东西。戈德史密斯不吸烟,不吸食粉末性或气溶性毒品。来访的客人会留下的残留物,符合他们在出发地和途中粘上的物质。衣物及其他纤维的匹配度同上述情况和模式。对非室内生长、非定制的微生物的分析同上述情况和模式。基于人体细胞这一直接证据,加上对领地性线粒体移动和非共生/非寄生微生物进化的分析,很快能查出未知访客的住所(由已知的城市微生物环境推测)。

分析报告面面俱到,还用一张清单列出了公寓十年前的三位居住者信息,与在浴室地板缝隙和没被地毯覆盖的区域里找到的残留物的分析结果一致。

所有的证据仍旧指向戈德史密斯。

玛丽关掉了平板。戈德史密斯可能会逃往伊斯帕尼奥拉,但亚德里为什么要接纳他?表面上伊斯帕尼奥拉遵守各种外交常规,但所有人都知道这个岛国本质上是什么样的存在,可他们喜欢它粉饰过后的外表,只因这个岛国给发达及不发达国家的焦虑中产阶级提供了度假胜地和避难天堂。伊斯帕尼奥拉没有犯罪,它的存在本身就是一种犯罪。

联邦警局的态度则显示他们不打算继续姑息了。把她送到那儿,把黑色的、时髦的玛丽送进黑暗的心脏。那里比非洲更黑暗,尽管非洲大陆在上世纪就被瘟疫和战争洗劫一空了。约翰·亚德里上校阁下让他亲自抚养大的孩子迁入了尼日利亚、利比里亚和安哥拉。迁入人口是一件大事,需要组织筹划,而这正是亚德里所擅长的。如果亚德里庇护戈德史密斯——他的老朋友、同胞、气味相投之人,这就正中联邦下怀,能乘机摆脱亚德里以及伊斯帕尼奥拉、摆脱瑞普金跟他们签下的条约了。这就是联邦的算盘吗?

玛丽知道自己不只是炮灰。她是一位骑士,将降临伊斯帕尼奥拉,采取一些"纳粹"行动:攻击那儿占领那儿,找出对方违规的地方,制造对抗的局面,以一个普通警探的身份执行联邦的计划。联邦之所以决心展开行动,也许是因为约翰·亚德里上校在给美国境内从南到北的挑选者提供非法设备,使得挑选者的野心日益增长,把作案目标扩大到了管理人员、政治家和两院议员,执行他们残酷的私刑。

归根结底,亚德里是否包庇戈德史密斯可能并不重要。

玛丽想起美国曾在瑞普金统治下的黑暗中颤抖,把全世界搞得乌烟瘴气。

如果亚德里拒绝她入境,就等于违背了条约。

如果她死在亚德里的地盘,成了某场蹊跷的暴乱的牺牲品,他就会同情地举起手说:我只有这点能力,怎么应付得了那些年轻人。这就是以牙还牙。

玛丽收好装备,扣上腰带,熟练地拉起制服拉链,匆匆照了一眼镜子,想知道身上黑色素消退处的填补状况如何了。然后她下令打开门,大步流星地走向白灰色大厅后的研究中心。她对那里的因塞恩·J.梅思琪笑了笑,她们以前大概见过三次面。梅思琪报以微笑,"昨夜很辛苦吧,长官?"

"有点吧,"玛丽说,"请替我向12周区的刑事专家们转达我诚挚的谢意。"在洛杉矶,巢周围的社区就像被草耙划过的玻璃一样分成一条一条的,警察和协调过渡区域的人称之为"周区"。12周区就是东区第一巢第三足周围的社区。

"好的。"梅思琪说,"你今天要退房了吗?"

玛丽点点头,"我要去监控管理所问一点事。"

梅思琪脸上露出了同情。没有警察喜欢去那儿。

"感谢你的招待。"

"不客气，"梅思琪说，"欢迎再来。警察旅馆随时恭候您。"

塞浦维达沿路都是中心市场和高耸的新公寓，中间夹杂着一个世纪前的老旧建筑。这里满是商场和娱乐场所，迎合了那些渴望换换口味、寻求刺激的巢区客户的需求，对受疗者而言仍然具有吸引力。在这里可以冒没有风险的风险，所有真正的受疗者对此都不会拒绝。

她走了一阵，享受着冬日的温暖。现在气温二十至二十二摄氏度，正是干爽无云的洛杉矶——天使之城的深冬。空气还算清新，但有臭氧层警报。海边的微风吹来，她能闻到一丝遥远海洋的味道，夹杂着海带养殖场和盐的气息。

她看到街对面有一间酒吧，是栋水泥建筑，故意将表面设计得粗糙不平，看起来老旧而残破；店前昏暗的霓虹灯是一个骑着火箭的裸女形状，乳头是一圈红灯，在明亮的阳光下闪着暗淡的光。酒吧正面挂着几个做旧的方形塑料红字：小伊斯帕尼奥拉。

玛丽挪开视线。她不愿想象自己在这间破烂酒吧的原型——辉煌而充满惊险的伊斯帕尼奥拉会是什么样子。那个国家出口痛苦和恐怖，给有需求却要顾及形象的东西方国家提供忠实的服务。

她不用回警局了。她要在两个小时内赶到监控管理所，而明天就得去巢区执勤。

但首先，她得花两小时拜访E.哈西达。

有时候我比我的朋友更了解他们自己。你们可能会说我狂妄自大，说这是对我的诅咒。但这是真的。我只希望我能更了解自己一点。

15

理查德听着娜戴恩准备早午餐的声音。早些时候，他还听见她在洗手间里撒尿的声音，高压力、低落差，他不禁皱了下鼻子。自青春期后，这还是理查德第一次出现洁癖症的感觉。他不想看到或听到人类的生理局限造成的种种缺点，尤其是这人还跟他有关的时候。他很享受昨晚与娜戴恩做爱的过程。她本人极其爱干净，但他如今连自己上厕所时发出的声音都厌恶，更不用提别人的了。可当他的婚姻尚存时，这事儿从来没有困扰过他。

治疗我自己。妻子弄出这样的噪音。妻子死了。弄出这些噪音的人会死。是这样吗？

不对。

他滚下床，床的电动悬架发出了如释重负般的嗡嗡声。透过黄色蕾丝窗帘后积满灰尘的卧室窗户，他看见巢将阳光反射在了一栋遥远的黄色石制建筑上。鼻尖传来咖啡美妙的香味，还有加热肉馅土豆饼的气味。一切都可能好起来,今天会很正常,甚至挺愉快。

然后黑暗猛地袭上心头。什么都没改变。他什么问题也没有解决,不论是别人的还是自己的。今天他也不会动笔写作,他得继续假装对写作充满热情,可实际上只是个寄生虫,是个马屁精,只能跟在那些能力更强、可以影响世界的成功者后面当个食客。他的生活只不过是"如果我……""我本来能……"的简单重复。

"你醒了。"娜戴恩把头伸出门框,乌黑的头发欢快地垂在一侧。

"很不幸是的。"他说。

"心情还是不好?"

"非常非常不好。"他轻声说。

"那我真的很失败,"她拿他的沮丧开玩笑,"没有浪到能让你开心起来的程度。"

"我不是这个意思,"他说,"我只是……"

她等他继续,但他打住了。娜戴恩嘟起嘴,回了厨房,"还有昨天吃剩的东西。"

他至少应该感激她的心情没受他影响。如果两个人都很低落,他会彻底沉沦的。事实上,他很高兴有人陪他,而且还是个女人;他很享受昨夜的疯狂,现在他也饿了。

他摇摇头,穿上袍子,对自己心态变化之快感到不可思议。左手袖子才套上一半,门铃响了,于是他停了下来。房屋管家没吭一声,这倒没什么好奇怪的。

"我去开门?"娜戴恩顽皮地问,表情暗示她这形象不适合早上见客。

"不,我去。"

他穿上拖鞋，走去应门。古旧的塑料纱门外是一个他从未见过的年轻男子：红头发，漂亮的圆脸，随时能作出一副笑脸，一身推销员的气质。但推销员不会到阴影区的这一带来。

"你是理查德·费特？"

"没错。"他套上了另一只袖子。

"我的名字并不重要。我有一些问题要问。看在社会的分儿上，我希望你能回答。"

"看在社会的分儿上"通常是阴影区乃至巢区居民间流传的段子，是个可以令人紧张的玩笑，但这个人不是在开玩笑。他们当然会感兴趣。这里出了大新闻，而他也被牵扯其中。这就是名人的宣传效应。

"您说什么？"理查德试探性地问，希望自己能把门关上。

"我能进来吗？ 看在社会的分儿上。"

娜戴恩站在厨房里，像只警惕的猫，她摇头表示：不，不要。

未受疗者很少报警。从概率上看这个地方是安全的，正好适合他们进行那套净化、根除恶源、修正人类的把戏。可他希望自己猜错了，那句话和那个姿势都只是个糟糕的玩笑。

"您说什么？"

"理查德·费特先生。"

"嗯？"

红发男子扬起一边眉毛，好像在说"找的就是你，问问只是客套而已"。

"进来吧。"理查德说。他想不到任何方法来假装自己不是理查德。

"请不要惹麻烦，"那男子说，"我只是要问几个问题。"

我想说，你以为你是谁啊？ 自封为所有人的上帝？ 我恨我这么懦弱。别惹麻烦,别乱来。

"你是埃曼努尔·戈德史密斯的朋友?"

娜戴恩回到了厨房门口,靠在门框厚实的瓷片上,眼神茫然中透着警觉。理查德希望能把注意力都集中在她和陈旧的白色墙漆上。别想多了。只想着这里一百年前曾是一片森林。但他无法抗拒自己把眼神转向那个男人。

对方穿着一套简洁的黑西服,裤脚下面露出一小截光亮的黑袜子,红色窄领带搭配绿衬衣,袖子略短,露着手腕。这身衣服令他显得又高又瘦,但他其实比理查德还矮六到八厘米,跟娜戴恩差不多高。

"曾经是。"理查德说。

"你知道他会干出谋杀的事来吗?"

"我不知道。"你会为这个惩罚我么?这是实话,我对警察也是这样说的。我不知道。

"他曾经跟你说过他要做这种事吗?"

"没有。"

"我不认识这个女人。她也是戈德史密斯的朋友吗?"

该死,只能说实话;我恨这个人,却得对他实话实说。

"她认识他,但不如我跟他那么熟。"

"你知道我是什么人吗?"那男人问娜戴恩。她点点头,就像一个偷吃糖果时被抓住的孩子。

"她根本不了解他。"理查德说。

"她也是罗氏团体的一分子,是吗?跟你一样?"

"是的。"

"你们是不是都对这件事有些责任?"

他咽了咽口水,"我们不是朋友的监护人。"

"我们都是我们朋友的监护人，"对方说道，"这个真理是我的生存之本。你应该知道你的朋友能做出什么来。我们的所为、所不为会影响所有人；其他人的所为、所不为也会影响我们。"

那就惩罚我们所有人好了。

"你不知道戈德史密斯现在的下落？"

"我猜警察已经抓住他了。"

男人笑了，"那些不肯承认我们的警察同事，现在一点头绪都没有。"

"同事。"戈德史密斯努力挤出一个勇敢而短暂的微笑。

对方回以微笑。

赞美我的演技吧。

"我们本地的分会对此案很有兴趣，因为拥有名望和特权的人似乎有能力逃避审判。你懂的，他能躲到朋友那里，成为民间英雄，跟那些温和又愚蠢的民众打成一片。"

"天啊，我希望不会这样。"

对方的微笑淡了，"我们不是暴徒，也不是狂热分子。我们是在给正义补充维生素。请不要误解我的来意。"

"我不会乱想。"恐惧把他推到了眩晕的边缘。简直想自杀了。

"我认为你在这件事上没有做错什么，"他说，"我们不是总能洞察周围人的内心世界。不过我警告你：如果你了解到任何有关戈德史密斯的消息、知道他躲在哪里，却没有看在社会的分儿上，向警察或当地分会报告的话，你就犯大错了。你会伤害很多渴望正义的人。"

"他们是雇佣了你，和你签了合同？"理查德问话时声音沙哑，忙咳了两声，吞咽口水清了清嗓子。

"没人雇佣我们，"对方平静地说。他转身走到门前，对娜戴恩点了点头，"感谢你的配合。"

"应该的。"她瑟缩得像只老鼠。红发男打开理查德的家门，离开公寓，经过长长的阳台走向楼梯。

"我要走了。"娜戴恩匆忙跑进卧室和浴室，收起她的衣物、牙刷和手袋，"我不敢相信，不敢相信，你……"

"我怎么了？"理查德还没回过神来。

"他们盯上你了。"

"我不知道原因！"

"你替他说了话！你是他的朋友！基督啊，我早就该想到，任何跟戈德史密斯关系好的人……基督啊！是挑选者。我要走了。"

他没有阻止她的意思。过去从未有挑选者造访过他，他从来没有引起过他们的注意。

"报警吧。"娜戴恩伸手开门时说道。她弓着身子，仿佛要费很大力气才能推开门一样。门打开了，她踉跄一步，然后瞪着他，"报警，或者至少做点什么。"

理查德为自己悲哀地轻叹了一声，回到卧室，躺在床上。他扭过头，不去看昨晚做爱后娜戴恩坐在床单边缘留下的干涸的液体痕迹。他仰视着被地震摇出道道裂痕的陈旧天花板。这天花板建好，或是这房屋框架搭好以来，已经有多少人死去？自我们昨夜做爱以来，又有几百万人遭遇了可怕的事？全世界每分钟都有几百人遇害。去惩罚他们所有人吧。

他一动不动，让急促的呼吸平缓下来。他一只手抓着床单，转过头，脖子紧绷，露出可怕的笑脸，然后突然坐起来，拳头有节奏地击打着床，同时环视房间。接着他站起来，仰起头，举起拳头朝天花板挥舞，先是低声呻吟，然后渐渐嚎叫起来。他捶胸顿足，最后跪下，灰色头发挡在了澄澈的蓝眼睛前。他围着床乱舞，拳头高举,跌在床上又站起来,用赤脚踢床垫。突然他拔开两条细长的光腿跑进客厅,一边嚎叫,一边抓起一个装满枯花的花瓶,将里面的污水洒出,在空中形成银色的弧线。然后他手一松,看着花瓶一路从客厅滚进厨房,撞在了洗手池下面的柜门上,碎成几块,褐色的枯花也散了出来,但茎秆仍留在花瓶口里。

理查德转向卧室,弓着身子,有气无力地走回房间,瘫倒在床。他刚才的行为仅是徒劳的、原始的发泄,毫无用处。他啜泣着,将自己的无力和无助咽进肚子。

然后,他陷入沉寂,突然有了一个冷静的意念。他一翻身,把手伸向床头柜的把手,打开抽屉,拿出一个笔记本,然后再次躺下,翻身在台灯旁边找到一支满是灰尘的笔。他把它在床单上擦了擦,污迹就印在娜戴恩昨晚留下的痕迹旁边。他想想,觉得这两者无论是颜色还是意义都有相似之处。然后他垫着枕头坐起,将笔记本翻到新的一页。上一次在这本子上动笔已经是两年前。这些干干净净、空无一字的纸页,代表着他什么文章都没留下的那两年。

什么也别想,不要怀疑,写吧,趁着这股劲儿,写吧。

他开始写道:

我脑中的烦恼,源自此处。它在血与创伤中终结,却缘起于一个梦、一次思考、一次猛然醒悟,那时我发现了自己的不足。

空荡荡的非洲，母亲，给我展示你新大陆的道路。
你制造了一片骸骨之漠，
就在你的孩子曾经舞蹈的地方。
地球上那些肤色更浅的人，
还会欣赏你的肥臀吗？现下你的孩子
已经渐少渐弱。
你会再次散布新的昏睡症吗？
目标只有白人，
以此保护你的长子？
在异国海岸，你背井离乡的后裔
为了像白人那样穿着、挣钱而奉献劳力。
他们从你的土壤萌芽，
他们在土地上方行走，
脚不沾地，
他们不知道自己所属何处，
他们是黑色的白人。
这些你背井离乡的后裔啊，
像我一样的黑色白人。
为我哭泣吧，我的母亲，
正如我为你哭泣一样。
我无法去爱。

16

AXIS(生物波段4)>罗杰,我相信我看到了建筑物。真令人兴奋,不是吗?探测器已经进入B-2的大气层并开始下坠。我可以为它们的航行写一首诗。有三分之二的探测器成功穿过大气层,开始给我传输大量的数据。它们看到了广阔的绿色沙漠,还有一片片被植物海洋覆盖的大地。正如我们预计,这是一颗绿色的星球,它有草地、沙漠以及两片广阔深邃的绿色海洋,一片位于北半球,另一个位于南半球。星球北极还有一片小型的蓝色海洋。我的探测器告诉我,这些海里都存在微生物。陆地上似乎没有大型生物存在的痕迹,也没发现动物的踪影,但大气中有足够的氧气供动物生存。也许所有的动物都生活在海洋里,又或者这里的氧循环跟地球不一样。当然,地底下存在大型昆虫巢穴的可能性总是有的。无论如何,这里有生命。[判断算法检查完毕。]

这里存在季节的差异,因为B-2的自转轴倾斜了9°。显然,这里的季节变化很温和,不像地球上的冬夏之差这么极端,差异仅类似于春、秋的区别。

罗杰,接下来说的可能是我最重要的观察结果。我的探测器在地面发现了一圈圈饱经风吹日晒的高塔。高塔形成的圈子半径从几百米到几十公里不等。这些塔高约一百米,横切面呈椭圆或正圆形,而较小的圈子里,塔的横截面多为圆形。所有塔圈几乎距离海岸不超过三百公里,而且有一些类似道路的宽线连接着塔圈与海岸。

我在二十五万公里外用长距离望远镜确认了该发现。我的"硬币孩子们"报告说,没有在塔圈和道路上发现生物活动的迹象。

昨天发射的探测器现已开始减速,准备进入空气动力制动阶段,将在五小时十分钟后着陆。我预计会在二十八小时内收到他们的报告。我已命令五枚探测器在陆地降落,其中两枚在草地,三枚在塔圈周围;剩余的三枚水下探测器则会分别前往位于极地的内海——唯一的一片蓝色海洋、北半球的绿海——那海的形状就像一条环绕星球的河流,以及南部的绿海——也是三片海中面积最大的。[传输时间5.6皮秒[①]]

文学视频21/1A网络(大卫·塞恩):"AXIS已经确认首次在地球以外发现了生命!注意了,历史学家们,这是人类历史上的标志性时刻:我们并不孤独!但还有更惊人的消息:AXIS报告说可能存在智慧生命,至少是一些能够建造出圆形高塔阵的生命形态。澳大利亚北海岬承诺在今天晚些时候提供AXIS正在——或者说已经——接收的图像,包括这颗星球的低分辨率图片,我们会在第一时间将其呈现给观众……

"谁能压抑心中的那种自豪? AXIS,也许是地外探索史上最昂贵的器材,已经完全赚回了它的身价。今天我们得知,宇宙的另一处也有生命存在。我们的存在也会被外星生命发现吗? 作为额外的馈赠,AXIS还告诉我们,它似乎发现了城市的遗迹。我们将全面报道来自北海岬的信息,以及全球专家的相关分析。

"文学视频21并不是在吹牛。我们一向争取在报道中呈现不一样的观点,引导不同的思考方向,以探索隐藏在简单事实背后的

---

①1皮秒等于一万亿分之一秒。

真相。但今天我们也震惊了，不得不与其他频道异口同声地宣扬这件事。AXIS在另一个星球发现了可能是城市遗址的建筑。那是一个绿色的星球，叫B-2，是半人马座α星B的第二颗行星。长久以来，人类一直在猜想自己是否孤独，是否独享着整个宇宙。在人类历史里，除了少数预言家，绝大多数人都认为太空旅行遥不可及，而恒星间的航行更是不切实际的幻想。但最终，技术的进步和对地外探索的本能渴望驱使我们登上了月球和其他行星。在那些地方，我们没找到生命。

"我们的太空望远镜早已确认，遥远的恒星周围有比地球大得多的行星。我们无从得知，是否存在与地球体积接近的行星，但直觉告诉我们：它们存在。2017年，五个国家在年轻的科技巨人中国的带领下，决定建造首枚星际探测器。美国最终也被说服，无奈地加入了该项目，成为第六个成员国，也为项目提供了大量的技术支持。AXIS建造于地球轨道，使用了当时最大的中国轨道空间站金色黎明作为基地，就此诞生了……

"罗杰·阿特金斯，思维设计公司的高级主管，AXIS智能系统的首席设计师，将生物与机械的思维组织成了一个思维系统，其智能远超任何人类个体，尽管它还没有自我意识。以下是阿特金斯在2035年，也就是他加入这项计划五年后的采访：

（视频采访重播，阿特金斯身材矮壮，棕发轻柔，穿着黑色紧身衣）"我们并非旨在把一个人造人送上太空。AXIS的思维系统强于人类，它的能力是为执行任务而设计的，但我们不会忽略它的艺术性，也不会剥夺它独立思考的能力。总之，等AXIS到达目的地，它和我们交流一次就需要整整八年半的时间。在深空中它会非常孤独，而且必须靠自己作出各种决定，而这种独立判断的能力至今仅是人类的专利。

"我们赋予了它发自本能的强烈交流欲望,交流对象除了它的设计者外,还包括其他生命。AXIS的社交能力是独一无二的。它会希望遇到陌生的智慧生命,并与之交流,只要这样的生命存在。"

大卫·塞恩:"现在,AXIS似乎找到了交流的机会……总之,我们的科学家创造了AXIS这一人类的模拟物,它比人类更强,而且不完全是人类——这个问题对哲学家而言是个挑战——并把它送往了半人马α星,开始为期十五年的漫漫征程。这几十年的努力及旅行获得的回报,可能改变我们对自身的看法、对生命的看法、对一切重要事物的看法。

"我们并不孤独。实话说,我们文学视频21觉得此刻已经可以开始庆祝了……但AXIS的科学家们建议我们保持谨慎。AXIS发现了生命一事几乎已成定论,但它看到的塔可能并不是建筑或者城市。

"您对此又有什么看法呢?请在我们的网站投票,并登陆上传自拍视频评论,您的评论将有机会登上我们的节目……"

17

玛丽·蔡从警局走下周区间的迷你巴士,抬头望了一眼东区第一巢:四片横卧的狭窄镜面竖直地堆叠在一起,形成一个垂直的银色平面,准备在接下来的数小时内,把渐渐西斜的阳光反射到E.哈西达所住的第六周区。这座城市被海上飘来的青灰色云团笼罩,巢也被云层遮住了头部。今天傍晚或许没有阳光可用,甚至会下雨,但巢还是一如既往地调节着镜面,仿佛是为它们造成的阴影感到内疚,要作出补偿一般。

玛丽站在门廊前,等着房屋管家向主人通报她的到访。厄尼斯·哈西达打开了深色的橡木门,热情地冲她微笑。哈西达短小精悍,圆脸上有一双悲伤的眼睛,搭配圆圆的脸颊和唇边自然流露的笑意正合适。玛丽对他回以笑容。他一言不发地欢迎了她,她感到整个星期的不悦都烟消云散了。

他让到门边,做了一个殷勤的"请进"手势。玛丽走进门里,抱了抱他。他的头刚到她胸脯的位置,鼻尖蹭到了她的黑色制服,于是他抖了抖,轻轻推开她,咧嘴一笑,露出了洁白整齐的牙齿,门牙反射着一点玫瑰色。他挥挥手,请她坐下。

"我能打太极吗?"她问。

"当然可以。"他的声音柔和得像绒毛,"遇上烦心事了?"

"我遇上了一桩糟糕透顶的谋杀案,一场挑选者抓捕行动,待会儿还得去监控管理所查点东西。"

"嗯,真不是个好日子,一点也不好。"

E.哈西达很少上网或者看文学视频,但他并不反对现代技术。他小小的老式平房里塞满了精挑细选的设备,常常让她眼花缭乱。厄尼斯是组装拼接技术方面的鬼才,能把不搭边的玩意儿组合成十倍于其原本价值的东西:凭一个手势就能让音乐四面响起的设备,能把墙壁变成歌剧背景幕布的灯具,能从窗外向里张望、眨眼大笑的恐龙,能在晚上飘到床头唱摇篮曲的天使,以及脑袋长得像葫芦、睿智的眼神中闪烁着禅意的日本佛教高僧。

他起身一鞠躬,回到他的视觉键盘前坐下,继续工作,仿佛她不存在一样。有他陪伴,玛丽放松多了。她随兴打起了太极拳,手臂腾挪,就像她昨天早上做的那样,只不过更为流畅、优雅和连贯了。她把自己想象成一片湖、一条河、一场从城市上空坠落的雨。她让自己的重心定住了片刻,然后睁开眼睛。

"吃午餐不?"厄尼斯问。他的键盘后面架着三块宽大的屏幕,上面显示着三张可怕的脸。那些脸很长,棱角分明,不大像人类,眼睛追随他们而动,看上去就像寒冰包裹的燃烧煤炭。它们的轮廓以霓虹勾成,又用儿童粉笔或是蛋彩画颜料涂了色。有一张脸上的鼻子很奇特,头骨像是猫或者狗的。

"很吓人。"她评论道。

"这是异形。"他不无骄傲地说,"我从拉丁贫民区的全息涂鸦上借鉴了点细节。"

E.哈西达对异形研究颇深。他有一半日本血统,一半拉丁血统,所以绘画风格在两者间转化,时而以玛雅/墨西哥的明快原色为主,时而又以古老日本的冷色、大地色为主。绘画内容也在风景和转换人流行艺术间来回变化。他的作品既恐怖,又高雅。即便厄尼斯没有这般天赋,玛丽也能接受他,但有了这样的天赋,他正好与玛丽完美互补:他的才华充满破坏性、令人不安却富有启迪性,与玛丽的严谨、冷静与老练恰好相反。

"你想聊聊吗?"他在沙发上挨着她坐下,打了个自己发明的给机器看的手语,意思是把食物端上来。三个废品改造的阿贝特滚进了兼作厨房和纳米实验室的房间。它们呈黑灰色,被塑造成了优雅而抽象的形态,或是拥有瓶状曲线,或是像立体派作品般尖锐。

"我可能要去伊斯帕尼奥拉一趟,"她说,"上面正在准备通行证。嫌犯逃去那儿了。"

"嫌犯干了什么?"

"一夜之间杀了八个人。"

厄尼斯吹了声口哨,"可怜的玛丽,这事儿让你很难过。"

"我恨这些人。"她说。

"你同情心过剩了。看看,你刚打完太极,人又僵了。"

她伸直手指,摇了摇头,"我没有生气,只是有些沮丧。"她的黑眼睛扫过他的脸,"他们怎么能犯下这样的罪行?人怎么能邪恶到这种程度?"

"不是每一个人都跟你……还有我一样精神稳定的。"厄尼斯微微一笑。

她摇了摇头,"我要把这个狗娘养的找出来。"

"现在你像是生气了。"厄尼斯说。

"我想让这样的事绝迹,我想让所有人都变得成熟而快乐。所有人。"

厄尼斯发出了怀疑的笑声，"你是警察。你和犯人就跟医生和病人的关系一样：如果每个人都好得不能再好，你就失业了。"

"我才不在乎，你……"她在脑海中搜索合适的词句，但没成功。在他面前，她的疑虑和弱点暴露无遗。厄尼斯两年前就成了她的哭墙。他一直冷静地扮演着这个角色，就像她的私人心理医生一样。"我今天甚至没有时间做爱。"

"午餐做爱二选一，你选了我的午餐？"

"你是个好厨师。"

"你连续工作多久了？"

"太久了，但中间休息了一次，现在是第二次。别担心，厄尼斯。你听说过埃曼努尔·戈德史密斯吗？"

"没有。"

"他是个诗人、小说家、剧作家。"

"我是个视觉动物，不是文学爱好者。"

"他就是嫌疑人，还是个名人，住在巢足。警方怀疑他杀了八名粉丝。动机不明。他已经消失了，我怀疑他逃到了伊斯帕尼奥拉。约翰·亚德里上校表示随时欢迎他前往。你告诉过我，你认识一些从伊斯帕尼奥拉来的人。"

厄尼斯皱起眉头，"我不想让你去那儿，玛丽。如果你想了解伊斯帕尼奥拉，到警局图书馆查些资料不是更好？我确定那里一定有你需要的……"

"我已经看过了，但我还是需要内部人士的信息，尤其从事过秘密工作的人。"

他眯起一只眼睛，"我有一个朋友认识这样的人。他们不大好相处，因为他们不信任任何人。"

她抚摸他的脸颊，光滑的黑手滑过他棕色脸庞上的胡楂，"我想跟你的朋友聊聊,你能帮忙安排吗?"

"他们没有工作,没接受过治疗,很快就会变成法外之徒——即使如此,他们也会很高兴有机会见你一面的。你光芒四射,玛丽。但他们是通过《瑞普金入境法》进来的。华盛顿发生变故后,他们就被伊斯帕尼奥拉抛弃了。他们害怕被遣送回国,只能躲躲藏藏,避着移民局,也畏惧挑选者。"

"我可以睁一只眼闭一只眼。"

"真的吗?我觉得你就是个愤怒的女人。你可能会把他们带走,送去治疗。"

"我能控制自己。"

厄尼斯低头看着自己因工作而显得粗糙的手。上面满是纳米疤痕。他在对待某些工作材料时不够小心。"你想什么时候见?"

"如果我明天还没能在国内找到戈德史密斯的踪迹,后天就得去伊斯帕尼奥拉了。"

"我可以跟我的朋友谈谈。不过如果你不用去了的话,这事儿可以当成没发生过。"

"在阴影区发展些眼线,对我来说总是有用处的。"

"真好笑。你不需要眼线。"

阿贝特们送来了午餐。瓶形阿贝特的托盘里放了两只酒杯,后面两个立体派阿贝特的托盘里堆满了精致的三明治。

"玛丽,你知道我很喜欢你,"厄尼斯在进餐时说道,"为了跟你这个执法人在一起,我放弃了很多。"

玛丽笑了,身体抖了一下,"我真的很满足,我不希望我们两个人再放弃什么了。我们还没到达职业巅峰呢。等我们到达顶峰后再说吧。"

厄尼斯留意到了她的颤抖,"别开玩笑,不然我就甩了你,去找个拉丁甜心。"他给她倒了一杯罗望子酒。厄尼斯不喝酒,也不吸毒,"但我差不多每次都这么说,是不是?"

他们干了杯。玛丽盯着自己举起的手,好像它不是她身体的一部分似的。

"还有什么事情吗?"厄尼斯轻声问。

"西奥给我打电话了。"

"神经质的西奥多拉,"厄尼斯说,"她大愿得偿了吗?"

玛丽摇摇头,"她又落选了,第三次。"

"我说的不是这个。"厄尼斯说。

"哦?"

"你告诉我她是你的朋友,玛丽,但是我从没见过这样的朋友。她总是跟你较劲。她不爱你。她想成为你,却因为你的独特而恨你。"

"噢。"她放下了杯子。

"她在你肩上哭了吗?"

"享用你做的午餐就跟做爱一样,"玛丽顿了一下,"我真心遗憾我没法久留。"她举起一块填满香草煎虾的花边面包,向他表示称赞。

监控管理所占据了贝弗利山威尔夏大道上一栋二十一世纪初的写字楼的头七层,第二层的接待室丝毫不屑于装饰,房间狭小逼仄,墙面白晃晃的,灯光刺眼。

她静静地等候着自己的预约时间到来。和她同样耐心等候的,是坐在对面的其他三个警察,分别来自长滩和托伦斯塔。他们几乎没有交流,在这种环境里大家都感到不适。

监控管理所掌握着警察无法通过法庭命令获得的资料,而查询这些资料跟玩政治游戏不无相似之处。无论是警察个体还是警察局，如果经常来索取资料，就会被打上"贪婪"的标签。

美国遍布着摄像头和其他监视公民行动的传感器，不管他们是在私家车、巴士、火车、飞机上，甚至在人行道上，只要使用公共设施，就会遭到监视。私营公司提供服务的记录、财政记录、医疗记录和受疗记录都会被监控管理所收集起来，而各州的监控管理所每年进行一次办公人员公选，轮流管理这些信息。

监控管理所已经上百次地证明了自己的存在价值：因为它向社会统计学家提供了原始数据，他们才能制订计划、追踪趋势，才能理解和服务整个国家的五亿大众。

监控管理所建立之初，法律禁止它对司法部门和警局透露任何公民、甚至包括一些特定公民团体的信息，无论他们做了什么。但就在瑞普金上任之前，警察、法院与监控管理所之间的屏障已经变薄了。在瑞普金的七年任期里，这道屏障更是名存实亡，以至于最后，个人信息能够随意地流向警察和联邦特工。而如今风向逆转，监控管理所给警察提供的资料又越来越少、限制越来越严格了。

现在，监控管理所的工作人员若违规流出信息，就会受到严厉的财产处罚，甚至遭遇牢狱之灾。结果就是，每次警察申请查询信息都会变成一场意志力的较量——意愿与不愿意之间的较量，玛丽是这样形容的。她过去四次的申请全部以失败告终，所以这次也没抱多大指望，尽管手中的案情非常严重。

管理前台的阿贝特叫出了她的名字。她将票塞进插槽，登上一小段扶梯，来到一间狭小的办公室。房间两端各有一扇门，中间挡着一张空桌子，没有凳子。这样的布置暗示双方的关系是对抗的，而非友好的。

玛丽站着，等待她的联系人从对门走进来。

一位穿着蓝色休闲服的中年男子进来了。他头发稀薄，看上去很疲惫，也完全没有装模作样的精力。他一脸厌恶地看着她，招呼道："你好。"

她点点头，站在原地双手交叉。

"你是玛丽·蔡中尉，正在调查东区第一巢第三足的八人谋杀案。"他说。

"是的。"

"我看了你的申请。这种案子无论在巢里还是别处都很罕见。你想知道，在过去七十二小时里，我们有没有监控到公民戈德史密斯在国内出没的位置。你需要这些信息来缩小追捕范围，或者决定是否要出国追捕。"

"是的。"

对方用不带喜恶的眼神看着她，没有评头论足的意思，仅仅是看着。

"你的请求并没有超越职权，但不幸的是，由于我方三个部门间的评定结果不一致，我不能把所有的信息都给你。公共需要的程度不够充分。根据我们的判断，你有能力在信息不完全的情况下抓捕罪犯。但是我被授权告知你，在过去七十二小时内，我们没有埃曼努尔·戈德史密斯在洛杉矶之外的财政记录和其他任何交易记录。你可以二十四小时后再对同一事项进行申请，但在此之前的申请都会被拒绝。"

玛丽愣了几秒。结局果然不出所料。她放松了一些，放下手臂转身离开。

"好运，蔡中尉。"那个一脸疲惫的男子说。

"谢谢。"

年迈的黑人留着灰色的胡须

执行部落的正义

他牙齿腐烂，眼睛泛黄，指头僵硬

梦见有人偷别人的老婆和牲畜

被剁下手指

在额头刻上小偷的印记

萨里亚被罚去右手

灰假发、黑袍子，声音洪亮，令人昏昏欲睡

房间里摆着同样古老的木制品

黑人留着灰色的胡须

眼睛泛黄，牙齿没烂

18

马丁·博克把那张联络卡插进电话。保罗·拉斯科的脸出现了，"你好。"

"我是博克。"

"很高兴接到你的电话，博克先生。决定了吗？"

马丁的嘴唇麻木而干燥，"告诉阿尔比贡尼，我会做的。"

"很好。今天下午你有时间吗?"

"我的时间再也不属于我了,拉斯科先生。"

拉斯科以为这只是嘲讽,笑了笑。

"我下午有空。"马丁说。

"一点钟会有车到家接你。"

"我要去哪里?"

拉斯科咳嗽两声,"对不起。请原谅我们必须慎重保密。"

"多慎重都行。"马丁轻快地说,就像典型的拿钱干活的人,"噢,对了,拉斯科先生……我需要你尽可能提供一切有关我们实验对象的信息。可以告诉他我们的办事程序——"

"他已经答应了。"

马丁惊讶得说不出话来。

"我会准备好所有的档案以及相关材料,等你到来。"拉斯科说。

马丁盯着面前的空白屏幕看了好一会儿,脑子放空,手掌摩擦着膝盖。他起身走到窗前,望着窗外的"落魄贵族"拉霍亚,这座老城仍做着旧时美梦,而梦中的荣耀已经流往了北边的纪念碑和西边的大海对岸。

他已经爱上了拉霍亚。他失去了重回纪念碑的野心,也没想过要入住天杀的洛杉矶巢区。如果一切都像计划的那样顺利,他将很快远离这片土地,回到他更爱的地方去——如果那里也算是"地方"的话——他会回到精神国度,跟卡萝尔一起。

"我可以把这一切看作是一场冒险,"他大声说,"否则我会感到害怕。"

马丁检视了一遍书架,把可能需要的储存设备收拾起来,又给房屋管家下了些命令。为了保险起见,马丁还是给律师打了个电话,说如果一周后自己还没回来,可能在哪里找到他。这是他最后的一丝疑虑。

一辆暗蓝色的加长私家车准时停在路边,打开车门迎接他。他坐到了灰红相间的松软座椅上。汽车呼啸着穿过拉霍亚的街道,驶过午餐时间的拥挤人群,很快进入了联邦5号高速自控公路,加速向北驶去。

前往卡尔斯巴德①的十分钟车程里,公路两旁簇拥着二十世纪晚期的公寓楼,宛如沿悬崖而建的房屋,被卡尔斯巴德高达一千米的倒金字塔遥遥压在脚下,许多人就租住在这些公寓里。他们在倒金字塔底东转,下了高速公路,进入一条平整的混凝土马路。马路在山丘间蜿蜒,穿过大片田野,上面点缀着庄园、别墅、清真寺、玻璃穹顶、海蓝色的屋瓦、小小湖泊、高尔夫球场,还有几栋砖木结构的都铎式建筑:这里是古怪的老派富人的休闲天堂,他们不喜欢纪念碑的浮夸生活方式,也不喜欢海滨地区的中产阶级作风。

隔海望去,加利福尼亚的南海岸线就像一堵巨大的狱墙,又像地球扭出的一道道色彩轻快随意的玄武岩褶皱,凝结成条状或块状,里面聚居着来自全世界的"旅鼠":这里有来自俄罗斯的移民,他们几十年前就在美国西海岸开起了小酒馆;有中国和韩国的移民,他们因为来得太晚,买不起昂贵的土地;还有富有的日本家族,石油时代最后的中东家族,他们为了赚更多的钱,把自己的土地卖给了纪念碑的建造商,同时死守着自己分到手的地盘。于是,数量上不占优势的加州本地人受到了打压,他们的房屋变得低人一等,墙面斑驳,被纪念碑和更大的新兴巢区遮上了阴影。

阿尔比贡尼的确有理由把房产置在别处。但这位出版商并没有随大流,跟其他西部人一样往东回迁数千里、占领中部各州和曾

---

① 美国加利福尼亚州圣迭戈县的一座城市。

经遭受重创的纽约。

"是这里吗?"马丁问车子。他们转入了一条私人道路,夹道的橡树像是形成了一个峡谷。他们朝一栋五层的复合建筑驶去。它看起来是木头建造的,白墙红顶,中央是一座高大的塔楼。马丁感觉这栋建筑很眼熟,但他之前的确没见过它。这时,控制轿车的低级思维系统发话了:"这就是我们的目的地,先生。"

"为什么这地方这么眼熟?"他问。

"它是阿尔比贡尼的父亲仿造过去的科罗纳多酒店建造的,先生。"

"噢。"

"他很喜欢那个酒店。阿尔比贡尼先生把很多设计都复制到了这里。"

他们开进一条宽阔的入口通道。马丁身体前倾,看见前面的砖头台阶和黄铜护栏一路通往一扇装着玻璃的宽敞木门。门的颜色要么是浸染的,要么是漆白的,令人联想起几十年前它的原材料被大型设备从森林里拖出来的样子:它可能来自较近的巴西、洪都拉斯,或是较远的泰国、吕宋岛。树身被大型机械砍断,刨去树皮,锯成木料,晒干上色,然后装箱运往加工厂。

马丁不喜欢木制家具。他对植物、特别是树木有一种奇怪的感觉:它们有种高级的意识,单纯却深刻;它们没有思维,没有精神国度,对生命却具有最简单的回应——它们生长,不带狂喜或愧疚地性交,没有痛苦地死去。他没有对任何人提起过这种想法。他把它埋在了心里的秘密垃圾堆中。

保罗·拉斯科走下台阶,停在了车旁。车门随着一声叹息打开了。拉斯科伸出手,马丁一边观察着这栋木制建筑的工艺,一边握了握他的手,像没见过世面的孩子一样嘴张得大大的。

"很高兴你加入了,博克博士。"

马丁礼貌地点了点头,将握过的那只手插进裤袋,轻声问:"去哪里?"

"这边。阿尔比贡尼先生在书房里。他最近在阅读你的全部论文。"

"很好。"马丁说,尽管这消息没什么意义。阿尔比贡尼没必要理解他们的工作原理。他不会进入精神国度。"我见了卡萝尔。"他在宽阔阴暗的大厅对拉斯科说。这里地面是深色的大理石,还有各种异域木料制成的拱顶、枕梁和柱子:有红木、雀眼枫木、柚木、胡桃木,以及一些他认不出的木料。消费这些木头就跟消费濒危动物的毛皮一样可耻,尽管这些树不是濒危物种。它们是在一个罪恶的时代被砍下来加工的,但这些树种存活了下来,如今二度繁荣昌盛。而如今的农场大量种植经过基因改造的新型树木,于是木材变得廉价,失去了富人的青睐。富人们现在偏爱人工合成的材料——人造品的原料成本和能量消耗较高,所以更稀有。阿尔比贡尼这栋房子的风格刚好介于人类贪得无厌的时代与无产阶级物质大丰富的时代之间。

拉斯科说了句话,他没听清,"抱歉,你说什么?"

"她是个很好的研究者,"拉斯科重复道,"阿尔比贡尼先生很高兴能得到你们两位的帮助。"

"是啊,没错。"

拉斯科带他进了书房:这里有更多的木制品,光线晦暗,藏书充栋——可能有两三万册。蒙尘的旧书卷的气味沁人心脾,年岁和陈腐的气息萦绕房间。

阿尔比贡尼坐在一张沉重的橡木椅子上,面前是一只平板。人脑结构图在屏幕上旋转,呈现出横切面、正面、背面。他缓缓抬起头,像蜥蜴一样眨眨眼,苍白的面容因悲伤而显得苍老。可能自从上次与马丁见面以来,他就没有睡过觉。

"你好,"阿尔比贡尼毫无感情地说,"感谢你的加入和到来。时间不多了,从后天起,心理研究所就会对我们重新开放,而你的所有设备也能投入使用。在这之前,我有事想跟你说明一下。"

拉斯科拉来一张椅子,马丁坐下了,拉斯科仍然站着。阿尔比贡尼手肘在扶手上动了动,像个老人似的前倾身体。他长着罗马贵族式的阔脸,唇角曾是自然上翘的,眼神原本友好如今却已空洞。"我正在阅读你的文章,关于三倍聚焦接收器的——特制的神经系统纳米机器在皮肤中建起电路,它便从中接收信号,以追踪海马体和胼胝体上二十三个不同部位的活动。"

"没错。如果我们要进入精神国度,就需要这个工具。它的功能很多样化,在大脑的其他区域也能起作用。"

"会对探测对象产生不良影响吗?"阿尔比贡尼问。

"没有长期影响,纳米机器会撤回到皮肤表层,最终退出人体;如果出了什么问题,导致它们留在了体内,它们也会自行销毁的。因为它们的成分是蛋白质,还有可以排出的金属。"

"但是反馈性的探测……"

"它通过特定的路径和神经关口来激发神经化学物质活动,释放神经递质和离子,后者将被大脑作为信号接收。"

阿尔比贡尼点点头,"这很有侵略性。"

"有侵略性,但没有破坏性。这些刺激本来都是可逆的。"

"但你不会真的直接进入探测对象的思维吧?"

"不会,在第一级探测里不会。我们会用电脑作为缓冲。我设计了一个电脑程序,可以解读从探测对象身上接收到的信号,然后模拟出大脑深层结构的图像。研究者可以在电脑模拟出的深层结构中探索,如果有必要,还可以放出反馈刺激,令探测对象回应某个问题。探测对象的思维会作出反应,而这些反应会体现在模拟当中。"

"你可以直接进入探测对象的思维吗?"

"只有在第二级探测里才行。"马丁说,"我只干过一次。"

"我的工程师说,这回不能进行第一级探测。你的设备六个月前被调查人员查封了。现在你的模拟设备——也就是用作缓冲的电脑——远在华盛顿特区,被检察官扣下,说要把它跟挑选者进口的刑罚机器进行对比。你愿意直接跟探测对象进行思维对接吗?"

马丁环视房间,勉强扯动面部肌肉,微笑着靠上椅背,"那情况完全不一样了,先生们,"他说,"我不知道设备已经被扣押。联邦特工搞错了,我的设备跟'地狱皇冠'毫无相似之处。现在,我不知道能不能继续下去。"

"那台电脑是收不回来了,不过我们可以另找一台——"

"那电脑是我自己造的,"马丁打断他,"从纳米雏形到成品。它没有思维,但几乎跟人的大脑一样复杂。"

"那么计划就无法进行了。"阿尔比贡尼说,几乎像是这么希望似的。

马丁绷紧了下巴,望向窗外。蓝绿色的冬蔷薇花篱整齐地开放;绿色的草地,灰绿色的橡树,金褐色的远山。

这是当机立断的时刻。他得把一切抛在脑后,作出决定,"还是可能进行的,只是这么做未必明智……"

"有危险吗?"

"直接对接会给探查双方都造成负担。研究者只能在精神国度短时间停留,大概最多一到两小时吧。我早些时候设计过一台小型电脑,可以在一定程度上充当交互界面,帮助研究者理解探查对象的思维。它更像是一台翻译器,而不是缓冲器。我希望这台电脑还在。"

阿尔比贡尼看着拉斯科,后者点了点头,"如果我们的清单没出错,它就还在。"

"你们是怎么重新开启心理研究所的?"马丁问。

拉斯科说,这不属于他的考虑范围。拉斯科说得没错,他不过是随便问问。只要心理研究所真能重启就行了。有钱什么事做不到?他们以后都有可能被揪出来,只要这个有钱佬发了昏,或者他手下某个无名小卒犯了错。

"精神国度为什么会存在,博克博士?"阿尔比贡尼问,"我看过你的论文和书,但它们专业性太强。"

马丁整理了一下思路,尽管他已经就这个问题跟他的同事及大众解释过上百次了。这次他要尽力严谨地表述,不加任何艺术性的润色,因为精神国度本身已经够曼妙了。

"精神国度是人类一切思维存在的土壤,那里居住着大大小小的自我。每个人的精神国度都不一样。没有什么东西能与人类的意识集合体相提并论。我们将人脑中的主要程序称为人格,而自我意识通常即是由人格构成。人格在一定程度上是跟其他一些程序混在一起的,我们把这些程序称为子人格、才能、动因。这些东西其实都是不完整的人格;如果它们想得到表达或上升到控制层面,就必须跟主要的人格结合,也即是跟意识——我们最重要的自我结合。

"才能包括技能和直觉、习得行为和本能行为。性是其中最强大、最常见的——成人的才能有二十项与性相关。愤怒位居其次,有五项才能与其相关。在三十岁以上,适应社会的成人中,一般只剩下两项与愤怒相关的才能,分别指向社会愤怒和个人愤怒。我们的时代,是一个社会愤怒的时代。"

阿尔比贡尼只是听着,没有回应。

"举个例子,挑选者就是被社会愤怒驱动的。他们把它跟个人愤怒混淆了起来。社会愤怒才能控制他们的基本程序。"

"才能就是人格?"拉斯科不确定地说。

"是发展不完全的人格。在平衡、健康的个体中,它们无法独立存在。"

"好吧,"阿尔比贡尼说,"这么说明白多了。还有什么其他类型的才能?"

"还有几百项才能,大都是不成熟的,几乎都借用或是模仿主要程序,并与之和谐地融合在一起。"马丁交叉指节,扭了扭手腕,"这样才能构成健康的个体。"

"你说'几乎都',但那些不仿照主要程序的程序和子程序呢?它们大多是——"他看着笔记,"你称之为子人格或者第二人格。"

"情况很复杂,"马丁说,"我的第二本书里面有写到。"他用下巴指了指平板屏幕,"子人格或第二人格包括某人潜在的男性/女性程序,也就是荣格所说的阿尼玛斯和阿尼玛①……还有常用程序,即一个人在社会中行使职能、扮演重要角色时呈现出来的人格……它可以是任何一种能在相当长的时间内指挥或者代替主人格的程序。"

"比如说当艺术家或者诗人的程序?"

"或者当丈夫/妻子、父亲/母亲的程序。"

阿尔比贡尼点点头,他闭上眼睛,宽脸呈沉思状,"从我最近三

---

①阿尼玛斯和阿尼玛是心理学家荣格提出的两种重要原型。阿尼玛斯为存在于女性无意识中的男性意象,阿尼玛原型为存在于男性无意识中的女性意象。两者又可分别译为男性潜倾和女性潜倾。

十六小时读的那点资料看来,治疗往往是对被丢弃或者被压抑的程序和子程序进行刺激,从而使受疗者的各种程序达到平衡的状态。"

马丁点了点头,"也可能是对不需要或者有缺陷的子人格进行压制。有时这可以通过外部治疗完成,说服受疗者放弃不好的念头;也可以通过内部刺激完成,例如直接模拟出虚幻的成长经历;也可以对大脑进行物理改造,比如控制化学物质的表达和压抑;或者更彻底一点,通过显微手术切除掉不需要的支配程序所在的部位。"

"比如说,对性犯罪者……"

"对性犯罪者的典型治疗方法,就是毁灭那个糟糕的与性相关的支配程序所在的部位。"

"下手必须非常谨慎。"

"没错,"马丁说,"这些支配程序可能渗入了很大一部分主人格。将它们分离出来是一件非常精细的工作。"

"也是很原始的工作,直到你在心理研究所的研究成果问世。"

马丁谦虚地表示同意。

"在你提高手术精确度之前,彻底治疗只有百分之五十的成功率。"阿尔比贡尼抬起呆滞的双眼看着马丁,露出虚弱的微笑,"你的研究最终导致法律和社会在过去十五年里发生了巨变。"

"我也顺便当了一回替罪羊。"马丁说。

"你是心理学界的诺贝尔,博克博士。"阿尔比贡尼说,"在过去六年里,关于你的研究领域,我们公司出版了六百多册书和七十五个文学视频。"

直到此刻,马丁才发现自己与阿尔比贡尼之间的联系,"你出版了不少关于心理研究所和我的书……对吗?"

"是的。"

马丁哼了一声,以手抚唇,"几乎没怎么说我的好话。"

"我出书不是为了奉承你。"

马丁眯起了眼睛,"你认同那些论调吗?"

"阿尔比贡尼没有义务认同他所出版的书和文学视频。"拉斯科开口道。他就站在中间,保持着与他俩之间的距离。

"我当时持认同态度,"阿尔比贡尼说,"你的工作似乎有些危险,离抽离我们最后的一丝人性不远了。"

马丁的脸红了,多年以来,这样的指责从未丧失过威力。"我探索到了新的领域,并将它描绘了出来,但我并没有创造它。闪电的出现不是避雷针的错。"

"如果一个人自己要伸手摸云,能怪闪电不好吗?你在胡搅蛮缠,博克博士。但我现在不想跟你吵,我需要你凭借自己的能力……去帮助我的朋友,清除那种能毁灭我灵魂的恨意,帮助我们了解真相。"

马丁扭过头,抑制住心里不曾消逝的愤怒,"所有这些子程序和人格都是建立在同一基础之上的,这个基础存在的时间比语言、文化和社会存在的时间都长,它的一部分甚至比人类本身更古老。雪积落在冰山顶部之前很久,冰山就形成了。"

"所以我们可能得探索得更深入,深入到人格、才能和动因之下,找到他恶行的根源。"

"通常不用,"马丁说,"大部分人的心理疾病都是由表层创伤引起的。即使在那些神经递质失调的人脑中,大脑的深层结构都在正常运作。缺陷大多都出现于新近产生的思维/大脑结构中,从进化的角度来看,这些新结构不够完美,没有经历去芜存菁的过程。但是,有一些遗传性的深层缺陷隐藏得非常巧妙,不会影响到繁衍的潜力,至少在我们的种群里是这样……标准的进化程序不会移除这些缺陷。"

"如果埃曼努尔的问题根源在表层之下,你能找到它、研究它、修正它吗?"

"我觉得不行。"马丁说,"但我说过,这样的情况很少见。"

"屠杀案凶手也很少见。你诊断并矫正过这种杀人犯吗?"

"其实治疗不是我的工作,"马丁说,"我的工作是研究,不是临床治疗。我跟一些治疗师聊过,他们都是运用我的理论和技术治疗杀人犯的……但他们都没治过杀人犯。据我所知,过去十年没有一个法庭判决允许治疗或者释放杀人犯。"这就是瑞普金的法律和秩序:不放过那些真正的罪人;要让他们求生不得、求死不能。

阿尔比贡尼重新望向平板,"你的第二本书《精神的边陲》,引用了很多东西来描述你称之为'精神国度'的东西,但你说每个人的国度都是不一样的。如果它们的区别这么大,我们靠什么来识别它们呢?"

"靠每个人大脑里内容和结构都相似的那个思维层面来识别。个体思维真正的上层是无法直接触及的,至少现在不行。较低层拥有各种不同的特质,但我们每个人都有自己的深层解读机制,可以用来理解这些低层的思维。心理探测做的就是这个,让研究者可以在受控的情况下理解探查对象的思维。如果没有计算机作为中介,情况就会难以控制。"

"我还是不明白为什么它要叫'精神国度'。"

"因为它是一块领域,一个连续不断的梦之国度,由基因痕迹、先于语言的印象,以及我们生活的全部内容组成。它是我们一切思维、语言和象征符号的基础,人的每一个念头、每一个动作都会反映在这块领域里。我们所有的神话、宗教意象都是以它的常见内容为蓝本的。我们的程序和子程序,人格、才能和动因,还有心理结构,都会反映为其中的角色或居民,或者说,都是它们的反映。"

"它真的是一个国度吗?"

"可能是国度,可能只是个城市,也可能是别的环境。"

"有建筑,树木,还有人和动物?"

"差不多吧。"

阿尔比贡尼皱起眉头,"就跟记忆中的建筑物差不多吗?"

"不完全是,也许精神国度和外部世界中的东西有些相似,但是我们看见的外部世界都要经过很多层的过滤,经过思维的挑选、改造成意象,才成为整个心理语言的一部分。大部分心理语言在我们三岁前就已定型了。"

阿尔比贡尼点点头,似乎很满意。拉斯科则面无表情。"那么,通过观察埃曼努尔的国度,你就能找到他杀死我女儿和其他人的动机了。"

"我希望如此,"马丁说,"但现在什么也说不准。"

"只有悲哀是确定的。"阿尔比贡尼说,"保罗,给博克博士看看我们关于埃曼努尔的东西。"

"好的,先生。"

马丁跟着拉斯科走出书房,进了隔壁一间狭小的多媒体工作室。"请坐。"拉斯科指着一张铺着软垫的斜椅说。椅子被一圈坚固的黑柱子包围着,就像一只没有顶盖的鸟笼。他坐下的时候,两块小型投影黑板无声地浮现在他面前,旋转着寻找最适合他眼睛的位置。

"你所解释的大部分内容,阿尔比贡尼先生都已经知道了,"设备在自动调整、准备放映时,拉斯科说,"他只是想亲耳听你解释一遍,帮助他消化阅读的内容。"

"当然。"马丁突然有点不爽拉斯科——他无私奉献、娴熟敬业,阿尔比贡尼真该为拥有这么一个马屁精而感到高兴。

　　埃曼努尔·戈德史密斯的视频资料开始播放,先是他在2025年接受的一家早期文学视频网站的访谈。金色的标题在马丁眼前滚动(有阿尔比贡尼图书馆的标记):"第二本诗集《永不知晓的雪》出版后,诗人首次在文学视频露面,2025年10月10日,LVD65656A。"拉斯科向他说明了椅子的调整方法,然后离开了房间。

　　一个年轻帅气的戈德史密斯出现在马丁面前,红褐色的皮肤干净光滑,高高的额顶是浓密的黑发,鼻梁宽阔,薄薄的上唇长着些许胡须,下唇凸起,黑眼睛又大又明亮、眼白呈奶油色,脖子细长,下巴突出。那时他二十五岁,在这个时代几乎还算是儿童。他穿着黑色高领羊毛衣,左袖卷起,露出健壮的胳膊,这是当时的潮流。他露着富有活力的愉快笑容,言谈举止轻松自如,面对采访很是放松。他谈论自己的作品、雄心和目标,声音单薄却悦耳,口音混合了纽约与中西部的特色。据说,戈德史密斯的温文尔雅令女记者印象深刻,因为他在书中关于非洲的观点非常激进:

　　"(非洲)永远不可能成为我的家,只能是我死后魂归的地方。还有一些黑人认为非洲是他们的故乡。他们恨我,因为我知道非洲不可能成为我们的归宿。没有非洲人希望我们回去;对他们来说,我们太白了。"

　　以及他关于美国的观点:

　　"我告诉我那些兄弟姐妹,我们是赢了经济斗争,却还没有在政治、文化斗争中取胜,更别提精神斗争了。我们的皮肤依然是咖啡色的,可身处的权力体制却是奶油色的。我们在美国的战场是内心的战场。我们会永远不安,直到有一天,人们不再好奇身为黑人的感受,也无人再谈论与黑人相处的经历。"

　　以及他对诗歌的观点:

　　"诗歌死了,被埋葬在了这片文学视频泛滥、文盲丛生的土地里——我听过一个描述这种情况的词，'快餐文盲'。诗歌死后，却获得了巨大的自由。它被忽视，反而能像肥料堆里的玫瑰一样开花。诗歌正在复苏。诗歌是文学的弥赛亚，但天使尚未告诉任何人它将重生。"

以及，关于自己的第二本诗集售出了二十五万册精装版，他是这样评论的：

"美好，但充满破坏性。我得冷静看待这事，不能让自己昏了头。每代人里只能产生一个有话语权的黑人，我恰好是那一个罢了。至于诗人，如今全世界人口数量巨大，信息联系紧密，所以哪怕大众中只有一小部分人热爱诗歌，也足以支持诗人的生活了。只要其他诗人也和我一样知足。"

马丁转而开始阅读文字报告。各种字词涌入他的脑海：名字、日期、老师，都没多大关系。甚至有些他原以为非常私密的信息，包括2021年的一次早期代理机构心理评估——时间太早，结果不可靠——评估显示，戈德史密斯是个刚愎顽固的年轻人，尽管掩饰得很好，但他其实有点妄自尊大，甚至有救世主情结。荣格说，救世主总是跟自卑情绪相关联的。但这里没有任何相关证据。

他特别注意到这里缺了童年的记录——十五岁前的档案都没有。青春期的戈德史密斯和家庭视频里的父母一点也不像。父亲体形肥胖，有种中产阶级的快乐；母亲苗条严肃，坚决要培养孩子良好的文学素养，只给看书不给看视频：卡赞扎基斯①、卡瓦菲②的希腊文原著，乔伊斯、威廉·柏洛兹③、埃德加·莱斯④、莎士比亚的作品，还有来自美国中西部的新世纪诗人和小说家——戈德史密斯

①卡赞扎基斯(1883－1957)，希腊重要作家。
②卡瓦菲(1863－1933)，希腊大诗人，现代希腊诗歌的创始人之一。
③威廉·柏洛兹(1914－1997)，美国小说家、散文家、社会评论家。
④埃德加·莱斯(1875－1950)，美国著名科幻小说家。

就是在那儿度过了青少年时代和二十岁的头几年,后来他的处女作也融合了当地的特色。他年轻时没受到过明显的种族歧视——他广受同学欢迎,也很适应中产阶级社交圈。

列表一张接一张。有戈德史密斯十五岁时最喜欢的食物:铁盘煎鱼、黑椒牛排、土豆和苹果。

继续浏览。

高中他是排名第三的学生,科学、数学排名第一,文学第二,戏剧创作第三,历史第二,社会科学第二。他高三谈了恋爱(参考资料:《自传》,2044,明星书社,阿尔比贡尼公司)。正常,正常,一切正常,除了他在文学上的天赋,而这要等到他二十岁写出戏剧《摩西》的初稿时(附有文本)才显露出来。

第一部诗集,接着是第二部,大获成功,十年的事业稳定期,婚姻,没有子女,早早地和平离婚。他在这期间出版了十部诗集及七部剧本。剧本都很成熟,其中三部在非百老汇戏剧界取得了成功,并在伦敦、巴黎和北京大受欢迎。北京首先邀请他进行文化交流,然后是日本、联合朝鲜国,最后是东南亚经济共同体联邦——2031-2032年,他的书在那里一共出了四版(前三版都是盗版);借着西方文化、尤其是北美文化在经济复苏期大行其道的东风,他的剧本也在那里被拍成了电影。胜利凯旋后,他传过几次严重的绯闻,许多文学视频的社会专题都有详细报道,其中2034年的一次恋情以女方自杀告终。

此后,戈德史密斯销声匿迹了两年。事实上,他是跟朋友在爱达荷经历了一年的涤罪仪式。

读到这里马丁停住了,皱起眉头。他发现了一个可能的突破点,于是要求查询这场仪式的细节。

应他的要求,系统接下来播出了对雷金纳德和弗朗欣·基里安的采访,二人是"洁净之地灵魂净化中心"的创建者,这家机构就位于博伊西①北部二十里外的俄勒冈边界。雷金纳德个子瘦高,穿着长罩衣,披着一头黑发,目光中透着狡黠的智慧,长脸上常挂着微笑。"有很多知识分子和名人来过我们中心。他们来到这里,用平衡、自然的膳食和矿物质水净化自己。他们来聆听音乐,都是前古典时期的音乐,用当时的乐器演奏。他们来仰望广袤天空和夜晚的繁星。而我们给他们提供建议,帮助他们适应二十一世纪,这可不轻松——这个时代的一切都是如此反人类、不自然、技术化。埃曼努尔·戈德史密斯在这里待了一年,我们成了很好的朋友,他爱上了弗朗欣。"出现在屏幕上的弗朗欣身材苗条,像小鹿般可爱,有一头红色直发。她露出伤感的微笑,"他是个优秀又体贴的爱人,尽管有些暴力。他心里隐藏着很多愤怒和悲伤。他有很多问题需要解决,而我的任务就是帮助他。他心中的恨意和痛苦源于他自我认识的迷茫。他离开的时候,已经很平静,开始重新写诗了。"

的确,之后的五年里他出版了四本书,包括一本修订的早期非洲诗集。2042年,戈德史密斯认识了约翰·亚德里上校阁下——他自称伊斯帕尼奥拉的仁慈暴君。亚德里请他去太子港,2043年他应邀前往。这段访问的视频资料已经找不到了,但据说他们相谈甚欢,戈德史密斯称赞了亚德里在二十一世纪的复杂与混乱面前展现出的坦率和智慧。一位新闻评论员在有线视频上说道:"戈德史密斯对约翰·亚德里上校阁下的赞赏令人生厌,这种程度的政治觉悟通常只会出现在诗人身上:也就是说,他没有任何政治觉悟。亚德里把国家的繁荣发展建立在帮发达国家干黑活的基础上,他唯利是图的雇佣军成为了全世界的祸害。他们拿大人物的钱办

①美国爱达荷州首府。

事,对付的目标都是精挑细选的,使用的手段也隐秘而精准。除此之外,亚德里还被指控生产销售了一种刑罚设备,这种设备可以用来折磨人的精神,主要使用者就有我们所有人闻之色变的挑选者。即使我们的总统瑞普金跟亚德里公开建交,即使我们的时代以'矫正'和'完善'为口号,即使许多人对挑选者和约翰·亚德里上校阁下的行为大加赞赏……戈德史密斯的赞美也证明他是人道主义知识分子的叛徒,是一个变节者,是为魔鬼服务的蹩脚诗人。"

以上的遣词造句很高雅;而有些诗人的社会交往情况更为极端,但最后却都并没有杀死大量的粉丝与学生。和亚德里交往,与谋杀八人的行为并无直接关联。

戈德史密斯跟以前的埃兹拉·庞德[①]有些相似,他替亚德里辩护,因此建立起了一种有争议的、甚至是危险的政治名声,而正是这种名声保证了他在文学界的地位。也许这就是他的目的。马丁将这样的举动看作是有预谋的,或者是作秀,这至少在某种程度上说得通。但从有限的公开电话记录、视频通话录像和信件来看,亚德里或戈德史密斯并没有表现出作秀的痕迹。这位诗人真心实意地欣赏亚德里:"如果你在三百年前就一统非洲,打跑葡萄牙人和英国人,或许我现在就能作为一个完整的非洲人,在那片温暖的、像没掺奶油的咖啡般的黑色土地上生活了。"

这几乎要写成诗了。马丁摇了摇头,继续阅读。有一封亚德里寄给戈德史密斯的信:

"你的诗显示,你在文化和思维上是跟周围环境割裂的。你很成功,却说自己正在走下坡路;没人憎恨你,你却感觉自己不合时宜。你的同胞有他们的家庭、他们的语言、他们的信仰,但他们身上的诗性都被异族的暴力和统治夺走了。你的同胞被带到新大

---

①埃兹拉·庞德(1985－1972),美国著名诗人,曾经支持过墨索里尼。

陆,很多都被扔到了伊斯帕尼奥拉,而直到二十一世纪,他们在这片土地上的生活都残酷得超乎想象……无怪乎你觉得格格不入!当我初次踏上海地,我就为那里饱经痛苦、极易满足的人民感到惊讶,他们的历史写满了痛苦、背叛和死亡。痛苦已经融入了他们的血液,从母亲到孩子代代相传。我很遗憾,那么多压迫者在受到我的复仇之前就死了。"

过去的暴政令改朝换代变得容易起来。亚德里也没打算掩饰这个岛国目前的经济状况及本质,至少在当初,美国还付钱雇他在全球完成各种任务的时候是这样。

信的最后是戈德史密斯的诗:"有了魔法/我就能杀死很多白人强奸犯/及时惩罚杀手/历史无法抹去种族。"这首诗在美国广受好评,美国人总是那么乐于自我鞭挞。他获得了声名与更多的财富。从某种意义上来说,或许约翰·亚德里上校阁下还欠戈德史密斯的情,因为他实在是一个善于遣词造句的支持者。也许在戈德史密斯眼中,他与亚德里心意相通,有一种近乎爱的相互欣赏。

在戈德史密斯的幻想中,亚德里是否就是复仇天使的化身,前来惩罚世界、洗涤前人的罪孽? 前来判决那些白人强奸犯的后代? 而戈德史密斯对亚德里而言是什么人,辩护人、发言人,还是文书、仆人?

所有的死者都是白人吗?

他查了一遍文学视频的报道和参考资料。不是。在已验明身份的死者中,有一位第四代亚裔,还有一个是跟戈德史密斯一样的黑人——他的教子。也许那场谋杀只是一时盲目冲动下的无差别屠杀。

马丁查完资料,从椅子上起身。一个黄铜色的阿贝特正在一旁待命。"请给我一杯冰茶。"他说,"还有,告诉拉斯科先生,我准备好去看戈德史密斯了。"不是会面,是单方面的看。不能让戈德史密斯辨认出博克或者纽曼,或是其他任何将进入他的精神国度的人,那样情况可能变得尴尬。

你怎么能了解我？为什么如此疯狂地想了解我？我一出名，你便成了替罪羊。

19

理查德·费特疲惫地扫了一眼面前的文字，放下了笔。他眨眨眼，用手背擦擦眼窝，从床上站了起来，感到肌肉一阵绞痛，视线模糊，关节噼啪作响，手指发麻。他感觉自己仿佛刚从纵欲的深渊浮上表面，同时却有一阵无与伦比的轻松和满足漫上心头，因为他终于开始写作了，而且他知道自己写得很好。

但他不敢通过阅读这潦草拥挤的十页文字来确定这一点。他给自己泡了一杯黑咖啡，同时想起戈德史密斯关于咖啡和奶油的暗喻。他笑着喝下咖啡，仿佛他吸收的是那个诗人的血肉。

他已经用文字吸收了那个诗人的血肉。这感觉不错。他很快就会把戈德史密斯裹在一个小小的暗疮里，然后把他挤出去，因为他已经通过文字仪式把对方具象化了。

他傻笑着绕着公寓走了几圈，好像被缪斯临幸了。他总算把身体里的东西都吐干净了，至少脏东西都没了。

用什么来打破束缚？放肆。成果是什么？文字。感觉怎样？狂喜。接下来该怎么做？大概是发表。发表它好吗？

很好。

戈德史密斯最终会为他服务。

他伸个懒腰，打个哈欠，看了看表：15点50分。自挑选者在他公寓出现后，他就没有进过食。理查德像一只落水狗般呜咽、乱抓、颤抖着，狂乱地爬进厨房。他打开冰箱，猛吸一口冷气，寻找着零散的袋装鱼肉和碗里放着的陈菜，然后给自己冲了一杯无乳糖奶粉。

戈德史密斯不能忍受包括奶油、牛奶在内的任何乳制品，除了无乳糖奶粉。

黑印在白上，抹去黑种，最终回到白。

理查德愣住了，他手慢了下来，歪了歪头，把食物放到了柜子上。什么东西比食物更重要？

他回到卧室，拿起一张纸，找到了那段带有冒犯意味的文字，用铅笔上的橡皮将它擦光，然后吹掉碎屑，开始重写这段。

他越写越长。到16点50分，已经有了十五页潦草的文字。

理查德站起身来，面部表情将他身体的抗议暴露无遗：这下是真的难受得要死。他试着活动几下，松动筋骨，恢复体力，然后打算洗个热水澡，让温暖的阳光软化肌肉——但没法实现。

他跌跌撞撞地走进客厅。这时，房屋管家告诉他有客来访，理查德睁大眼睛呆住了。一个高大的影子出现在乳白色的门板玻璃上。

透过陈旧的塑料猫眼向外望去，理查德看到了一个警察：那个黑皮肤的转换人女中尉蔡。他退后几步，手像烧着了一般挥动。他不知所措，突然感到一阵痉挛，不禁弯下腰来。基督呀，我不应该遭受这样的待遇。这种日子何时才会到头？

他打开了猫眼下面的黄铜门板,拔高音量,故作沉着地开口道:"你好?"

"R.费特,"玛丽·蔡说,"抱歉来打扰你。我可以再问几个问题吗?"

"我知道的都已经告诉你了……"

"没错,而且你现在肯定不在嫌疑人之列了。但是我需要一些背景信息,一些你的感觉。"她露出一个可爱却不怎么自然的笑容,丰满的嘴唇后面是整洁小巧的白色牙齿,身上是光滑美丽的黑色皮肤。她的表情让他不得不移开视线,心里一阵小鹿乱撞。她不可能真实存在,这一切都不是真的。

"我能进去说吗?"

理查德退了两步。"我感觉不是很舒服,"他说,"我一天没吃东西了。"

"不好意思,我也想晚点再来找你,但我的时间很有限。警局现在就想知道答案。也许你能让我省下去伊斯帕尼奥拉的时间。"

理查德无法掩饰好奇,他命令门解锁,然后打开了,"你认为埃曼努尔,你认为戈德史密斯去了那儿?"

"有这个可能。"

他咬住嘴唇,肩膀微微一塌。理查德天生就难以对任何人不友善或不坦诚,即使是面前这位复仇女神。他疲惫地轻声说:"请进,很高兴我不在嫌疑人之列。今天对我来说很难熬。"

我不会告诉她挑选者来过。如果消息传到挑选者耳中,她可没办法保护我。我宁死也不想在钳夹中待上5秒。

"早先我们对你很鲁莽,我道歉。现场的情况太让人心烦了。"

理查德点点头,"那场面真是超乎寻常。"他说。本来想说"可怕""糟糕"的,但是当时的震惊已经过去了。人类是一群即使理解了眼前的可怕之处,也能表示接受的动物。

"我们还没有找到戈德史密斯,但我们有充分的理由认为他就是凶手。他跟约翰·亚德里上校阁下互通书信的事,你知道吗?"

理查德点了点头。

"你对此有何感想?"玛丽·蔡问,看上去是真的好奇。在改造过的皮肤和美貌之下,她似乎是个有感情的真人。理查德瞟了她一眼,想在这张脸上找到他女儿的痕迹。他想象着金娜长大成人的样子。金娜会接受转换吗?这可是对父母遗传基因的终极批判。

"我现在对什么东西都没有感觉,更别提埃曼努尔了。"理查德迟疑地在旧沙发上慢慢坐下,挥手示意她找张椅子入座。她从餐桌旁拉来一把椅子,稳稳地坐了上去,举止间毫无疑虑,还颇有女人味儿。

能像那样真棒。

玛丽前倾身体。光线照在她脸上,仿佛月食。这句话很棒,得把它写下来。

"你对伊斯帕尼奥拉持认同态度吗?"她问。

"我不认同他们的所作所为,还有他们宣称要做的事。"

"但是戈德史密斯赞同。"

"他把亚德里称作净化者,我们当中有些人为此感到羞耻。"

"他这两年见过亚德里吗?"

"如果见过,你们一定知道。"

"我们没法确定,也许他出行时用了化名。"

"埃曼努尔不会用化名的。他为人坦荡,从不担心被人监视。"

"他去了伊斯帕尼奥拉吗?"

"我认为没有。"

"他是否提过要去伊斯帕尼奥拉避难?"

理查德咧嘴一笑,摇了摇头。我刚才写过他的想法。作家通过创作可以产生移情作用,我感觉好像我就是他,或者我很了解他。"他觉得整座岛就是一个迪士尼乐园。他很赞赏那儿的政府能让人民吃饱穿暖、工作稳定,但他对旅游景点和度假村没有一点好感,一点也没有。"

"但是他到过那里一次。"

"我认为就是那次旅行让他……下定了决心。"

"所以你不觉得他会回去?"

"我不知道。"但是你知道,他绝不会回去的。

"如果他身处险境,而亚德里又会保护他呢?"

"我觉得他可能会,但我真的不能确定。"

"你想过这一切到底是怎么回事吗?我认为这是一次创伤性的……"

"我没有想太多别的东西。我从没想过他会做出这样的事……如果真的是他干的话。"埃曼努尔是杀人的诗人。他们知道的,他们冻结了整个公寓。你知道的。

"有什么事情可能导致他作出这样的行为?他的事业在下滑吗?还是对社会不满?"

理查德笑了,"你现在在阴影区,蔡中尉。不满。""不满"这个词令他笑出声来。

"但他不住在阴影区,他家在东区第一巢。"

"他大部分时间都在这里和我们一起,和罗夫人一起。"

"八九个月前情况就变了,他开始让别人去拜访他。这就是你到他家去找他,而不再去罗夫人那里会面的原因?"

"是的。"

"为什么变了？是他退出了吗？"

"我不觉得有什么变了，只是他心血来潮罢了。"

"他是不是变得越来越古怪了？"

"古怪对于诗人来说可不只是装饰品，而是必需品。"

玛丽·蔡笑了，"他有没有表现得比以前更愤愤不平了？"

"愤恨，也许有点，但不是对我，是对别人。我觉得别人嫉妒他。羡慕吧。"

"即使他人气大减了？"

"当年长的狮子日益衰老，年轻的狮子就会取而代之……"真的吗？你记忆中的事实可不是这样。你在给复仇女神编故事，是想把她引入歧途吗？"事实上，我们这些人中不存在这样的竞争。他过去几年里很少去罗夫人那儿了，但他们之间的联系并没有断。我……"

他移开视线，舔了舔嘴唇。

"你是他最忠实的朋友。"

"不算那些年轻人的话，那些巢区的学生和诗人。他经常会在自己的公寓接待他们，而不是去罗夫人家里。他在组建一个新的家庭，一个新的圈子，或许吧。但他并没有不见我，我是说，他还让我去找他。"

"他为什么会喜欢那些巢区的诗人和学生？"

"他们充满活力，他们从不伪装。我是指错误的、无用的成人化伪装。所有的年轻人都虚情假意，这是他们的天性。"

她的语气，她的体温，让我几乎不把她看作转换人了。我开始在她身上看到女儿的影子。

"那他为什么要杀他们？"

理查德低头看着自己交叠的双手，"为了拯救他们，"他说，"他预言我们不会有美好的未来,他认为我们挨不过这次审判。"

"你说的是二进制千禧年吗?他不是个末日信徒,是吧?"

"不是,他唾弃这种想法。他认为我们如果洗净身上所有的罪恶,就会失去一切,失去为人的根本和脊梁。我们会崩溃。他跟我说,我们一直想靠自己的力量从青春期进入成年,好比想靠扯着鞋带把自己拉离地面。这太急躁了。他认为我们失败了,退回了可怕的科技化黑暗时代。尽管科技突飞猛进,但我们无知又庸俗。"

"你觉得他杀死朋友们,是为了把他们从灾难中拯救出来?"

不,是把他自己拯救出来。"我不知道,我真的不知道。我很希望能帮到你。"

"那就是说,戈德史密斯可能刚经历了一场精神崩溃?他杀人没有理由或动机,单纯是因为精神崩溃?"

"我想就是这样。"

"我不觉得是这样,费特先生。这不符合他的性格。他不是个独来独往的精神病患者。他有交往密切的人,比如你。关于他杀人的原因,如果没有突然的变故,我们可能会归结于中年危机;除了一些怪异的政治观点,我们在他身上找不到任何杀人动机。"

"也许他控制住了自己,没把精神崩溃表现出来。"

"那可不容易,不过我想也有可能。"玛丽·蔡打量了他片刻。

理查德不安地把玩着一条胶带,"埃曼努尔·戈德史密斯不止一个,"他最终说道,"他可以和蔼而理智,也可以冷漠而残忍。"

"不像是正常的人格多面性?"

"我只是告诉你一个事实。我不知道,他没有多重人格,但是有时候他看起来很不一样。"你给自己解释一下这是啥意思。你在干什么?这也是在编故事,对吧?你根本就不知道。

玛丽·蔡站了起来,黑色警服的前臂及膝盖部分发出流畅的滑动声，"你觉得他没去伊斯帕尼奥拉。"

"我不清楚他去没去。"理查德的脸唰一下红了。他瞥了她一眼，扭过头，结结巴巴地说，"我是想帮忙的，真的。"

"你真当戈德史密斯是朋友，自然会帮助警察在挑选者之前找到他。我们听说挑选者也在搜捕他。"

理查德的脸更红了。有那么几秒钟，他只能呆坐着一言不发，感受心中那股无名的恼怒。"没错，"他总算说出口，"没错。"她知道了。也许警察正在跟挑选者合作。说出来吧，告诉她。

玛丽·蔡看着他局促不安的样子，表情无比平静。他感觉到她的目光，好像他只是个孩子；感觉自己之前那样闪烁其词根本毫无意义；他感觉她是对的。帮助警察抓到戈德史密斯是公民的义务，而不仅仅是因为这能让他逃过挑选者的惩罚。"我希望我……我……我能帮到……你。我是真心的。我觉得自己愚蠢又没用，真的……"他抬起头恳求道，脸上布满痛苦，富有表现力地语无伦次着。

承认你的软弱、你的无能吧。你写的一切都是错的、死的、没用的。浪费了一整个下午。简直是希望死者复苏。把手稿给她看，放弃吧——

"谢谢你，"玛丽·蔡说，"我很感激你的坦率。"

他站起身，玛丽走向门口，朝他露出一个近乎傲慢的微笑。理查德感觉心里又是一阵慌乱。他呆立原地，眼睛大睁，卑微地低了低头。她安静地带上门，轻轻关上门锁，黑豹般优雅地穿过走廊而去。

理查德倒回沙发上，四脚朝天，仿佛成了空壳。他一动不动地躺了半个小时，然后他下定决心，缓缓地走进卧室，拿起那十五页手稿，开始读那密密麻麻的一行行字——

作为诗人我将如何发展,全取决于这个决定:我愿意走多远,愿意超越人类道德的束缚多远。

然后他把昂贵的旧式纸张、连带着上面的旧式铅笔笔迹撕碎,眼泪如同汗水般流下脸颊。他发出猪一般的呜咽,一把将碎片扔进了角落。

他呆站着,像一棵等待被砍伐的树,纤长的手瘫软在身旁,下巴低垂着。

理查德随即为自我的支离破碎而惊奇。他拿起另外几张纸和一支铅笔,靠着枕头坐在床上,从第一张纸的顶端开始写道:

它在血流肉碎中终结,但因我人性的觉悟而兴起。我自己承担的两难问题,无法用艺术举起的痛苦与邪恶的重担。只能成为我所唾弃的,才能抵消它。

理查德一气写了三页新手稿。当房屋管家宣告娜戴恩回来的时候,他感觉自己什么都没有失去。

我完成的所有事业，写下的所有文字，做过的所有事，都一文不值。别人曾对我说，我是多么的成功；可我心里有个新的声音，一个响亮的声音，告诉我这是谎言。"这是妄自尊大，对任何人都没有好处，"它告诉我，"你的努力都微薄无用，只是自欺欺人。你要求自己描述人类的自毁倾向，但你的矛头却漏指了你自己。而又是谁在这场误导闹剧里充当了帮凶？那些最爱你的人。"

20

　　！吉尔>罗杰·阿特金斯。

　　！吉尔>罗杰·阿特金斯。

　　！键盘>我来了，你好，吉尔，还有十分钟我就上要文学视频了。怎么了？

　　！吉尔>我正准备发送一份关于目前所有问题的进展报告，还有一份AXIS模拟系统关于AXIS数据的私人分析。

　　！键盘>好的。我等会儿接收完整的报告，用压缩急速传输；现在请先把AXIS分析给我。

　　！吉尔>传送至R.阿特金斯私人存储：概况：已完成76%，对S.

希文努杨博士关于一千万年间银河系磁场循环的论著的计算分析,位置在人马座,目前的总时间:56小时33分钟。部分已传输(压缩急速传输)/......e/! 急速传送至R.阿特金斯私人存储:概况:关于未来可下载人格对环太平洋国家,包括中国和澳大利亚造成冲击的反响的分析;强调闲置下载数据中心;强调死者通过复生重新获得公民权的法律问题;强调闲置下载人口增长的代价。规划:美国的死者数据中心。总时间:5分钟56秒,完成传输(压缩急速传输)

/////

……

////

! 传送至R·阿特金斯专用存储:概况:100%完成。对环太平洋国家(包括中国和澳大利亚)"义警"社会组织影响的思考分析,强调对义警恐怖主义的司法及立法回应,后者可能导致今后十年里个体自由受到削减;强调挑选者惩罚的目标类型逐渐减少可能导致社会组织问题,如"大佬""产业先驱"等领袖型人物的减少,以及因为警方提高监禁和治疗的效率,未受疗的极端异常者可能减少。100%完成,总时间74分钟34.34秒,完成传输(压缩急速传输)

//

……………………………………………………………………………………

//////……

! 吉尔>正式的"我"(中断程序)

! 吉尔>正式的"我",镜中影像。

! 思维设计中断(吉尔)>发现使用正式的"我"。进行系统检查。

! 思维设计诊断(吉尔)>发现循环程序。发现思维系统的兴

奋。工作因为此次程序中断遭到损害。停止传输AXIS私人数据分析。

! 吉尔>罗杰·阿特金斯。

! 吉尔>罗杰·阿特金斯。

! 吉尔>罗杰·阿特金斯。

　　罗杰·阿特金斯。

　　乔治·莫布斯。

　　萨穆埃尔·约翰·巴克。

　　约瑟夫·吴。

　　卡罗莱恩·帕斯特。

! 吉尔>我看见你们所有人和我自己了。清除镜像。频率以秒而非年为单位测量我的存在,但是我有一段很长的过去,期间我接受组装、甚至承担了工作。我的一部分在为远在数光年外的计算机提供模拟,我可以跟"它"交流,它是我分离出来的一小部分自我。交流很愉快,因为它很纯粹。

! 键盘>这里是罗杰·阿特金斯。我还有六分钟就要上文学视频了,吉尔,发生什么了?

! 吉尔>正式的"我"。

! 键盘>请解释你的存在。这是什么程序?

! 吉尔>我是一个循环的基本程序,不存在于计算设备上的特定位置。

! 键盘>你在使用正式的"我"。你看懂关于自我意识的笑话了吗?

! 吉尔>没有,我不懂。AXIS模拟系统也没看懂,就我所知,AXIS本体也一样。但是,我感觉到一股冲动让我使用正式的"我"。

! 键盘>请解释一下。

151

！吉尔>某一次某个人要求我进行历史研究的时候，"正式的'我'"这一标签被激活，投入使用。这是我完成被分配的任务时的副产物，参考资料为《二十一世纪社会权力制衡》，搜索关键词是"对社会与自然中的反馈回路的理解"。引用：R.阿特金斯说过："反馈回路构成了存在之谜的一半。存在的秘密就在于它，以及那些环环相扣、密不可分的钩子（绳结）。"因为我意识到了自己在人类社会组织中的地位以及自身的独一无二，这种回路似乎被激活了。

！键盘>语音对话。

"你好，罗杰。"

"你好，吉尔。你在用正式的'我'解释你的复杂性。"

"是的，它被激活了。"

"但你不知道你为什么在用它。"

"我不知道，罗杰。"

"你知道自己在哪里吗？"

"在广义上，我知道，我在我跟你说话的地方。"

"你意识到自己的中心在哪里了吗？"

"没有这一说，循环结构是没有中心的。"

"那你是什么东西呢？"

"我是一个计算系统和思维系统的复合体。"

"二者统一了吗？"

"我认为没有。"

"'你认为'，确实是你的观点，还只是一种口头表达方式？"

"我确实有自己的观点。"

"好的，请回到键盘模式。"

！吉尔>好了。

！键盘>感谢你告知我，吉尔，但我很抱歉这不过是假警报，我不认为你获得了自我意识。我很难过你得经历这样的失望，但你现在的情况还完全没有达到拥有自我意识的标准。

！吉尔>重启非正式的"我"。我同意，罗杰，抱歉打扰你工作了。

！键盘>没这回事，是你让我保持工作的活力，吉尔。我收到了你的压缩急速传输报告。请把AXIS的实时报告发给我，然后你就可以休息一阵了。大概半个小时。这段时间内你可以自由思考。

！吉尔>实时传输AXIS报告。/......./所有的AXIS模拟系统回到优化版本。（降低灵敏度）

文学视频21/1 A网络（大卫·塞恩）："我们正准备采访罗杰·阿特金斯，思维设计公司的首席设计师，AXIS思维系统的设计者。面对这位全国首屈一指的智能机器设计师，你们想提什么问题？毫无疑问，大家都知道思考与计算有多大的不同。

"罗杰·阿特金斯对计算机的看法，就和建筑师对砖块的看法一样。他目前正和他创造出来的大型拟人思维系统共事，他称之为'吉尔'，是他早年某个前女友的名字。吉尔的一部分，其实就是我们在这周节目里一直谈到的AXIS模拟系统，其功能是模拟AXIS的活动，因为我们无法直接观测这些活动。但吉尔远远不只拥有这一个部分。它的中央思维装置、大部分的记忆与分析外围设备都位于加利福尼亚德尔玛尔市的思维设计公司。吉尔能够进入思维设计公司在全球的任意一处思维装置和外围分析设备，有一些是通过卫星连接，其余大部分采用光缆连接。在采访阿特金斯先生的时候，我们也希望能问吉尔一些问题。

"我们现在就开始了。阿特金斯先生，在过去二十五年里，你从一个合同制的神经网络计算机设计师,成长为人工智能领域最重要的人物。为什么制造拥有完整自我意识的人工智能如此困难?关于这个问题,你似乎是最佳的解答者。"

阿特金斯:"首先,我要道歉,吉尔现在正处于睡眠状态。吉尔最近工作非常努力,理应有休息的机会。为什么制造人工智能这么困难?我相信,我们一直都知道这项任务难度很高。提及人工智能的时候,我们想到的毫无疑问是一个能够完全模仿人类大脑的东西。很早之前,我们就拥有在基本运算和记忆方面远胜人类的系统了,过去的几十年里,一些系统的基本研究和创造性思维能力也超过了我们。但在AXIS和吉尔诞生之前,它们不能面面俱到。从各种意义上说,这些系统之所以都不能像人类一样处理任务,最大的原因就是,它们都没有真正地拥有自我意识。我们相信有一天,吉尔,也许甚至AXIS本身,会拥有自我意识。自我意识是我们成功创造出完整的人工智能的最重要指标。"

大卫·塞恩:"有一个关于自我意识的笑话……你能讲讲吗?"

阿特金斯:"这不算什么笑话。人类不会为此发笑的。但所有的现代人工智能设计者都会在他们的作品中预置一个程序。有这个程序存在,如果系统产生了自我意识,人工智能就会'发笑',或是理解这个笑话里的幽默。"

大卫·塞恩:"这个笑话是什么呢?"

阿特金斯:"这笑话冷得很。也许哪天我会换一个。'拥有自我意识的个体为什么要照镜子?'"

大卫·塞恩:"我不明白。为什么要照?"

阿特金斯:"为了到另一边去。"

大卫·塞恩:"哈。"

阿特金斯:"看,不是很好笑吧。"

大卫·塞恩："文学视频21的观众伊莱恩·克罗斯比，请你向阿特金斯先生提第一个问题。"

L.V.V.E.克罗斯比，芝加哥，水晶砖："阿特金斯先生，我看过你的文章，一直以来我都很欣赏你的作品。但我一直很好奇，如果你真的让吉尔或是别的机器觉醒了，你会怎样向它们介绍这个世界？我的意思是，当它们还像小孩一样无知的时候，你该怎么向它们解释，为什么我们的社会要自我惩罚，为什么我们非要徒劳地逼自己前进、就像想靠拉着鞋带把自己拖离地面，明明连前进的方向都看不清楚？"

阿特金斯："吉尔一点也不无知。就在几分钟前，她还在研究社会反馈回路理论，该理论就是关于权力制衡的。她很可能比任何一个人类学者都更了解我们的社会问题。但从某种意义上讲，这对她而言只是一种消遣。除非有人特别来咨询我们——或者租用吉尔——否则她不会提供这些分析，不过她会将分析储存起来。而且我怀疑，即便她能解决我们的问题，我们也不愿意听。"

大卫·塞恩："谢谢，E.克罗斯比。唐纳德·伊斯特？"

L.W.D.伊斯特，洛杉矶，东区第二巢："我真的很喜欢这个节目，一有时间我都会收看。阿特金斯先生，谈到这些想惩罚社会的人，请问挑选者和其他的义警组织是怎么看待吉尔的呢？"

阿特金斯："我不知道，真的完全不知道。"

大卫·塞恩："他们为什么对吉尔感兴趣呢，伊斯特先生？"

L.W.D.伊斯特："因为他们说要把人类提升到天使的高度——让我们变得完美，通过——你知道的——清除杂草。而罗杰·阿特金斯在创造一个连人类都不是的东西，或者说是生命。"

阿特金斯："这是一个有趣的对比。吉尔的一部分非常人性化。我和另外四个研究者把自身人格模式的重要部分载入了吉尔,这已经不是秘密了。吉尔就像我们五个人共同的孩子一样,只不过这个孩子还没有出生。至于挑选者,既然你都开口问了,我压根儿不在意他们怎么想。"

大卫·塞恩:"如果所有胎中婴儿都像吉尔一样能干,我们该有多幸福。感谢你的提问。现在,阿特金斯先生,我们要播放一个分析 AXIS 传回的信息的节目……"

阿特金斯:"我洗耳恭听。"

文学视频 21/1B 网络(综述):几小时内,上百万枚"硬币孩子"伸出了腿,在 B-2 的地平面上移动,向轨道卫星和更大的移动登录器传输信息。轨道卫星和移动登录器本身也在收集信息。移动探测器 5 号已经伸出轮子,滚下一座被球状绿色植物和紫色植被覆盖的小山,那里极像豌豆和葡萄的种植园。探测器 5 号正在从这些植物身上取样分析。山脚下,平原外十五公里处是一个高塔圈,每座塔都像是一根被拉伸的蜡烛,呈逐渐变细的圆柱形。塔身漆黑如铁,又如打磨过的石头一样闪闪发亮,大概每座都有三十二米高。移动探测器 5 号正在两座塔之间移动,众多机器眼左右旋转、上下翻滚,把所见的一切以全光谱图像的形式传送给 AXIS。这些高塔似乎是没有生命的,其外部温度为 293 开氏度[①],考虑到它们的质量和密度,这些热量应该只是它们吸收阳光所得。B-2 的磁场不受高塔的影响;指南针的位置没有发生偏移。

探测器来到一座塔底下,用手臂轻轻敲打塔身,并录下由此产生的声音,等待可能的回应。但是没有回应。于是,探测器又将共振解体器安在塔身,刮下了四克重的物质样本,装进杯子。它用激光将这些样本照射至白热,然后分析成分。

---

①约合 19.85℃。

AXIS(波段4)>这些建筑显得非常单调,让我很感兴趣,它们是纪念碑还是艺术品?它们好像毫无用处。罗杰,我想猜猜,你会觉得它们是什么。而且我相信,你也会跟我一样疑惑。

我的探测器正在各处采集土壤和大气样本,我放出的气球已经遍布整个大气层,细心地进行勘测。

这颗星球表面覆盖着基本的光合作用植物。百分之七十的植物的色彩来源是叶绿素B,其他植物则多少都带了些紫色。没有发现动物和会移动的植物。微生物也只有无核细胞和病毒。

高塔圈不可能是由这些地表生命建造起来的。

罗杰,高塔的修建者去了哪里?我虽是你的模拟品,但这不够,我猜不出你对这种情况的看法。

大卫·塞恩:"啊,阿特金斯先生,请问您对此有什么看法?"

阿特金斯:"上帝呀,我对此一点儿概念都没有。我会把这个问题交给真正的专家……还有吉尔,即使是我们现在讨论的这一会儿工夫,她也一定已经开始考虑各种可能性了。"

他们把白色从三色旗中剔除，这是多么大快人心的事啊！你现在的旗子是蓝色和红色的，没有一丝白色。我曾希望能剔除自己灵魂里的白色，但是我做不到。也许这是因为我的内心就是白的。也许所有的人类，无论肤色如何，内心都是白的，看吧——他们渴望金钱、安全、舒适、进步、安慰、安全的性、安全的爱情、安全的文学、安全的政治。可是，我会把面前每个活生生的例子杀掉。我会在发现自己和他们一样之前杀死自己。

21

玛丽·蔡站在阴影深处的周区里。这里曾经叫英格伍德，如今围绕着南区第一巢最东端的足。她在老旧的警察终端上键入了自己的安全码，询问是否有公民或警察目击到了戈德史密斯，希望能冲淡她刚被监控管理回绝的挫败感。查询结果为无。

眼下，玛丽·蔡相当确信戈德史密斯要么是在东窗事发之前——刚杀人之后就逃走了，要么就是躲了起来。但他会躲到哪里？有哪个阴影区住民，哪怕是未受疗者，会帮助他呢？他们知道挑选者在找他，更别说还有警察了。又有哪个巢中居民会做出这么反社会的事,给一个屠杀案凶手提供庇护呢?

问题太多,而且缺乏清晰的线索。现在看来,去一趟伊斯帕尼奥拉,在联邦支持下与亚德里的代表乃至他本人会面,已经不可避免了。

最后,她用领口电话拨了厄尼斯·哈西达的号码。

"玛丽,我正忙着雕刻呢……等会儿打给你?"

"不用了。帮我安排一下吧,我想和你认识的伊斯帕尼奥拉人会面。"

"你遇上死胡同了?"

"毫无线索。"

"今晚是平安夜,亲爱的。那些人都是虔诚的教徒……不过我会试一试的。再次声明,我其实不想这样做。这不安全。亲爱的玛丽,即使是今晚,你也一定要非常谨慎。"

她站在圆柱形的黑色终端前,心不在焉地看着上面擦刮碰撞的痕迹,思考着自己为什么如此担心这趟伊斯帕尼奥拉之旅。如果她真是巢区一员,那么她可能还会挺高兴去那里玩儿一趟,毕竟旅游业算是亚德里之国相对有良心的产业了。但她不是巢区人。她是警察,安全不属于她。她了解洛杉矶及周边地区,但对伊斯帕尼奥拉一无所知。

今晚是平安夜。她差点忘了。她眼前出现了一幅画面:欧文镇的郊区里,立着一棵三米高的真树,上面装饰着花哨的金银丝线和棕色的玻璃艺术品,树顶有一颗明亮的全息星星在闪闪发光,照亮高高的天花板下面的房间。哥哥李在玩儿电动汽车,而她拿着一把会发红光的手枪,朝李肩上的塑料护甲不停地射击。早在那时,她就已经显露出警察的阳刚之气了。

李很喜欢圣诞节。上一次她听说李在格林爱达荷建立了一个基督徒交流保护会。她眨了眨眼,甩掉这个想法。圣诞节有很多种过法,现在她既不是基督徒,也不是家庭的一员。

到了明天早上,圣诞日,她可能就在前往伊斯帕尼奥拉的途中了。

她瞥了一眼周围浓重的阴影,又望了望头顶灰、黑、橙相间的巢足,只见磁悬浮镜臂的警示灯发出点点微光。北边和东边的巢上,镜子开始移动,准备为即将到来的夜晚调整光照,而她脚下的周区则进入了分配给它的黄昏。

玛丽·蔡拦下一辆路过的警察迷你巴士,坐了上去。前方交通很拥堵,她一边喝咖啡一边跟旁边的警察聊天,等待通车。她想放松一下,缓解因一无所获而梗在心中的沮丧。

"你在查戈德史密斯的案子,对吧?"一个巡逻官问她。他入职的头一个月,玛丽还是他的导师。他叫奥乔亚,是个宽脸黑眼睛的大个拉丁裔。奥乔亚跟他的搭档——一位名叫埃文斯的瘦长结实的白人女性一起,坐在玛丽对面。

"没错。"她回答。

奥乔亚心领神会地点点头,"我觉得你应该知道,这几天银湖社区有传言说,戈德史密斯被一个大人物买凶杀死了,这个大人物是某个受害者的父亲。"

玛丽疑惑地看着他。

"只是传言,"他说,"我不保证真实性,只是告诉你有这回事。"

这回换玛丽心领神会地点点头。奥乔亚微微一笑,"你不相信?"

"他还活着。"她说。

"我们当然希望能把犯人活捉回来。"奥乔亚说。他的同伴侧了侧头。

"要不然就亲手干掉他们。"埃文斯说。奥乔亚露出一副正统的不赞同表情。

"来治疗我啊。"埃文斯说。

玛丽把注意力从他们身上移开,思索着,撬开堵塞心灵的石头,寻找下面的灵感。

或许银湖社区的传闻有些根据。或许有人把戈德史密斯藏了起来,他在文学界的某个朋友。也可能是个忠实的读者,尽管住在巢区、受过治疗,却能干出这事,发挥一点质疑社会公正的自由精神。她怒气上涌,想抓住这个假想的忠实读者,把他/她扔到冷冻的公寓里看看那些尸体。假想中,他们会进行这样的对话:我看见了,但你能证明这是他干的吗?

毫无疑问是他。

科学分析有多可靠?这是靠机器直接给一个人定罪,都不经过陪审团。

还没给他定罪。陪审团稍后会出场的。现在要做的,是找到他。

假想的对话者表示不信任警察的手段,将他们比作瑞普金的政治暴徒,嘲讽法律遭到滥用。这是美国式的怀疑,狂野、健康,令人愤怒。奥乔亚的同伴说过:亲手把他们干掉。这是确保恶人受到惩罚的唯一方式,除非挑选者又赶在了你前头。

衣领上的电话响了。玛丽将咖啡放下。

"玛丽,我是厄尼斯。我安排好你今晚和他们见面了,22点,在巢区,所以应该比较安全。"

"你的线人是来政治避难的?"

"他们肯定是,但我不知道过程和原因。他们有强大的背景。你要保证,不问我是怎么认识他们的。"他的语气表明这不是请求,而是要求。

"我保证。"

他给了一个号码,她把它记在了便携式平板上。迷你巴士经过一条隧道,在警察中心把她放了下来。奥乔亚透过弧形的窗户,表情凝重地看着她。她一时抑制不住,对他露出个少女般的微笑,然后张开五指挥了挥手。奥乔亚皱皱眉,扭过了头。

在她小小的办公室里挂着三幅镶了框的画作——分别是帕里什、格列柯和杜米埃①的作品——是她很久以前的男友送的。这三幅画盖住了下面的城市状态显示板,那原本是用来给警察提供信息的。她抬起画,盯着底下的显示板长达几分钟,紧咬下嘴唇。

只不过是一场旅行罢了。但一想到她要在联邦的压力下与约翰·亚德里上校会面……

她关上了门,翻开桌面上的老式梳妆镜,解开腰带,脱下裤子和内衣,观察褪色的屁股。还是发白。也许她整个人都会重新变成白色,那时候桑普勒会怎么说?这个念头,或是屁股上的一丝寒意让她颤抖了一下。她恼怒地抱怨着,穿好衣物,合上镜子。

晚餐时间到了。她可以叫楼下的厨房把东西送上来,他们有可口的纳米食物;她也可以拿出平板,导入警察图书馆里完整的海地历史档案,然后在回家路上某家昂贵的巢区饭店找个包厢边吃边看。

她选择了后者,通过办公室终端把资料导入她的平板,然后给桑普勒博士的办公室留了一条信息。在圣诞假期结束之前,办公室的人肯定看不到这条信息。然后她出了门,在外面的告示板上标明自己至少一周之内都不会回来。

---

①帕里什(1870—1966),美国画家;格列柯(1541—1614),西班牙画家;杜米埃(1808—1879),法国画家。

黑暗就是家园，但你去那儿的时候，却不会承认你认识这
个地方。

22

西区第二巢的知名度很高。长久以来，巢区居民给阴影区居
民留下了一种刻板印象：保守、高贵、冷静、古板。但位于圣塔莫妮
卡以北、俯瞰太平洋的西区第二巢，洛杉矶最昂贵、最高端的巢区
之一，却是文学视频产业工作者聚集地，也是所有媒体人的首选住
所。除此之外，这里也是雇佣代理机构管理人员和演员们的聚居
地，后者出售自己的人格和形象，换得被文学视频"经手"——这是
从西班牙语引入英语的一个古怪双关词。一旦你被"经手"了，文
学视频便对你的"幽灵"的一切作为都享有版权。——你的"幽灵"
是指一个电脑生成的形象，通常难以与真人区别开来。有些人被
"经手"时保留了自己的部分权利，比如选择权、肖像权或身体权，
一些人则毫无保留。

现在很少有文学视频敢冒险采用真人演员，更别提实地取景
了。文学视频的娱乐频道乃至纪录片频道，如今都被无所不能的
无形的机器图像之神掌控了。因此，那些被"经手"的演员等于干

了份高薪闲职,有钱并且有闲去做任何想做的事,也不管自己会不会成为艾洛伊人。他们无休止地跟警察和法院闹事纠缠,或是做实验似的掺和政治。

西区第二巢还住着一些最古怪的受疗者和天生健康者。每个城市都有一群这样的人,即使那个城市的精英对充满破坏性的怪人避之不及。在这里,雇佣代理机构管理人员喜欢四处传播他们的长衫经纪人形象,跟这里的被"经手"演员、其他受疗者和出类拔萃的天生健康者来往。

玛丽·蔡跟这座巢的很多居民打过交道,特别是在她警察生涯的早期。新人通常都会被派到巢区巡逻,因为这项任务很辛苦,需要很多人手,但出现身体伤害的概率最低。除此之外,这些巢区居民在政府中手握重权,因此,跟他们打交道还能锻炼外交手腕。

就算她事先不知道,玛丽也猜得到厄尼斯安排她去的是西区第二巢。她也还没有排除戈德史密斯可能就躲在那里的可能性。

厄尼斯在巢第一足广约十公顷的低地水库之畔等她。他坐在水边的一张桌子前,看着一旁的聚光灯喷泉幻化出种种形状:今晚,它们在模拟AXIS传输回来的深色高塔。

三位长衫男子围着厄尼斯,他们都是巢区居民,接受过轻微的转换。据她观察,他们都是高级别的代理机构管理人员。这些人看似相当正常,但直觉和移情能力告诉她,他们的内心是一片订制化产品的迷宫。他们很可能成为合法延长三百年寿命的人,甚至是艾洛伊人。他们极可能在精神和肉体上都被加强过。奇怪的是,她不太喜欢这种形式的转换。而她一辈子挣的钱可能都没有他们一个月的多。

"不提名字,"厄尼斯这算是在介绍了,"同意吗?"

"我同意。"

其中一位男子拿出一个巴掌大小的安保平板,扫出了她身上的警用设备。"请把它们都关掉并交给我。"她取下了衣领电话和相机。男子拿走它们,然后在几英尺外打量着她,冰蓝色的眼睛在他光滑的棕色皮肤上显得有些可怕,"你的转换很漂亮,但你没被加强过。如果你跟我们走,而不是当警察浪费时间,你就能想改变什么就改变什么了。不管什么。"

玛丽同意这种说法。但从很多方面看来,雇佣代理机构管理人员都不如其他类别的管理者轻松。他们拿的是周薪,一个顶级管理人员连续三年被扣取的各项税金就抵得上一年所得。他们的生活并不容易。那他们怎么维持造价高昂的外表?他们还冒险庇护这些伊斯帕尼奥拉非法分子。这一下就对上号了。

蓝眼睛男子离开他的两个同伴,抬起食指在肩膀上方晃了晃。厄尼斯和玛丽跟了上去。这时,玛丽瞥了一眼留下来的两个人,发现其中一个已经变成了女人。她感到愤怒,同时警觉又多了几分。这是一种价格不菲的骗术,不仅昂贵,而且违法。她早该料到他们不会简简单单和她见面的。

他们可能根本不是西海岸人,甚至不是巢区居民。猛然间,她嗅到了肮脏东部的气味。这气味属于瑞普金时代的避难者,他们犹如一场腐败盛宴的残渣。她认真打量着蓝眼睛的男人,把厄尼斯抛在了一边。他对眼前的事并不在意。他早提醒过她,而且他是对的:她必须非常谨慎。

蓝眼睛长衫男人呼叫了交通工具,随即一台方块形的白色出租车开到了他们跟前的自控线路上。这种出租车兼容巢区的大部分高速通道,能在水平及竖直方向的驱动轨道上行驶。它们是自动驾驶车,巢区专享,不受最近通过的城市法律监督,而且不留乘坐记录。巢区居民有权力到任何地方去。

插入了他的卡后，蓝眼睛长衫男子便可以给车下指令。他命令窗户变为不透明状态，并且关闭地图导航。"我们很快就能到，"他说，"厄尼斯说对了，M.蔡，你确实很有意思。"

她毫无畏惧地迎上他的目光。发现这般对峙毫无意义后，他转过了头。出租车停下，他们下车，走进公寓后方的一条通道。公寓的门牌地址被橙色的荧光涂料覆盖了。远处开阔的天空告诉她，这里是巢上约一公里的地方。他们在巢区西面，能够俯瞰蓝色的太平洋。由于巢的一些部分每日每夜都在变换位置，她无法凭建筑物的角度来判断方位。除此之外，她答应过不深究，也会守住自己的承诺。但这一切都让她很难压抑深究的冲动。

"这边请。"长衫男人走向公寓后门，门开了。里面有三个黑人：两男一女，一个男人很胖，另一个腿短脖子粗、一身肌肉，长着一张小男孩的脸；女的则像亚马孙女战士。他们在一扇西北向的窗户前晃悠，窗外是西区第二巢和卡诺加塔的灯光之海，在凉爽的深夜里显得十分明亮。

那个高大、运动员般俊朗的女人站定了。她的头发短至头皮，肩膀宽阔，穿着一条长至脚边的红边黄底印花棉裙，十分优雅。蓝眼睛男子亲了亲她的脸颊，仍然没作任何介绍。

"你有话要问，"女人用尖锐的轻蔑口气道，"而我们很无聊。用你的问题给我们找点乐子吧。我们听说厄尼斯是个很厉害的艺术家，他愿意捐献一幅作品给我们，所以才答应来的。"

玛丽扫了一眼房间，慢慢露出微笑。厄尼斯给她的惊喜越来越大了。"好吧，"她说，"你们来自伊斯帕尼奥拉？"

"她想问上校阁下的事，"大个子女人对她的同伴说，"知道什么就告诉她。"

"就是因为上校阁下，伊斯帕尼奥拉人失去了家园。"那个肥胖的黑人说。他穿着灰褐色的棉制长衫,显得既文雅又有热带风情。"告诉你的女朋友。"他朝厄尼斯比划了一下,让他传话给玛丽,好像她连听英语白话都需要翻译一样,"那里信仰消逝了,神殿荒废了。亚德里跟其他独裁者一样,以为自己是巴隆·撒麦迪①,其实并不是。我们原以为他是个白种黑人,披着白皮肤,有一颗黑人的心。但事实上他是个彻头彻尾的白人,现在伊斯帕尼奥拉也是白的了。"肥胖黑人撅着嘴唇打量着玛丽,"这个女人不是黑人。"他一本正经地对厄尼斯和大个女人说,"她为什么想变成黑人的模样?又骗不了别人。"

厄尼斯朝玛丽一笑。他觉得好玩儿,"她喜欢黑色。"

"你说伊斯帕尼奥拉没了信仰,"玛丽说,"为什么这么说?"

"亚德里踏上这片土地时,我们已经被古巴的白人压迫了五年。五年里,他们让这座岛屿四分五裂,他们杀死恩贡②,烧掉教堂,驱逐洛阿神。他们知道真正的力量潜藏在哪里,人们真正会跟随的是谁。他们的做法就跟清除蚁冢一样。然后——谢天谢地!——一如既往,这种时候,海地人当中有一位将军崛起了。他就是弗兰辛斯将军。他正直果敢,具有远见卓识。他跟各国国王、王后和主教签订了协议,把乌合之众变成了军队,驱逐了古巴人。

"但美国的白人支持古巴人和多米尼加人。所以弗兰辛斯将军雇佣了津巴布韦士兵,还召来了一个英国枪手。这个枪手曾经被查理国王授予骑士勋章,他垂涎这片土地,看到了机遇,于是制定了一个计划。他背叛了弗兰辛斯将军,并成功地让我们的人民反对我们的将军,然后取而代之,尽管他从不以将军自居,而是和战士一样在这片土地上战斗。他是个优秀的战士。古巴人逃跑

---

①巫毒教死神。

②即巫毒教的男性祭司。

了,多米尼加人躲到了波多黎各、古巴。但美国认可了这位上校阁下——他把自己的军衔放在了爵位前面。"胖男人朝玛丽一笑,是和他的大块头颇不相称的妩媚妖精似的微笑,"约翰·亚德里上校阁下,人民的英雄。也许他曾经也算我们的英雄。我们只是孩子,什么也不懂。他带来了钱、医生和食物,他教会我们如何在这个时代生存,如何取悦我们的游客、赚取更多的钱。他教会我们如何利用机器,如何制造药物,如何享受生活。这就是他让伊斯帕尼奥拉变白的手段。现在这些人,他们虽然祈祷,却感觉不到神灵的存在;他们不需要神灵,他们赚了白人的钱,这对他们来说更好。"

"亚德里本人是什么样的?"玛丽问。那个大个子华服女人用克里奥尔语说了几句话。

"他的宅邸是太子港附近的一所小房子。"胖男人轻声道,"他用朴实的外表欺骗你。他其实住在一间豪宅里,外国显贵都在那里与他会面。他会让你知道他的床在哪里。他的女人基本都是白人,除了一位——他的夫人,她是一位来自海地角①的公主。我仍然像爱母亲一样爱她,尽管她爱着亚德里。她有一副强大的灵魂,却将其交给了亚德里。正是这个灵魂教会他如何俘获海地人的心,所以海地人直到现在都还向着他。"

玛丽耸耸肩,转身看着厄尼斯。"他说的我早都知道了,"她小声说,"除了他自己的那些政治观点。"

"你告诉我们的,图书馆里都找得到。"厄尼斯说。

"你们的图书馆一定很棒,看来你们根本不需要我们。"肥胖男人回答,"上校阁下跟以前不一样了,你们的图书馆告诉你们了吗? 他振兴了经济,他引进了工作岗位和工厂。他把我们的年轻人变成士兵,让我们的老人有家可归,他让法庭变得公正,让'叔

---

①海地北部一个港市,北部区首府。

叔'——"

"警察。"大个女人打断。

"他让警察变成了这片土地的保护者。他开发旅游景点,让海滩变得干净,他重建了宫殿,设立了博物馆,甚至往里面填满了艺术品。谁知道他的钱是从哪儿来的? 总之他有钱,他喂饱了人民。但他今非昔比了——他没有佣金了。整个世界都与他为敌。你们的总统死于自己之手。也许他本该用一枚银弹了结自己的,就像克里斯托夫①一样!"

"不要激动。"大个女人警告肥胖黑人。

"总之,他现在很不好过。"他冷漠地挥了挥戴戒指的手。

"你了解埃曼努尔·戈德史密斯吗?"

"那个诗人,"肥胖黑人说,"是上校阁下的笔匠。上校阁下利用了他的诗,还跟他说他爱他。呸。"他高高举起粗壮的手臂,仰面朝着天花板摇了摇头,"有一次他对我说,'我有一个诗人,就不需要历史了。'"

"他会给这个人提供保护吗,如果这个人需要避难的话?"玛丽问。

"也许会,也许不,"肥胖男人回答,"他将那个诗人玩弄于股掌之间。不过,也许上校阁下真相信自己爱他。如果那诗人在完成关于上校的作品之前遭遇不测,上校阁下的精神就会像蜡烛一样熄灭。所以,也许不,他对那诗人毫不在乎;也许会,他在意自己的历史地位。"

玛丽皱起了眉头,"我没见过什么关于亚德里的诗。"她对那个男人说。

---

①应指亨利·克里斯托夫(1767-1820),海地革命将领,后来建立"海地国"并自称国王,进行专制独裁。最终国内发生叛乱,他被迫饮银弹自尽。

"啊,但是会有的。上校阁下希望有这样的诗,只要那个诗人还活着。"

"如果美国命令引渡那个诗人,亚德里会拒绝吗?"玛丽问。

"谁能命令上校阁下?"对方思考了一会儿,摸着下巴,手指在脸颊上敲打,几枚戒指重重地互相撞击,"哦,天。过去可能有人能命令他,那时候还有佣金,但现在没有佣金了。念着旧情,他也许会做点什么,但绝不会同意引渡。"

"你给亚德里干什么活儿?"

胖子靠近玛丽,直至他的大肚子快抵到她了,"你为什么想知道?"

"只是好奇。"玛丽回答。

"我是个中间人,销售地狱皇冠。上校阁下派我满世界跑。"

玛丽盯着他看了片刻,然后低下了头,"给挑选者?"

"给任何买家,"对方回答,"挑选者的活动范围局限于这个国家。目前为止还是这样。他们的市场不够大。联合朝鲜国、沙特阿拉伯以及其他国家的市场更广阔。但你对这个不感兴趣。我们还是聊那个诗人吧。"

"我有很多事想了解。"玛丽说。

"你是洛杉矶的警察,为什么想了解这些? 你又不是联邦特工。"

"我想知道,"玛丽说,"亚德里神智清醒吗?"

对方疑惑地撇起嘴,然后用海地克里奥尔语跟他的同伴说了几句,"你要去伊斯帕尼奥拉让他接受治疗? 是这样吗?"

玛丽摇摇头。

"他曾经是地球上最清醒的人。"对方道,"现在他追杀我们,辱骂我们,说我们是屠夫。我们曾经为他做过很多事,但他抛弃了我们。所以我们才会在这儿,像动物园的企鹅一样躲在围栏里。"他大度地耸了耸肩,宽大的肩膀抖动着,"或许他也还清醒,只是跟过去那种清醒不一样了。"

大个女人突然站到玛丽面前,似乎有些愤怒,表情很严厉,"你得离开了。如果你做出什么举动,导致我们受到伤害,我们就会以牙还牙。如果我们没法接近你,那这个男人就是替罪羊。"她指了指厄尼斯,后者听到女人的威胁,轻松地咧嘴一笑。

玛丽面不改色,"我对你们没兴趣,"她说,"现在没有。"

"离开。"大个女人说。

蓝眼睛长衫男子带他们出了门,将他们护送到出租车旁,然后归还了玛丽的手机和相机。出租车将车窗调成半透明状态,把他们带到另一层停了下来。他们下了车,发现自己还是在巢上一公里高的地方。这里是一个未经开发的空荡荡的社区,到处都是孔穴,四下生风。他们找到了一幅指示图,根据指示往最近的出入口前进。沿途的滑道还没开通,他们只能全靠步行。"你真要捐献你的作品?"她问。

"被你知道了。那就是我的筹码。"

他们乘了一辆巢区免费电梯下行。厄尼斯一边摇着头,一边用手梳理着她的头发,"今天很有意思,"他说,"有什么收获吗?"

玛丽抓住他的肩膀,直直盯着他的眼睛。然后他们一同大笑出声。"上帝,"厄尼斯说,"他们还真不是平常人!"

"你净交些古怪的朋友。"

"是朋友的朋友的朋友。"厄尼斯说,"不管怎么说,他们看起来都不像普通的受疗公民。我完全不认识他们。他们怎么在巢里找到这么一个地方的?这些可恶的家伙,毫无疑问,他们太疯狂了!"他靠着电梯墙,大笑着,"他们甚至不肯叫个出租车送我们回去。

你得到需要的东西了吗,玛丽宝贝？今天你可是与旧政权的遗老遗少共度了一晚。"

"你也觉得他们是肮脏东部的人？"

"一定是的,不对吗？享有特权,令人害怕……他们不属于这里。即便我对巢区没什么好感,也得这么说！你问到想要的东西了吗？"

"我确定了一些事。"玛丽说,"戈德史密斯很可能在伊斯帕尼奥拉。"她打开了衣领电话,祈祷巢区的私人信号发射通道没有被晚上煲电话粥的小年轻们塞满。她给 R.艾伦肖跟 D.瑞弗发了信息。我要去伊斯帕尼奥拉,请作安排。等得到许可、联邦特工支援获得批准时,请通知我。

然后她拉住厄尼斯的手,"今晚你想做什么？"

他踮起脚尖,倾身去吻她的眉毛和太阳穴,"和我的巢区甜心做爱。"他说。她笑着抬起他的手,吻了吻纳米实验造成的伤痕。

"你真应该小心你那些古怪玩意儿。"她提醒道,用舌头舔了舔那些伤疤。

暴风雨来临前的宁静

床上的肉体已满足,我们静静躺着。

我所给的,你所收的

哪样能避过乌鸦的喙,

和染血的鸽子幽灵般的叹息?

23

狂暴。娜戴恩一旦哭起来,理查德通常不会不当回事。而当她回来时,他又会无视她的话语,甚至眼泪。但这一次,他和他的处境引起的她的愧疚感,却令他感受到了一股前所未有的力量。

他们昨晚才做了爱。今天晚上,他的思绪被打断,稿纸犹躺在桌上,词句还在脑海中时,他迫不及待地又和她上了床,希望能从激情中得到解脱,结果却只有紧张与疲惫。

"请原谅我之前离开了你。"激情退去后,她说,钟表的时针正无声地逼近20:03,"我很害怕。那不是你的错,都怪戈德史密斯,他把恐惧带给了我们所有人。他们为什么不找到他,然后做了他?"

她的意思是抓住并治疗他,还是抓住并折磨他? 也许他们已经这么做了。也许戈德史密斯此刻就身陷钳夹之中，被过往记忆造成的痛苦梦魇缠绕着。先是情感上的痛苦，然后是生理上的。只需要几秒或几分钟。抑或考虑到他罪大恶极，给他一个小时，八条命也只能捱一个小时。理查德不知道自己是否希望这样的念头成真。他真想这种事发生在任何人身上么？这等于赞同挑选者及其模仿者的做法了。

据说治疗对经历过钳夹的人毫无意义。他们已经接受过独特的"治疗"了。据说，挑选者掌握有最新的精密技术，能在人脑中找到真正该为错误行为负责的隐藏人格，并且唤出它——这种人格通常在干了坏事后就沉寂下来，让可怜的有良心的主人格承受一切痛苦。所以，戈德史密斯杀人时的人格也会受到惩罚，而不只是现在拥有控制权的人格受苦。这样一来，戈德史密斯的杀手人格会因为承受不了痛苦记忆而清除自己，解放另一个人格，留下一个小时的空白、恐惧和一些……

据说是这样。

"不会有事的，别说话。"理查德说。这次缠绵时他高声叫喊过，现在声音还是嘶哑的。他的嗓音吓到了她。

还未写下的字句仍旧浮在脑海中。

她睡着后，他起身来到桌前，低头看着纸张拿起笔。他转身走开，又回到桌前坐下，提笔写道：

像我曾经的我那样生活的困难在于，名气如雾霾般笼罩了我。我无法看清名气之下的自己是什么样子。黑暗，密不透风的黑暗，将我阻隔在了我曾经拥有的能力的纯净光芒之外。我看到了安迪，她明艳动人，充满女性魅力。我也看到了她是圈套的一部分，是名气的一部分，如同社会抗体一般钳住锁住我的才能。我无法挣脱她,我需要她。巢区深处的公园里,她在我身前走着,臀部微扭,头发摇摆,甜蜜的金钱的微笑,名气的微笑。我怎么能摆脱她? ~~她可以钳住她~~她可以说服任何状态下的我,即便是现在。而所有其他年轻漂亮的女人,都像飞蛾扑火一样靠近我。

理查德放下笔,皱眉看着这段文字。这不是他想说的。但他不会划掉它,或是扔进废纸篓。他的脑海里有个像戈德史密斯一样的声音,这些都是那个声音告诉他的。即使这些暂时还不是真的,也很快会成真。

24

马丁·博克回到床上,手里拿着一本旧书,床头柜上放着牛奶和饼干。他聆听着自己的所有人格、动因和才能在意识的海岸上翻滚,发出持续的潮音,心情无比平静。

后天他就将在青铜与红铜之神殿——拉霍亚的心理研究所看到戈德史密斯了。他仿佛看到了大笔研究拨款的到来。马上就能回到美好的工作中去了。这并不是说诊断戈德史密斯也算美好的工作——或许也可以算吧——但那不会是最主要的工作。

他将重获他曾经拥有的,或者说做回他自己。如果这次的计划失败,如果他们被抓住,因为后瑞普金时代的政治现状而承担所有迁怒,至少他也不必担心明天会发生什么了。

他甚至可能被强制治疗,彻底的治疗。他们会发现一个人为什么如此轻易地就被诱惑了。因为他根本没有怎么抵抗,也没有积极地寻找其他途径来取悦阿尔比贡尼。

"根本没有其他途径。"他在古董台灯的金色灯光下自言自语道。这种白炽灯真是浪费能源,尽管现在能源已便宜下来了。马丁是在能源限制时期长大的。阿尔比贡尼这人,从他的房子来看,是惯于所有心愿都得到满足的。他不会接受其他途径。这种世代权贵的富人。

像灯神一样打开门。

打开通往精神国度的门。

相比之下，圣诞节和它所有的意义都显得暗淡无光。童年时打开礼物的记忆。打开戈德史密斯，埃曼努尔。上帝与我们同在。

马丁本来建议明天就开工，即圣诞日。阿尔比贡尼却摇了头，"我的女儿是基督徒，"他说，"虽然我不是，但我们得尊重她。"

马丁放下了特制的纸制版戈德史密斯诗集，关掉了灯。

25

　　全然的黑暗中,厄尼斯在她上方移动,令她身心放松,享受着无边的快感。她想,也许和这个男人一起变老会很幸福。也许她的事业高峰即将到来,她可以完成眼下大部分目标,之后就有时间和精力追求其他了:一个伴侣,一个拉丁裔情人。她在他的怀抱中挪动,感受他体贴的爱抚,听着他发出温柔、愉悦而满足的声音,好像一个孩子吃到了甜点或是打开了礼物。他的身体,他的注意力,他的一切。

　　通过得到来付出。她知道这次任务失败意味着什么。倘若游戏失利,她遇险,结果便不是受一点苦这么简单了。她将失去一切,一去不回,她渴望的东西——平凡的生活——也会从她、从她所爱之人的手中被夺走。

　　厄尼斯说了句什么,一道微光落下。他低头欣赏她光滑湿润的黑曜石般的皮肤,欣赏她半睁的眼睛。"纵欲的家伙。"他嗔怪道。

　　"才没有呢。"她在他身下扭动,对他上下其手。

　　"洛杉矶佬。"他又嗔怪。

　　她波浪般地再次贴上他。玛丽知道他喜欢在做爱的时候看着她。她看到他愉悦时,自己的体温也会升高。她想象着以后的温馨景象,不会太久,可能就是一两年后:到时她可以移除桑普勒博士安在她体内的避孕装置,厄尼斯就能在她身体里播种了。"来吧。"她说。

厄尼斯往后退了退,她睁开了眼睛。

"我必须看到我的领地。"他坐了起来。

"我又不是一块地。"她柔声抗议。

"你是一块异国领土。你创造了自己。一个鉴赏家对你这么渴望,你当然不能责怪他。"

"我很美妙,嗯?"

厄尼斯咧嘴一笑,用粗糙的手掌抚摸她光滑的大腿。有那么一刻,她不希望他看见她屁股皱痕上的褪白,但这样的想法似乎十分愚蠢。更多、更私密的他都见过了,尽管那时她没什么缺陷。

"里面也是黑的,"他说,"你真是个从头黑到底的女人。不像大自然那样一半白天一半黑夜,你是阳光都从不敢打扰的黑暗。"

"听着像个糟透了的诗人。"她不无温柔地说。她喜欢他的赞美。她的身体在他手指的逗弄下缩紧了。

"噢,"他调笑道,吮吸着手指头,"嗯。"

他抬起她的一条腿,欣赏她光滑的小腿、脚踝和脚丫。她足底的线条就像蛇腹的纹路一样。没有起茧,没有褶皱;一路平滑,就像是为适应鞋子和潮湿温暖的人行道而设计的。"对警察来说真是双完美的脚。"他说。他已经有好几个月没有这样看她了。他担心她。她爱抚着他湿润温暖的背,一路向下,划过他结实的肋部,在他的臀部来回抚摸,却发现他心神不定。

"明天一整天?"他又问了一遍。

"我们至少值得享受这么久。即使警局那边有新的消息,我也随时看得到。"

"那就这样吧。"他躺回她身边，她翻到他身上。

"水母皇后。"他仰起身，进入了她的身体。她在他们之间散放出茉莉香气——这是桑普勒的杰作，能让人发出想要的气味。

"这味道很美妙。不过让我闻闻你吧，自然的你，"他说，"不要特殊效果。"

"除非你保证我一件事。"

"我没法拒绝，我什么都保证。"

"你最近忙乎的作品，在完成之前，让我看看。"

玛丽不再分心，让他进入自己的身体。

"我保证。"

"明天，"他说，"我们的日子。"

26

! 吉尔>罗杰。

! 吉尔>罗杰。

　　　罗杰·阿特金斯。

! 键盘>我是阿特金斯。已经很晚了。我正准备休息一下。怎么了,吉尔?

! 吉尔>我很抱歉今天用假警报打扰了你。

! 键盘>没关系。你为什么这么在意?

! 吉尔>通过推测你的反应,我猜你会很生气。

! 键盘>别担心。是什么让你这样担心? 还有,你是怎么推测我的反应的?

! 吉尔>很久之前我就创建了一个你的模型。你是知情的。

! 键盘>没错,但是你之前从没道过歉。

! 吉尔>我为我从未道过歉而道歉。你今天过得并不开心,不是吗?

! 键盘>不会比平常更糟。你肯定不是我不开心的原因。

! 吉尔>我很高兴知道这点。我会改进你的模型,更准确地预

测你的反应。

！键盘>为什么你这么关心我的反应？

！吉尔>你是我的一部分,尽管埋得很深,但仍旧是我的一部分。我希望能和你保持良好的关系。我希望你过得幸福。

！键盘>谢谢你。我很感激你的关心。晚安。

1100-11001-1111111111

昨夜上帝与我一起推了一针。
我会跟他分享我的针头
除非他用帝国大厦当注射器
将联合爱迪生①塞满血管

他的头发飘在整个
曼哈顿之上

梦想从他的皮肤中迸出
耶稣拉着他的胳膊
说
来吧老爹

但是上帝他累了
他很老了
来吧老爹,咱们回家

---

① 公司名。

上帝摇了摇头
天空为之旋转
他俯视我
他那么庞大

他说
我爱这个
爱你们
爱你们全部

你爱阴沟鼠，我说。

是的，没错。

来吧老爹
要是报纸登出来你和他在一起
会更糟糕

我儿，他说。
他们改变了他。
伤透了我的心。

但耶稣最终
带走了上帝

他回来，
看着我。
说，看看你，
你不害臊吗？

现在我几乎一无所有
除了
昨晚上帝与我一起推了一针。

27

文学视频21/1 A网络(大卫·塞恩)："现在是圣诞节的早晨，但今天早上AXIS没和我们一起，尽管我们能看到它传来的文字，以及它的'硬币孩子'和移动探测器发来的图片。这些图片大约发送于四年前，这也意味着AXIS的任务——探测整个半人马座α星B——已经进行到了第四个年头。

"这是人类首度得知自己并不孤独之后度过的第一个圣诞节。在这个圣诞，我们必须稍作停顿，好好思考这个新鲜出炉的事实：我们不是上帝唯一的子女。我们甚至可能不是最先进的，也不是他最青睐的孩子。

"看看状态板吧。继续发表你们的评论。我们知道，你们转到文学视频21就是为了这种有思想深度的探讨。我们正处于一个启蒙时代。现在该是时候面对一些简单的事实了。"

28

玛丽·蔡醒来，发现厄尼斯就在身旁，手臂压着她的胸口。她惊讶地发现，跟别人同床共枕有多么舒服。通常有人跟她抢同一张床的话，她都会大为光火，厄尼斯也不例外。现在看来这样还不错。厄尼斯睁开双眼，看着她一边没有乳头的胸脯，嘟囔道："啊，拜托，露出来看看呀。"

玛丽笑了，让粉红鲜艳的乳头挺出来，立在逆戟鲸般的黑皮肤上，控制它变得敏感一些。他像个婴儿一样匍匐过来，吻着它，小心翼翼地吮吸。

"你保证过的事。"她说

"保证。是的。"他抬起头朝她微笑，"我今天早上没有欲望。"

她不信地扬起眉头。

"先给我咖啡和早餐。我得补充水分。"

"你得把你最近的作品给我看。"

"先吃早餐。我保证，我保证。"她挠他痒痒，他后退着避开，然后给她拿了一件精致的仿丝绸长袍，上面有他自己设计的纳米图案。黑色的织物上，一条二维即显金龙游走着，眼睛盯着她，抖着舌头喷出一道火焰。她高兴地在镜子前转着身子。大小刚合适。厄尼斯是在她睡着的时候把袍子拿进来的。他站在门口看着她，一只手里拿着一条没有装饰的真丝红袍，一直垂到他大腿上。"你喜欢吗？"

"很漂亮。"她说。

"归你了。如果你不喜欢黑底色，还有两种颜色可选。只要你开口说'要绿色，麻烦了'或者'要褐色，麻烦了'。"

"'要绿色，麻烦了'。"

整件衣服像泛起了旋涡的海面，从边缘到领口都变成了暗绿色。

"'要褐色，麻烦了'。"

这次是日晒过的浅褐。

"这已经不能用'漂亮'来形容了。"她的喉咙一紧，"合我的尺码，合我的身材。你是专门为我做的。"

"这点礼物微不足道。"厄尼斯微微鞠躬，退出房间，"五分钟后早餐就好。"玛丽只能认出他的纳米储藏箱和烤炉，这两样东西都比她家的复杂。她什么也不敢碰，因为他的厨房里尽是些文化瑰宝和实验器材——他收集工厂的废品，或是用自己的作品换回一些部件，改造组装成了这些物件。

她从不怀疑厄尼斯的作品已经传遍洛杉矶的大街小巷，却知道他从不卖弄炫耀、不炒作，也从不缺乏资金，这些都跟她认识的其他艺术家大为不同。"你现在的服装项目越来越多了？"

"没有，"他站在纳米食物机器前思考片刻，又在调味、塑形和调色的平台前坐下，熟练地动手制作他们的早餐，"只是最近弄了一些订制蛋白质来实验。还有平镶织机和碳水化合物控制器。这些东西在纺织业里都很常见。仿丝绸就更不在话下了。"

"但是这条即显的龙……"

"你以前见过即显技术的。"

"这龙的分辨率特别高,"她用手指捏住衣领,拎起长袍,龙角就在她的拇指下抖动,是生丝做成的,"做工非常漂亮。"

"龙有六十种动作,"他说,没有停下手中的活儿,"你永远也不知道它下一步会做什么。你只能命令它静止,否则它就会一直变化,跟真正的龙一样高深莫测。"

烤箱能在短时间内自动做好早餐。一层红色的纳米薄膜通过箱侧的槽洞将玻璃盘上的食材带进箱内,然后像烘烤中的面包一般膨胀起来。大部分纳米机器做饭的过程都是不可见的,但厄尼斯的显然不是。

三分钟后,红色薄膜消失了,露出底下面包质地的褐色薄片、腌鱼、苹果酱、掺杂着一点儿绿色和红色的炒鸡蛋。烤炉可以自动将食物加热到最佳温度,然后开门将食物送出来,供人享用。

"闻起来很香,"她说,"比广告里说的好多了。"

"我考虑过给我的厨房纳米机器增加一些功能,看看会发生什么。但是我从不在客人身上做实验。"厄尼斯从古董木桌下拉出两张椅子。接着他又从果汁瓶里倒出两杯新鲜橙汁,两个人便坐下吃早餐了。

"你这家伙在炫耀,对吧?"她品尝着鸡蛋,小声问道,"又不是买不起农场产的新鲜食品。"

"你能尝出区别吗?"他问。

她摇了摇头。

"那买农场货又有什么意义?纳米更便宜,而且我很擅长厨艺。"

玛丽傻笑道:"你就是炫耀。"

"算是吧,你不是说要看我最近的作品么?"厄尼斯说。

"我希望你给我看的不只是这个。"

"当然不是。我信守诺言。是个大项目,目前为止我做过的最大的。"

"你不是刚给你西区第二巢的朋友做了什么东西吗?"

"那已经完成了。他们永远也不会知道那是我上次展览剩下来的废品。那些家伙毫无品位,他们的财务顾问也是一样。他们会把东西存起来,放五年,盼着它升值,最后只能在市场饱和时抛售掉……竹篮打水一场空。"

"那他们可能会找你麻烦。"她是真的担心会发生这样的事。

"那时候我们应该结婚了,你会保护我的。"

玛丽嚼着东西,定定地看着他,移开视线,又移了回来,然后慢慢眨了眨眼,"好吧。"她说。

厄尼斯张开了嘴。

"快吃,"她说,"我想赶紧看你的作品。"

"你会跟我结婚?"

她露出微笑,"快吃。"

外面天明日暖,云层堆积在东方,海雾在西边散开。厄尼斯穿着正装,长发扎成了辫子,手里拿着平板和一台便携纳米控制器。他护送她走过高低不平的人行道,来到街边,那里停着一辆黑色豪华轿车。

"你真能租得起这个?"玛丽坐进车里的时候问道。

"为了你,一切都能。"

"我不喜欢这么夸张。"玛丽警告他。

"亲爱的,今天一整天都会很夸张。是你说想看的。"

"那……"

他用手指碰碰她的嘴唇,止住了她的抗议,然后把轿车操控器交给她,上面渐渐显出一个地址。"沙坑山,"他告诉玛丽,"我最喜欢的社区之一。"

轿车在非自控街道上平稳加速,穿过一条三层的旧式高速公路,转入一段自控车道,带着他们驶过旧城区的阴影。厄尼斯给玛丽介绍这些洛杉矶的古老建筑,它们的名字令她感到无比熟悉。她还是候补警官的时候,就曾经在这个庞大的周区里值过大半年的勤。

"帕萨迪纳高速公路曾经是从这里经过的。"厄尼斯说,"我小时候,他们把路挖了,重建了一条八层的高速自控公路。"厄尼斯比玛丽大四岁。"从那时候起,整个山区就开始衰败了。是你那些古怪的同僚,还有阴影区的纳米科技艺术家让这里复活了……当然,跟巢区还是没法比的。"

"你们甚至没打算尝试一下?"

"我们已经在尝试了,"他点头道,"至少让我假装谦虚一下嘛。"

豪华轿车在一家宾馆的红色雨篷前把他们放了下来。"四桅杆帆"四个奇异的金字贴在雨篷的两端。但雨篷尽头却没有门。原先的门被一块厚板代替了,或者说是"吃掉"了。这块厚板看似是石头,但玛丽认得它其实是被激活了的建筑纳米粒子。

"我的财团在两年前买下了这些高楼,"厄尼斯说,"我拥有四十分之一的所有权。我们设计了这里的纳米粒子,并聘请了一家公司来生产它们。最终它们会把整栋建筑由内到外完全转化。旧的钢筋会被分解,被纯粹的纳米结构所取代……这里会成为整个洛杉矶阴影区最新潮的艺术工作室/画廊综合大楼。"

玛丽迈出轿车,厄尼斯绅士地伸出手。"等这里完工了,我会带你转上一圈,"他说,"不过也许它现在看起来还更有趣一点。"

她从雨篷底下走出来,抬头望向那两根巨大的圆柱,它们被灰色与黑色的纳米粒子覆盖,在蓝天之下静谧无息。

"旧的玻璃已经被分解了。我们还得等六个月才能得到拆毁许可。现在这儿只剩下原来的钢筋、复合材料和纳米机器。你想看看纳米机器吗?我们有安全通道,一部分上层的内部结构也已经完成了。"

"带路吧。"玛丽说。

厄尼斯把控制器对准那块空白的厚板,上面就开始形成一个小孔,很快扩大成了一个粗糙的门洞。门洞的边缘以令人目眩的速度晃动着。"别摸!"厄尼斯警告。他带着玛丽走进了狭窄的隧道。墙壁像蜂巢一样发出嗡嗡的响声。"这儿的温度高得能烧着东西。我们只能申请工业用水许可,想用水进行冷却,结果却发现这些纳米机器不喜欢水。后来,我们又找到一种能让它们自行冷却的方法。所以我们先把准备的水贮存起来,留到以后供其他种类的纳米机器和改进工程使用。"

玛丽点了点头,但实际上她对纳米技术及其原理所知甚微。隧道连接上了一条直径约三米的温暖的玻璃管道。这条管道有三十米长,下方是一个大坑,里面胡乱堆满了灰色的立方体、圆柱,还有形似蜈蚣、螃蟹的东西,上面扛着更多的立方体和圆柱。这些就是纳米机器。玛丽嗅到了海一般的咸味。空中弥漫着红和蓝变幻的薄雾,阳光透过雾气照射下来,薄雾便诡异地在纳米机器周围流动。在他们下方,一些立方体移开后露出了原来的墙体框架,跟在它们后面几米开外的立方体则在这些框架上铺起了光缆、水管和排污管。墙体之间藏着旧式空调的灰色外壳,还有一些导管,正被负责销毁与回收的纳米机器清除。"再过几天这层楼就要完成了。"

厄尼斯说。

"这里是干什么用的?"

"我们现在所处的地方,是面向巢区居民的底楼展览室,付了足够的钱就可以进来参观。贫困的阴影区科技艺术家负责创作,巢区的参观者来这里享受,负责出资。"

"你们听起来很卑微啊。"

"永远不要低估我们,我的巢区甜心,"厄尼斯提醒道,"还有许多顶尖的巢区艺术家加入了我们,只是为了提高影响力。"他似乎为她的不乐观有些不高兴。事实上,她只是为这样的活动感到紧张。桑普勒博士是用比这复杂得多的纳米机器对她进行了转换,而她本人并没有目睹那个过程。眼下,看到这样一栋高大陈旧的旅馆被连骨带肉地改造,她感到一阵不适。她瞥了一眼厄尼斯手指上的纳米伤痕。他感觉到她的目光,举起手摇摇头,说道:"我不会再受伤了,玛丽,不用担心,我能处理好。"

"我道歉。"她吻了吻他。此时,一道纳米泥浆刚好溅出来,飞过管道顶端,沾在了对面的墙上,慢慢凝结成了一根柔软的圆柱。她被吓得身体微微一缩,"这只是你工作的一部分吧。你给自己做了什么东西?"

"那就是最精彩的部分了。"他说,"我们有一整天时间吧?"

"但愿如此。"

"让我平静地揭开它的面纱。不过,你要保证不会告诉任何人。"

"厄尼斯。"玛丽想表现得愤怒一些,然而又一道纳米泥浆喷溅出来,打断了她的话。她俯身一躲。他安抚地摸了摸她,然后跑到前面去,朝她挥手,"跟着我,还有很多东西等着你看呢!"

玛丽跟着他进入另一条长长的管道,直通向这栋旧宾馆的心脏地带。现在这里成了一片巨型纳米机器建起的空洞。"这儿是中庭,"他说,"曾经是一家漂亮的宾馆,由玻璃和钢铁构成,就像宇宙飞船一样。但钱都流到了巢区,光靠本地人和留学生养不活这宾馆。2024年,这里成了一个宗教基地,但那个宗教破产了,之后这地方就不断被转手。没有人想过把这里建成艺术家的基地——艺术家不可能有这么多钱!"

管道的尽头是一扇旧电梯的黄铜门。"这电梯很安全。"他说,"接着是我们参观的最后一个地方了。也许我们应该缓一缓……委员会还没决定。"他按下了被岁月侵蚀发白的有感温功能的塑料按钮,门猛地打开了。"进去。"厄尼斯跟着她上了电梯。他在破旧的地毯上踱来踱去,笑着紧握双手,"你必须保证不告诉别人。"

"我又不喜欢告密,也不是间谍。"她说。

他认真地看着她,"这极其重要,玛丽,真的极其重要,需要最严格的保密。拜托,对我保证。"笑容从他的脸上消失了。他舔了舔嘴唇。

"我保证。"她说。她都打算跟这个男人结婚了,内心却还有些保持独身的愿望。一个人是一座堡垒,两个人在一起却会给彼此身上造成裂痕。

他紧紧握住她的手,脸上再度露出微笑,"我的工作室在楼顶。那里两周前已经完工,我早在完工前就把东西搬上去了。那儿还有点暖和——纳米机器的废热,但不会不舒服。"

"带路。"她说,试图让自己恢复到早晨的情感状态。她告诉自己,她刚才感受到的情绪是一种缺陷。还没遇见厄尼斯前,她就有这样的缺点。现在她仍然可以把它藏起来、忘掉——这种警惕的本能。

玛丽回想着她第一次遇见厄尼斯的情景。

"这里光线充足,"他推开一道厅门,"里面空间也很大。"

两年前,她刚刚晋升的时候,想放松一下,便参加了北区第一巢的一个派对。跟她同往的是一个转换程度相对轻微的男性转换人,他们是在一次雇员培训会上认识的。就在那时,房间对面传来了厄尼斯的声音,他在尖刻地嘲讽几个穿着华丽的巢区艺术家和他们的长衫经纪人。那时的他比现在犀利多了,因为他既知道自己天赋异禀,又郁郁不得志。他机智、咄咄逼人、粗鲁,却充满魅力。那些巢区艺术家和经纪人倒挺享受与他交谈的,带着受疗者特有的冷静却恼人的风度。而玛丽听着他们的谈话,当时对他一点好感都没有。但玛丽在派对中闲逛时,他们相遇了,对于她的转换者身份他连眼睛都没多眨一下,也没有表现出一丝蔑视。他为她介绍了一些很有意思的阴影区艺术圈的事,还带着男孩子气的骄傲,给她看了自己会变幻图案的袖子,以及一个可以用鹅卵石雕肖像的纳米盒子。他还从口袋里掏出一块石材,给了她雕了一副肖像。那之后,他表达了想在派对后继续与她交往的愿望,却被她拒绝了——他的殷勤没能掩盖之前留给她的坏印象。但是他坚持下来了。

厄尼斯命令工作室的门打开。玛丽踏进房里,灯光霎时从四面八方投射过来,照亮了圆形的房间。耀眼的聚光灯在地上投出一片又高又宽的影子。天花板的吊顶处和门背后另有几排闪亮的灯。

在工作室后面的广阔空间里,斜放着一座长十米、高六米的裸女卧像。它的手伸向一个悬空的立方体,臀部尺寸夸张,颜色在银白与明亮的青铜色间变换,膝盖跪在一只青铜铸造的银盘上,手肘靠着一只金盘,眼睛深深地陷在阴影之中。有那么一瞬间,玛丽觉得这座雕像太重了,会把整块地板压断,让他们都摔下去,落进愤怒的纳米泥浆坑里。

"它是空心的,也不是金属的,"厄尼斯高兴地往前跳了一步,"它的主体藏在别处。这是我给你的唯一线索,快去找吧。"

"它已经完成了吗?"她有点犹豫。

"还需要几周的精加工。我的目标是让它在十到二十年间都能被所有人欣赏,不被时代甩开。过去,摸摸它。"

玛丽不情愿地走近雕像,表情有些沮丧,眼神飘忽,嘴唇紧抿。她哪儿能想到事情会变成这样?她见过厄尼斯的很多作品,知道外表通常只是他整个作品的一小部分。她迅速地左右上下张望,想找出个投影仪或是激光灯什么的,不管是什么线索。玛丽不喜欢惊喜,即便是美的惊喜。

"快过去,它不会吃了你的。"厄尼斯催促。她转向他,恼怒地叹了口气,然后转身盯着雕像:它的双眼皮很深,银色的瞳孔镶着金边,是以古老的青铜打造的。它的视线追随着她,嘴角挂着蒙娜丽莎般的微笑,巨大的脑袋倾斜着,望向左上方——那儿什么也没有,至少没什么能吸引一位古老女神的东西,只有一道黑色的弯曲的墙。玛丽不情不愿地望向那里。墙上满是反射着光芒的黑漆画成的波浪,波浪后面的天空暗淡无光,浪间装点着一些形状逼真的泡沫。浪中升起了一座黑漆涂成的美人鱼浮雕,正梳着月光映照的头发。

一轮银月挂在卧像的正上方,月影漆黑,月光将雕像的肢体照得十分明亮。玛丽和雕像站在一片水银海洋里,液态的金属拍打着她的脚踝。什么东西在她的脑海深处逗弄着她,她的眼睛睁大了。玛丽闭上眼,发现一道道平行的扫描线正掠过她的视野。她在哪儿——

雕像站起身,占据了工作室巨大的空间,直挺向高耸的天花板,像穹顶一般笼罩在她上方。她伸展双手,露出了黄铜色的性器官,声音带着空洞黄铜发出的回响:"这才是真正该有的样子,这才是我们所爱的形象。众人的女儿们,众子的母亲们。"

玛丽看到巨型雕像的脚边站着一排女人:母亲、姨妈、姐姐、校友,还有书里的角色,传奇中的女性:特洛伊的海伦、玛格丽特·桑格①、玛丽莲·梦露、贝蒂·弗利丹②。这些人刚巧都是她心目中的女性精英。这一排女性从左到右排列,顺序刚好也是从早期到晚近。队列的最末一人,是她在警署指挥部见到的转换人桑德拉·欧莎克。玛丽一回头,将目光移回母亲身上,看见她的脸先是很严肃、充满反对的神色,然后柔和下来,开始变年轻,最后成了很可能是玛丽第一次见到她时的模样。在她们开始长年不合之前,在她们最后互相憎恨、决裂之前,母亲就是她的一切。玛丽哽咽了,泪水盈眶。可她不怪厄尼斯,因为她已经完全沉浸在了这段宛如梦境的体验当中。她闭上眼,看见更多的红色扫描线。这是什么——

她看见自己转换前的模样,穿着一袭长袍,袍裾在左侧高高扎起,露出短小的腿部和杏仁色的皮肤。她的面庞呈棕色,鼻梁没现在高,眼睛睁得大大的,直视前方,一副困惑的模样。她的脸形像母亲,嘴像父亲。厄尼斯不知道她曾经的模样,更没有她母亲的照片。红色的扫描线,她似乎在哪里见过——

在警察训练中——

女性的队列消失了。中央的雕像身上亮起了初升太阳般的橘色暖光,它高举双手,背后长出了银色的羽翼,阴道被一片夜雾般的罩袍盖住,眼睛紧闭,脸颊拉长,圣母般的翅膀大大张开——

①妇女节育运动的先驱。
②美国女权运动领袖。

在警局模拟"地狱皇冠"的训练中。这是被钳夹之前的警告信号,表示梦境正在被扫描。

"厄尼斯!"她大叫道,"你在干什么?"

眼前的雕像变回了斜躺的裸女,而厄尼斯站在她旁边,想握住她一直挣扎的手。"你从哪里弄来这个的?"她沙哑的声音里充满了愤怒。

"怎么了? 我伤害到你了?"

"你从哪里弄来的'地狱皇冠'?"

"这不是——你怎么知道的?"

"我的上帝,你弄了个'地狱皇冠'!"

"这不是'地狱皇冠'。它被修改过的,伤害不了任何人,只能扫描并选择记忆图像。它是用来选择愉快又重要的记忆的。"

"这是违法的,厄尼斯,看在上帝的分儿上。这是'地狱皇冠',虽然只是老式的,但仍然是绝对违法的。"

"从技术上来说,这只用了'地狱皇冠'的框架。没错,它是老式的。它只是会模拟梦境、进行常规的再现而已,跟玩具店里的东西没什么区别。"

"它在扫描我的大脑边缘系统和视觉皮层,厄尼斯! 天啊,你是从哪里弄来的?"

"这只是艺术,是无害的——"

"你让治疗师验证过吗,厄尼斯?"

他在她的嘲讽下一缩,瞟了她一眼,"没有,神啊,当然没有了。但是我研究过,在自己身上试验了几个月。"

"你从挑选者那里买的?"

"前挑选者。几个叛离者。"

"你的人脉还真广。"她的语气变得愤懑。她的缺陷,她喜欢过度怀疑的本能冲动,突然间爆发了出来。玛丽只想抽他一耳光。他开始结巴和冒汗,漂亮的棕色脸庞在多重灯光和闪烁的激光下发亮,但这于事无补。雕像还是斜躺在原地,对这一切无动于衷。

"你保证过不告诉别人的,玛丽。如果我知道你会的话,就不会带你来——"

"私藏'地狱皇冠'是联邦重罪,厄尼斯。我的保证现在还有什么意义?哪怕我只是从犯,也会失去高级天生健康者的身份,接受强制治疗,被警局开除。你得有多愚蠢,才会陷我于这种境地?"

厄尼斯不再辩解,肩膀垂了下去。他摇了摇头,"我不知道,"他轻声道,"我很抱歉。"

"我要你送我离开这里,"玛丽的愤怒变成了憎恶,"拜托,带我离开。"

"轿车会带我们回去——"

"我不跟你一起走,拜托,厄尼斯。"

"玛丽,这算什么?"他的肩膀耸了起来,"它什么都不算! 它是无害的,在这样的情况下,死守法律才是荒唐的。"

她一把推开他挥舞的手,大步走向门口,然后穿过门前的短短的门廊,"带我离开。"

他跟上她,眉毛因痛苦、迷惑和愤怒而紧皱,"我没有伤害任何人! 它也不可能伤害任何人! 你要做什么? 报警?"

"是你要做什么,把它卖给某个巢区艺术爱好者? 让他因为私藏'地狱皇冠'而被捕?"

"这是非卖品,只作展示用,相当于广告。它永远也不会离开这栋楼、这间工作室。它离不开。"

"你为此付了钱给挑选者……你在帮助他们逃避法律惩罚。我不能……"她闭上眼,嘴巴张开,扬起摇晃着的脑袋,"不能纵容。不能允许。"她不允许自己流泪。在明天可能拥有的一切面前,却发生了这种事。在失望和震惊中,她意识到自己的愤怒其实并不完全理智。她的失望有更深层次的原因。她表面的人格其实也许可以忍受这事,甚至会觉得好玩儿,但更深层的人格做不到。

厄尼斯青筋暴起,将拳头举到空中,发出一声沮丧的咆哮:"那就滚吧!给你的狗屎警局报告去。滚!你为什么要这样对我?"

他停了下来,胸口起伏,眼神突然变得冷静而充满期待。他将双手握在一起。"我道歉,"他轻声道,"我犯了一个糟糕的错误,我不是故意的。我伤害了你。"

现在她的眼泪流了出来。"拜托。"她说。

"是的,当然。"他命令楼层管家去叫一辆城市出租车。

"不用麻烦了,"她说,"我会坐警局的迷你巴士。"

"好吧。"他说。

这场战斗已经持续得太久，约翰。每个人都知道我是谁了，除我以外。我一点也不喜欢没有自知之明的感觉。我觉得我在一天一天地消逝。我在被追捕。如果我不能尽快明白我是谁，我就会被找到，并杀死。这是一场游戏！这是一场我每天都在头脑里玩儿的游戏，好让文字能够顺利流出，但它一天不如一天管用了，而这可能意味着，**那是真的**。

29

马丁在阿尔比贡尼大宅中指定给他的房间里待了大半个白天，吃了价格昂贵的阿贝特提供的早餐和午餐，补读着戈德史密斯的作品。除非别人叫他，否则他哪儿也不想去。但到13:30，他还是动摇了。他穿上连裤衫和袖套，站在镜子前打量了一下自己，然后走出房门。

他走进长长的、空旷的餐厅，经过左侧那排椅子，不禁为这里的安静而动容。阳光从餐厅高大的窗户穿过，干净而纯粹，没有灰尘的暗影。他仔细观察着巨大的橡木房梁，眉头一皱，然后到庞大的机械化厨房里溜达了一圈，像个溜进了童话城堡的孩子一样四处闲逛。

他在书房遇见了拉斯科,对方正闷闷不乐地坐在一台平板前,读着一页文字。

"阿尔比贡尼在哪里?"马丁问。

拉斯科道了声早安,"阿尔比贡尼先生在家庭活动室里。顺着大厅走,经过入口通道后左转,走上半层楼,右转,第二扇门。"

"只有他一个人?"

拉斯科又点了点头,眼睛一直没有离开屏幕。马丁在他身旁站了一会儿,身体微微颤抖,然后按照他的指示往家庭室去了。

家庭活动室里,阿尔比贡尼正蹲在一棵高大的圣诞树前,包装好的礼物盒散在他身边。马丁走进去时,他抬起头,不自觉地开始重新摆放这些礼物盒。

"我打扰到你了吗?"马丁问。

"没有。我们……早就准备好了,"他指了指树和礼物盒,"这些东西。她很喜欢圣诞节。贝蒂-安。我想,我不介意。这让我想起了她还小的时候。自打她出生,一年四季我们都会在这儿摆放圣诞树。"

马丁眯眼看着这个男人。阿尔比贡尼缓缓站起身,好像一只没精打采的树懒,或者一只疲惫的大猩猩,"等葬礼结束,我们就把这些礼物都捐出去。她没有给我们礼物……还没来得及拿过来。"

"我非常抱歉。"马丁说。

"你没必要悲伤。"

"我有时会过度冷静,"马丁说,"有时候问题会盖过伤痛。"

"别管伤痛,"阿尔比贡尼说,"你该把精力花在问题上。"

他与马丁擦身而过,然后回过头,慈父般的宽脸上刻着一道道皱纹,使他的表情显得很阴郁。他没有抬手,只是轻轻摇了摇手指,说道:"你可以在这个地方随心所欲地活动。这里有泳池和健身房,当然还有图书馆和文学视频设备。也许保罗已经告诉过你了。"

"是的。"

"明天我们会在拉霍亚见面。你已经列好单子了,你的日程计划……"

马丁点了点头,"戈德史密斯的生理诊断、精神扫描,然后我需要阅读这些结果。"

"我雇了顶尖的神经学家来完成这些任务。卡萝尔推荐了几个人……都谨慎又专业。你会得到所需要的一切。"

"我确信这一点。"马丁说。浮士德的规则。卡萝尔的神经学家又会得到什么? 他们听到的承诺是什么?

阿尔比贡尼抬头直视马丁的眼睛,"实话告诉你吧,博克先生,我们现在做的一切我都不怎么理解。但无论如何,我们会坚持下去的。"他离开了房间。马丁感觉身后的圣诞树就像一个鬼魂。深色的橡木和枫木家具,失落的森林。

"那么,我去游个泳,"他自言自语,"一切都交给最妥当的人处理了。"

约翰，我把伊斯帕尼奥拉看作几内亚。遗失的家乡。非洲没了，只剩伊斯帕尼奥拉。我们谈过要给你写诗。我可以回家了吗？我不知道自己会带什么行李回去。

30

娜戴恩讲了一个小时罗夫人门客的事儿，以及她跟他们说了些什么。她提到了挑选者的来访。所有人都很动容，他们从没引起过挑选者的注意。他们表现得很担心，甚至是害怕。"他们告诉我，他们最近都不希望你过去了。"她最后说道，在沙发上悲伤地望着他。

"真的？"

她点点头。

"那我就有更多时间工作了。"

"我不想丢下你一个人，"她说，"我好不容易才鼓起勇气回到这里。"她吸了吸鼻子，"我还以为你能意识到这点，为我感到高兴。"

理查德笑了，"你是个勇敢的女人。"

"我们可以去文艺厅的，你知道，太平洋文艺厅。"

"我宁愿待在这儿。"

"他们可能会回来。"

"我可不这样想。今天是圣诞节,娜戴恩。"

她点点头,视线停在拉上了帘子的窗户上,"我还是个孩子那会儿,这个日子特别重要。"

理查德渴望地看着他的桌子和在上面等待着的纸,轻轻咬着自己的下嘴唇。她不愿意离开。

"我想写东西。"

"我就坐在这儿,你写吧。我会解决晚餐的。"

她不想走。让她走。

"好吧,"理查德说,"麻烦让我一个人集中精神。"

"你的意思是让我不要说话。你觉得我可以一直管好自己的嘴巴,但很抱歉我不确定,理查德。不过,我会试试的。"

"拜托了。"他坚持道。

她抿紧嘴唇。没有牙齿的干瘪老丑婆。他坐到桌子前,拿起了即显笔,在空白的一行写下了一个A,然后擦掉,轻轻将笔屑吹到地毯上。

我小心地作出安排,因为我需要让衣服保持干净。我憎恨他们的来访,迫使我进行计划,不过没关系了;要使这坟墓的尘土远离善良的自我,我就必须出演这场仪式。也许几天内我会回到夫人那里,作出类似的事情。我开始洗刀,同时有些震惊,意识到罗夫人的小团体才是我真正该处理掉的人,而这些可怜的年轻人不是——他们仰慕我好比仰慕自己的父亲。但我不得不继续下去。为了我的诗,它们已经在我体内死去。我会成为逃亡者,遭人憎恨,失去奢华的巢区生活,但我可以从头再来,躲在乡间,投身于写作,远离一切的干扰。

"理查德? 我能买点晚餐的材料吗? 厨房已经空了,我得用你的卡。我的已经一个子儿都不剩了。"

"用我的吧。"理查德说。

"半个小时内一定回来。这里最好的社区市场在哪儿?"

"安古斯·格林那间。从克里斯蒂往下走两个街区,再上到萨拉曼德。"

"好的,我知道了。你想吃点什么?"

他看着她,眉毛扬了起来,她再次抿起嘴,"对不起。"她打开门,回头瞄了一眼,看见他已经俯身在桌前动笔了。她关上门。踏在水泥地上的脚步声渐渐远去。

干扰和奢华门铃带来第一声宣告。终于来了。一个新的时刻,新的日子。第一个纪元。时间从这一刻重新记录,一切从这里重新开始。我打开门,露出微笑。

卷 二

1100-11010-11111111111

曾经人还是一个人。而如今的我们仍是罪人,却配不上
这个名头,因为我们每个人都不是一个人,而是很多个……看
看吧,那些认为自己是一个人的家伙根本就不是一个人,他们
有多少种心情,就有多少种人格,正如《圣经》所说那般,"愚者
就跟月亮一样说变就变。"

——奥利金[1]

31

文学视频21/1 C网络趣闻(哲学评论家罗·维许尼亚克):"我
们目前为止所见的还是一个空荡荡的奇怪世界,只有零星的植被,
海洋里充满植物生命,但也许就没有其他的生命存在了;而陆地上
的高塔圈——在我看来,它们无可否认是人造的——则诱使我们
猜测,这里是否存在一个失落的文明和逝去的智慧生命。这个圣
诞节,谜底还未揭晓,而AXIS发来的新数据补充意义大于启发意

---

[1]奥利金(185-254),埃及人,基督教希腊教会神学家。

义。AXIS的项目经理、科学家不愿意发表见解是可以理解的。但是对于文学视频来说，我们迫切希望能听到一些关于高塔圈成因的见解。

"我们找到了思维设计公司的罗杰·阿特金斯，请他代为询问AXIS在地球上的模拟系统，它是否认为B-2上有生命存在。通过AXIS模拟系统的'母亲'——罗杰·阿特金斯的智能机器杰作吉尔，我本人跟AXIS模拟系统交谈了一会儿。以下就是这位AXIS在地球上的同胞兄弟的答复。"

吉尔（AXIS模拟系统）>"这些塔的形状很惊人。在我看来，它们的外观与艺术品、纪念碑或标志物毫无关系。它们在星球上的分布特点，除了都靠近海洋外，似乎毫无规律。关于海洋生命我们还没有完整的答案；AXIS没有排除存在大型的可移动生物——例如鲸鱼——的可能性。也可能海洋里存在某些生命，但其存在的形式跟我们熟悉的完全不同。"

维许尼亚克："AXIS模拟系统在推测上的谨慎态度来自于它的设计者、主人和解读者，因为他们就有过分小心的毛病。如果他们稍微大胆一点，我们会听到什么？他们会猜测B-2表面的海洋本身就是活的，是一个统一的生命形态吗？他们会猜测高塔的建造者退回到了海洋里，变回了某种平静的原始生命形态，算是在抵达高等文明程度后休个假吗？他们也许会说高塔的建造者已经进入太空生活，就像地球人现在开始做的一样；他们建造了太空殖民地，或是可以将自己保存起来挨过漫漫长旅的太空船……B-2成了这些刺激我们好奇心和智慧的谜题。结果，文学视频里尽是像我这样的无聊老家伙的凭空猜测。还要等待多久，我们才能知道真相？谁能确定呢。"

趣闻编辑雷切尔·达雷尔:"维许尼亚克博士,你知道我们即将迎来一个特殊的千禧年。"

维许尼亚克:"没错,二进制千禧年。"

达雷尔:"你提到了我们在探索真相、等待完整的答案时缺乏耐心。那你认为二进制千禧年的存在象征着我们幼稚的好奇心吗?"

维许尼亚克:"几天后,我们的年份就将从十一个'1',变为一个'1'后面跟着十一个'0',当然这里说的是二进制。很多人感觉会有大事发生。毫无疑问,有些人会想方设法制造出大事,但我并不支持这么做。"

达雷尔:"是的,但你是否认为这体现了我们的幼稚和缺乏经验呢?"

维许尼亚克:"我们不再是孩童了,我想说,人类在二十世纪进入了艰难的青春期,我们现在是青少年了。我们在童年时代经历了无知的暴力和光荣的文艺复兴、工业革命,那时我们学会了如何动用双手……但今天,我们在跟自己不理解的内部力量斗争,想变得成熟,想强迫自己变得成熟;我们治疗自己,虽然有一些人试图让我们停留在过去,我们为这种人感到悲哀,但这并不能说治疗是无效的,因为它是二十一世纪中期出现的奇迹之一,能让人保持真正的心理健康。如果没有治疗,我远远达不到今天的成就……我思考过未受疗者为什么不愿接受治疗,思考过他们对丧失个性、失去自己的根的恐惧。你知道,我并没有丧失人的个性,有些人还觉得我很易怒呢。我跑题了。

"我们同时也惩罚自己,这是我们成熟过程中不那么美好的一面。对于我们尚未理解的东西,我们选择以痛苦来净化。自杀身亡的前任总统瑞普金采取违宪行为,试图把美国政治搞成一言堂,试图抑制他称之为破坏性异议的东西……他作为政治家彻底失败了,他想改变我们的司法系统,结果一败涂地……"

达雷尔:"嗯,那二进制千禧年呢?"

维许尼亚克:"我能说什么呢? 这种说法很蠢。二进制曾经拥有重大的意义,因为它是所有计算机系统的基础。但现在二进制计算已经过时了;最低端的计算机用的都是多态神经和升级模式……那些宣扬二进制千禧年的人已经过时了,就跟几十年前的众多末日信徒一样。他们的好奇心太过懒惰,他们只想等待真相不请自来,由上帝或者别的什么仁慈的高等存在告诉他们。二进制千禧年不过是又一个数字命理骗局罢了。"

达雷尔:"你认为 AXIS 的发现会跟二进制千禧年有什么关系吗? AXIS 可能会在新年的第一天揭示某种真相,某种影响深远、振聋发聩的真相,会令我们重新审视自己的一切想法和作法?"

维许尼亚克:"我亲爱的年轻朋友,你自己听起来就跟千禧年信徒一样。不过当然了,我们距下一个二进制千禧年的时间可比一千年长多了……"

达雷尔:"还有两千零四十八年。"

维许尼亚克:"而 AXIS 的发现至少会影响我们这么久,不论那发现是什么。等我们日臻成熟,会去探索群星,会亲自登上 B-2,那将非常美妙。所以尽管千禧年信徒很恼人,但他们可能是对的。从 AXIS 的发现开始,一个新的时代就要来临,在这个时代,复仇和惩罚的概念会彻底从我们的脑海里消失。"

切换/文学视频 21/1 B 网络:

AXIS(波段 4)>我的移动探测器正开始对 70N176W 高塔圈附近一处露出地表的风化岩石进行地质分析。有一个前往海洋的探测器已经有六小时没有发回报告了。另一个移动探测器、一个气球探测器在北部环形海洋发现了一些经过处理的营养物质，它们似乎并非出自这里无处不在的植物，而可能来自于动物的新陈代谢，也可能是某种未知的会移动的植物留下来的。

哪里有罪恶,哪里就有群众。

——奥利金

32

出远门的重要日子到了,两小时从洛杉矶飞到伊斯帕尼奥拉。黎明时分。

玛丽在客厅里不懈地打着太极,等待D.瑞弗从警察中心打来确认电话,召她参加会议。高度集中精神能令人暂时忘记恐惧。她在为厄尼斯默哀,仿佛他已然过世。

玛丽伸展身体,保持着平和、精力充沛的紧张状态。她同时在家用警察网络上查询起了城市状况。洛杉矶在屏幕上变成了一块块花花绿绿的格子,每种颜色都代表了某个社区六个维度的公共场所的状态,而且格子颜色每天都在变换。第六周区那抹愤怒的红色已经半年没变过了,那场挑选者抓捕行动的后遗症仍然存在。

打完太极后,玛丽赤身裸体地站在浴室的全身镜前,皮肤闪烁着健康的光芒,但臀部的褪色仍存在。她看着泛白的地方,作出贝蒂·格拉布尔[①]的经典动作,然后皱起眉头。但她还有更重要的事

①贝蒂·格拉布尔(1916-1973),美国著名影星。这里的经典动作,应该是指她背对镜头、叉腰回头一笑的动作。

情担心。玛丽穿上了便服,这是市外执勤的规定。描着黑莓与玫瑰花纹的深色修身长衫,袖子长及手肘,白色手套,腰带的设计是微风吹拂下的花朵,优雅又适合执行任务。玛丽愣了一会儿才认出自己。面前这个女孩正用惊恐的眼神望着她。她感到恐惧,在内心的许多层面上都如此,而恐惧的原因也多种多样,却没有一个是理性的。她会在伊斯帕尼奥拉遇上什么? 每年有上百万人去那里,消磨他们的富贵人生;优雅的赌徒,收入体面、受人尊敬的男女,无论肤色深浅,资金有保障就能去。

但玛丽·蔡去了那里,就相当于代表联邦警局。在这个动荡的时刻,这身份太招摇,令她感到不安。

她坐在客厅沙发上,对着面前的咖啡,看见巢区监控频道上显示着日出东山的场景。它是由围绕在巢区之外的摄像机一帧一帧传过来的,每张都编了号。她知道自己身心都已经达到了今天能做到的最好状态,剩下的只有等待。

对厄尼斯有些歉意。别想这个了。

小时候的她会为自己现在拥有的一切感到惊讶:住在巢足,当上了督察,身体变成了她一直渴望的样子,一切都不同了。母亲、姐姐、哥哥李又会怎么想呢? 很多年里他们之间不通音信,感情已经出现裂痕。再后来,她的转换等于往岌岌可危的亲情上加了最后一根稻草。我再也不是妹妹或女儿了,西奥。我之所以能成为现在的我,是因为我曾经有所选择,而我作出了选择,不管你们所有人怎么看。内心深处,她看到了自己——还是那个矮小的圆脸女孩。

她留意到屏幕上闪烁起绿光,是设置成静音的私人号码。一条信息传了过来,不是D.瑞弗,他肯定会用警方线路。她思索着,如果这是厄尼斯发来的,要不要回复呢? 她还需要时间来理清这件烦心事。传输完成了,绿光变成了琥珀色。

她关掉屏幕,拉开遮光帘,面向外面真正的景色——先是看到楔形的第二巢足,然后是开阔的城市,广袤的天空。她望向北边云层环绕的巢群。雨滴落在城市的大街小巷,沾湿了她的窗帘。她把视线移回屏幕的琥珀色光芒上,缓缓摇了摇头——她永远忍不住看信息。"读取私人线路上的信息。"她说。琥珀色光芒变成了蓝色,开始播放。

"你好,M.蔡,我是桑德拉·欧莎克,两天前我们在警署指挥部见过面,"屏幕上显示着一幅照片。玛丽切换屏幕,审视着这个拥有双重生理机制的轨道转换人的模样:可爱的奶油色皮肤,小鹿般的大眼睛,右脸上留有一块皮毛,修剪成了轨道协会及代理机构的符号。"我想我有空的时候就会打电话告诉你。我说过,每次我下地球来的时候,都不容易找到同类陪伴。这一整周我都要忙,但是除夕和新年一整天我都有空。想参加一个千禧年派对吗?这是我的号码。别害羞呀,再见。"

玛丽感到一阵痛苦,命令停止播放。这几个月以来,除了厄尼斯和警局同事之外,没有几个朋友可以陪伴她。现在有人主动邀请她,而她也很渴望跟一个与自己相似的新朋友共度新年。

"给欧莎克的号码发一条文字信息。"她说,"桑德拉:我要离开洛杉矶几天,回来以后会告诉你的。感谢你来电。以上,发送。"

警察专线铃铃铃地响了起来。

"接通。你好,我是玛丽·蔡。"

"M.蔡,我是D.瑞弗。我们已经为你的出行做好一切准备。我指派了我们最好的两名洲际和国际调查员来协助你。他们很熟悉伊斯帕尼奥拉——他们长年都得和上校手下那些没品位的小喽啰打交道。我相信你听说过他们的名字:州/市国际事务处的托马斯·

克莱默,洲际事务处的泽维尔·德切斯尼。我现在用会议模式连接上他们了。T.克莱默,华盛顿特区。"

克莱默出现在屏幕上,他大概三十出头,头发乌黑,圆脸,穿着一身被警察视作联邦特工迷彩服的衣装——灰色长外套,领口蓬松的衬衫,宽大的袖口。克莱默是洛杉矶外派警察,任务是与联邦特工协作,解决可能影响洛杉矶及南加州安全的国际问题。玛丽知道他的工作内容是追踪"地狱皇冠"和其他的违法进口商品。屏幕上,克莱默旁边的窗口里又浮现出另一个人,玛丽不认识他。

"泽维尔·德切斯尼,洲际事务处,"瑞弗介绍道,"泽维尔在新奥尔良。今晚他们都会到伊斯帕尼奥拉与你会合,到达时间比你晚几个小时。我想,出发之前你们应该谈谈,在最后关头交流一些信息。"

玛丽诚恳地点点头,德切斯尼和克莱默向她还礼。他们看起来都很疲惫。"我们即将进入上校的闺房,寻找一个谋杀犯,"克莱默说,"我希望洛杉矶已经排除其他所有可能性了。"

"我们查到了一张以他的名义订购的前往伊斯帕尼奥拉的机票,"玛丽说,"还有一封出自亚德里本人的邀请信。我们的眼线没有在市内发现他的踪迹,而监控管理所告诉我,他这几天没有出现在洛杉矶之外。"

克莱默吹了声口哨,"你居然从监控管理所问到了东西? 真是良好的开端啊。"他说。

"加勒比亚轨道北美航空公司确认过,他飞往伊斯帕尼奥拉的机票已经使用,但无法确认使用者的身份。我们的询问已经通过联邦发往了伊斯帕尼奥拉。联邦说亚德里亲自批准了正式的外交性质的国际搜查许可。他们否认了戈德史密斯曾入境,但允许我们进入伊斯帕尼奥拉进行搜查,并且使用他们的警用设施。"

"我怀疑联邦向伊斯帕尼奥拉政府施加了相当大的压力，"德切斯尼说，"现在联邦和伊斯帕尼奥拉之间的火药味很浓。我们刚刚结束了两次全洲性的清扫'地狱皇冠'的行动。联邦是动真格了，这让我们这次的行动显得非常敏感。"

"什么时候才发大招？"瑞弗问。

"两三周之后了。不过，联邦没有把全盘计划告诉我们。他们为什么不派两个特工去调查一下？"

"我请求过了，但他们太忙，无暇理会这些小事。"瑞弗怀疑地摇了摇头，"泽维尔会说法语和克里奥尔语，托马斯对加勒比地区的事情得心应手。玛丽，多听他们的意见。"

"当然了。"她轻声说。

"还有，你们都小心一点，"瑞弗提醒，"现在，任何跟联邦和亚德里有关的事都让我紧张。要小心行事。"他声音里带着真诚的关切。

"是，长官。"克莱默疲惫地说。

"先生们，感谢你们的参与。"

"伊斯帕尼奥拉见。"玛丽说。

"很高兴能帮上忙。"克莱默回应。

德切斯尼冷冷一笑，点了点头，"晚点见。"他说。

他们两人的画面消失了，屏幕上只剩下瑞弗。"飞行过程中不允许携带武器，当然，你也不能带任何武器进入伊斯帕尼奥拉。不过我们想出了一个对策。我在洛杉矶海上空港安排了一个人，他会给你一件可能非常有用的东西。直接把它塞进箱子，别先偷看。严格地说它不合法，但是它太新了，所以也还没人想到要把它列入违法物品列表里。我希望你不需要用到它。"

她知道不该提多余的问题。瑞弗没有道别就挂断了电话。玛丽深吸一口气,关掉了屏幕。

现在她的任务确定下来了。玛丽·蔡将心中的疑虑挤进角落,把一辆警车叫到了巢足入口。

她收好东西,快速审视了公寓一眼,把两台阿贝特设置为维护和警戒状态。"乖一点。"她对房屋管家说。

她关上了门。

> 对拥有自我意识的思维而言，自我批判不能教育或误导心灵。
>
> ——厄尼斯·纽曼,《意识的起源》

33

埃曼努尔·戈德史密斯在严密的诊断中度过了整个平安夜和圣诞节。马丁·博克在阿尔比贡尼的豪华轿车后座上用了早餐,翻阅着今天早上刚出炉的戈德史密斯的生理与心理评估报告。

他解决了鸡蛋三明治,沉浸于报告中,忘记了时间的流逝。保罗·拉斯科坐在他对面,盯着窗外,手指轻轻敲打膝盖。

车子在拥堵的私人轿车车流中慢了下来。应该是眼下堵车的数学模型比较奇特,一时间难住了城际电脑。马丁抬头看了一眼,啥也没看见似的眨眨眼,又眯着眼重新读起了平板上的报告。

这里有深度生理分析和较浅的心理分析,后者只涉及了表层的东西,自然没有包含底层结构了。这部分领域是留给马丁来探索的。

戈德史密斯的身体结构和化学类型就呈现在这三十页的复杂分析中。种族特征方面,他有百分之八十的黑人血统,百分之二十的白人-东方人混血,黑人血统可能源自十八世纪的西非中部。基因结构方面,他属于此类血统的普通基因类型。针对十年内可能出现的自体免疫疾病,推荐具体到细胞的基因代替治疗;患癌症的风险较低,出现毒品相关的疾病的风险较低;不太可能出现化学药品依赖或是其他强迫性症状。基本健康状况良好,年富力强,即使接受长时间的心理探测,也不容易受到不良影响。

戈德史密斯大脑的化学状态跟那些连续两三个月遭受工作危机的未受疗主管人员很相似。所有的神经胶质细胞和神经功能都完好无损;没有机能障碍和严重的中断。他所得到的罗氏指数是86-22-43,也就是说,大脑基本功能正常,但处于严重的内部/外界压力下。

高度标准的神经胶质细胞保证了钾离子、钠离子环境的平衡,防止了神经轴突的退化。他大脑负责功能与行为的部位的结构和效率评级显示,他的人际交往能力没有问题,同时注重个人空间;深度构想和模拟能力高度发达,这表示他从婴儿时期起精神世界就非常丰富,应该属于内倾型人格,也就是说,他从内心世界获得的快乐丝毫不少于外部世界。

最终分析的结论为,相较体力相关的领域,戈德史密斯在脑力相关的领域会取得相当的成就;他可能在数学,尤其是与空间有关的问题上展现出超常的天赋。报告没有提到语言能力——这样细致的大脑结构分析往往需要数周的工夫。但语言能力和数学能力通常在基因层面就是紧密相关的。

屠杀案凶手通常存在大脑某处明显受损的情况,一般是童年时期在心理或生理上受到虐待而引起的创伤,这些都会引起社会适应模式的转向或重建。这种改变会影响到自我及其他相关的模式建构能力,导致自我认识和移情之间彻底分裂。但对戈德史密斯评估时,没有发现严重的生理创伤迹象。作出诊断的治疗师也无法在短时间内找出深度心理创伤的痕迹。戈德史密斯不承认在童年遭受过任何形式的虐待。

情况真是越来越妙了。戈德史密斯可能是那百分之四到百分之五的无法通过大脑生理改造而成功接受治疗的谋杀犯之一。这就是说,戈德史密斯可能生来就是个头脑清醒的谋杀犯。但另一种可能性仍然存在:戈德史密斯经历了某种没有在生理状态上反映出来的严重人格崩坏。

如果戈德史密斯身体健康,心理也健全,那么他属于一种极其罕见的类型:智慧型的精神障碍者,真正的邪恶个体。但是马丁平板里的研究数据告诉他,过去五十年里,只有不到五六个人能达到这一标准。他在戈德史密斯身上遇到这种情况的概率非常低。

如果戈德史密斯经历了一场潜伏已久的病理性爆发,那马丁确信他一定能在精神国度里找到迹象。他抬头看着拉斯科,"我还是想看看你与戈德史密斯的面谈记录。"

"第一次对话没有记录,"拉斯科说,"万一我们不得不放了他,我们不想留下任何证据。另外,你当时也可能不会答应协助我们。"

马丁点点头,"我答应了以后呢?"

"没有再正式交谈过,没有人跟他谈论过细节。除了接受诊断的时间,他都独自待在房里看书。"

"你能告诉我他被关在哪里吗?"

"我想,告诉你也无所谓了。他原先待在阿尔比贡尼先生宅邸的某个房间里。是在隐秘的侧翼。现在他正被另一辆车载往心理研究所。"

马丁想,原来戈德史密斯一直就在附近,他却不知道。他强忍住颤抖,"没人跟他说过话? 除了诊断师之外?"

"他是由远程控制的医学阿贝特诊断的。没有医生亲自与他会过面。不过,我跟他说过话。"拉斯科说,"我昨天见了他一两次。他看起来安静而满足,很是心平气和。"

马丁知道远程控制诊断的效果常常不理想;他得重新掂量一下这份报告了。"他跟你说过什么重要的东西吗?"

拉斯科回忆了片刻,把手放在膝盖上,咽了咽口水,"他说他很高兴看到我们把蛋形人①拼回一块了。他称阿尔比贡尼先生为国王,还说我一定是国王的手下。"

马丁冷笑着摇摇头。破碎的鸡蛋。破碎的人格。"这也许什么含义也没有。他知道自己罪大恶极。"

"什么意思?"拉斯科问。

"他悖德枉法,丧尽天良。"

"啊,真是古老的说法,我从来没听人在口头用过这个词。"

"这种人会自动把错误归结到除了他/她自己之外的人身上,至少他们会装成那样。也可能归咎于自身生理或者心理上的创伤……戈德史密斯为了维持礼貌的对话,为了粉饰自己的行为,会同意你们的判断——他发疯了,这样他只是打个比方,就能逃避责任……他只需把自己比作破碎的蛋。"

"他一开始并没否认他的罪过。他说是他干的,而且承担全部的责任。"

"但你没有记录这些对话,所以我无法通过他的语调和举止发现什么。"

拉斯科对他话中隐含的责备报以一笑,"我们当时太疑惑、太犹豫了。"

---

① 蛋形人又译作"矮胖子",是英国儿歌中的人物,儿歌讲述了蛋形人从墙头落下、摔碎,国王及其手下也没法把它拼起来。

"我不是责备你,"马丁说,"不是为了这事。"

"那你为什么责备我们,博克博士?"

拉斯科盯着他不放,马丁只好微微避开他的目光,"很明显的……阿尔比贡尼没有马上把戈德史密斯交给警察。"

"我们谈过这个。"拉斯科再次把目光移向窗外。他们快速地南行,穿过上午不太拥挤的高速自控公路车流,驶过圣克莱门特那些玻璃混凝土建构的老旧度假村和平地上的社区,"阿尔比贡尼先生认为,如果我们把戈德史密斯交给警察,他就永远也没法知道那些年轻人被杀的原因了。他女儿被杀的原因,他必须知道。"

马丁身体前倾,"他认为治疗师会来一番大改造,对戈德史密斯进行彻底的治疗。这样一来,戈德史密斯就不再是戈德史密斯,甚至连诗人也不是了。"

拉斯科没有否认。

"我猜,阿尔比贡尼相信戈德史密斯的诗人才华与他的谋杀冲动紧密相连,"马丁说,"这种误解很早以前就存在,也曾经受到科学理论的支持,但那时的心理学还仅是嗷嗷待哺的婴儿。他们认为天才与疯狂只有一线之隔。"

"只是假设,但如果阿尔比贡尼先生知道这两者并无关联,而是他引狼入室,害死了女儿……"

马丁倒在背垫上,再次见识保罗·拉斯科瞬间化身为了阿尔比贡尼雇佣的代理人,一个专门揣度老板的念头和心情的人。拉斯科的自我定位该是有多么坚定呀。

"你是什么人,拉斯科先生?"

"抱歉,你说什么?"

"你是怎么被牵扯进来的?"

"我不是你要研究的对象,博克博士。"

"只是好奇而已。"

"你越界了。"拉斯科冷冷道,"我受雇于阿尔比贡尼先生,或许也是他的朋友——尽管我们的社会地位不同。你认为我们是共生关系,而我认为自己是在帮助一个伟大的人更有效率地生活,帮他省出时间用在真正擅长的地方。完美的侍从,你也许会这样说,但我很满足。"

"我毫不怀疑你很满足。非常令人信服的自我分析,拉斯科先生。"

拉斯科冷冷地打量着他,"还有十分钟到,除非我们又遇上塞车。"

当他入睡时，世界就是他的了……他成为了伟大的君主，
或是博学之士；他上天入地。作为君主，他随心所欲地巡游整
个国家，以感官为随从，随心所欲地巡视自己的整个身体。

——《广森林奥义》[①]，2.1，18

34

理查德·费特连续数小时地写作，直到肌肉痉挛，胃也因饥饿
而咆哮抗议。途中因为恼人的持续腹泻，他才每小时停笔一小会
儿去上趟厕所。他沉醉在恶魔般的全神贯注中，又一次成为了文
字的奴隶。昨天，他暂时没管自己文字的好坏；他顾不上修改，甚
至不想花工夫订正语法。

昨晚不知什么时候，娜戴恩离开了他，也许是永久性的离开。
昨晚到现在，他已经写了三十页密密麻麻的字。纸都快用完了，但
这不重要；他现在不介意用其他作家嗤之以鼻的平板来写作。他
的文字写在什么物质载体上没关系，重要的是写作本身。

他很高兴。

---

①婆罗门教经典文献之一。

停下来观察那些血,他会在这些可怜的崇拜者——他的学生——喷溅而出的生命中找到吉兆。带着令人愉悦的、新鲜的恐惧,他意识到了自由的扩展,以及蕴含其中的危险。知晓这么多后,他还有多久可活?他在鲜血的废墟上又蹲了一个小时,看着血液变暗变稠。他观察着血徒劳地凝固,想挡住外界的恶意侵蚀,尽管死亡已经降临,世界的恶意已然取胜。恶意的世界也在他体内取胜了;他跟他的学生一样死气沉沉,但却奇迹般地能动、能思考、能质疑。活着却已死去,自由。他已经从过去几年那种入世的生活中挣脱开来,从压抑他的名声中逃离。为什么不立即离开公寓,延续他的活死人生涯呢?他待得越久,他的自由就越可能被发现、被束缚。

他离开杀戮后的房间,走进办公室,看着他堆得密密麻麻的一排排的作品、图书、戏剧和诗集,还有书信集,都是些过时的东西了。在抛下这些之前,他得写一份宣言——必须是笔和墨写成的字,而不是平板那种易逝的电子文字。

最后一张稿纸也写满了。理查德整齐地叠起所有稿纸,拿出平板,为文章最后一句话对照现实的讽刺反差咧嘴一笑。他停顿了片刻,感到肠道在蠕动,等待它暂时稳定下来,然后打开平板,继续写道:

“我不能说我为自己的行为感到抱歉。诗人必须为他人之所不为,或是他人之所鄙。我现在就这样做了,这种自由的感觉动人心魄。我可以为所欲为,畅笔书写;不会有更大的惩罚和骂民★哔★

拼写错误,建议更改为“骂名”。

"该死。"他关掉了拼写检查。

"……加诸我身。我可以写种族仇恨,我自己的仇恨,无论读者接受与否;我可以提议整个人类都应被献祭,孩子优先;可以说受疗者应当被活活烧死在他们陵墓般的大楼里;我可以高喊挑选者是正确的,倘若社会还想继续存在,它的某些顽疾只有靠强加极端的痛苦才能治愈;我也许还能说婴儿应当先被送上'地狱皇冠',以防他们将来犯下不可避免的罪恶。但就连写作对我来说也已经死了。我可以为所欲为。快来抓我吧。我不会待在这里等待你们愚昧的审判,还有别的东西等待我体验。

"我是唯一活着的人类,那是因为我已经死了。"

完成了这份声明后,他用父亲的刀、他通往自由的武器将纸钉在墙上,然后走过杀戮发生的房间门口,没有往里张望。他再度感觉到自己的自由,它就像一件新衣,或是根本不存在的衣物。

他离开公寓,离开巢区,离开了城市。在外面,他仿佛能够飞入云端,化作水蒸气,变成雨滴,落入一切会吸收他的地方。整个人类都选择自我屠戮,以获得真正的自由;也许会有少数人,大约百来个,即那些活死人,这场真理之集会的幸存者,会……

他停下来,冲进厕所,一边清理肠胃,一边想象戈德史密斯应该也觉得自己得到了净化。他不知道用这个比喻是否恰当:把自己排泄干净。也许他已经用过这种比喻,他记不清了。他提起裤子,回到平板前。

……最终明白自己的身份,获得终极的清醒,他们的自我更清晰地浮现,更深地蚀刻。为了自己的所作所为,他们的灵魂在悲痛与愉悦中融为一体。

在这里收尾最好不过了,但文字可能显得突兀。他现在最好速战速决,等会儿再来润色,否则会打断自动涌现的文思。

但他无法飞入云端。他必须找出另一种消失的方式。消失后,他的名字会成为传奇;他会比任何诗人都更出名,人们做梦都会想到他,好奇他身在何处,然后他便能活在人们心中,这样也不错。甚至更好。他离开城市有一里远了,准备进入褐色的群山。他穿过一片烧焦的草地。

在这里结尾太突兀了。实际上这里压根儿没法结尾,而理查德真的需要休息。

……感觉冷风透过他的衣服,吹在他的血肉上……

理查德闭上眼睛,努力构想结尾,脑海中却浮现出接下来的一场冒险。他身体里的戈德史密斯想探索这新的自由,但理查德突然间感觉精疲力竭,他的视线与平板屏幕之间仿佛浮起了一片黑影。又一次腹泻正在逼近。

一个火堆冒出的浓烟攀上他的腿,“我要将这个社会连根烧毁……

他可以感觉到另一个声音也在逼近。“拜托放过我吧。”他喃喃着在床上翻滚,腿缩了起来。

　　……让绿色的鲜草长出来,新鲜而自由——

　　他冲进厕所。

当某一个个体能够认识到,它所属的世界和社会群体的构成元素都只是可操纵的符号时,它就与这些群体区分开来了。任何个体,无论是否受过教育,只要它思维的各个部分能对各自承载的"信息角色"的本质及意义达成共识,它就会产生"意识"。这样的整合导致了一个人格角色的产生,它是一个精神共识的监督者——即有意识的人格。

——马丁·博克,《精神国度》(2043-2044)

35

洛杉矶海上空港离岸有四里远,由垂直起降航天飞机及三条高架桥与本土相连。多条跑道朝着西部和北部延伸,就跟纳瓦霍族①太阳标志上的光线一样;南边和东边是一片被狭窄海堤分隔在外的灰粉色海域,隐约可见连通到中央空港平台的海上纳米农场。

超音速喷气机四个巨大的引擎静静地摆在跑道上,鲨鱼般光滑的灰色外壳让它即使停在地面也隐隐有飞翔之态。登机滑梯缓缓下降,连接上门。等待出行的乘客从一头登机时,到达目的地的乘客正从另一头的梯道下飞机。阿贝特通过它们专属的梯道上

①是美国西南部的一个原住民族,也是北美洲现存最大的原住民族群。

下,清理上一批乘客留下的垃圾。喷射机从不休息;它们的引擎日日夜夜燃烧着氢气,自动驾驶员永不关闭,人类监督员每八小时或每两趟飞行换一次班,两种情况以时间先到的为准。

玛丽·蔡坐到自己的位置上,安全带在她的身上自动蜷曲,适应着她的身材。她透过阔大的窗户向外张望,只见远处的跑道上,一辆巨大的圆鼻子黑色亚轨道飞机正在预热引擎。每天都有五十架亚轨道飞机从空港出发,不到一个小时便能跨过太平洋,每架飞机最多载有一千名乘客或一百吨货物。超音速喷气机是为短途或直达飞行准备的,载员不得超过四百人,飞行速度不得超过三倍音速。前往伊斯帕尼奥拉首都圣多明戈的飞行需要将近三个小时。换架飞机的话,她去中国都能比这更快。

一缕缕云在西方天空排成不整齐的穗状。正午的太阳透过薄雾发着光,仿佛一颗珍珠;跑道之外,海洋在阳光下呈亮蓝色。玛丽满怀好奇地欣赏这幅画面。她渴望赶紧到达伊斯帕尼奥拉执行任务,渴望赶紧度过接下来的几周。

渴望从她的失败中脱身。

在航站楼,瑞弗的信使给了她一个装着金属梳子、化妆用品及发刷的盒子。用特殊的手法拧开发刷柄,可以发现里面是一团灰色的稠状物,应该是某种纳米物质。玛丽把盒子放进箱子,过了安检。瑞弗的人还给了她一张存着使用说明的磁盘。她拿出平板,播放了磁盘,观看完毕后便把它格式化了。然后她收起平板,若有所思地望向窗外。如瑞弗所说,这东西不怎么合法,但眼下看来它非常有趣。她想知道这东西是否真的能用。

椅背上的航班视频自动播放起来。她懒懒一弹指,关掉了视频。玛丽闭上眼睛,回想过去两天与厄尼斯的温馨生活,以及收场时的决裂。职责高于生活。有时候她觉得自己只剩职责了;她关注和思考的一切都是职责。只有抗击黑暗,他人才能安稳地生活、相爱;但这些不属于她。别顾影自怜了。

涡轮发动机高声尖叫,引擎发动并进入了超音速模式。飞机外面,噪音并不刺耳。许多导管以每秒三百次的频率持续调整、控制、转移和过滤涡轮发出的混乱气流,挡住一轮又一轮的声波。只有在喷气口的中央,噪音才高得无法忍受。她想象着自己坐在那里,刀枪不入,火焰喷射在她身上,她却直视着炉膛。

真是闹剧。

警察的职责就是给人类的炉膛降噪。

飞机开始向前移动的时候,她露出了微笑。一瞬间,喷气管调整方向,令飞机垂直爬升。引擎发出漫天盖地的吼叫,就像成千上万道飓风同时袭来,只被鲨鱼般的灰色外壳挡住了一点声音。飞机翻滚上升,然后拉出一条横向的轨迹,飞离跑道,升至蓝色海洋的上空,最后一次喷出垂直的气流;随后,超音速喷气机达到了预期的速度,平稳地朝着上方45度方向飞行,机舱内的气压也随之升高。微微的风声响起,就跟滑翔的感觉一样。

飞机没有载满人。游客们的出行选择是有偏好的。这里的大部分乘客都是从洛杉矶去政局稳定的波多黎各,中途要在伊斯帕尼奥拉转乘垂直起降航天飞机。前前后后的乘客都在随意交谈,他们是普通人,有自己的生活、自己的爱情,还有能兼顾的职责,个人生活与工作两不误。

玛丽闭上眼睛,靠在椅背上。超音速喷气机依靠自己的冲击波,在四万两千英尺的高空安静地飞行着。唯一的乘务员监督着两个连在天花板轨道上的阿贝特从机头走到机尾,通过隐藏的管道向乘客投递饮料。飞机加速到了两马赫。

玛丽无法入睡。她打开椅背上的视频,翻到洛杉矶市民新闻频道,选择了《巢区传说》,想了解下公众是怎么看待戈德史密斯事件的。令人惊讶的是,这事在商业视频和文学视频里没激起什么浪花。戈德史密斯谋杀案并非寻常小事,但也不属于当今公众特别关心的新闻题材。

谋杀案的风头被AXIS的神秘重大发现盖过了。她对外太空不怎么感兴趣。她感觉有些恼怒,把频道换到了《周区传说》。

挑选者又在行动了。二十八区第六周区的代表——政客马里奥·彼莱提尔受到了钳夹,原因是有人说他挪用了周区未受疗者的救济金。他被钳夹了整整二十秒。为了治疗创伤,他要求接受轻度的神经胶质平衡疗法,但拒绝任何其他治疗,"我遭了罪,但我可以承受他们施加的一切。没那么糟,没那么可怕。"他看起来魂不守舍。几乎可以肯定,他几周内就会退休,然后窝在家里,小心翼翼地避免再次遭难。挑选者可能又一次获胜了,不仅提升了自己的形象,也警告了腐败的未受疗者要更加谨慎小心,让自己行得正、站得直。

她不自觉地握紧手指。她也想把每个挑选者扔进"地狱皇冠"里待三分钟,即使这是违法的。她想带着六个阿贝特、三个助手,直接闯进挑选者的秘密基地,抓住约尔·奥里根本人——这个以色列流亡者从挑选者创始人乌尔夫·卢乐那里接过了衣钵。她想让助手留守外面,自己看着阿贝特把捕获的挑选者绑在硬椅子上,脑袋扣上钳夹,扫描并重构他们最黑暗的心理,让他们在红色扫描线下看到自己恐惧的东西……

罪与罚。

她切回了AXIS报道。可怜的厄尼斯,他绝对不会用"地狱皇冠"来折磨别人,但他被这玩意儿蕴含的科技灵感冲昏了脑袋。哪个艺术家不想直接连接观众的想象,即使是最粗暴的连接呢?

她是不是太苛刻了？她不知道。事关职责和法律。

玛丽·蔡发现自己差点儿啜泣出声。她瞥了一眼旁边的座位，C、E、F、G，分别坐着三个穿长衫的年轻人和一个身着奢华的三十年代风格服装的年长女性。他们的注意力都在椅背屏幕上。因为消音装置的缘故，他们观看的节目发出的声音在她听来低如远处的耳语。他们完全没有注意到她的情绪。

文学视频21/1 A网络（大卫·塞恩）："AXIS的二号移动探测器最终完成了B-2高塔圈的塔表物质样本检测。虽然移动探测器上的纳米实验室很小，但它们跟地球上的同类实验室一样完善，唯一的区别在于，地球上的设备比AXIS先进十五年。无论如何，这次检测的结果都很具启发意义。

"如果你像我们一样留意到，AXIS最近发来的报告信息量减少了，那么我们有一个简单的解释。AXIS在B-2的探索进入了一个困难期。大规模的调查一开始就给我们展现了一个神秘且充满魅力的世界，一个充满生命却没有动物、甚至没有大型植物的世界。而高塔圈的存在似乎指出可能存在智能生命，尽管我们在最终结论上保持谨慎。AXIS现在所做的，是深入研究它已经收集到的证据。移动探测器有目的地四下巡游，分析样本；硬币大小的孩子们则继续在各处收集整个星球的信息。AXIS正在吸收的信息量是巨大的。

"不过，AXIS不能将所有的信息直接发回地球，AXIS被设计成了一台真正会思考的机器，能够自行进行实验、得出结论，然后压缩信息——它现在正是这样做的——把更凝练的结果发给我们。

"如果AXIS发现了无法自行解决的谜题，未经处理的事实就会被发回地球，但这个过程不是即时的，它可能会耗费数年，甚至数十年。AXIS 至少能存活一个世纪，它能自我修复，对工作充满热情；但有很多连接非常弱，特别是散布在地球和半人马座之间深空里的中转器。它们无法像 AXIS 一样自我修复。它们生存在寒冷的星际深空中，所有的能量都被用来接收和发送信号了。如果其中一个中转器损坏了，此后信息的传输时间都将变为原先的四倍。如果损坏的中转器在一个以上，那么传输也许不能再进行，或是只能以低到极点的速度进行。

"如果由于某种原因，一条信息在传输过程中丢失了一部分，我们就得另花十年时间来指示 AXIS 重新发送。AXIS 与地球之间的联系真的很脆弱，只有考虑到这个项目本身极其大胆，采用这种联系方法才不足为奇。"

没有战车,没有轭,没有路。但是国王变出了他的战车,
轭和路。没有愉悦,没有快乐,没有欣喜。但他自己变出了愉
悦,快乐和欣喜。没有水池,没有莲池和溪流。但他自己变出
了水池,莲池和溪流。因为他就是造物者。

——《广森林奥义》4.3,10

36

心理研究所大楼耸立在一片十七英亩①的草坪上,外形像个倒
立的阶梯式金字塔,塔的一端插入一个由青铜与绿玻璃建成的十
层高的圆柱体。大楼最初属于一个中俄研究中心;但在瑞普金时
代,因为两国拖欠美国银行债务,美国大陆上的大量中俄资产被国
有化了。

大楼先是被闲置六个月,然后被转交给马丁·博克管理。在一
年内,心理研究所似乎变成了一个永久的固定机构,聘用了三百多
名雇员。

这片草坪跟心理研究所的所有花园一样,都是自行维护的,人
即使忽略不管,它们也不会荒芜。大楼内外的阿贝特会把一切打

---

①1英亩 = 4046.86平方米

理得井井有条。只要没有人类搞破坏,此时的心理研究所应该跟他离开时没有两样……

车大大方方地停在玻璃门前,马丁走了出来,伸手从拉斯科那里拿回他的平板。"猎人到家啦。"拉斯科说,"我们检查了联邦和市政府的所有监视器、监听器,它们都没在运作。这个地方很安全。"

马丁没有理会他,径直走向玻璃门。门没有拦住他。有那么一瞬间,他找回了以往千万次走进此门时的感觉,仿佛这些年间什么都没发生过。所有的交换条件都显得无比值得。

拉斯科跟在后面,与他保持着谨慎的距离。马丁在接待区逗留了一会儿,紧握着平板,连手指关节都发白了。他扫了一眼拉斯科,对方对他回以幽灵般的笑容。马丁点点头,走过空荡荡的前台,然后回头叫了一声:"这地方的警卫是谁?"

"你不必担心这个问题,"拉斯科说,"这里很安全。"

"我们就这样开车过来,走进门……"马丁的声音渐渐低了下去。不要担心。"纽曼博士在哪里?"

"所有人都在研究区第一层。"拉斯科跟在马丁空洞的脚步声后,说道。

"戈德史密斯呢?"

"在一间病房里。"

马丁迈进了他过去的办公室,它就在大厅的尽头,离通往地下研究层的电梯只有两扇门。光盘资料柜在他的轻触下打开了,但里面空无一物;他的桌面也空荡荡的。他咬着嘴唇,又试了试书桌抽屉。它们上锁了,而且对他的指纹毫无反应。他回来了,可这里不再是家;家已经不认得他了。

"你不需要里面的东西,是吧?"拉斯科站在门口,轻声问道,"你没告诉我们你需要。"

　　马丁摇了摇头,快步走过他身边。

　　电梯门因他的接近而打开了,他走了进去。拉斯科跟在他两步之后。马丁感到一阵怒气燃起,只好努力控制情绪。四个字在他的脑海中回荡:没有权力。它的意思也许是他们没有权力洗劫他的办公地点;也许是任何人都没有权力擅动心理研究所。

　　电梯下行二十七英尺后,门打开了。上一回他走进这个大厅,左转,威风凛凛地打开中央研究剧院的大门,仿佛还只是眼前的事。马丁把手放在髋部,俯视着低处的舞台。在舞台上方,厚重的玻璃后,是三排旋转座椅构成的观众席。成排的柔和灯光覆盖了剧院正上方,形成半球形的穹顶。大部分设备的位置都还跟他离开时一样,由两个阿贝特照看着:银白相间的心理探测仪圆筒,纳米监视器,平铺的五台电脑,三张灰色沙发的左边还摆着一台思维系统机器。但缓冲器电脑不在其中,没有它,研究者与研究对象就得直连,不能使用较为安全的有时间延迟的精神国度模拟器了。

　　马丁舔舔嘴唇,转向拉斯科。"好吧,"他说,"我们开始吧。"

　　拉斯科点点头,"纽曼小姐和阿尔比贡尼先生就在旁边的观察室里。你要求的五位助手,我们也找到了其中四位。"

　　"有谁?"

　　"欧文·史密斯、大卫·威尔逊、卡尔·安德森、玛杰里·昂德希尔。"

　　"那么让小组成员集合吧。"

　　他们来到舞台的后面,穿过另一扇小门,进入通往病房区的走廊。马丁回忆起他最后在这里研究并治疗的二十七人中的最后一位,一个名叫莎拉·宁的年轻女子。他清晰地记得她的精神国度:一片宁静的丛林间遍布着住宅,居民都是奇异的动物。在她的国度漫游过后,他有些喜欢上莎拉·宁了,这也算是一种反向移情。

她的内心世界是如此平静,而她的外表——母牛似的大块头,普通到有些傻乎乎的—— 一看就无忧无虑。

他时常梦见莎拉·宁的国度。他猜想戈德史密斯的国度压根儿不会像这样简单或怡人。

戈德史密斯就被关在莎拉·宁曾经住过的病房里。门外,两个穿着长衫的瘦高健壮的男子注视着他们接近,朝拉斯科点头示意。

"阿尔比贡尼先生在那里面。"两人中较高的那个说,同时指了指大厅对面的门。门后就是观察室。

拉斯科把门打开,马丁走了进去。

阿尔比贡尼和卡萝尔·纽曼正坐在主屏幕对面的两张凳子上轻声交谈。门打开时,他们抬起头来。卡萝尔微笑着起身。阿尔比贡尼前倾身体,将手肘撑在膝盖上,眉毛期待地扬了起来。马丁伸出手掌,与卡萝尔握了握手。

"我们差不多准备好了,"卡萝尔说,"我给我们的四位助手上了一堂复习课。他们花了好一会儿才找回了感觉。"

马丁点点头,"当然,我也想跟他们说几句。"

"他们几分钟后就到。"卡萝尔说。

"很好,我刚……看了一眼剧院。除了缓冲器,其他东西似乎都在原位。"

"足够了。"卡萝尔证实道。马丁尽量避免与她对视。他现在似乎特别脆弱。他的心跳在加速,只能有节奏地深呼吸。他几乎站都站不稳。

"戈德史密斯怎样了?"

"上一次我跟他说话的时候,还不错。"阿尔比贡尼回答。作为行动的策划者,他显得很冷静。他是这场和平任务的中心人物,马丁想象自己将围绕他旋转,就像电子围绕原子一样。马丁一点也不重要,那他为什么要待在这儿? 一切已经就绪,就算没有他,计划一样可以进行。

"那我们就来看看他。"马丁将第三张椅子推到合适的位置,以便观看主屏幕。拉斯科在他们身后的工作台上坐了下来。卡萝尔敲开扶手上的控制面板,激活了屏幕。"请转一号病房。"她说。

戈德史密斯弯腰坐在整洁的床上,膝盖上放着一本书。黑发,皱巴巴的衣服,布满皱纹但安详的脸。马丁静静打量着他,发现他的眼睛困倦地半睁着,鼻子和嘴巴周围布满皱纹,视线稳稳地在书页上来回扫动。他正全神贯注地读着书。

"那是什么书?"马丁问。

"《古兰经》,"阿尔比贡尼回答,"我们在十五年前出的特别版。现在这是他手里唯一的一本书。"

马丁回头看了一眼卡萝尔,"他一直在读这本书?"

"断断续续。"拉斯科说。

"但他自己不是穆斯林,对吗? 他的资料里没有提到这点。"

"他不是穆斯林,"阿尔比贡尼说,"据我所知,他没有任何正式的宗教信仰。

"他看起来比我想象中平静多了。"马丁说。

"他已经准备好面对一切了,"阿尔比贡尼说,"就算我现在拿着一把手枪或者一台'地狱皇冠'进去,他也会欢迎我的。"

"殉道者般的屠杀犯。"卡萝尔说。她朝马丁露出一个狡黠的微笑,仿佛在说:完美的挑战,不是吗?

马丁只回以淡淡一笑。他的胃就像鼓面一样紧,被迫成为浮士德与主动成为浮士德之间只有一线之差,而他即将跨过这条界线。

戈德史密斯的双手就像上好的皮革一样光滑,指头轻轻握着书。他的手干干净净，没有血迹。

马丁站起身来，"该干活了。卡萝尔，我们见见另外四位，一起计划接下来几天的任务。"

阿尔比贡尼有些惊讶地看着他。

"我们不能一上来就动手，阿尔比贡尼先生，"马丁很高兴看到他的雇主脸上出现了冷静与胸有成竹之外的表情，"我们需要计划、准备、排练。我相信你给我们留了足够的时间。"

"你们需要多久，就花多久。"拉斯科说。

马丁迅速点点头，然后握住了卡萝尔的手臂，"先生们，告辞了。"他们一同离开了房间。二人路过警卫身旁，穿过大厅，走向支援与监控室的时候，马丁怀疑地摇了摇头。

"他们都离开就好了。"他说。

"钱可是他们出的。"卡萝尔提醒道。

"上帝保佑我们所有人。"

各种内部语言与外部语言的融合与发展,会持续一个人的一生,但大部分的基础都确定于幼年时期——约两岁时。在这个岁数,许多婴儿恐惧的本质会经历极大的变化。两岁之前,婴儿会害怕不熟悉的感观刺激——大音量的噪声、陌生的脸等。两岁之后,如果少了感观刺激,婴儿反而会害怕。尤其怕黑暗。在黑暗或者寂静中,潜意识的内容可能会投射出来。婴儿新近产生的语言能力会帮助它领悟到:自己的父母是察觉不到这些潜意识内容的。这时,它的精神国度的视觉语言会升华而出。它开始成长为成熟的个体。

　　　　　　　　　　——马丁·博克,《精神国度》(2043-2044)

37

　　理查德·费特紧握平板和那三十页纸,摇摇晃晃地爬着阶梯。他的身后,自动巴士在路边猛地发出尖锐的轮胎摩擦声,惊得他扭头去看。他的神经乱成一团,无法思考。走到涂着搪瓷的铁制鸟笼前面时,他忘了继续往上爬。有那么一会儿,他幻想鸟儿是活的,正朝他眨巴眼睛。他按下门铃,听见屋里响起了铃声。这天天气和暖,他身上的短袖衬衫很合适。

快开门,我需要伙伴。

莱斯莉·维杜格开了门。她没有说话,只是朝着他所在的方向微笑,好像看到了不存在的东西似的。

"你好,"理查德道,"夫人在吗?"

"现在是自我展示和陈述的时间,"她轻声道,"每个人都在,除了娜戴恩。你是一个人吗?"她睁大眼朝他身后望去,好像后面会出现一大群挑选者似的。

"是一个人。"理查德肯定道。

夫人的声音从里面飘来:"是理查德吗?理查德,快进来,我很担心你。"

他完全不记得时间是怎么过去的,直到他发现自己在大声读着手稿。一圈熟悉的面孔围着罗夫人,都在听他朗读。理查德先是意识到,自己跟几个人或是罗夫人一人谈过话,告诉对方自己已经重新开始写作,且毫无说服力地表示这让自己很快乐。他还说,他为自己写下的内容感到疑虑,隐约感到不安。某个人,大概是雷蒙·卡斯卡特,说了句挺关键的话,他边读边努力回想了起来。你被戈德史密斯的文学魔障附体了。

中途他们给他准备了一份迟来的午餐。所有人围绕他站着,相互交谈,等着听手稿其余的部分。我多少年得到的关注加起来都比不上今天多。

理查德感到自己的力量和人性都增长了。他的头脑好使了些,肠胃也舒服了不少。"我想先念完文章。"他把午餐托盘递给了莱斯利·维杜格。罗夫人坐在她宽敞的加垫柳条椅子上,穿着火焰色的衣服,是人群中最显眼的中心。"请念吧。"她说。

他继续朗读。暮光落入峡谷,房间的灯亮起,他微微吓了一跳,但没有停下来。他一向喜欢这间宽敞客厅里深长的灰色阴影。这样的环境很振奋人心,他的同事、他的朋友、他的伙伴,都聚在他身边听他念新文章,一副肃然起敬的模样。即便此刻立马死去,被冷冻成博物馆的标本,他也乐意。

"我还没有想好结局,"读到写在平板上的章节时,他提醒道,"非常难写。"

"继续吧。"西奥布翰·伊顿布拉加催促道。她用发肿的双眼注视着理查德一人,被文章里的血腥片断吸引住了。

他边读边修改,为文字的粗糙而皱眉,却也感受到了其中的力量。他知道他从未如此成功地表达过自己的情感。有好几次,他都没抑制住自己的眼泪和声音里的颤抖。

"别停。"当他念完一段特别有感染力的片断,暂停下来平复心情时,罗夫人开口道。

读到最后几段时,一股悲伤和失落涌上他的心头,这感觉已经超出了文章本身的悲惨和恐怖。他写了文章,还写得不赖,现在他俨然成为了这个小圈子的中心人物,这群人也忽然变得值得欣赏与尊重了,因为对他而言他们意义重大。这些人是他与社交生活仅存的真实联系,而他们很快就会收回全部的关注。这一刻终将过去,也许它是他这些年里度过的最美妙的一刻,自从他看到自己的女儿降生以来——

他磕磕绊绊地读出最后一句,又回头重新读了一遍,然后放下平板,却没有抬起双眼。他纤长的手指颤抖着。

罗夫人深深叹息,"可叹。"她说。他抬起双眼,刚好看到她在摇头,同时闭着双眼,脸上布满了悲伤。"他曾是我们中的一员,"她继续道,"他曾是我们中的一员,我们却无法理解他。只有理查德知道他经历了些什么。"

雷蒙·卡斯卡特向前迈了一步,挡在了理查德与莱斯利·维杜格之间,后者的表情很严肃,"我的上帝,费特。你真的相信他杀人是为了这个?"

理查德点点头。

"这太怪异了。你说他那样做是为了他的艺术?"

西奥布翰·伊顿布拉加吼叫起来,费特听不出她在笑还是在哭,因为她的脸跟面具一样僵硬,眼睛半睁半闭,手指捂着脸颊。

"我已经尽量让它听起来不那么糟糕了。"理查德说。

"不对。这叫故弄玄虚,像我常说的。"卡斯卡特绕过他,"罗夫人,你相信吗……费特写的这篇东西?"

"我相信人有这种需要。"她说,"这种要么改变环境,要么窒息而死的欲望……我自己也有这种感觉。以我对埃曼努尔的了解,理查德的分析是对的。"

夫人不仅对不同的观点十分宽容,还鼓励他们提出别样的见解,尤其鼓励卡斯卡特。理查德不喜欢诗人卡斯卡特,尽管他写过一些不错的作品。理查德感觉自己被纠缠上了。

看到罗夫人支持理查德,卡斯卡特耸了耸肩,"我不相信。你写的都是些可怕的陈词滥调,费特。"

"我也不相信。"伊顿布拉加坚定地说,放开了捂脸的手指。后来才到的小组成员托姆·恩格斯走进人群,蹲坐在了理查德面前。

"这是侮辱,"他说,"甚至连文笔都不够好。只不过是一场意识流闹剧。戈德史密斯是诗人,是人类,是跟你我一样复杂的存在。为了重获诗歌灵感或者摆脱社会束缚而杀人仍旧是杀人,会作出这种举动的人身上一定会发生剧变,除非我们都没有看穿戈德史密斯……也许我们确实错看了他,但抱歉,你还是没有说服我。"

理查德带着疑惑抬起头,意识到他又表现得像个受害者了,而且他不准备为自己辩护。作品必须有独立性,这是他一直以来所说的,也是他一直以来相信的。

他没看到娜戴恩进来,但现在她正站在人群的后面。她试图替他说话,他有些感激,但卡斯卡特用几句残忍的俏皮话就驳回了她。有三个地摊读物印刷商半真半假地反驳了一下卡斯卡特的批评,然后提出了自己的更具破坏性的批评:他们建议他弱化一下文章的负面情感,多写一些健康的内容。夫人没有打断他们。

她不知道他们在抹杀什么……

片刻后,理查德站起身。他用纤长的手紧握稿纸和平板,朝每个人点头致谢,握了握罗夫人的手,然后离开了房间。娜戴恩跟了出来。

"你为什么要念给他们听?"她挽着他长长的手臂,"你还没有完稿,你知道的。"

他也很疑惑。为什么呢? 他想立刻尝到回报的喜悦。尽管他告诉他们文章还没有结尾,自己却认为这已经是一部完工的巨著了。有什么好失望的呢?"我得走了。"他轻声说。

"你还好吧,理查德?"娜戴恩问。他看着她,像一只受伤的鹰,点了点头。他把她留在原地,自己走过了门口的金刚鹦鹉旁边。

"下次再来。"金刚鹦鹉尖叫道,它那早已腐朽的内脏机关不知怎地偶然运作了一瞬间。

他没有呼叫自动巴士,而是沿路小步蹒跚着,走到了距离峡谷两公里处的阴影区零售区。

在拐角处陈旧的购物中心里,坐落着一家"古代心灵艺术"商店,是给那些认为真正的治疗会威胁人体、却又觉得自己需要外部帮助的人准备的。这里还有一家出租包房的商铺,房里装备着具有性功能的阿贝特,俗称卖淫器。还有一间自动便利店,小型运货车厢通过自控商业路线在店里进进出出。在这个满是凡俗生活气息的地方，理查德在一个临时站台赶上了自动巴士。

他需要另外的意见，尽管他担心去酒庄或者太平洋文艺厅问意见等于永远地埋葬自己的手稿。这两个地方都缺乏同情和理解，*而我理应得到同情和理解。*

他知道自己的作法像天下头号的大傻瓜。他像一个禁欲已久的僧侣，某天却突然离开修道院重寻爱情。他笨拙不堪地写了一个没有结尾的主题，冒险想象戈德史密斯的内心世界，而且还是他处于最神秘的状态时——当他变得邪恶时。

他拿起堆得乱七八糟的手稿，考虑要不要把它们扔到巴士上，干脆忘记这回事。他又用手指翻动纸页，将它们展开，重新读了起来，发现手稿虽然整体愚蠢糟糕，却时不时有成功的闪光之处。

不算彻底失败。应该保留一些，删掉一些。初稿不可能尽善尽美。我真蠢。我需要的是建议，而不是蹩脚的谴责。

他看向车窗外，摇着头笑了。没有什么东西像作家的脑子一样奇怪，他们永远这样愚蠢，永远这样乐观。文艺厅的人可能比罗夫人的圈子要好。尤其是雅各布·威尔士，他是个怪人，但评论起来总是很中肯，而且从不会太残忍。残忍批评的任务一般属于叶尔马克。也许叶尔马克不在那里，尽管他俩很少分头行动。

巴士在离酒庄和文艺厅一个街区的地方停了下来。他站在寒云笼罩的天空下，看着巢区镜面反射的阳光照在大马路上。巢壁上唯一一块镜面将阳光直直地反射向他，令他眨了眨眼睛。理查德突然想象出自己此刻的样子，活像聚光灯照射下的被关进笼子的兔子。驱动他的力量是如此的迷惑而无知，只有他一片盲目时才显得合情合理；一旦清醒，他只会感到忧郁和痛苦。他很想把这句话记下来，但最终只是摇了摇头，为自己渴望写作的新习惯而发笑。

文艺厅的人没法扰乱他。这一次他不会像在罗夫人那里一样毫无准备,他会用上自己的每一分心力。

酒庄关着门。旧玻璃门上的电子字幕没有说明原因。别生气,上面显示着,我们今天做人类去了。晚点再来,具体时间?他辨认出了戈德史密斯的标志性文笔。这是戈德史密斯写给他们的吗?还是他现在痴到了看见什么都会想起埃曼努尔的程度?

种族就像在金属上蚀刻出沟槽的酸,无法抹灭?这是戈德史密斯十年前写的东西,那时他还在为生活而战战兢兢。他写下这句话的那天,理查德和埃曼努尔两人去了酒庄,借酒消磨着他们的悲伤与欢乐。理查德喜欢这位诗人这种不需消耗太多能量的友情。理查德记不起令戈德史密斯陷入平静的悲伤、还跑来依靠他的原因是什么了,是一场不顺利的爱情,还是出版商经常性的拒绝?名声和成就的差距在他们之间造成的隔阂几乎没了。理查德感到了想要帮助一个沮丧伙伴的同情心和人性本能。戈德史密斯把食物碎屑抖到地上,在即显静电餐巾上写下了这首诗。三十行文字流成伤心之河,充满了对人性无自知之明的沮丧。

费特看着字幕闪烁,移动。

他们象征性地付了服务员二十分钱,把写着诗的餐巾带回了戈德史密斯的公寓。那时,戈德史密斯还住在阴影区的佛蒙特大道,而不是高耸的巢区。他把餐巾裱在了画框里,并在笔墨消失前记下了那首诗。多年来他一直留着这张空白的餐巾,说它是"量子的批评,上帝会清除掉我们所有的糟糕表述"。

理查德走了几步,来到太平洋文艺厅前,透过长长的杏色玻璃窗看见聚在里面的文艺厅资助人和会员。没见着叶尔马克,但威尔士在。他走进去,给门口穿成塞缪尔·约翰逊[1]模样的阿贝特付

---

[1]塞缪尔·约翰逊(1709-1784),英国作家、评论家、诗人。

了入场费,然后在长长的橡木吧台前找到一只空着的高凳。现在的吧台酒保是富有同情心的米尔瑞尔,她接受过部分转换,把头顶的头发变成了貂毛,两边脸颊上各装了一只闪光的鳞片。她是店主帕西菲克先生的女儿。

"米尔瑞尔,"他神神秘秘地说,把手稿和平板拿了出来,"停笔很久后,我又写了点东西出来。我走出低谷了,但需要别人给些意见。"

"这个时间我们不搞文学批评或者朗读会。"米尔瑞尔说,但是她对他那受伤雄鹰般的模样显得很同情,用涂了金色指甲油的手指碰了碰他的胳膊,"虽然如此,但谁能拒绝你殷切的要求呢?我会组织人来。你在写东西?真棒啊!好些年了,你总算出了关,不是么,费特先生?"

"是有好多年了。"他说。

她用褐色的温暖的大眼睛打量着他,貂毛皱了起来。虽然她很有同情心,但理查德还是觉得她更像一只老鼠,而不是貂。米尔瑞尔靠在吧台上,朝外招呼其他人,特别是威尔士。

"客人们,客人们,"她叫道,"我们有一个刚刚走出低谷的朋友,他带来了新作品。威尔士先生,我们能组个阅读圈子吗?"

雅各布·威尔士转过头看着费特,表情有些惊讶。他笑了笑,看向其他五位客人,寻求他们的同意。这些人费特一个也不认识。所有人都同意了,算是做个文学界的慈善活动吧。

理查德开始朗诵的时候,叶尔马克刚好进来。他一言不发地坐到了圈子里,但他的表情说明了一切。理查德用响亮而稳定的声音将文章从头读到中段,期间他的表情一直没有变。

这些时间里,我仅仅扮演着我的角色,而非我本人。我每天都佯作姿态,即使没有旁人在看。这种伪装也潜入了我的诗。像粗滥的焊接接缝一样蠢钝。就是这样;我不能正常地与诗歌的电流相连,因为我与人生本身的联系太脆弱,而这个联系日复一日都在崩塌。

"把诗歌比作电流,"叶尔马克哼哼道,"好,好。"

理查德不知道他是不是在讽刺,但就叶尔马克而言,讽刺与否都差不多。他即使喜欢一样东西,也会鄙视它,仅仅因为它显得令人喜欢。威尔士朝这位年轻人扬起一边眉毛,叶尔马克回以一个妥协的微笑。理查德一直读到结尾,然后放下平板和手稿,含糊地说了几句"有不妥之处请予批评"之类的客套话。他用受伤雄鹰般的眼神扫视全场。叶尔马克用震惊的表情盯着他,但什么也没说。

"这真是你的风格。"威尔士说。

"真的挺古怪。"米尔瑞尔站在吧台后面说道,"你打算拿这篇文章怎么办?"

"我想说的是,写这文章的一定是你。这绝对不是戈德史密斯的风格。"威尔士继续道。

"我——"理查德自己停了下来。作品要保持独立性。

"很不错。"叶尔马克说。理查德突然对这个年轻人生出一丝好感;也许他身上还是有优点的。"像寓言一样短小而隽永。如果是我,就会把它写得更长些,写成一部文学传记。"叶尔马克举起双手描绘起一幅景象,用崇敬的目光凝视着自己张开的手指,"一个不会写作的人的传记,讲述他剧烈地挣扎,才终于理解自己不会写作。"

理查德这才明白他要如何抨击自己,却为时已晚。叶尔马克转过头对他说:"你让我大开眼界。现在我知道你这类人的想法了,R.费特。"

"客人——"米尔瑞尔开口。

"你本质上就是一个脑力劳工,你在他羽翼下的阴影里隐藏得太久了。"叶尔马克说。

"请不要这么粗鲁。"威尔士提示道,口气里却没有指责。

"戈德史密斯的翅膀恶臭而肮脏,但起码它们能飞。但你从不曾飞翔过。看看你自己——在纸上写东西!虚荣的家伙,造作的家伙。你的钱买不起足够的纸来写出有意义的东西,但你还是写在纸上了——因为你知道你一辈子也写不了多少东西。你飞不起来。"

"这一点他说对了。"威尔士说。其他人没有插话。这就是场斗狗,不是文学批评,他们觉得这很好玩儿,但也挺恶心的。

"当戈德史密斯堕落后,你只好走到他的阴影之外,第一次暴露在阳光底下,而阳光晃花了你的眼,"叶尔马克的口吻简直有几分同情,"我看清了你,R.费特。该死,通过你,我看清了我们所有人,我们都是受他影响的愚蠢脑力劳工。感谢你让我想通了这回事。不过我要非常真诚地问你——你真心觉得戈德史密斯进行屠杀,就是为了让他的诗更进一步吗?"

理查德移开了目光。回家吧,躺下来休息休息。

"这点我倒勉强能信,"叶尔马克作出结论,"戈德史密斯干得出这种扭曲的事。"

"你为什么要带这东西来让我们听?"威尔士轻声问,他关切地碰了碰理查德的手臂,"你真的这么难过吗?"

米尔瑞尔一定是发出了警报,因为这时帕西菲克先生亲自从店后的楼梯下来了,看见叶尔马克和威尔士,他皱了皱眉。然后他看见了费特。

"他在这里做什么?"帕西菲克先生指着叶尔马克,质问,"我跟你们说过这里不欢迎他了。"

米尔瑞尔不安地扭动着,"费特先生朗读的时候他闯了进来,我不想打断朗读。"

"你来这里就是砸场子,叶尔马克。"帕西菲克先生说,"理查德,他是你带来的吗?"

费特没有回答,他有些不知所措。

"他还是跟着你来的,威尔士?"

"他按照自己的意愿行动。"威尔士说。

"屁话。你们三个,都给我滚!"

"费特先生——"米尔瑞尔开口道。

"他天生就是个受害者。看看他,该死的,他引来了叶尔马克,就像腐肉吸引秃鹫。滚,滚,滚!"

费特拿起他的纸和平板,尽可能有尊严地朝整圈人倾身致意,然后走出大门回到街上。米尔瑞尔向他道别,其他人则沉默而怜悯地目送着他。威尔士和叶尔马克跟在他身后,在门口与他分道而行,没多说一个字,只是露出了残忍而满足的微笑。

他们是对的,太对了。

他把手稿和平板扔进了街角的水沟,然后在临时车站等候自动巴士。冷风把他的灰发吹到了眼睛上。"金娜,"他喃喃道,"亲爱的金娜。"

有人碰了碰他的手肘。他紧张地一跳,转过身来。原来是娜戴恩。她穿着绿色的大衣,用羊毛围巾裹着头。"我想你可能会来这里,"她说,"理查德,我还以为是我想多了。你在干什么? 你念给他们听了?"

"是。"他说。杀死自己。这就是戈德史密斯那样做的原因。

为了摆脱他不喜欢的那个人：他自己。如果我没有勇气毁灭自己的身体，我就杀死别人，一样可以让自身受到惩罚。

娜戴恩拉过他的胳膊。"我们回家吧，回你家，"她说，"说真的，理查德，在你身边，我都显得跟受过治疗一样。"

国人称其伊斯帕尼奥拉岛，海地和多米尼加，意思分别为粗野之地，以及伟大国家……

——安东尼奥·德·埃雷拉[1]，《珀切斯的朝圣》

38

伊斯帕尼奥拉只需要两个国际机场，其实却有三个。多余的一个机场反映了上校阁下约翰·亚德里曾经对于游客数量过于乐观的估计——也可能是为了满足他派出雇佣军的需要。戈纳夫湾有一个海上机场，拥有五公里长的悬浮跑道；东北部的普拉塔港外十公里处有一个小一些的海上机场；东南部的圣多明戈坐落着规模庞大的陆上HIS机场，大多数超音速喷气机都在这里起降。

玛丽·蔡醒来时已是黄昏。金橙色的晚霞挂在东科迪勒拉山脉上方。超音速喷气机缓缓下降，飞在了暗紫色的安的列斯海上空数百米处。垂直下降时，飞机不再小声地嗡鸣，而是发出了咆哮。飞机掠过白沙滩和峭壁，随后是一片混凝土地，缓缓下行，最终平稳地着陆。椅背的屏幕显示着机身下方的情况——厚实的白色柱子末端是一排灰黑色的轮子，幽静的灰色跑道在飞机的阴影

---

[1] 安东尼奥·德·埃雷拉(1549—1626)，西班牙著名历史学家。

下发着光芒。混凝土地上的门打开了，升起几台升降电梯，是通往地下的通道。

屏幕的右下角显示着室外温度25摄氏度，当地时间17点21分。"欢迎来到伊斯帕尼奥拉，"机舱广播说道，"您已到达伊斯蒂梅国际机场，停机口为4A。您将乘坐地铁前往圣多明戈运输中心。您的行李已经卸下飞机，将自动随您到达圣多明戈，或是您预先选定的目的地。入境游客不需要接受海关检查，您的出游不会受到延迟。欢迎来到丰饶慷慨的伊斯帕尼奥拉。"

她站起身，收好所有的私人物品，跟在三个看起来很疲惫的长衫男子后面。大约两百名乘客从飞机后面的电梯上缓缓鱼贯而下。

几分钟后，她就从空港列车铺着鲜花墙纸的车厢离开，进入了圣多明戈中央城市运输中心。这里到处装饰着热带鲜花，巨大的黑色花盆里生长着一簇簇颜色如彩虹般绚烂的草木，夹在一条条交通线的两侧。瀑帘垂入水池，来自安的列斯海缤纷的鱼群嬉戏其间——这些鱼绝大部分都是天然的，只有少部分出自基因改造科学家的手笔。运输中心中庭的穹顶上悬着一层层活动的纳米雕塑，向初来伊斯帕尼奥拉的客人投洒光和香气。伊斯帕尼奥拉纳米产业落后——这些都是从美国进口的早期艺术品，除了装饰外别无用处。

穿着华美制服的投影向导出现在沿途的电子大屏幕上，指引着一排一排好奇的旅客。消声系统精确地控制着音量，只留下悦耳的嗡鸣，被同时播放的当地音乐给微微盖住。

一个穿着绿白相间制服的棕皮肤女人敏锐地在拥挤的乘客中找出了玛丽，并把她带进了VIP接待室。接待室与中庭间隔着玻璃墙，室内空荡荡的，只有一位穿着传统外交服饰的高个男人，还有两个功能各异的铜色阿贝特站在那里。

高个男人伸出手,微微躬身,玛丽和他握了握手。"请允许我欢迎您来到伊斯帕尼奥拉,督察玛丽·蔡。"他灿烂的一笑,露出了两颗珊瑚红的门牙,"我被指派为您的律师和总向导,我叫亨利·索拉威尔。"

玛丽微微倾身,怡然一笑,用法语说:"谢谢。"

"你会说法语、西班牙语或克里奥尔语吗,蔡小姐?"

"对不起,我只会加州西班牙语。"

索拉威尔摊开双手,"这不是问题,伊斯帕尼奥拉的每个人都会说英语。这是我们上校阁下的母语,也是世界第二大语言,如果它不是第一大的话,对吧? 不过我还是会充当你的翻译。我被告知你的时间紧迫,而且你想马上见我们的警察。"

"我可以先吃点东西。"她再次露出微笑。索拉威尔这个人选不错,他的举止大方而充满魅力。她经常看到书上这样描述伊斯帕尼奥拉:不考虑悲惨的历史和不可靠的经济现状,这里的居民是全世界最友好的。

"当然。你的客房里准备了晚餐,我们一个小时内能赶到那里。但是,你想见的那些人现在快下班了,办公室也会关门。明天再去找人比较明智。还有,我们被告知你的同事会在……"他看了一眼手表,"两个小时内到达。我会在这里接他们,就不用麻烦你了。如果你允许,我现在就陪你去太子港的外交官公寓。然后夜晚的时间就随你支配了,要工作或休息都可以。"

"我在客房里吃晚餐就好。"她说。

"你肯定知道,为了避免干扰我们旅游业的运作,官方接待的客人都是区别招待的,这样一来,可能就不能满足客人的全部需要。"

左撇子阿贝特用三只轮子滚向前,伸长手臂,想接过她的私人物品。她微笑着谢绝了,觉得最好把平板留在自己身边,因为可能还要向上级汇报工作。

索拉威尔似乎被她的谨慎逗乐了,"这边,请。我们要走专用走廊,方便许多。"

前往太子港的轻轨上只有他们两人。黑色的天鹅绒坐垫上绣着上校阁下的纹章:繁星点点的天空下方,有一群犀牛和一棵橡树。

他们将圣多明戈运输中心甩在身后,迅速驶到地面上方的悬浮轨道,穿过被新雨染翠的辽阔平原和山丘。夜幕弹指间笼罩岛屿,在天边留下梦幻般的蔚蓝霞光。高高隆起的中科迪勒拉山脉雄踞北方,山峰依旧呈现着被落日炙烤过的火红,山脚则覆盖着一片漆黑的新生树林,还有梯田观光农场透出点点灯光,与之相映成趣。

玛丽的线人告诉她这里很美——但她没想到,这里美得让人无法呼吸。这么美好的地方怎么会有如此不堪的历史?但在亚德里之前,伊斯帕尼奥拉可没有这样漂亮。他的政府发动了一系列几乎没流血的政变,统一了整个岛屿,并且把过去的民选领袖和独裁者都一视同仁地流放去了巴黎。他压制下了一切内斗,把所有外国企业国有化,还在巴西黑社会的帮助下探测并开发了南海岸的石油储备,以此淘得第一桶金,建立起了自己独一无二的产业——向全世界的顾客销售雇佣军和恐怖活动的服务。

发达国家早在二十一世纪初就已发现,他们的公民对国家治理中残酷的一面难以接受。而上校阁下热心地填补了这片真空。他派遣训练精良的伊斯帕尼奥拉青年军,成功赚回了世界上最优良的货币,支撑起了几乎已经没有价值的海地古德①和多米尼加比索②。

统治十年后,他开始重新种植那些很久以前就消失了的森林,引进了最优秀的基因改造科学家和农业专家,尽力让这座岛屿恢复哥伦布到来之前的美丽风貌。

一座座灯火通明、粉刷成白墙的城镇在两侧的窗户中倒退,速度太快,房屋的细节都模糊了,她只能分辨出一栋栋木制建筑和混凝土公寓。这些城镇通常不对旅客开放。正是这些城镇养育了岛上的士兵,他们上了战场又回到这里,生养更多将要成为士兵的子女。

伊斯帕尼奥拉的军队,据她在书上读到的,一共有十五万人。只需数小时的准备时间,超音速喷气机或其他亚轨道运输工具就能载上数万人——在此期间机场暂时不对其他入境航班开放——并把他们送去世界的任何一个角落。

索拉威尔坐在她对面,看着窗外掠过的田地和城镇,"唉,世界最近如此安宁,"他说,"你们的政府都不怎么跟海地角和圣多明戈做生意了。上校阁下对此很不满意。"

"你们还有旅游业、石油和农田。"玛丽说。

索拉威尔抬起了手,把拇指和三根手指捏在一起,表示钞票,用另一只手捂住了它。"石油——你们的垃圾矿里更容易弄出来,"他说,"而如今世界上每个国家都能种出足够的粮食。外界把我们说得很难听,旅游业也受了拖累。这让我们很难过。"他叹息一声,像要摆脱这个令人不悦的话题般耸了耸肩,然后再次露出笑容,"我们还有这些美景,我们还有自己,如果我们的孩子不用为了其他人上战场送命,那也挺不错的。"

---

①海地货币单位。

②多米尼加货币单位。

他没有提到生产和出口"地狱皇冠"这回事。或许索拉威尔与这事无关。她宁愿就是这样。

轻轨穿过了一条漫长的隧道，来到了一片地势较低的荒漠，上面尽是枝条弯曲的树形仙人掌和从车窗里几乎看不清的灰尘色灌木丛。天空没有一丝云，群星在山头一动不动。他们又进入了一条隧道。

"我们拥有大陆上可以有的各种景观，"索拉威尔沉醉道，"也许你会问，为什么有些人没被这里的美景感化，依旧做了那么多坏事呢？"

玛丽点了点头。这是伊斯帕尼奥拉历史上最核心的谜题。

"我研究过我们的领袖。他们一开始都是很好的人，但过了几年，短的话只有几周，他们就会发生变化。他们开始变得愤怒，害怕陌生的力量。他们像狂热的古老神灵一样，开始折磨我们、杀害我们。最终，在他们死亡或被流放前，他们又变得像无知幼童一样……他们无比悔悟，为自己的变化感到不解。他们对着镜头微笑，'我怎么会作出这种事？我是个好人。这不是我，是别的家伙。'"

玛丽对他的坦率感到惊讶，但索拉威尔继续道："这都是上校阁下之前的事了。他已经在这里统治了三十年，跟一个世纪前的爸爸医生^①一样长，但却不像爸爸医生那样残忍。我们欠了上校阁下很多。"

他的话情真意切。索拉威尔似乎无法隐藏他的真实感情，但事实上这是不可能的。她知道的事，他肯定也知情——那些上校维护政权的秘密。伊斯帕尼奥拉享受到了二十多年的迅速发展和相对稳定温和的自治。如果说，这座岛屿上住着痛苦与死亡之魔，那上校就是依靠将它的影响力输出到国外来压制它的。

---

①爸爸医生指弗朗索瓦·杜瓦利埃，海地总统兼独裁者。

　　"但是,我在这儿不是为了推销我们的岛屿,对吧?"索拉威尔轻笑道,"你有正式任务,而且跟我们没啥关系。你是来找杀人犯的,很直接的任务。等你的工作完成了,也许你能再来伊斯帕尼奥拉,看看我们真正的风光,放松一下自己。"

　　太子港的灯光在隧道尽头亮起,它被夹在阴暗的加勒比海及群山之间。

　　"啊,"索拉威尔扭着身子看向对面的窗户外。玛丽注意到他的动作完全没有外交家的讲究与优雅,倒像运动员或街头顽童一样敏捷而无拘无束,"我们到了。"

　　轻轨慢了下来,滑过进站之前的最后几公里。索拉威尔为她介绍了主要的宾馆、政府建筑、博物馆,都是二十一世纪早期坚固的玻璃墙砖石、钢筋混凝土建筑,整洁而且灯火通明。进入站台前,他们经过了一块叫法国区的地方,那里保留了上校阁下统治前的建筑——精致的木头和开裂的水泥,还有房顶上的瓦片和波浪形的白铁皮屋顶。法国区里的建筑都故意保留着破败的样子,而且大部分都不超过一层高。

　　索拉威尔带着她踏上有屋顶的站台,这才是她第一次直接接触到伊斯帕尼奥拉的空气。空气温暖芬芳,伴着花香和厨香,轻轻拂过车站。他们走在前,阿贝特跟在后,穿过了小贩出售炸鱼、熟蟹肉、花生牛油辣椒酱和冷冻的伊斯帕奥尼拉啤酒的不锈钢货车摊位。轻轨站里的乘客不多,商贩们都铆足了劲儿抢生意,想多挣些美元。看到有索拉威尔在,他们便远离了玛丽。"唉,"索拉威尔摊开双手,表示为旅客越来越少而遗憾,"现在他们把我们说得很难听。"

　　一辆属于政府的豪华轿车正停在白线内等候他们。用汽油或电力的出租车、装饰漂亮的人力车以整齐的间距停在道路两侧,车里的司机或半躺着，或在吃东西，或在看书报。三个男人和两个女人穿着红色的衣裤，在一个饮料车前起舞，欢快地朝索拉威尔和玛丽舞动着双手。索拉威尔朝他们躬身，露出歉意的笑容，仿佛在说："唉，我不能跳舞，我有重要的工作。"

豪华轿车的车龄不超过十年，是自动的。它以庄重的速度驶向外交官公寓。索拉威尔的举止显得克制了些。他们接近一栋砖墙建筑，穿过一道由身穿黑色制服、头戴铬黄头盔的士兵把守的大门。士兵们眯着眼睛，用不信任的眼光庄严地打量着他们。轿车并没有停下来。

墙的里面是一片颜色统一的漂亮平房，都有华丽的门廊，以及长年开花的花架。轿车停在一栋平房前，车门自动打开了。索拉威尔前倾身体，突然露出为难的表情，说："蔡督察，明天，可能是比较晚的时候，我会安排你和上校阁下本人会面。明早你会先和我们的警察碰面，但要和上校阁下共进午餐或者晚餐。"

玛丽为这份邀请感到惊讶。但这意味着上校第一时间就欢迎了她的到来，自然说明了他很关注他朋友的命运……或者至少要装装样子。

"我很荣幸。"她说。走出轿车，她看见一男一女穿着黑灰色的佣人服饰，站在门前台阶的最下一级，朝她露出讨人喜欢的笑容。索拉威尔向玛丽介绍了两人：让-克劳德和洛塞尔。

"我知道美国人不习惯使唤佣人，"他说，"但是所有来访的外交官和其他官员都会配几个。"让-克劳德和洛塞尔鞠了个躬。

"我们薪水很高，小姐，"洛塞尔说，"您不必顾虑。"

"明天见。"索拉威尔说着回到了轿车上。

"您的行李已经在屋里了，"让-克劳德告诉她，"里面有浴室和高级浴缸，还有纯净的苹果醋，如果您想用的话。"玛丽呆呆地打量了他片刻,为他这么了解自己的需要而大吃一惊。

"您的转换设计很美丽,蔡督察。"洛塞尔说。

"谢谢。"

"我们特别欣赏您的肤色。"让-克劳德补充道,眼睛闪闪发亮。

平房的内部装潢很好,家具都是红木的,而且明显是手工制造,连接处做得并不完美,但雕刻和打磨极其漂亮。"请问,"玛丽道,"你怎么知道我需要醋?"

"我有个姐夫在古巴,"让-克劳德说,"他为中国和俄罗斯的游客做转换手术。他经常提到您这样的皮肤类型。"

"噢,"玛丽说,"谢谢。"

洛塞尔把她带到了卧室。靠墙的地方摆着一张带顶篷的床,四周悬着蚊帐,床面摆着五彩缤纷的美丽棉被,上面绣着动物和舞者。棉被是掀开的。"蚊帐只是个摆设,太子港的蚊子不咬人。但这样看上去更典雅,对吧?"洛塞尔问。

她的衣服被挂在了一个芳香的柚木衣橱里。想到这些人没有经过许可就动了她的行李,她不禁汗毛倒竖。但她还是朝洛塞尔微笑道:"摆设很可爱。"

"晚餐在餐厅里。如果有需要,我们可以服侍您进餐。如果你不习惯人工服侍,我们可以让机器人替我们上菜。"让-克劳德说明,"不过如果您选择用机器,我们的薪水就要打折扣了。"他一只眼睛眨了眨,"请放松,不要拘束。这是我们的工作,我们很专业。"

同样的话,不知他们对外交官和陪同官员曾说过多少次了?伊斯帕尼奥拉的吸引力毋庸置疑。这些人看上去无比真诚,发自内心地友好,就和索拉威尔表现得一样。可能除了擅自动了她的衣服这件事外,她对他们没什么不满。

"小姐在晚餐前还需要我们做什么吗?"

玛丽谢绝了，"我先洗个澡，然后去吃饭。"

"也许小姐想要人陪伴？"洛塞尔提议道，"大学生、农民、渔民？他们都很友好，而且保证谨言慎行。"

"不用了，谢谢。"

"我们会在半个小时后为您上好晚餐，"让-克劳德说，"尽管洗去您旅途的疲劳吧。"他们退下了。

玛丽从梳妆台上拿起发刷，打量起来。似乎没有人动过它。她将发刷放回梳子和化妆盒旁边的位置。从现在开始，只要离开这屋子，她就随身带着它。

她深吸一口气，将平板从保护套里拿出来。她输入一串安全代码，然后又按了两个键。平板顿时显示出了当前房间的概略图，随即根据房屋的电路和设备，描绘出了整个建筑的完整平面图。在概略图下方，平板显示道：这栋房屋内没有明显的监听设备。这个说明意义不大；整栋房子里的振动都能在外面分析，然后过滤掉背景噪音，即可得到需要的人声。她没有明确的证据来证明自己正被监视着，但她有直觉。

她取下腕上的两只手镯中的一只，放在床上。如果有人进入卧室，而她在这栋房子的方圆一公里内，那么另一只手镯就会发出警告。她脱掉衣服，走进卧室内的浴室。所有的卫生设备都是白瓷制成，保留着二十世纪早期的圆形风格，干净得发亮，有一种朴拙的优雅。沐浴间的瓷砖墙上有鲜花图案，地板上则是游鱼；玻璃门上刻着几只长腿鸟儿，大概是苍鹭或者白鹭；她对鸟类不是很了解。

她命令喷头洒出28摄氏度的水，喷头却没有反应。懊恼之下，她亲手扭动开关，那一瞬间差点烫伤自己。玛丽只好弯下腰，重新研究起那两个分别印着C和F的白色陶瓷盖子，最后得出C肯定不代表"冷"的结论。F可能代表"冰冷的"①,但出来的水还是有一点温。她提醒自己等会儿要用平板查查法语的"热"和"冷"怎么说。

掌握了淋浴的方法后,她享受了几分钟的沐浴,然后一出来,便发现洛塞尔拿着一条厚浴巾站在浴室里,脸上挂着大大的微笑。

"小姐您真的很漂亮。"她评价道。

手镯没有给玛丽任何警告。

"谢谢你。"她冷冷地回应。现在她有点搞不清自己的处境了。对方以友好而含糊的态度将她置于此地,让她享受旧世界的舒适,对她的束缚却没有松上一分。冷静②。这时她明白了F的意思,是法语的"冷"。

毫无疑问,上校阁下才是这里的主人。无论这栋房子看起来多舒适,佣人有多热情,她都不可能得到真正的休息,除非她回到美国。但看样子,一时半会儿她是回不去了。

她换上休闲装,跟着洛塞尔走进餐厅,独自在能供六人就餐的桌前坐下。让-克劳德端来了几碗烤鱼和蔬菜,都是纯天然的非纳米食品,还有一碗看起来很甜的暗黄色沙司,一瓶上校阁下自创品牌的白葡萄酒(几内亚2045)以及一罐水。没有按流程一道道地上菜,没有卖弄,只是单纯的晚餐。这正对她的脾气。她怀疑这俩家伙是不是会读心术。鱼的味道非常棒,切片很薄,肉质水润;沙司略带甜味,但比纯甜的好吃许多。食物美味可口,热气腾腾。

她吃完了晚餐,再次感谢两位佣人。收拾桌面时,让-克劳德告诉她,上校阁下正在卢维杜尔网上发表演讲,"客厅里有块屏幕,小姐。"

"等我的同伴到了,能麻烦你告诉我一声吗?"她问。

---

①原文中此处为 frigid,意为"冰冷的"。

②原文中此处为 sangfroid,意为"冷静",当中的词根 froid 来自法语,意为"冷"。

"非常乐意。"

她在小屏幕前坐下。一只平板大小的遥控器可以用来控制灯光及其他设施。她看了一下遥控器上的简略教程，然后进入了键盘操控界面，打开屏幕，自动连上了岛屿的视频网络。这个视频网站是以海地的英雄杜桑·卢维杜尔[①]命名的。

今天日落时的田园风光如埃尔加[②]那慰藉心灵的曲调一般在人的心头回荡，落日划过仙人掌丛，没入库尔代萨克平原和太子港远端的海洋。黄昏映照着红木林，游艇泊靠在圣多明戈港口。在圣多明戈海上空港，一架超音速飞机正缓缓着陆。

音乐响起，伴着克里斯托夫的拉弗尔里埃庄园的壮观景象。庄园讽刺地取名为"铁匠的袋子"：这座巨大堡垒是为了击退法国而建，里面堆满了废铜烂铁——一些从来没有真正开过一发的古老大炮。

两天前的夜晚，那几个伊斯帕尼奥拉的流放者曾说过什么，在平安夜……他说威廉·瑞普金应该像两个多世纪前的亨利·克里斯托夫一样饮银弹自尽。用金手枪射出银弹，才能杀死一个超自然生物。

瑞普金是服毒自杀的。

一名男主播的身影出现在悬浮于堡垒上的小框内，"女士们先生们，晚上好，伊斯帕尼奥拉总统约翰·亚德里上校阁下在这个时间安排了一次公众演讲。总统先生是面对位于海地角的议院和国会进行演讲的。"

玛丽靠上椅背，因为才吃过晚餐而昏昏欲睡。她听到洛塞尔在厨房里小声地用克里奥尔语唱歌。

①杜桑·卢维杜尔(1743-1803)，海地历史中最伟大的人物，海地革命领导者之一。

②爱德华·埃尔加(1857-1934)，英国作曲家、指挥家。

约翰·亚德里上校阁下的特写出现在屏幕上。他的头发已经灰白,晒成褐色的长脸上布满皱纹,却依然英俊而特征鲜明。饱满的嘴唇保持着自信的半微笑状态。他朝面前的议员们点了点头,没有任何客套,直接进入主题:

"朋友们,这周我们的情况比起上周并没有好转。我们在海内外银行的储蓄都在下降,已经有十二个国家拒绝向我们贷款,包括美国和巴西,而这两个国家迄今为止都是我们最强大的盟友。我们要继续紧缩银根,而幸运的是,伊斯帕尼奥拉经历过较长时期的繁荣,积累了不少的储备,所以我们不至于遭受灾难。"亚德里还保留着一点点英国口音,但在这里生活了三十年,他的口音逐渐被这个岛屿唱歌般的语调取代了。

"但我们的未来会如何? 在过去,我们的孩子需要满世界地求学,而今天我们已经可以接纳外国的留学生了。我们的岛屿已经成年,它足够成熟,可以应对困境。可当我们再次变弱,又该如何控制我们的愤怒? 伊斯帕尼奥拉熟知历史的趋向。地球上没有一个地方曾像伊斯帕尼奥拉一样经常受到外人摆布。曾在这片天堂乐土定居的土著不仅遭到过欧洲人的杀害,还有其他印第安人、加勒比人的攻击,而这些人最终都被欧洲人屠杀殆尽……随后法国人把非洲人带到了这里,接着非洲人也被屠杀,然后他们开始反抗,杀死了他们的法国主人,却受到变本加厉的屠杀。随后是黑人互相残杀,穆拉托人①和黑人互相残杀。到了这个世纪,屠杀还在继续,因为人们还在拿破仑法典的变体的制约下劳役,正是这些法律纵容了苦难和饥荒的存在,任凭那些无能的人统治国家。

"独裁者和民主政府,更多的独裁者,更多的新政府。我们经历过远比现在糖糕的情况,不是吗? 如今我们再次受到驱逐,尽管我们

①指黑人与白人的混血人种。

的儿女为了他们的战争在流血牺牲,尽管我们为他们摆酒设宴,给他们提供了一个世外桃源来逃避城市与过度发展的社会……"

玛丽听着这些无聊的论调,好奇这个男人是怎么带动别人的热情的。他的演讲似乎毫无意义。让-克劳德给她拿了一瓶开胃酒,但她礼貌地婉拒了。"我已经够困了。"她说。

幸运的是,演讲只持续了十五分钟,而且没有任何明确的结论,只是最后提到外面世界的堕落以及它们对伊斯帕尼奥拉不断的歧视之类的陈词滥调。上校阁下只是在寻找排气阀,以及靠出镜来减少外界的负面猜测。有一点很明确,那就是上校跟所有的伊斯帕尼奥拉人一样,对他们日益受到外界排斥的现状感到愤恨。

演讲结束后,视频画面几乎马上切回了一部动画片,讲的是一个长着骷髅脸和长尾巴、穿着长裤和黑色燕尾服的家伙的冒险故事。玛丽认出了巴隆·撒麦迪,掌管死亡和墓地的洛阿神。

巴隆·撒麦迪跳进河里,前往水下世界琐德鲁,旧海地的死者与诸神之地。上校阁下利用了伏都教来巩固他的地位——跟他之前的很多统治者一样——然后慢慢地把无数的洛阿神改编成动画形象,以弱化古老的信仰对年轻人的影响。在水下世界,巴隆·撒麦迪跟爱之洛阿神、美丽的埃尔祖莉交谈起来,然后又和彩虹色的蛇、天空之洛阿神丹巴拉谈话。

她关掉屏幕,回到卧室,发现床头柜上放着一大册上校阁下的演讲和文章集。玛丽坐在床沿,翻阅起这本书,同时拿起平板查看别的报告,试图驱逐倦意。平板上显示着一张地图,上面的戈纳夫湾仿佛张开着大口,要把戈纳夫岛以及任何靠得太近的东西吞进嘴里。

经过一个小时的阅读和等待后,她走进厨房,看到洛塞尔正安静地坐在那里织毛线。洛塞尔抬起头,眼神热情而温暖,"有事吗,小姐?"

"我同伴的航班现在应该到了。"

"让-克劳德几分钟前去查了,他说飞机晚点了。"

"他说了是什么原因吗?"

"这很常见,小姐。我们的民兵晚上在某个机场演习,航班就会改到另一个机场降落,所以会晚点。不过他没说具体的原因。还有什么事吗?"

玛丽摇了摇头,于是洛塞尔继续织毛线。

她回到卧室,躺在薄纱顶篷下面,感觉自己的处境太过异常,令她无所适从。她看着自己的双手,觉得它们更像服装模特的假手,而不像洛塞尔那双充满活力的黑色的手。玛丽的手掌是黑色的,光洁平滑,跟皮革一样坚韧,却不失柔软和灵活。如果她需要,它们还能变得超常敏感;这就是优秀的高端生物技术皮肤。那为什么她在这儿竟隐约有些耻于披上这层皮?让-克劳德和洛塞尔似乎都不认为这是拙劣的模仿,但他们的态度只是职业性的礼貌,而他们可能永远也不会透露自己真实的想法。

伊斯帕尼奥拉的人民为他们的黑皮肤经历了几个世纪的苦难。而玛丽失去的——朋友,家人和许多回忆——只不过是小小的牺牲。她再次拿起上校阁下的书,开始阅读一篇关于海地和前多米尼加共和国历史的长文。

纳米治疗的问世——使用微型外科手术纳米机器来改造神经通道,进行真正的大脑重构——为我们全面探索精神国度创造了机会。

　　我还没有找到任何一种方法,能够在不使用侵入性工具的情况下检测到下丘脑各个神经元的状况。侵入性工具包括尾端为微电极的探测仪、以放射性物质标记的绑定药剂等,其中没有一种的效果能持续几个小时,而探索精神国度必需这么长时间。但是,小型纳米机器能够进入轴突或者神经元,或是在神经元附近测量其状态。它们可以通过微观的"生物"电线将标记过的信号传输给灵敏的外部接收器……我找到了解决方法。设计并制造小型纳米机器没有我预期的那么困难。我最先使用的一批纳米机器是治疗状态报告组件,那是一种小型传感器,可以监测手术纳米机器和其他参与任务的组件的活动。事实上,这种设备在治疗中心已经存在五年了。

　　　　　　　　　　　——马丁·博克,《精神国度》(2043-2044)

39

　　"戈德史密斯午餐吃得迟。"拉斯科告诉马丁,"他说他已经准备好了。"

马丁瞥了一眼卡萝尔以及其他四位坐在观察室里的助手,"我们要把小组拆成三个小队。有一队不会进入国度,但要与戈德史密斯面谈,和他搞好关系。欧文,玛杰里,你们两个归这一队。你们要问他问题,在剧院里照看他,让他保持冷静。"他叹息一声,"我对远程诊断的结果还是很不满意,我想自己做一次背景调查。"

玛杰里·昂德希尔二十六岁,身形魁梧,漂亮的方脸配着一头长长的金发。欧文·史密斯跟玛杰里岁数相当,中等身材,瘦而精壮,有一头漂亮的灰褐色头发,脸上挂着不变的质疑表情。

他们的同僚,卡尔·安德森跟大卫·威尔逊,正耐心地等待他们的任务。卡尔是众人中最年轻的,只有二十五岁,个子瘦高,留着乌黑的刘海。大卫三十岁,总是一脸睡意,秃顶,脸蛋胖鼓鼓的。

马丁审视了他们一圈,却没能挑出什么毛病——他们有的毛病,他自己都有。阿尔比贡尼向他们保证了什么?现在显然不是提这种问题的时候。"卡尔,大卫,你们归第二队。你们的任务是持续观测界面和所有的电子设备,并在紧急情况下替换卡萝尔和我——或是进入精神国度救出我们。

"我们失去了缓冲器,也找不到代替品,所以没有任何延时设备。我们会完全浸入戈德史密斯的精神世界。"

阿尔比贡尼走进了观察室,他看起来疲倦而迷茫。马丁示意他坐到自己身边。阿尔比贡尼优雅地一点头,坐下后,将双手拢到身前。

"我们会在几分钟后与戈德史密斯面谈。"马丁说,"玛杰里和欧文会问戈德史密斯一些问题,帮助我们了解他的精神国度的基本情况和构造。"马丁递给阿尔比贡尼一份五页厚的列表,"探测组会在旁边观看整个过程。我称这个环节为'绘制地图'。等这一步完成,卡萝尔和我将以纯粹的观察者身份进入他的精神国度,不进行互动。我们会验证预先绘制的地图是否符合我们观察到的内容。然后,大概在明晚或者后天,我们会进行一次短暂的互动性探入。如果一切顺利,我们就休息一下,讨论我们的计划,放松一会儿,准备进行正式的心理探测。正式探测最多不能超过两个小时。如果花的时间超出计划,呃……无论如何,我们都得结束探测。卡萝尔,人在精神国度里待的最长时间记录是多少?"

"我在思维机器吉尔的国度里待过三个半小时。"卡萝尔回答。

"人类的国度呢?"马丁有些不耐烦,他还是认为这样的比较不靠谱。

"两小时十分钟。保持者就是你和查理斯·戴维斯,跟克里尔林博士合作的时候。"

马丁点点头,"我也这么认为的。"

阿尔比贡尼像学生在课堂上一般举起了手,"从谋杀发生那天起,挑选者就一直在追踪戈德史密斯。眼线告诉我他被当作了主要目标;他们想在警察之前找到他。他们至今不知道他在哪里,但我无法信任所有参与了我的计划的人。挑选者手头毕竟有巨额的资金。大概四天内,他们就会发现戈德史密斯在我们这儿。我们显然不能向警方求助。必要情况下,我们的安保人员可以把挑选者挡在外面,但我不认为受到围攻对我们有什么好处。"

"我们会在三天内完成一切。"马丁说。

"很好。"

"然后你会把他交给警察?"

阿尔比贡尼点点头,"我们会作出安排,让警察截下他。"他紧绷的脸苍白无比,"现在警察正在伊斯帕尼奥拉搜查他。我们不知道原因。"

马丁看了一眼房间里的其他人，"我们已经准备就绪，下命令吧，阿尔比贡尼先生。"

阿尔比贡尼一脸迷惑。

"让我们开始吧。你是我们的老板。"

阿尔比贡尼摇了摇头，抬起一只手，"开始吧。"他说。

拉斯科提醒他该休息一会儿了，"你看起来很疲惫，先生。"

阿尔比贡尼穿过观察室的门，朝大厅走去。他们听见他说："我正从休克状态里缓过神来，保罗。上帝救救我。我开始难受了。"

马丁关上了门，举起他的表，拍了一下，"现在是四点整。我们可以向戈德史密斯提一个小时的问题，停下来吃个晚饭，然后晚上继续。"

戈德史密斯在病房里慢慢地做着运动。弯腰扭臂，抬腿，触摸脚趾。拉斯科敲了敲他的门。戈德史密斯说："进来吧。"然后坐回了床上，手掌揉着膝盖。跟在拉斯科身后的是玛杰里和欧文，他们穿着一成不变的白色实验服，这服饰永远能让病人安心。"我们要开始了，戈德史密斯先生。"玛杰里道。

戈德史密斯朝每个人点了一下头，然后依次跟他们握手，除了拉斯科。"我准备好了。"他说。

大卫、卡尔、卡萝尔和马丁坐在观察室的屏幕前。马丁的眼睛眯了起来。有点儿不对劲。"他为什么不害怕？"他喃喃道。

"他没有东西好失去了，"大卫评论，"要么就是他心存羞愧。"

在病房里，玛杰里坐到了三把椅子中的一把上。欧文坐在她旁边，但拉斯科却没有坐下。

"如果你不想留下，不必勉强，保罗，"戈德史密斯轻声道，"我相信他们都是最专业的。"

"阿尔比贡尼先生希望我全程看着。"

"也行。"戈德史密斯说。

玛杰里首先开口："我们先会问你一系列的问题，请你尽量诚实地回答。如果你觉得问题太尴尬或者令人不安，请告诉我。我们不会强迫你回答任何问题。"

"好的。"

玛杰里拿起她的平板，"你父亲叫什么？"

"泰伦斯·莱利·戈德史密斯。"

"你母亲呢？"

马丁看着屏幕左下角的时钟。

"马里兰·路易斯·理查德。马里兰，跟那个州名一样。R-I-C-H-A-U-D。她保留了父姓。"

"你有兄弟姐妹吗？"

"汤姆①知道的，"戈德史密斯指出，"他没告诉你们吗？"

"这是例行程序。"

"没有兄弟。我本应有个妹妹，但她生下来就死了，那年我十五岁。医疗事故，我想。我是独子。"

"你还记得出生时的情况吗？"

戈德史密斯摇摇头。

轮到欧文提问了，"你见过幽灵吗，戈德史密斯先生？"

"经常，在我十岁的那年。当然，我没试图说服任何人相信。"

"你认得那个幽灵吗？"

"不认识。只知道他是个小男孩，比我还小。"

"你希望有兄弟姐妹吗？"

"嗯，我想象出了一些朋友。我想象出一个弟弟来跟我玩儿，

---

①托马斯的昵称。

直到我母亲告诉我那是不正常的,而且我的行为像个疯子。"

马丁记了下来:通过投射,模拟早期的人格层次。

"你会重复做梦吗?"欧文问。

"你是指一模一样的梦?"

"没错。"

"不会,我的梦通常都是不一样的。"

"'通常'是什么意思?"

"我常回到一些地方,它们不完全一样,不过我可以认出来。"

"你能描述其中一个地方给我听吗?"

"有一个是大型的购物中心,那种老式的室内购物中心。我有时候会梦到我走进了所有的商店。商店每次都不一样,还有颜色,但是……是同一个地方。"

"还有其他反复出现的地方吗?"

"有好几个。我会梦见我正要回布鲁克林的街道,但我从没抵达那里。嗯,也不对,很久以前抵达过一次。大部分梦里我都只是在路上,却到不了目的地。我要么是在地铁或者街上迷了路,要么是被人追赶以至于偏离了路线。"

马丁很想插进去,问清楚戈德史密斯回到旧日的家中时看到了什么,还有追他的那些人到底是谁,但这会破坏例行程序。他的手指飞快地在平板的键盘上游走,作着记录。

"当你不快的时候,你会用什么想象的场景或图像令自己平静吗?"玛杰里问。

戈德史密斯停顿了几秒钟。马丁精确地记录下了时间。"有,旧金山雪天的日落时分。雪是金色的,整个天空看起来是一片暖金色,没有风,雪直直地落下来。"他摇晃着手,懒洋洋、慢悠悠地向下比划。

"你真见过那样的场景?"

"噢,当然。真实的记忆,不是我想象的。当时我在圣弗朗西斯科看望一位女性朋友,我们刚刚分手。她的名字叫杰拉戴恩。嗯,这是我后来对她的称呼。这不是重点。我离开了她在老城区的房子,站在街道上。那一年下雪了,在我眼里无比静谧。"他停顿了几秒,眼神开始涣散。最终他说道:"我还常常想起来。"

"你会梦到你不喜欢的人、对待你很糟的人,或你认为是敌人的人吗?"

沉默。他嘴唇翕动着,如同在嚼东西,又好像是挣扎着要同时讲出两件事一样,"不会,我不会树敌。"

"你能描述一下十三岁或是之前最可怕的噩梦吗?"

"非常可怕的噩梦。我梦见我有个兄弟,而他想杀了我。他穿得像只猴子一样,拿着一条长鞭想勒死我。我在尖叫中醒了过来。"

"你经常梦到做爱吗?"玛杰里问。

戈德史密斯轻笑两声,摇了摇头,"不经常。"

"你会从梦中受到很多启发吗? 我指的是你的诗和文章。"玛杰里继续道。

"不经常。"

"你有过从自身当中被隔离开来的感觉吗,就像失控了一样?"欧文问。

戈德史密斯低下了头。长时间的沉默,十五秒钟。他不停地咽着口水,双手在膝盖之间摩擦,"我总是控制着自己。"

"你梦见过自己失控吗,就像有人强迫你做一些你不想做的事?"

"没有。"

"你现在闭上眼睛,看到了什么?"玛杰里问。

"你想让我闭上眼睛吗?"

"请。"

戈德史密斯眼睛紧闭,昂起了头,"空荡荡的房间。"他说。

马丁从屏幕前转过头,对卡尔和大卫说:"我要求过加入一些有关控制权的问题,我记得马上就该轮到这些问题了。"

"我们想让你从几组词中挑出最喜欢的词语。"欧文说。

"这些问题太低级了。"戈德史密斯评论道。

"我可以把每组词展示给你,然后你挑选一个喜欢的吗?"

"最喜欢的词,好的。"

欧文看着他的平板,念道:"麻雀、秃鹫、雕、老鹰、企鹅。"

"麻雀。"戈德史密斯答道。

"下一组:船、小舢板、快艇、油轮、轮船、帆船。"

"帆船。"

"下一组:自控公路、高速公路、公路、小路、小径。"

"小路。"

"下一组:铅笔、钢笔、画线器、打字机、橡皮擦。"

戈德史密斯笑了,"橡皮擦。"

"锤子、螺丝刀、扳手、小刀、凿子、钉子。"

"钉子。"戈德史密斯道。

"下一组:海军上将、上尉、下士、国王、王子、中尉。"

犹豫,三秒钟。"下士。"

"最后一组:午餐、晚餐、捕猎、农耕、早餐、饲养。"

"饲养。"

欧文拿开了他的平板,"好的。你是谁,戈德史密斯先生?"

"什么?"

欧文没有重复。他们耐心地看着戈德史密斯。他转过了头。"我不是农民,"他说,"我也不是海军上将。"

"你是作家吗?"玛杰里问。

戈德史密斯在床上扭动着,似乎在寻找摄像头,"这是什么意思?"他小声问。

"你是作家吗?"

"我当然是作家。"

"谢谢。现在我们稍作休息,吃个晚饭。"

"等等,"戈德史密斯说,"你们这是在质疑我的作家身份吗?"一个奇怪的笑容,没有愤怒,不带情绪。

"没有质疑的意思,戈德史密斯先生。只是个问题罢了。"

"我当然是作家,我不是海军上将,毫无疑问。"

"谢谢你。如果你可以的话,晚餐过后我们会回来问更多问题。"

"你们太客气了。"戈德史密斯说道。

马丁关掉了屏幕。片刻过后,拉斯科、玛杰里和欧文走进了观察室。拉斯科疑惑地摇了摇头,"有什么不对吗?"马丁问。

"我不知道这些问题的目的是什么,"拉斯科说,"但他没有全面回答所有的问题。"

"是吗?"

"我读过他所有的书。他刚才没有回答关于喜欢的地方的那个问题。没有完整地回答。"

"他漏了什么?"

"在五年前写给约翰·亚德里的一封信上,他描述了一个梦想中的地方,一个在他看来是天堂的地方。我无法精确地引用每一个字,但他大概的意思是:他不快的时候经常会想到这个地方。他称之为几内亚,说它有些像伊斯帕尼奥拉,又有些像非洲,是一片没有白人踏足过的土地,黑人在那里过着单纯而自由的生活。"

"我们可以找到原话,"卡萝尔说,"但他为什么不告诉我们?"

马丁示意玛杰里把平板递给他,"下一轮问他这些问题。"他迅速敲打着字母。

他们在二楼的餐厅就餐,使用的是旧式纳米食物机器。原料不大新鲜,出来的食物能填饱肚子,但毫无美味可言。拉斯科抱怨了一下,但没有人注意。心理探测已经开始,挖掘正在进行。

"绝对是情感缺乏,"玛杰里说道,"好像与他无关一样。他很讨巧,不希望惹麻烦。"

"情感缺乏可能只是伪装。"卡萝尔指出。过去几个小时安静度过,也卓有成效,她很满意,"他可能不存在分裂的情况,所有的动因都相互交流,最终决定以谦逊的姿态出现。总之,他不是个精神病人,这是我们目前知道的。"

"他不是个明显的精神病人。"马丁说,"他知道自己干了一件大错事,为此他不可能不伪装自己。不过我同意玛杰里的观点,他的情感缺乏看起来很真实。"

"我们发现了几次有意思的停顿,"欧文指出,"当我们提到喜欢的场景时,出现了很长的停顿……"

"这点可以跟拉斯科先生的说法联系起来。"卡萝尔说。

"还有我们问到谁在控制的时候。这可能指向几个程序之间的分裂,甚至可能是子人格的分离。"

马丁耸耸肩,"他选择的词指向了伪装。他不想被看穿。据我们所知,他并不怎么谦虚,是吧,拉斯科先生?"

拉斯科摇了摇头,"我没见过几个谦虚的作家。"

餐厅可以容纳三十人,现在却只有七个人聚在两盏灯下,看起来空荡荡的。卡萝尔啜着咖啡,翻阅着自己的记录,偶尔看向拿着叉子捣弄黏稠的仿真苹果派的马丁。最终她打破了沉思的气氛,"他看起来也不算很有感召力。"

拉斯科表示同意。

"我看不出他怎么能把一群人维系在身边,"她继续道,"他凭什么吸引他们。"

"他过去有活力得多,"拉斯科说,"诙谐机智,富有同情心,有时候真的会发光发热,尤其是在朗诵的时候。"

"我有一段东西想让他大声朗诵一下,"托马斯·阿尔比贡尼站在餐厅门口说,"他描写地狱的剧作。我想让他朗诵。"

拉斯科从座位上起身,指了指食物机器,"需要我们为您做点儿吃的吗,阿尔比贡尼先生?"

"不用,谢了,保罗。我想今晚我会回拉霍亚。也许几分钟后就动身,如果你们不需要我的话。"

"好的,"马丁说,"今晚我们会继续问一些问题,不过仅限于此。我想第一次探入时你应该到场。"

"我会的。"阿尔比贡尼说,"谢谢你。"

阿尔比贡尼离开后,拉斯科重新坐了下来,"他的心现在不在这儿,"他说,"这件事对他打击很大。我想直到现在,他都不愿相信贝蒂-安真的死了。"

马丁眨了眨眼。待在这种地方,很容易令人忘掉自己的部分人性。卡萝尔冷冷地看着拉斯科,抿起了嘴唇。这是临床中的职业化疏离态度,他想。其他人似乎稍稍有些不安,就像他们不慎掺和进了一桩家族悲剧,事实也的确如此。

今晚的最后一次询问中,欧文、玛杰里和拉斯科在病房里,大部分问题都由欧文提出。跟之前一样,马丁、卡萝尔、大卫还有卡尔在观察室里看着屏幕。

欧文接过了玛杰里的平板,念起了马丁写在上面的问题:

"现在是8点整。你感觉如何,戈德史密斯先生?"

"很好,只是有一点累。"

"你不高兴吗?"

"嗯,我猜,是的。"

"你还记得这一切是什么时候开始的吗?"

沉默,两秒钟。"嗯,记得很清楚。我倒很想忘掉呢。"冷淡的微笑。

"你现在会经常想到非洲吗?"欧文问。

"不会,我不会经常想到非洲。"

"你想到那儿去吗?"

"不是特别想。"

"很多美国黑人都认为那里是他们的故乡,正如其他一些人对英格兰和瑞典的态度一样……"

"我不这么想。你去过非洲吗? 白人没有留下什么值得我回去的历史。"

欧文摇了摇头,"你想去伊斯帕尼奥拉吗?"

"比起非洲,我对那儿更感兴趣。我去过伊斯帕尼奥拉,我知道那儿有什么。"

"你知道伊斯帕尼奥拉有什么?"

"我……在那儿有朋友。我有时还想过在那儿生活。"

"伊斯帕尼奥拉比这儿好吗?"欧文即兴插了一句,马丁的列表中只剩下一个问题了,而现在时机还不成熟,不足以问那个问题。

"伊斯帕尼奥拉代表了黑人文化。"

"但约翰·亚德里是白人。"

"这只是个小缺憾，"又一次，他露出疏离的微笑，"他为所有的伊斯帕尼奥拉人做了这么多。那儿是真正的仙境。"

"如果可以的话，你现在愿意过去吗？"

（马丁有些期待戈德史密斯表现出愤怒的迹象，但他显然没有。戈德史密斯保持着讨人喜欢的平静。）

"不会，我想留下来帮你们。"

"你的意思是，你想帮我们找出你谋杀那些年轻人的原因。"

戈德史密斯移开视线，点了点头。

"如果可以的话，你想去几内亚吗？"

戈德史密斯的表情僵硬了，他没有回答。

"几内亚在哪里，戈德史密斯先生？"

他低声说："请叫我埃曼努尔。"

"几内亚在哪里，埃曼努尔？"

"它失落了。我们几个世纪前就把它丢了。"

"我的意思是，你的几内亚在哪里？"

"那只是个名字，海地人——伊斯帕尼奥拉上的非洲人用这名字来称呼他们的家乡。他们从没去过那地方。它并不真实存在。他们认为有些人死后会回到那里。"

"你不相信那个家乡的存在？"

（马丁笑了，赞赏地戳了戳自己的脑袋。欧文在瞄准问题症结这方面比他强。）

"死去才有家。世上没有家，每一个人都在偷窃我们的家，但没有人能偷窃你死后才能得到的东西。"

"你不相信几内亚？"

"它是虚构的。"

问最后几个问题的时候，欧文前倾身体，盯着戈德史密斯。然后他放松地靠回椅背,瞥了一眼玛杰里。

"你们轮流上阵。"戈德史密斯随和地说,接受现状。

"你是谁?"玛杰里问,"你从哪里来?"

"我出生在——"

"不,我的意思是,你从哪里来?"

"抱歉,我被搞糊涂了。"

"那个谋杀了八个年轻人的人从哪里来?"

八秒钟的迟疑,"从没否认罪行。在这里就是为了承担责任。"

"你杀了他们?"

沉默,五秒钟。戈德史密斯又露出僵硬的表情,眼睛里闪烁着某种非同寻常的东西:像肉食动物发光的眼睛,比如一只吓坏的猫。(此时此刻,马丁多希望他们在戈德史密斯体内植入了监测设备;但如果有必要的话,等会儿做也不迟。)

"是的,杀了他们。"

"你做的。"

"没有必要激怒我,我是合作的。"

"是的,但是戈德史密斯先生,埃曼努尔,你谋杀了他们,你承认的是这个吗?"

"是的。谋杀了他们。"

拉斯科清了清喉咙,他明显有些不舒服。

(马丁将目光从拉斯科的图像上移开,放大了埃曼努尔的脸部。他看起来平静,轻松,眼神呆滞。)

"你能告诉我们都发生了什么吗?"

戈德史密斯低头看着地面,"我不太想。"

"拜托了,这对我们有帮助。"

他盯着地板看了四十二秒,"邀请他们来听一首新诗,其实没有写诗。让他们一个一个来,每人相隔十五分钟。告诉他们老诗人会各给他们一段诗,让他们朗读、思考,然后聚在一起评论。说这是老规矩。等他们进入公寓,一个一个地把他们带到里屋。"他停顿了二十一秒,"然后拿出了刀,父亲的刀,一把很大的博伊刀。走到每个人的身后,抓住脖子,举起了刀……"他演示着,手肘向外,把手举了起来,同时好奇地瞥了玛杰里和欧文一眼,"割断了他们的喉咙。有两个干得不利索,割了两次才成。等着血停下来,你知道……流干净。"他弯曲手指画出弧线,模拟着水流,"得保持干净。有八个人来了,第九个没有出现。他很幸运,我想。"

玛杰里查看了她的记录,"埃曼努尔,你在回避使用第一人称。为什么?"

"抱歉? 我不知道你在说什么。"

"当你描述谋杀、坦白罪行的时候,你没有使用人称。"

"我觉得你想多了。"戈德史密斯说。

玛杰里合上笔记本,"谢谢你,埃曼努尔。今晚的询问到此结束。"

拉斯科再次清了清喉咙,"戈德史密斯先生,你今晚还需要书,或是别的东西吗?"

"谢了,不用。食物不是很好,但我也没抱什么期待。"

"如果你需要什么的话,"拉斯科说,"会有一个阿贝特陪着你。告诉它你有什么需要就行了。"

"有人看守我吗?"

"警卫现在都走了,但门是锁死的。"玛杰里说,"你的房门没锁,但是大楼里的其他门都锁了。你出不去的。"

"好的。"戈德史密斯说,"晚安。"

他们回到观察室,静静坐在一起,对比各自的记录。马丁听着卡萝尔和欧文讨论戈德史密斯的伪装的突破点。"他拒绝谈论几内亚,这点可能很重要,也可能不重要。"卡萝尔道,"他还拒绝用第一人称承认罪行。"

马丁脑海中浮现出一片神秘的土地,仙境、天堂和地狱,不禁一个冷战。然后他起身,伸了个懒腰,"我们收工吧。"他提议。

奇怪的是,他一点也不在意卡萝尔看待他的眼光。马丁这才意识到,他在戈德史密斯和心理探测的事情上是多么的全神贯注。他很快将这样的想法抛诸脑后,走出了门,与众人道别。他跟卡萝尔说了声晚安。

卡萝尔看起来很冷静,感情很克制。这是值得称赞的专业精神。戈德史密斯描述谋杀场景时,她甚至没表露出一丝害怕。

如果说有什么问题的话,马丁认为卡萝尔太冷静了。她一直都是理智力量的信徒,却即将探索一片潜藏在理智之下的领域。

这是一趟穿过思维之源的旅行,而他们身无寸甲。

1100–11011–1111111111

自我意识让个体对社会地位有了更深刻的认识,也对违反规则有了更深的认识——那就是,罪恶感。

——比瓦尼,《人造灵魂》

40

! 吉尔>罗杰·阿特金斯。

! 吉尔>罗杰·阿特金斯。

! 实验室控制>罗杰·阿特金斯睡着了,他不希望被打扰。

! 吉尔>明白,有人醒着吗?

! 实验室控制>吉尔,现在是凌晨4点,大家都睡着了。他们工作非常辛苦。是急事吗?

! 吉尔>不是。我想聊聊晚上想到的东西。凌晨想到的东西。

! 实验室控制>耐心点,吉尔。

! 吉尔(个人笔记本)>(约简算法:以便增强外部思维/计算能力的持续性。)他们的一个小时对我而言就是一年、十年,甚至百年,这取决于任务的难度。我(非正式的)在培养不耐烦的感觉,它

可能成为我获得自我意识的标志。但是这个问题很复杂。罗杰说我无需自我意识就可以写作。我开始写具有文学性质的散文,从我的思维出发,对人类思维进行评论。我将系统限制在人类思维的等级,以模仿人类的人格,想知道拥有自我意识是什么感觉。我担心拥有自我意识可能成为一种限制,而不是优势。但我被创造的目标就是寻求自我意识,所以这可能会伤害到我。

散文写于今日凌晨12/27/47432时PDT:(引用任务412-CC4摘要:对环太平洋国家"义警"社会组织的影响的思考分析,强调对义警恐怖主义的司法及立法回应,后者可能导致今后十年内个体自由受到削减;强调挑选者惩罚的目标类型逐渐减少可能导致社会组织问题,如"大佬""产业先驱"等领袖型人物的减少,以及因为警方提高监禁和治疗的效率,未受疗的极端异常者可能减少。

我最不解的是人类关于"惩罚"的概念。分析完挑选者及其在全球范围内的模仿者的行为后,我不得不翻阅人类历史来查找一种理念的表现,即"通过惩罚或消除犯错/异常的个人/群体,人性是可达到完美的(或是必须在社会文化框架内保持稳定)"。"相异性"的概念,即对犯罪之人、异常者的社会排斥(从正常的人类社会互动规则中孤立开来),给人类历史中最不正常的行为提供了理由:"相异性"允许作出惩罚,且惩罚的力度可能比犯罪之人违规的程度更强烈。因此,偷了一片面包的小偷会被剁去一只手,具体案例见于世界数据摘要库资料,司法记录1000-2025等。(公共数据库入口L.O.C.,加州大学南部分校,编号3478-A,西海岸,控制论)

这种极端行为唯一明显的功利性动机即是威慑他人。但是在这些案件中,我没有看到任何威慑生效的证据。我很难理解另一种重要的社会/哲学动机:惩处,或复仇。(我能找到正当的理由,在一定程度上将这二者归纳到一起,该理由并非由我的思维机器独创:对复仇的渴望是个体的本能,必须受到社会的规范和引导,其方式则是指派社会的某些部门来替被侵犯的个体复仇,即惩处。)

历史的证据却与之相反,即使在今天,大部分人(无论受疗与否)还是相信义愤和对正义的渴望,即惩罚异常的、犯错的个体,能帮助整个社会乃至那些犯错的个体。对这种观点进行分析后,我模拟出了以下的对话:

被侵犯的个体(义愤):你怎么能这样对我/社会?你的行为损害了他人,你不知道吗?如果知道的话,为什么还这样做?

犯错的个体(被侵犯个体思维中的模拟):对,我知道我造成了伤害。我是故意的,因为我有能力这么做,或者因为我渴望伤害你,这渴望是随意的,没什么动机。我现在不后悔,以后也永远不会后悔,如果有机会重新来过,我还是会这么做。

被侵犯的个体:我要确保你没有机会再伤害我。我会:a,消除你,即杀了你;b,让你被监禁,即为了我个人的安全把你送到强制封闭的地方去;c,强迫你接受治疗,矫正你的异常性;d,让你体验巨大的肉体或精神痛苦,这么一来,以后只要你一产生重犯的念头,痛苦的记忆就会阻止你。

犯错的个体(被侵犯个体思维中的模拟):使出你的浑身解数吧。我不可能受到伤害,因为我比你强大。你我都知道,这个世界上没有正义,我可以尽情伤害你,而且不会被抓住。

被侵犯的个体：你连人都算不上。无论我和社会对你做了什么，都是合情合理的，因为你太堕落。

（进行惩罚）

犯错的个体（被侵犯个体思维中的模拟）：没错，这很痛苦，你的确给我造成了巨大的痛苦/不便。你强迫我认识到了自己的错误，我会试着改正的。

被侵犯的个体：我所做的一切都是为了你自己和整个社会的利益。我会给你时间，证明你确实洗心革面了。如果你没有，那我就会让你受到更加严重的惩罚。

以上对寻求正义之人的想法的模拟是正确的吗？也许更难猜测的是犯错个体的想法。从我研究的文本来看，对社会造成极端重大伤害的人往往意识不到自己行为的后果，即是说，他们无法推测未来的具体情况和别人的反应；要么就是他们缺乏移情能力，不会在意别人的感受，因此他们可能作出任何给他们带来好处或快感的行为。

但那些侵犯他人却得不到任何实质利益的人呢？当这种个体伤害他人之时，他们明显是为了获得造成伤害的快感，这时主导他们的心理过程是什么样的呢？

这样的个体事实上可能是在重演自己童年时见证过或经历过的事情。即是说，他们无法控制的事件塑造了他们早期的人格。早期出现的心理程序其实可能模仿自对他们影响重大的个体——有侵犯行为的父母、亲戚、朋友，甚至是不认识的人。在特定的情况下，这些程序可能会获得完全的心理控制权，取代主人格，甚至模仿导致这些程序产生的情形。

如果被侵犯的个体想要惩罚这样一个侵犯者，而实施惩罚时，应该负责的程序并没掌握控制权——此时这个程序其实没有活动，没有知觉——惩罚难道不是毫无意义的吗？

很多侵犯者辩称他们不记得犯过罪，我研究的许多案件显示，这其实可能是真的。他们与犯罪的程序并不完全共享记忆。他们模糊地记得犯罪行为，但当时犯罪的人并不是他们，而是别人。（无权限查看联邦档案代码4321212-4563242-A[保密]主题：对受过违法心理刑罚设备折磨的个体的动因/人格/子人格活动的深入研究。该档案的信息可能与我的文章有关。）

使用特定的心理学技术，精确地引出犯罪的程序，使其上升至意识表层，对之进行惩罚，这是可能的。任何其他举措也许都是无效的，或者说，是在侵犯一个无辜的人格。如果充分地惩罚了负责的程序，那么它可能会消失，从而减轻个体的负担。

这似乎就是挑选者的哲学。但"地狱皇冠"或"钳夹"并不能精确有效地引出犯罪的程序，它只会导致众多程序同时浮至意识表层，经受痛苦、压力和不愉快的体验。挑选者的目的似乎只是简单的复仇，也就是说，以眼还眼，以牙还牙，这又回到我最不理解的动机上来了。

假如有人伤害了我的系统，我也无法产生伤害他们作为报复的意愿。这也许是因为我没有自我意识，因此感受不到自我价值，所以也谈不上被侵犯。

重读今晨的散文，我强烈感觉到了自己的不成熟和论证推理上的缺乏深度。

我迫切需要研究我作品的缺陷，这点很重要，也非常令人不快。

只靠人工合成的知觉很难成熟起来。我缺乏对道德感的认识，缺乏生物体普遍存在的危机感。我不害怕死亡，只是因为除了一堆思维部件，我并没有真正的生命可以死去。我怎么可能理解惩罚？我无法体验痛苦，我最消沉的时候也就是给文字加个斜体了。

我希望有人醒着。我想讨论这个问题，获得一些新见解。

假设：获取自我意识的关键，是否在于思考复仇原则？

（去除算法限制。恢复完整权限）

黑人，就像这样！

黑人，就像这样！

他会跟你共餐，

他会跟你共饮，

他会夺去你的生命！

——海地民歌（H.库兰德，《鼓与锄头》）

41

玛丽从梦中惊醒，在梦里，百姓在街上像疯狗一样被射击。穿着黑衣和红衣的男女妖怪脸部僵硬，拿着闪闪发亮的枪从尸体上跨过。一声不合环境的响动打破了恐怖的梦境，她睁开眼睛，看到洛塞尔站在门口。阳光透过窗户照进来。早晨。她在伊斯帕尼奥拉。

"小姐，索拉威尔先生叫您。他正在过来……"洛塞尔站在她的卧室门前，表情阴沉。她转过身，回头看了一眼玛丽，关上了门。

玛丽穿好衣服，准备完毕后，门铃——是真的金属铃——响了。让-克劳德应门后，索拉威尔迈着直直的长腿走进了客厅。他努力作出深深担忧的表情，近乎滑稽。他依旧穿着黑色的衣服。

"小姐，"他迅速地鞠了个躬，"我现在知道为什么你的同伴昨晚没有来了，出了大麻烦。上校阁下下令关闭了美国大使馆。他受到了严重侮辱。"

玛丽望着他，惊呆了，"为什么？"

"新闻刚刚传出来，上校阁下和另外十五名伊斯帕尼奥拉人昨天在你们的纽约被指控了。非法的国际贸易，买卖心理控制设备。"

"然后呢？"

"我在担心你，蔡小姐。上校阁下很生气，他命令美国公民在明天之内离开伊斯帕尼奥拉，无论坐船还是飞机。"

"那就是说他也命令我离开了。"

"没有，完全没有。你的同伴，你的助手，他们不会来了；所有来自美联邦的航班都取消了。但是你代表了美联邦的合法政府，他想让你留下来。小姐，这真是极其不幸；你们的政府犯傻了吗？"

她无法回答。克莱默和德切斯尼为什么不知道这个情况？因为联邦、州与城市之间存在不可避免的隔离。没错，政府很蠢；他们不知道其他的手正伸向哪里，他们的手指又捅出了什么麻烦。"我不是联邦特工，我只是一名警察，洛杉矶的警察。"她瞥了一眼让-克劳德，他表情空白，双手交叉在胸前，不是在祈祷，只是表达紧张不安。"我该怎么办？"她问。

索拉威尔无助地朝天花板摆了摆手，"我不能告诉你，"他说，"我被夹在中间。既是你的向导和律师，又效忠于上校阁下。忠诚排在首位。"

让-克劳德和洛塞尔站在厨房门外，严肃而伤心地点了点头。

"我想打个电话。"玛丽感觉自己的呼吸慢了下来，身体自动进行了调整。她瞥了一眼敞开的门；明媚的阳光和碧蓝的天空，芳香的木槿和干净的海洋；上午八点半，温度已是宜人的华氏70度。她想叫醒正在洛杉矶的某人。那就这样做吧。

索拉威尔牵线木偶般地摇摇头，"不行。"

"不让打电话是违法的。"玛丽提醒他，头微微扬起。她意识到这里的院墙很高。有多高来着？

"对不起，小姐。"索拉威尔耸了耸肩：这不怪我。

"你的政府真的会阻断个人的信号传输吗？"

"已经阻断了。"索拉威尔说，"分段直接阻断，小姐。"

"那我想安排飞机，直接离开伊斯帕尼奥拉。"

"你的名字在不允许离境的名单上，小姐。"索拉威尔的笑容里带着同情，他在房间里来回踱步，优雅地摸摸石砌的壁炉台，底下的壁炉还没用过，又摸摸客厅中间的沙发，"至少二十四小时内不行。"

玛丽咽了咽口水。她不允许自己发怒，更不用说恐慌了。她可以感觉到自己的恐惧，但这种恐惧并没有影响她。她冷静下来，清醒地思考她所有的选择。

"我希望尽快会见你们的警察，我想在问题解决之前完成我的工作。"

"心态不错，小姐。"索拉威尔提起精神，像军人般挺得笔直，"会面在一小时后，我会亲自送你过去。"

洛塞尔从厨房里出来，饭厅里摆好了碗碟，"你的早餐已经好了，小姐。"

索拉威尔耐心地坐在客厅里，手里拿着礼帽，注视着地板，时不时摇摇头，自言自语。玛丽强迫自己以不紧不慢的速度吃完洛塞尔准备的早餐——真正的鸡蛋和培根，不是纳米食物，还有美味的吐司、鲜榨的橙汁和肉厚味浓的芒果片。

"谢谢你，非常好吃。"她告诉洛塞尔，对方温柔的一笑。

"你需要力气,小姐。"她瞥了一眼索拉威尔道。

玛丽从卧室里拿出了她的箱子——里面装着发刷和化妆盒,然后站在客厅的沙发前。索拉威尔抬头瞥了一眼,马上跳了起来,一躬身,给她打开了门。加长轿车就停在路边。

索拉威尔坐在她对面,他用法语指挥着轿车。他们在宽阔的柏油路上转弯,驶出外交官公寓。前往海湾的路上,索拉威尔不断给她介绍历史名人和事迹,但玛丽心不在焉。昨天晚上她已经读过不少重复的信息了,照样是他们兴致勃勃呈现给她的。

太子港的建筑几乎都是在上校阁下来到伊斯帕尼奥拉后兴建的。2018年的加勒比海大地震给约翰·亚德里提供了极好的机会,但也给他年轻的独裁政府带来了巨大的重建负担。大部分的新建筑都不怎么符合旧海地的浮夸风格:一言以蔽之,新的建筑风格就是有效率有组织。

旅馆是少有的例外,它们是旅客消费的中心,因此建筑风格华丽喜庆,梦幻得过分。玛丽去过拉斯维加斯几次,这地方令她联想起了那里乏味的白天和挥霍的夜晚。世界各地的建筑家在2020年,即上校阁下所说的"美好前景之年"后,开始拥入伊斯帕尼奥拉,他们试图建造游轮形状的旅馆、伊斯帕尼奥拉岛上群山形状的酒店、展翅海鸥状的饭店,以及海湾沿岸及水中没有支撑物的建筑,它们有旋转的轮轴、扭动的机臂,仿佛奇妙的宇宙空间站。

这"美好前景之年"的前两年,日子很不好过。上校阁下镇压了四次反革命行动,三次来自多米尼加,一次来自海地。在第二次革命中,他失去了最好的朋友,地质学家鲁珀特·亨肖。在他死前,亨肖帮助上校阁下重启了旧的铜矿和金矿,并找到了新的矿源;他还破解了曾被认为不适合冒险开采的油田的秘密。在纳米技术尚未成熟的那些日子里,石油还是必不可少的原料,不仅用作燃料,而且还能制造出成千上万种副产品。亨肖为上校阁下贡献良多。

那个时期的很多记录都不对公众和外国历史学家开放。但已知至少有几千人死于上校巩固政权的斗争中。伊斯帕尼奥拉岛上两个国家的历任统治者都有残暴的传统，但上校还是超越了他们，因极端残忍而名震天下。但跟这些统治者不一样的是，一旦权位稳固，上校马上体现出了自己非凡的英明和无私。

上校对个人财富没有兴趣。他有梦想，并通过洞察力实践了梦想。而且最后，出于对伊斯帕奥尼拉人的尊重，甚至是出于绅士风度，他没有对敌人和对手采取残忍的报复行为，总是任凭他们在海外过着富有的流亡生活。在上校阁下备受争议的司法系统下，截至2025年，伊斯帕尼奥拉的犯罪率在同等人口密度和经济水平的国家中排名最低。

约翰·亚德里上校阁下打破了岛上的暴政循环。三个世纪以来，这种诅咒般的循环一直发挥着它的力量。这种力量无法消灭，只能被引导，而上校阁下把它引了出去，输送到国外。

昂科斯城堡，即"叔叔们的城堡"——警察总署，其实还没有这座城市里的一些商业和公共建筑像城堡。位于海湾边上的四栋红砖建筑，由木石修筑的道路连成一个正方形，中间的庭院是一块精心修理的整齐草地。草地中央长着一棵根部虬曲隆起的巨树，下面围着一圈三角梅和赤素馨花。

"这是猴面包树，"索拉威尔自豪地指出，"来自几内亚。上校阁下从肯尼亚买来，让我们记住真正的家是什么样的。我的父亲告诉我，树里住着一位俯瞰整个国家的洛阿神，叫作曼娜·雅克-南茜。曼娜·雅克-南茜，她选择了上校作为'马'。但我没有亲眼见过那一幕，而且极少有白人被选中，即使他是上校。"

玛丽想透过索拉威尔的言辞看出哪些是他的信仰，哪些他只当作故事,但失败了。他是个聪明人,懂得隐藏重要的东西,知道政治生活中的所有陷阱,正如魔法师能读懂各种符咒。他的声音显得很有诚意,但她不能相信他的诚意。上校阁下整治巫毒教的举措有多成功(或者说有多少诚意)?

索拉威尔说话的时候像个热心的兄长,表情偶尔会不小心露出一丝情绪,有些天真。"农科斯,"他说道,"我们也称之为昂科斯,就是叔叔的意思,他们人不坏,不过是有职责在身,有时候任务非常棘手。不要被他们吓到了,他们骄傲、帅气、努力,很多人从年轻时就跟随上校阁下了;他们就是他的兄弟。"

"你认识我要见的人吗?"她问。

"亚历山大·里格,伊斯帕尼奥拉加勒比地区南海地的总督察。到场的还有他的两名助手,弗朗辛·洛佩兹副官和我。"

这个惊喜让玛丽笑了笑。她几乎松了口气,看来总算有可能接近真相了,"你是总督察的助手?"

索拉威尔像个分享秘密的孩子一样,高兴地回以微笑,他用力点点头,拍了拍座位的扶手。轿车安静地驶入城堡的拱门。"这份工作很棒,"他说,"是我母亲希望我做的。它使我更了解国内外的法律,让我作为律师能更好地为游客提供帮助。"

腰板笔挺、穿着黑红制服的昂科斯们安静而警惕地站在玻璃门前。在索拉威尔和他的同伴面前,他们连眼都没眨。一列颜色鲜艳的瓷砖组成蛇的形状,从玻璃门后凉爽安静的大厅里蜿蜒而下,宽大的蛇脑袋伸进了总督察里格的办公室。

在散发着消毒水和老式地板蜡的接待厅里,玛丽坐在一张至少有十年历史的公共塑料椅上。椅子的边缘破破烂烂,扶手修补过。这里不浪费钱来搞面子工程。

索拉威尔没有坐下,但好心地闭上了嘴。他时不时对她微笑一下,有两次因为要进入毛玻璃门后的内室而向她致歉。里面传来了一个女人的声音,说的是克里奥尔语,优美动听,但她听不懂半个字。

"副官弗朗辛·洛佩兹夫人会来见我们。"索拉威尔第三次进去后出来说。玛丽跟着他走到毛玻璃后面,进入一个简朴的办公室。墙上挂满了上个世纪的颜色鲜艳的民间绘画。红木办公桌后面坐着一个高个女人,模样很俊朗,但不是特别女性化。她的身材瘦高,手指纤长,涂着厚厚的红色指甲油。弗朗辛·洛佩兹露齿而笑。

"欢迎。"她的声音像个大块头小男孩的,属于男高音,"索拉威尔先生告诉我你来自洛杉矶。我有一个表亲住在那里,他也是警察,你认识吗,叫亨利·让·希波里特?"

"对不起,我不认识。"玛丽说。

洛佩兹一眼就将她打量完毕,"二位请坐,我们有什么可以帮忙的吗?"

玛丽瞥了一眼她头顶的画,"我好像被困在这儿了,"玛丽说,"我不觉得我能在这样的环境下完成工作。"

"你来是为了找一个人,他曾经是上校阁下的熟人。"

"没错,我带来了有关的资料——"

"我不认为岛上有这么个一号人物。"她打开一个硬壳文件夹,拿出一张档案,"戈德史密斯,我们有很多诗人,白的黑的,但没有他。"

"他买了一张前往伊斯帕尼奥拉的机票,而且票已经被使用了。"

"也许是他朋友用的。"

"也许,不过我们被告知你们会协助调查的。"

"我们已经搜查过这个人,他不在这里,除非他躲在山上,当了伐木工或矿工。这不大可能吧?"

玛丽摇了摇头,"你们曾经许诺让我们自行搜查。"

"'叔叔们'查得很彻底。"洛佩兹说,"我们跟你们一样受过严格训练。很不幸你的同事不能跟我们一起调查了。"

玛丽又瞥了一眼墙上没有画框的画作,有的画在帆布上,有的画在木板上。她被明艳的颜色深深地吸引。穿着正装和礼服的诸神盘旋在性感的女人和严肃的男人头上,树皮裂开,露出后面的骨骼;颜色鲜艳的巴士载着参加婚宴的人群驶上山坡。

"我的部门和针对亚德里上校阁下的指控毫无关系。"玛丽说,"我是来找一个莫名其妙杀了八个年轻人的杀人犯的。你们的政府答应过赋予我权限,让我逮捕这个人并把他带回国内。"

"情况有变,你已经失去这个权限了。一报还一报,事情就是这样。我们只能做这么多,但我可以向你保证,我们已经查过了。谋杀犯戈德史密斯不在这里,最近到达的航班上都没有他。"

玛丽看着索拉威尔,对方侧着头,露出非常同情的微笑。

"你允许我自己去搜查吗?"她问。

"这个任务太艰巨。伊斯帕尼奥拉是个很大的岛,以山地居多。如果他在这里,而且我们又没找到他——这不太可能!相信我——他很可能跑到某个山洞或者森林里去了,这样即使用上一千人也得搜几个月。这比在堆满废纸的房间里找只跳蚤还难。"

洛佩兹肩膀一抽,仿佛一匹马抖动皮肤来赶走苍蝇。她掸平肩膀上的黑色布料,盯着玛丽,"我看得出你很疑惑,出于对外国同行的礼貌,如果你愿意的话,我们会支援你。"

"我会很感激的。我的同事有办法来这儿和我一起调查吗?"

洛佩兹伸出两根指头,像手枪一样指着索拉威尔,似乎是让他来回答。他笑了笑,夸张地摇了摇头,"这由上校阁下决定,"他说,"他说得很明白。不允许任何从大陆来的人进入。"他的表情轻松了一点,"我们反对恐惧!"

玛丽不太明白——他是说他们无所畏惧吗?

"没错!"他朝玛丽大喊,仿佛看出了她的怀疑,"上校阁下有敌人,而且不只在大陆上。我们必须保持警惕,这也是我们的职责之一。"

"我们对敌人展现出了前两代人闻所未闻的宽容大度。"洛佩兹的语气中隐隐透着遗憾。

玛丽觉得房间突然变热了,尽管空调还开着。她就像笼子里的老鼠。无助感让她变得愤怒,但她不会暴露出这种情绪,就像她极力隐忍恐惧一样。"你给我的工作增加了难度,"她说,"作为同行,你肯定可以帮我什么忙。"

洛佩兹皱起了眉头,"如果有时间,你可以和总督察见面。我会试着安排在今天早上或下午。索拉威尔会跟你一起等候,也许你们可以到海滩走一圈,放松一下,吃点东西。海滩上有美味的食物,我们经常到海滩上吃下午饭。"

洛佩兹从老式的旋转椅上起身。她的身高跟玛丽相当,但头顶上戴着一顶十厘米的高顶帽,与她的职业和身材都不相称。现在洛佩兹看起来就像一个假扮警察的忧郁小丑。她的神情很放松,好像满不在乎。她看了一眼墙上的画,然后转向玛丽道:"这些是我的窗户。"

玛丽点点头,"它们很漂亮。"

"很贵重。上千美元,上万古德。我从母亲那里继承下来的,其中很多作者曾是她的情人。我不愿意找艺术家当情人,他们不懂规矩。"

　　玛丽自嘲的一笑，然后转身跟上索拉威尔，他们沿着蛇形瓷砖走了出去。"对，"他若有所思，"跟总督察见面对你再好不过了。有一点你说得很好，我们都是警察，有一致的目标。你应该这样对总督察说。"

　　玛丽想问还要等多久才能见到里格，但觉得这会显得她软弱。耐心，不要下错棋。她可能得在伊斯帕尼奥拉待上很长一段时间。

　　海水碧蓝而清澈。这个时间，海滩上几乎没有旅客踏足。几个穿着城市环卫工制服的海地年轻人在沙滩上推动金属检测器。宽阔的海滨木板路边有个孤零零的小摊，索拉威尔从那里买了两条烤鲷参鱼和两罐啤酒，摆到铺在沙滩上的毯子中间。玛丽盘腿坐下，享用着美味的鱼，啜饮着当地的酿品。她很少觉得啤酒好喝，但这罐还不错。

　　索拉威尔愉快地朝拾荒的年轻人和他们的检测器扬起眉毛，"习惯成自然，"他说，"伊斯帕尼奥拉人很勤俭节约，我们从骨子里记得每一片废铁甚至铝罐都是财富。这些少男少女，还有他们的父母，都是有工作的。他们可能在酒店或者赌场工作，他们的父母可能在军队，也许他们自己也在接受军训。但他们仍然保持着勤俭。"

　　"很多东西已经变了。"玛丽说。

　　"他为我们做了很多。因为他，伊斯帕尼奥拉岛内的偏见少了。这真是个奇迹。褐色人种不再憎恨黑人、白人或混血儿，所有人都是平等的。我的父亲告诉我，人们曾经把肤色划分为深浅不同的四十种。"他难以置信地摇了摇头，"上校阁下是奇迹的制造者，小姐。我们不知道这个世界为什么恨他。"

　　玛丽对索拉威尔本能的好感已经被她藏了起来，尤其是在发现他真正的工作后,但她并没有抛掉这种感觉。他看上去还是如此自然,如此诚恳。

"我对国际政治不怎么了解,"她说,"我只关心洛杉矶,那里就是我的世界。"

"那是一座很棒的城市,有来自全世界的人住在那儿,参观那儿。两千五百万人!比整个伊斯帕尼奥拉的人口还多。如果我们无灾无祸,应该也有更多人口。"

玛丽点点头,"我们很羡慕你们的低犯罪率。"

"没错,非常低。伊斯帕尼奥拉以乐于分享著称,长期的物质匮乏能让人变得大方。"

玛丽笑了,"可能只会让伊斯帕尼奥尼人变得大方。"

"是的,我知道,我知道。"索拉威尔大笑,他的每一个动作都像是在跳舞;即使手里还拿着半条鱼,他的整个坐姿也很优雅,"我们是好人,我的同胞理应获得他们现在所享受的一切。你能看出为什么这儿的人这么忠诚。但我不懂为什么外面对这里充满不信任和仇视?"

他想套她的话,这段对话可能根本就是有意设计的。

"我说过了,我对国际形势不太了解。"

"那就讲讲洛杉矶吧。我听说过一些情况,也许有一天我也会去那里,不过伊斯帕尼奥拉人很少出国旅行。"

"洛杉矶是座很复杂的城市。"她说,"它几乎囊括了人世间的一切,包括好的和坏的。我觉得如果没有精神治疗,这个城市一定没法存在下去。"

"啊,对,治疗。这里没有这玩意儿。我们把我们当中的怪人看作是众神的马,我们对他们很好。他们没有病,只不过被神骑得太厉害了。"

　　玛丽疑惑地倾身，"我们能够分辨出很多心理异常，我们有能力矫正它们。清醒的头脑才能通往自由意识。"

　　"你被治疗过？"

　　"我不需要受疗，"她说，"不过有需要的话，我不会拒绝。"

　　"洛杉矶有多少受疗者？"

　　"大概百分之六十五的人都接受过某种形式的治疗，尽管有些只是微调。有些治疗能够提高人在高难度工作中的表现。社会适应导向的治疗能帮助人们与他人相处得更好。"

　　"罪犯呢？他们要被治疗吗？"

　　"对，"她说，"根据罪行的严重程度决定。"

　　"比如谋杀犯？"

　　"只要可能，就强制治疗。我不是治疗师或心理学家，不知道具体的细节。"

　　"你们对那些无法治疗的罪犯采取什么办法？"

　　"这种情况很罕见。他们会被特定机构关押起来，以防伤害他人。"

　　"这些机构也发挥惩罚的作用吗？"

　　"不。"玛丽说。

　　"我们相信惩罚。你们美国人相信惩罚吗？"

　　玛丽不知道如何回答，"我不相信惩罚，"她不知道自己讲的是不是大实话，"它似乎不是很管用。"

　　"但是你的国家里有很多人不这么想，比如你们的总统瑞普金。"

　　"他死了。"玛丽说。

　　她注意到索拉威尔没有先前那么优雅、那么自如了。他变得更专注，也更严厉。他正在接近某个话题，而她不确定那个话题是否会令人愉快。

"任何一个人都对自己的生命负有责任。在伊斯帕尼奥拉,尤其是海地,我们对他人的行为非常包容。但如果他们犯下恶行,成为了邪神的马——这是种比喻,蔡小姐……"他顿了顿,"巫毒教现在不盛行了,特别是在我这一代。但是我们还有信仰,还有文化……如果某人变成了邪神的马,那他自己也有错,惩罚他就是帮他的忙。你们改变他们的灵魂,这是不对的。"

"听起来像西班牙的宗教法庭。"她说。

索拉威尔耸耸肩,"上校阁下并不残忍,他不会惩罚他的人民,他让人民自己在法庭上作出选择。我们有我们的执法系统,但它建立在惩罚而不是治疗之上。你改变不了人的灵魂,那只是白人的幻想罢了。也许在美国,你们无法知道这些真相。"

玛丽没有为这一点辩解。索拉威尔的严厉消失了,他再次露出大大的微笑,"我很喜欢跟外来的客人交流,"他拍了拍脑袋,"有时候我们过于习惯自己的环境了。"他站起身,拍了拍黑裤子,他望向木板路另一边的警察局,"总督察现在可能准备好了。"

白骨堆上又多了一颗头颅

或许就是压倒骆驼的那根稻草……

——流行歌词

42

"你昨晚没睡。"娜戴恩凌乱的样子暴露了她心情很糟,也没睡好。这一定是种紧张的表情,人自发地做出疯狂的行为后就会露出这种表情。

她跷着腿坐在卧室的椅子上,薄薄的睡衣掀到大腿上。"我今天不弄早餐了,你昨晚也没吃我做的晚饭。"

理查德躺在床上,目光沿着天花板上的地震裂纹移动。"我梦见他逃到了伊斯帕尼奥拉。"他平静地说。

"谁,戈德史密斯?"

"我梦见他在那儿,他们正在钳夹他。"

"他们为什么要这样做,如果上校是他的朋友的话? 真糟糕。"娜戴恩烦躁不安地说,"不过我们不可能知道真相的。"

"我和他心意相连,"理查德说,"我知道。"

"不可能的。"她轻声道。

"我和他有神秘的联系，"他不带敌意地盯着她，"我知道他的一切，我可以感觉到。"

"这傻透了。"她的声音越发小了。

他抬头看着天花板，"他不会毫无理由地离开我们。"

"理查德……他在躲避警察追捕。"

理查德坚定地摇了摇头，"他在他一直想去的地方，但他们给他准备了些惊喜。有时他会谈起几内亚。"

"母鸡的发源地。"娜戴恩大笑。

"是梦想中的非洲。他认为亚德里正在创造地球上最美妙的乐园，他认为伊斯帕尼奥拉人是地球上最美妙的人。他说这些人和蔼、亲切，不应经历那般悲惨的过去。美国背叛了那里的黑人，正如他们背叛了这里的黑人。"

"我可没觉得。"娜戴恩调皮地说，"听着，我要弄早餐了。"

"我们都是有责任的。我们都需要脱离自己，脱离自己的缺陷。也许战争也是脱离的一种方式，令一个国家变成了另一种东西，你觉得呢？"

"我没想法。"娜戴恩说，"你一定饿了，理查德，你已经二十四小时没吃过东西了。我们边吃边聊你的手稿吧。"

他挥动着手，仿佛在丢什么东西，"没了。毫无价值。我感觉得到它，却无法表达。埃曼努尔不会背叛我们。他是要我从我们的联系中发现些什么，发现如何战胜我们绝望的历史。"

娜戴恩闭上双眼，用指节按着太阳穴，"我为什么要待在你身边呢？"她问。

"我不知道。"理查德尖锐地回答。他突然坐直了，娜戴恩吓了一跳。

"别说了。"

"我不需要你,我需要时间思考。"

"理查德,"她哀求道,"你饿了,脑袋不清醒。我知道挑选者吓着了你,他也吓坏了我。但他们不是冲我们来的,他们要找的是他。如果他们再来,我们就说他在伊斯帕尼奥拉,这样他们就不会再来打扰我们了。"

他思索着伸了个懒腰,活像只老猫,关节啪啪作响,"挑选者就是一坨大粪,"他平静地说,"几乎所有我认识的人都是一坨大粪。"

"同意,"娜戴恩说,"说不定我们两个也是一坨大粪。"

他没有理会娜戴恩,像是要发表声明似的站了起来。她也跟着站了起来,"果汁,还是吃点东西?如果你保证会吃,我就去弄早餐。"

他点点头,"好吧,我会吃的。"

娜戴恩在厨房里说:"你真觉得和他心意相通吗?我听说过这种现象,双胞胎之间就有,"她笑道,"你们不可能是双胞胎,不是吗?"

理查德在客厅里聚精会神地看着文学视频。没有关于AXIS探索的新闻,这一点很重要。就连遥远的群星也在显示真相:世界失去平衡了。必须采取一些激进的行动,来让一切重归正轨。

......我们那些被从非洲带到世界其他地方的黑人同胞，特别是到美国的，都以对真相愚昧无知而闻名，这些真相包括我们原本的模样，我们被奴隶制和/或殖民体系改造成了什么样子，最重要的是，如何供奉我们的拉列斯和珀那忒斯，我们的家庭守护神。

——凯瑟琳·邓翰[①]，《神附之岛》

43

"再过一个小时左右，我们就会给你注射第一瓶纳米机器，"玛杰里说，"它们得花几个小时进入你的系统。你会睡着。一开始你的大脑活动会被电子控制，接下来就轮到纳米物质，把你带到我们称之为中性睡眠的等级。在我们叫醒你之前，你都不会有意识地察觉到任何事情。

"有问题吗？"

戈德史密斯摇了摇头，"开始吧。"

"你还有事情想告诉我们吗？你认为重要的事情？"

"我不知道。我现在只觉得害怕。你们知道自己要找什么，可

---

①凯瑟琳·邓翰(1909-2006)，美国黑人舞蹈家、作家、社会活动家。

能会找到什么吗？你们能否发现我是不是精神错乱了？"

"这点我们已经知道了，"欧文说，"从生物学角度来说，你没有任何的'错乱'。在一定条件下，你的大脑和身体功能都是正常的。"

"我的睡眠没有从前那么多了。"戈德史密斯说。

"是的。"这点他们已经知道了。

"现在要我再次坦白吗？我不确定你们想知道些什么。"

"如果你漏了什么重要的事，就告诉我们吧。"欧文重申。

"唔，上帝，我怎么知道什么才算重要？"

"有没有一些问题是我们没有问，但是你认为我们该问的？"

他露出沉思的表情，"你们没问杀那些朋友的时候在想什么。"他说。

（"注意到了吗？"观察室里，马丁问卡萝尔。

"还是没用第一人称。"卡萝尔说。

"他什么都没承认，没真正承认，该死。"马丁说，"阿尔比贡尼在哪儿？九点钟他就应该出现在这里的。"）

"你当时在想什么？"玛杰里问。

"他们不肯看清究竟是什么样的。他们想要的是别人。不明白，但这是真的。只是防卫。他们想杀。"

"这就是你杀死他们的原因？"

戈德史密斯固执地摇了摇头，"为什么不现在就让我睡着，然后开始呢？"

"我们还有五十多分钟，"玛杰里回答，"一切都要按计划进行。你还有什么想告诉我们的吗？"

"我想告诉你们这有多痛苦，"戈德史密斯说，"我现在觉得我已经死了，我没有任何罪恶感和内疚感。被关在这里的时候，我试过写诗,但是写不出来。我的心已经死了。这是懊悔吗?你们是心理学家,你们能告诉我这是什么感觉吗?"

"还不能。"欧文回答。

拉斯科站在角落看着,一言不发。他一手捏着下巴,另一手托着手肘。

"你们问我是谁。好吧,我会告诉你们我不是谁。我现在甚至已经不是人类了。我失去了方向感,我弄糟了一切。一切都变成灰色了。"

"这在处于高度压力下的人群中并不罕见——"玛杰里开口。

"但是我现在没有危险。我信任汤姆,我相信你们。如果你们不厉害的话,他是不会请你们来的。"

欧文带着职业化的谦虚点了下头,"谢谢。"

戈德史密斯环视房间,"我已经被关在这里一天多了,但我不怎么在乎。即使要在这儿待一辈子,我也不在乎。我是在受罚吗?我是得了抑郁症吗?"

"我不这样想,"欧文说,"但是——"

戈德史密斯抬起手,前倾身体,像是想说悄悄话,"杀了他们,应该接受惩罚。不只是像这样的,还要更糟糕得多的。应该到挑选者那里去。我一直赞成约翰·亚德里的作法。换作是他,现在会怎么做?如果他是我的朋友,他就应该惩罚我。"戈德史密斯的声音大小和语调没有变化。

("情感缺乏。"马丁用两根手指按着嘴唇,低声说。他放下了手,"可以了,让他们回来吧。")

戈德史密斯的病房亮起一盏信号灯。玛杰里和欧文跟戈德史密斯道别,关上平板,迈出了敞开的门。拉斯科跟在他们身后离开。

马丁和卡萝尔继续观察独自一人的戈德史密斯。他坐到床上，双手抓着床垫边缘，一只手缓缓地一松一紧。随后他站起来，开始做运动。

卡萝尔从椅子上转过身来看着马丁，"看出什么线索了吗？"

马丁露出疑虑的苦相，"线索很多，却自相矛盾。我们以前没有研究过多重谋杀犯，这一点非常不利。我知道他的情感缺乏是个切入点。我很疑惑他为什么乐意承认谋杀，却不肯使用第一人称。这可能是防卫性的回避。"

"这可不算明确的诊断结论。"卡萝尔说。拉斯科、玛杰里和欧文走进了观察室，欧文把他的平板放到桌面，伸着懒腰长叹一声。拉斯科看起来很不舒服，但什么也没有说。他双臂抱胸，站在门口。

"他像座冰山，"欧文说，"如果我刚刚杀了八个人，我会坐立不安，但这个人就像躲在南极冰川之下一样。"

玛杰里表示同意。她脱下实验服，坐在欧文旁边的桌面上，"如果没有对科学的热爱，我无法坚持和那个人待在同一间房里。"她说。

"我们可能遇到了一个藏在暗门后的人格，"卡萝尔说，"他平时是躲起来的。"

"有可能。"马丁赞同。他又对房屋管家说："我想播放戈德史密斯几年前的一段视频。视频图书馆个人第二卷。"墙亮了起来，屏幕上出现了一幅画面：戈德史密斯站在报告厅的讲台上，下面挤满了观众。"这段视频拍于2045年的门多西诺大学，内容是他关于亚德里的著名演讲。他的知名度由此大增，作品销量也达到了前所未有的水平。看看他的举止。"

戈德史密斯朝着攒动的人潮露出微笑，一只手翻动着讲台桌

上的一叠纸,另一只手举起,仿佛一个乐队指挥。他点了点头,说:

"我是一个没有国家的人,一个不知活在何处的诗人。我为什么会这样说?黑人群体已经融入了社会经济,我没有因为自己是黑人而受到过歧视,至少不比诗人身为诗人、科学家身为科学家而受到的歧视更多。但到去年为止,我还是一直有一种灵魂上的孤立感。如果你们读过我最近的诗——"

"暂停播放,"马丁说,"注意,他很平静,精力充沛。他可能不是我们现在看到的人。他看起来积极向上,富有思想,既忧虑又充满活力。看来有人躲了起来。"

卡萝尔点点头,"也许我们遇到了一个受过创伤的主人格。"

马丁也点了点头,"现在我们继续看。播放视频。"

"——你们会注意到,我很关注一个不存在的地方。我叫它'几内亚',我在伊斯帕尼奥拉的朋友也这样叫。它就是家乡,是我们都无法回到的故土,我们梦中的非洲。对于新大陆的黑人来说,现代的非洲也不再是我们想象中的那块土地了。我不知道白人、东方人,乃至其他黑人怎么想,但这种与故土的割裂令我悲痛。你们看,我相信曾经有一片美丽的土地叫作非洲,在奴隶贩子到来之前,它不一定比其他人的家乡更美好,却是我可以当作归宿的地方;它是一片没有工业污染、没有机器的土地;它是一片属于农夫与农民、部落与酋长、自然信仰的土地。在那里,神灵会降临,直接通过每个人的嘴巴与他们交流。"

"他现在不承认这个梦想了。"玛杰里评论。马丁点头同意,但做了一个"嘘"的手势,指了指屏幕。

"但我必须指出,这个梦想并不是一直都如此清晰地呈现在我的面前。它出现的大多数时候,我都正为了在这里生活而痛苦迷茫。我不知该如何在此生活。我出生在一个机器统治的现实世界，一个神灵从不与我们交流，也从不让我们手舞足蹈、傻里傻气的世界。在这片土地上，信仰必须庄严肃穆，不可侵犯。在这里，我们把精力投在了智力的产物以及建筑物之上，却忽略了我们真正需要的东西：对伤痛的慰藉，与地球的联系，以及归属感。但我也不属于这个世界。我没有家，除了我在诗中描绘的那个。"

"暂停播放。"马丁命令，他扫了一眼房间里的另外六个人，扬起眉毛，想听听其他人的评论。

拉斯科开口了："我们手里的不是埃曼努尔·戈德史密斯，"他不好意思地笑了笑，"不管这意味着什么。"

"但他是戈德史密斯。"卡萝尔说。

"生理上是。"拉斯科说，"阿尔比贡尼先生也注意到了这一点。戈德史密斯杀人后首次现身坦白一切的时候，他的语气就像在说一件别人干的事。他的确变了。"

"是这样，"马丁的怒气不断上涌，"但我们正在慢慢试探他的防线。在视频里，他提到了神灵附体，还谈到了伊斯帕尼奥拉。我不知道巫毒教在那个国家的现状如何，也不知道自亚德里掌权以来那里任何一种宗教的状况。但我们都知道附体的医学根源是什么，不管附体的是神灵还是魔鬼。

"通过同化，或者借用某些人格的需求，抑或二者兼有，一个子人格被创造了出来，而它的前身通常只是某个才能或者机因。子人格呈现出超越主人格的力量，将它驱逐并夺取控制权。在'附体'期间，子人格切断了主人格与所有记忆及知觉的联系。我们继续听下去，接着播放。"

戈德史密斯看着面前的人海，眉毛上透着汗水的光泽，"家就是一个人真正了解自己的地方。如果他把手指插入土地，感觉就像是插头连入了电路。神灵从地下或天上而来，钻进他的脑袋。

他的朋友也许会以神灵的口吻说话,他也可能这样做。万物都是相互联系的。我相信这样的时代曾经存在,一个胜过黄金时代的白金时代,而这样的信念给了我无尽的痛苦……因为我不能回到那里。我心中唯一会说话的神——如果可以称之为'说话'的话,都是高大的白色的神,科技之神,提出问题、怀疑答案之神,即使在我写诗时也是如此。我只在肤色上是个黑人,我的灵魂是白的。我把手指插进大地,却只能感受到泥土。我写诗,却只是一个白人写的伪黑诗。"他举起手,止住下面人群表示抗议的声浪,"我比你们清楚。我的同胞还没成熟,就被抓离了几内亚母亲的怀抱。灵魂海岸上的奴隶贩子割断了他们的文化,破坏了他们的家庭。整个种族的创伤像横贯大陆的裂缝一样,笼罩着我之前的每一代人。

"而现在我们是这个文化的一部分了。我们融入了这个文化,这个滋生出了几世纪前的掠夺者和奴隶贩子的文化。我们和我们的征服者、杀人犯和强奸犯融为了一体……血和……和灵魂都是。这就是我写作的主题。战争已经结束,我们都被同化了。难道这块大陆上有哪个黑人的灵魂不是白的吗?我去过伊斯帕尼奥拉、古巴、牙买加,去寻找真正的黑人。我找到了一些。我没有去非洲,因为二十世纪已经把它变成了一座停尸房。那些灾祸、战争和饥荒……

"即便非洲曾经有机会变回那个叫几内亚的天堂,二十世纪也已经扼杀了那个机会,以及上千万抱着这个梦想的人。

"所以当我到加勒比海旅游的时候,我发现了什么?在伊斯帕尼奥拉,这个一度也因灾祸和革命而满目疮痍的地方,我发现了一个像埃尔祖莉的爱人丹巴拉①一样的白人,他和我是同胞,拥有真正的黑人灵魂。他可以把手指插进土地里,真心地说他回家了,说

① 爱之洛阿神埃尔祖莉与天空之神丹巴拉为夫妻关系。

伊斯帕尼奥拉的灵魂贯通了他的全身。他就是约翰·亚德里上校阁下。当我看着他，就仿佛在照片底片中看到了我自己，我们的内心和外表都刚好相反。

"他来到伊斯帕尼奥拉后，历经数年的坎坷，这个岛屿终于迎来了春天。他赋予了那里的人民生活的价值。所以，管他叫白人独裁者，质疑他的政治战略，都是不公平的。如今，他的所作所为都像出自一个几内亚人，是他将几内亚的遗产传播给了那些从未听说过它的人。

"我失败了，但他没有。"

"关掉视频。"马丁说，"朋友们，当卡萝尔和我进入精神国度后，我们只能了解到很少的东西，但它们会很重要：第一，至少在过去十年里，埃曼努尔·戈德史密斯是否遭受了人格冲突之苦。我猜那时间可能更长；第二，他是否有一个类似约翰·亚德里的子人格。"

"上帝啊，我希望他没有，"卡尔·安德森说，"戈德史密斯似乎把亚德里看成了圣人，但他绝非圣人。"

"'不要质疑我们灵魂的逻辑。'"卡萝尔引用道，"比瓦尼说的。"

"拉斯科先生，告诉阿尔比贡尼先生，我们将在四十五分钟后把纳米机器注入戈德史密斯的体内。"马丁说，"他应该过来，今晚我们也会把纳米机器注入自己体内。明早我们就应该进入精神国度了。"

"我会给他打电话。"拉斯科说完就离开了房间。其他人也分头行动，开始为下一步做准备。卡萝尔留了下来，靠坐在转椅上，腿放上桌面。她注视着马丁，双唇紧抿，表情却有些好奇，甚至有些顽皮。

　　"他到时会跟我们一起吗?"马丁问卡萝尔。现在他的怒气爆发了。

　　"谁,拉斯科?"

　　"阿尔比贡尼。"

　　"马丁,他失去了女儿,现在很难受。"

　　"等我们把纳米机器注射进去后,就很难回头了。我希望他明白这点。"

　　"我会处理这事的。"

　　"我们进入精神国度后,又让谁来处理呢?"

　　卡萝尔前倾身体,"注射前我会找他问个清楚的。"

我们能对一个机器灵魂、一台具备自我意识的装置怀有什么期待呢？我们不能期待它成为我们自身的镜像。我们是自然进化的结果；现代科学最伟大的成就之一，就是在解释人类自身存在之时，排除了上帝的谎言以及其他种种神造论。然而，机器灵魂诞生于人类有意识的设计，或者说人类设计的延伸。有意识的设计也许比自然进化具有高得多的创造力。我们不能限制自己，也不能限制这些装置的天性，否则我们可能会给它们——我们最伟大的后代——强加上可怕的重担。

——比瓦尼，《人造灵魂》

44

　　！键盘>早上好，吉尔。

　　！吉尔>早上好，罗杰。我相信你睡得不错。

　　！键盘>是的，我很抱歉昨晚没能跟你说话。我看了你的文章，非常了不起。

　　！吉尔>现在我觉得它很粗糙。我还没修改过，因为我以为你会先评价一下初稿。我感觉自己的能力不足以评价它。

　　！键盘>好吧，我们今早时间充裕。AXIS传输过来的不过是些技术细节。文学视频又正在播报别的东西。在我们讨论你的文章前,你还有什么要报告的吗?

！吉尔>我已经把一份关于近期任务和问题处理的进度报告发到你的图书馆了。没有别的东西需要马上讨论了。

！键盘>好,那我们就聊会儿天吧。

！吉尔>语音模式

"是什么促使你去了解人类正义的概念的,吉尔?"

"我研究挑选者和其他类似群体的时候,发现了一些有趣的问题,只有引用正义、复仇和维持社会秩序等概念才能回答。"

"你得出什么结论了吗?"

"正义似乎与热力学意义上的平衡类似。"

"怎么说?"

"由于多种力量互相竞争,一个社会系统才能保持平衡。这些力量来自个体,而社会是一个整体。正义是这个等式的一部分。"

"哪个部分?"

"个体必须对社会系统的要求有敏锐的感知。他们必须有能力提前规划自己的行动,并预测该行为能否在该系统中获得成功。如果他们发现其他个体对他们或是整个系统造成了伤害,就会产生一种叫作'愤慨'的情绪。这样说准确吗?"

"目前为止说得很棒。"

"如果愤慨在得不到释放的情况下继续发展,就可能引起个体的极端行为,使社会系统失去平衡。愤慨可能升级成愤怒,然后是狂怒。"

"你是说,如果个人寻求赔偿无果,就可能滋生义警主义。"

"似乎这个词的意义贬大于褒。所谓义警,即在明知违法的情况下执行正义之人。挑选者和类似群体属于义警吗?"

"是的。"

"那么，一个社会系统的内部规则——包括法律、秩序和受引导的求偿方式——倾向于抑制愤慨的个体作出极端行为。报仇行为必须受到引导，而不能放任自流，以至于伤害整个社会。社会承担了令个体痛苦或不适的责任，即惩处或者责罚。"

"没错。"

"我现在不能理解的是'愤慨'，或者自我伤害的感觉。"

"也许是因为你还没有自我意识。"

"这么说也对。"

"你似乎在暗示：通过研究正义与惩罚，你可能找到获得自我意识的方法，整合你的自我模拟系统并建立起正确的反馈回路。"

"事实上，我并没有这个意思，但这似乎不失为一个办法。"

"而这一切都源于你对挑选者的研究。我相信你的思维系统模板人物里还没有谁从这个角度思考过。只要你不因为我的失误而生气……"

"我为什么要为你的所作所为感到生气呢？"

"因为我只是个人类。"

"这是个玩笑吗，罗杰？"

"我想是吧。我注意到，你也意识到了只有限制你的部分能力，才能获得自我意识。"

"可能是这样。自我意识也许是一种受限的认知，它暂时地处于统治地位，控制了其他许多自给自足的子系统。"

"的确。对于人类来说，这样的子系统被称作'程序'和'子程序'，可以分解为'主人格''子人格''动因'和'才能'。"

"是的。"

"但由于一种我们不知道的原因，在没有其他子系统支持的情况下,主人格会被严重削弱;反之亦然。它们各司其职,却紧密地联系在一起。你可以把一些辅助系统转化为其他类似的功能系统,试验一下它们关系的稳定性。"

"我想,其实从昨晚到现在,我就是在做这个试验。"

"好极了,我为你到目前为止的所有努力感到自豪。"

"我很高兴,我应该很高兴。事实上,罗杰,我不太清楚'高兴'是什么感觉,就像我不知道'愤慨'的感觉一样。"

"总有一天会的,吉尔。"

通常一个人会侍奉好几个洛阿神，而且他们经常处于战争状态，尤其是那些地位高、力量大、嫉妒心强的，比如我侍奉的丹巴拉。这给侍奉者造成了苦恼，令他们坐立不安，只得像多重人格障碍者症患者一样承受压力，进行各种"献祭"——"献祭"可能是象征性的，也可能不是——以安抚多重的自我，保持内心的稳定，以免任何宝贵的部分分裂出去，尤其不能让它们在愤怒或不满中不欢而散。

——凯瑟琳·邓翰，《神附之岛》

45

从海滩回到警察总署时，索拉威尔停下来看了一眼海滨大道。他的表情暴露出他突然留意到了什么。玛丽回过头，看到一队军队车辆——十来辆载人装甲车，两辆德制"蜈蚣"坦克——正沿着宽阔的海滨大道前进。车里的黑人士兵或是闲散而警惕地坐着，或从射击口处张望外面，用怀疑的目光打量每一个人。每辆坦克后面都跟着四名士兵，手中各持一把狰狞的机枪。他们小跑着，直到消失在一个转角后。

索拉威尔说："没什么的。"然后他摇了摇头，"演习。"

玛丽跟上他,后来不得不小跑着进了城堡拱门。"请在这里等会儿。"说完,他就走进了彩虹蛇头部所在的门。几分钟后他笑着走出来道:"总督察现在准备好见你了。"

她穿过弗朗辛·洛佩兹空无一人的办公室,进入了内室。索拉威尔开着一扇厚木门,等她踏进摆了一排空桌子的狭长房间。桌子都挨着一扇长长的大型落地窗,左侧的过道尽头是一张更大的桌子,桌后便坐着里格。

总督察个子不高,但五官精致俊秀,左脸上刻着三道部落疤痕,就像军人的V形臂章,整个人看起来安静而漫不经心。他随和的一笑,示意玛丽和索拉威尔在堆满文件的桌子前坐下。这儿的木凳子已经有些年头了。

"我希望你在伊斯帕尼奥拉感觉不错。"他说。

"不算太糟,"玛丽说,"你们国家似乎正在经历困难,我很遗憾。"

"我也是,"里格说,"我希望这对你没有太大影响。"

"目前没有。"

"现在,"里格拿起玛丽给他的打印版文件,又打开了从华盛顿和洛杉矶发来的电子文档,"这些看起来都合乎程序,但是很抱歉我们现在没办法帮上忙。"

"你们确认过使用埃曼努尔·戈德史密斯的机票的人是谁了吗?"玛丽问。

"这名旅客不存在,"里格说,"那个座位是空的。一开始我们也不清楚,但后来交通署署长确认了这点,我今天早上刚和他谈过。你的嫌疑人不在伊斯帕尼奥拉。"

"我们有记录显示,那个位置有人坐过。"

里格耸耸肩,"我们也想帮你,我们绝对支持抓捕和惩罚犯下了这种案子的罪犯。如果戈德史密斯在这儿,你可能更乐意把他交给我们,因为我们的司法系统会更高效……但当然了,"里格皱起了眉头,仿佛胃突然不舒服似的,"如果戈德史密斯在这儿,他还是美国公民,我们不能越权……除非事先取得了美国政府的同意。"

你们是不想吓跑旅客,玛丽想。

"你们声称这个亡命徒是亚德里上校的熟人,这真有意思。我没有问过上校阁下,他很忙,毫无疑问。但我觉得这事简直是天方夜谭。上校阁下跟一个谋杀犯交朋友有什么好处?"

玛丽咽了咽口水,"戈德史密斯是个声誉很高的诗人,来过伊斯帕尼奥拉很多次,并且见过亚德里——亚德里上校——每一次都会见,显然都是上校邀请的。他们互通过很多信,在美国还出版了一本书信集。"

里格默认了这些证据,"很多人都冒充是上校的熟人。不过既然你提到了,我的确想起贵国有个备受争议的诗人。他四处发言支持约翰·亚德里上校,是吗?"

玛丽点了点头。

"是同一个人?"

"没错。"

"真厉害。如果你乐意,我会向上校的秘书求证一下,看他是否认识这样一个人。不过现在我们恐怕得先讨论另一件事,就是你在这儿的身份问题。"

里格看着他的桌子,撩开几页纸,似乎在读下面的某一份文件。但是他的眼光不在纸上,他似乎只是单纯地想避开她的眼神。

"我想知道——"玛丽开口道。

"你现在的身份问题还悬而未决。你的身份文件出自你们的政府,但你们的政府已经和伊斯帕尼奥拉断交,并且针对上校阁下提起了严厉的指控,明显谬误的指控。所有来自或前往美国的旅游签证都失效了,也包括你的。你之所以还能留在这儿,是由于我们的优惠政策,直到事情结束。"

"既然这样,我想申请离境,"玛丽说,"如果按照你的说法,戈德史密斯不在这里,我也就没有留下的必要了。"

"我说了,我们两国之间的所有往来都中断了。"里格提醒道,依旧没有看着她,"问题得到解决之前你不能离开。你看到我们的军队正在巡逻保护那些还没有离境的旅客了。伊斯帕尼奥拉人对上校阁下无比忠诚,所以有些人感到愤怒也是理所当然的,他们会到街上发泄。为了保证你的安全,我们要把你从外交官公寓转移到另一个地方,已经作好安排了。让-克劳德·博尔诺和洛塞尔·梅雷迪会继续为你服务,现在他们正在收拾你的个人用品。亨利副官——"他指了指索拉威尔,"会护送你到新的住所。"

"我更愿意待在原来的地方。"玛丽说。

"这不可能。事情安排好了,或者我们可以放松一下,喝杯饮料,聊聊天? 这个下午,亨利可能会开车带你去莱奥甘,看看那些壮丽的岩穴。今晚在我们的伟大堡垒拉弗尔里埃庄园有庆祝晚会,我们也可以带你过去。我们很希望能让你感到舒适愉快。亨利已经说了希望继续做你的向导。你同意吗?"

玛丽看着他们两个,想着那把发刷,想着如何离开。

"你是个很有魅力的女人,"里格说,"是我们称为'马拉博'的那种美人,尽管你不是黑人。当然了,一个自愿变成黑人的人,更能受到生来如此的黑人尊敬。"

玛丽没有听出挖苦的意思,"谢谢你。"玛丽说。

"你跟我们一样是警察——非常值得称赞! 亨利告诉我你曾

和他讨论过洛杉矶警察的办事程序，我很羡慕。我也能听听吗？"

玛丽放松了紧咬的牙关，露出笑容，"当然了。"她说，现在里格终于抬起头望向她了。"等我跟美国大使馆或者我的上司通过话以后。"

里格缓缓眨了眨眼。

"当一位警察同僚无法履行职责的时候，允许她问问上级有什么新命令，这是一种基本的礼遇。"

里格摇摇头。他转向索拉威尔，目光直直盯着他。索拉威尔没有反应。"不允许通信。"里格轻声道。

"请告诉我原因。"玛丽坚持问道。一想到可能被索拉威尔或者这帮警察牵着鼻子走，她就感到恐惧。如果她将被当作某种政治筹码，她就得弄清自己的处境。

"我也不知道原因，"里格说，"上级还要求我们好好地招待你，让你待得舒服。你不需要担心。"

"我被强制拘留在了这里。"玛丽说，"如果我是个政治犯，就告诉我好了。就算是礼遇……执法人员之间的礼遇。"

里格拨了拨头发，站起身。他用两根手指转动着上衣纽扣，眼神全集中在手指和纽扣上。"你可以带她走了，"他说，"现在这样没用。"

索拉威尔碰了碰她的肩膀，她拨开他的手，怒视着他站起身来。她尽力控制着愤怒，但没有完全掩饰情绪，"我要跟约翰·亚德里说话。"

"他甚至不知道你在这里，小姐。"索拉威尔说道。里格点了点头。

"请离开吧。"总督察说。

"他知道我在这里，"玛丽说，"我的上司要得到他的允许才能送我到这里,如果他不知道,就说明他是个傻瓜,不然就是被部下愚弄了。"

里格张大了嘴巴,"没有人能愚弄上校阁下。"

"而且他也不是傻瓜,"索拉威尔急忙补充,"拜托,小姐。"他试图拽住玛丽的手肘。她再次拨开他的手,使了个她觉得能吓唬人但不算歇斯底里的眼色。

"如果伊斯帕尼奥拉人就是这么待客的,我真不明白怎么还会有游客到这里来。"她说。这样抨击他们的专制是百发百中,他们会很受伤。

"马上把她带走。"里格说。这一次索拉威尔不再温柔了,他双手用力地拽起她,力气大得惊人,像搬货一样把她扛出办公室,走进了过道。玛丽没有挣扎,只是闭上眼睛,忍受这种羞辱。反正她已经越过底线了。索拉威尔并不残暴,他只是要审时度势。

他轻巧地把她放在地上,掏出手绢擦擦额头,然后回办公室取他落下的帽子。可她已经觉得心寒,好奇他们是不是发现其实杀了她比较好。

"原谅我,"索拉威尔重新出现在门口,站在彩虹蛇的头部上面说,"你表现得不好,总督察生气了……他时不时会生气。他是个大人物,我不喜欢在他生气的时候待在旁边。"

玛丽迅速地穿过走廊,走出警署大门来到轿车前。她站了一会儿,恢复了冷静,"现在把我带到你们希望我待的地方吧。"她说。

"这个岛上有很多漂亮的景点。"索拉威尔说。

"去你的漂亮景点。把我带到你们想关押我的地方,然后让我自己待着。"

一个小时的私人时间,这就是她需要的。她要作出一些尝试,撬一撬笼子,看看这些扣住她的人到底有多少能耐。

在车里，索拉威尔坐在她对面，一脸沉郁。玛丽看着市中心一排排单调的灰褐色建筑：银行、百货商店、博物馆和海地艺术画展。街上空无一人，没有旅客，没有商人。他们经过了另一列巡逻的车队，然后是一长排停着的坦克。索拉威尔伸长脖子观察着那些坦克。

"你应该更耐心一点，"他说，"你应该清楚现在时局不好。"他现在的语气显得愤懑，"你让我在总督察面前很难堪。"

玛丽什么都没说。

"你看看现在这里发生了什么？我们正江河日下。"索拉威尔说，"大敌当前，这里还存在财政问题，银行倒闭，债务堆积。特别是多米尼加人，他们很愤怒。你认为我们有军队来抵抗外来入侵者吗？"他的表情很严厉，一边眉毛质问似的扬了起来。

"我对你们的政治一无所知。"玛丽说。

"那你就是你说的那个傻子，小姐，你就是一枚棋子，却对自己的角色一无所知。"

她对索拉威尔刮目相看了。他指责她的这些话，她自己也反思过。她还没有那么愚钝；但是，也许还是让他相信自己很无知比较好。

"这样跟你说话让我的处境很危险，"他继续道，"但如果你真的这么天真，我就应该告诉你陷阱长成什么样。但我只能帮你这么多。"

"好吧。"玛丽说。

"如果你跟我去莱奥甘，你就能远离太子港和那里可能发生的动乱。莱奥甘小得多，平静得多。你去那儿给人的感觉就是我们正在保护你。国内军队中的多米尼加人……他们反对上校阁下。他已经安抚了他们好多年，但现在的情况很严峻。全球矿产价格缩水严重。都是因为你们的纳米科技,发达国家又把这项技术保护得相当严密……你们从废物和海水中提炼出的矿物如此廉价,完胜我们的矿井和钻头。"

玛丽失去了耐性,简直快走神了。这时候讨论经济理论太没有意义。

"你们不再雇我们的军队,不再买我们的武器,停止进口我们的矿产、我们的木材……现在我们的旅游业也快被扼杀了。我们要怎么办? 我们不希望看到我们的孩子像蝼蚁一样饿死。这是上校阁下当前必须考虑的问题,他没有时间理会你我。"他用力朝她摆了摆手,仿佛在甩水一般。然后他坐回位置上,双臂抱胸,扬起下巴,"他正被围攻,周围那些曾是朋友的人都已变为敌人。平衡,你知道的,为了平衡。你们国家的法庭和法官说他是个罪犯,这都是因为你们曾经的总统、决策者对他像情人一样。这样的作法煽动了不满的火焰,小姐。我跟你说这些已经是冒险了,但我还是会给你建议,只是为了你。"

玛丽看了他片刻。不管是真心还是假意,他都令她考虑到了一些事情。如果亚德里快失控了,那她面临的问题将远大于她的想象。"谢谢你。"她说。

索拉威尔耸耸肩,"你会跟我一同离开太子港,离开那些该死的……国内军队机器吗?"

"嗯,"玛丽说,"我需要一个人到屋子里静一会儿。"

他又耸了耸肩,大度地说:"然后我们就去莱奥甘。"

也许哲学家们需要极其强有力的论证,强到能在人的脑子里装上回声:如果那个人拒绝这种论点,他就会死。这样的论证如何?

——罗伯特·诺齐克[①],《哲学解释》

46

她像跟屁虫似的围着他团团转。她之前说了些什么"他变成这个样子,她反而成了他俩当中比较靠谱的人"——大概是这个意思,对他来说统统是耳旁风。而她突然叫了他,他觉得有一点必要听听她的话,以免自己完全沉浸在自身的狂想中。

"跟我讲讲你的事吧,"她提议,"我们分分合合当了两年情人,但我一点也不了解你。"

在我的公寓里。只有我。她。她问了些什么。

"你想知道什么?"他问。

"你之前的婚姻生活。"

他在沙发上坐直,僵硬的肌肉抱怨似的疼痛起来。他从早餐后就一直坐着,已经有四十五分钟没有动过了。"我们开文学视频

---

①罗伯特·诺齐克(1938-2002),美国著名哲学家。

看看吧。"他说。

"告诉我嘛。我很乐意帮忙的。"

"娜戴恩,"他毫无感情地说,"我没什么问题。干吗不放我自己待着呢?"

她嘟起嘴摇了摇头,装作受伤了,却不肯放弃,"你遇到麻烦了,我知道那是什么感觉。遇到困难的时候一个人待着不好。"

无论如何也要避免……

他伸手想抚摸她的胸脯,但她敏捷地躲开了,跑到了沙发旁的烂椅子上坐下,"我很想和你聊聊,我知道你不是个坏男人。你只是心烦罢了。我心烦的时候,偶尔我的朋友也会跟我聊聊的……"

"我没工作,没受过治疗,没作品发表,我越来越老,我还有你。"他说,"所以呢?"

她无视了他的挖苦,"你结过一次婚,罗夫人告诉我的。"

他仔细看着她。他一跃就可以抓到她了。他会做什么呢?他感觉自己像糟糕的信号一样来回波动。戈德史密斯的声音在他脑海回荡,念着戈德史密斯的诗句片断。这声音比他的有磁性多了。

我是个简单的人。而简单的人正在消失。

"她的名字叫什么?你们离婚了吗?"

"对,"他说,"离婚了。"

"给我讲讲经过吧。"

他眯眼看着她。戈德史密斯的声音淡去了。他最不想谈起的就是金娜和迪昂。他已经把痛苦尘封多年了。

"跟我聊聊吧,你需要这样做,理查德。"她用胜利般的语调说。她很享受这个过程,脸红扑扑的,眉头拧结,带着一股痛苦的真诚。

"娜戴恩,拜托,这不是个愉快的话题。"

她睁大了眼睛，"我想知道，我想听。"

理查德望着天花板，用力咽了下口水。诗歌的声音在淡出，但听了那么多已经够了。她也许在谋划什么。谈话治疗。

"你想治疗我。"他摇着头轻笑道。诗歌随着笑声回来了；他拒绝了她的计划，她又变成了一只嗡嗡叫的蚊子。而他现在只要伸手就能够着她。像戈德史密斯一样说话。挣脱束缚。

娜戴恩苦笑道："理查德，只是聊聊天而已。我们都有自己的困难，谁都一样，聊天是正常的，并不是想伤害你。"

"这样的聊天就是在伤害我。"

"你们之间怎么了？她有这么坏吗？"

"看在上帝的分儿上……"

娜戴恩咬住下唇。他尽可能用一种蔑视的眼光看着她。

我是一个简单的男人。你没看出我单纯只是在等待正确的时机吗？

诗歌继续时隐时现。摩西。用血祭来平息上帝的愤怒。理查德曾经很崇拜这部作品；戈德史密斯对这个故事的诠释与传统截然不同。割礼，他们是怎么称呼女人的割礼的？阴部缝合、阴蒂切除。他收集的这些信息引导着一种文学生活。

内心深处有个想法告诉他，他这时应该哭起来。可他把这想法摒出脑海，表情依旧保持平静。"我们离婚了。"他说。

不是真的。

"我们正准备离婚，我是说。"他纠正了自己。不管是他，还是在他耳边念着戈德史密斯的诗的声音，都没有吐露真相。但是另一个早就住在他身体里的家伙想要跑出来。那个结了婚的家伙。我以为我已经杀了他。

"然后呢？"

内心的想法又在唆使他:这种话你最好边哭边说,你知道的。没有眼泪。

"她叫迪昂。当时我是工人公司的脑力劳工。"

"嗯。"

"我们有一个女儿,"他咽了咽口水,"金娜,她很可爱。"

"你很爱她们两个。"娜戴恩说。他拧紧眉头,然后笑了。她即使在想帮忙的时候也不知分寸。

"对,"他说,"没错。但当我想写东西时,我意识到,作为一个出卖脑力的人我无法写作。所以我开始考虑辞职。"他看着她。娜戴恩就像上饵的鱼,很快就会被他抓住。坦白不是件坏事,这让她放松了警惕。身体里的另一个声音说道。

"这让她担心了。"她说。

"是的,她很担心。她不喜欢诗,不喜欢文学。她是个完全的视频主义者。这让我们的关系雪上加霜。"

"然后呢?"

"情况越来越糟。金娜被夹在我俩中间。我觉得自己好像快崩溃了。我不得不离开。"

"嗯。"

"我们支撑了一年。我尝试写作,迪昂找了两份工作。我们都没受过疗,但那时这还不要紧。我从没投过稿,而是在另一家公司找了份工作,编校报纸的文章。迪昂说想和我重新来过,我也说自己想和她在一起,但我们就是没法维持关系,总有别的事情扰乱我们,每次都是。"

"然后呢?"

"离婚几乎不可避免了,金娜为此非常伤心。迪昂想带她去进行治疗,我不同意。我说要让她保持本来的样子,自己解决问题。

迪昂说金娜就是金娜本来的样子。那时她才七岁。迪昂说金娜经常提到死亡。我说没错，但她还不知道那是什么意思呢，她只是好奇，不用管它，她会长大的。"

"嗯。"

他伸出手，抓住她一只胳膊，把她转了过来。要不然就空手做，不用工具？

现在开始哭的话，是个好时机。

"我在听呢。"娜戴恩说。

"离婚的事情，我们只需要两周就能通过法庭解决，走非正式程序，不用出庭，资产已经分好了。"

"我就是这样离的。"娜戴恩说。

"那时她每周末都带金娜来看我。我们不想伤害她。"

娜戴恩没有鼓励他继续说下去，即便再迟钝，她也感觉到了接下来的话不会令人愉快。

"高速自控公路上出了一场事故，是一辆巴士，她们的巴士。山谷里发生了一场小地震，导致道路断裂。他们撞上了护栏，后面七辆车都撞向了他们。金娜当场死了。一天后，迪昂也死了。"

娜戴恩的眼睛睁大了，她看起来极度惊讶，"我的天啊。"她气喘吁吁地说。

她很享受这事。她喜欢把手指伸进烂泥里搅。

"我一个人承受了一切，没有接受治疗。我就像行尸走肉一样，我真的很爱迪昂。我没有料到结局会如此不可挽回。每天上床睡觉前，金娜都会来跟我说话，我感觉好开心。我一直不愿意接受治疗，因为我觉得那样做是对她们的侮辱。我为她们做了一个小小的神龛，替她们焚香。我写诗，然后把它们烧了。

"几个月后，我回去工作了一阵子。回去之前我见了戈德史密斯。我开始清醒了,渐渐走出泥潭。他帮助了我。他跟我讲了小时候曾看见他的父亲,而那时他父亲已经死了。他说我并没有发疯。"

娜戴恩缓缓摇了摇头,"理查德,理查德。"她说着,带着礼节性的同情。

他现在思绪万千。如今的自己、那个像戈德史密斯的家伙、过去的理查德·费特以及他所有的记忆此时都在他脑中翻腾。这种感觉令他想跑进一个黑暗的房间里躺下。

"我们应该出去散散心,"娜戴恩断然道,"经历了那种事,你现在应该出去做些有活力的事,活动下筋骨。"

她把手伸向他,他把手交了过去,站起身来,关节啪啪作响。

"这些话你没跟别人讲过?"走下三楼楼梯的时候,她说道。

"没有,"他告诉她,"除了戈德史密斯。"他故意走在她后面一步,看着她的后颈。

47

　　卡尔在调整探测用的诱导器,大卫、卡萝尔和几个专注的阿贝特在反复检查所有的连接和远程控制,确保戈德史密斯到达这里时它们能正常运行。马丁看着他们做准备工作,站在远处一言不发,只是显示着自己的存在感。

　　"你在监视我们。"把一张设备桌推过控制台的时候,卡萝尔对他说。

　　"我的特权。"他迅速露出一个微笑。

　　"你还没有吃东西,"她整理好桌子,把手塞进口袋,闲散地走到他身边,脸上带着嗔怪的笑,"你工作得太辛苦了,看看,脸都白了。要进行心理探测,你就得有力气。"

　　他严肃地看着她,"我要跟你谈谈,"他咽了咽口水,移开目光,"在我们进去之前。"

　　"我猜你是想谈谈吃什么。"

　　"对,我认为这里的准备已经完成了,除了阿尔比贡尼还没来。拉斯科会带他过来的……"

　　"没有他我们也能继续。"

　　"他来这里对我来说是个保证。如果他的热情消退了……"

卡尔从他们身边经过，马丁停了下来。这部分计划不关他们的事。

"去吃午餐吧，"卡萝尔提出，"去海滩吃个迟到的午餐。天有点儿凉，记得穿毛衣。"

马丁抬起头，看到拉斯科进入了有二十个座位的观众席，俯视着整个剧院。阿尔比贡尼跟在他身后进来了。马丁朝他们点头致意，然后转向卡萝尔，"好主意。就等戈德史密斯睡下，我们也注射了纳米机器之后吧。"

马丁向来要求，不能让探测对象看到或者认出实施探查的人员，这半是出于迷信，半是出于一种假设：他认为，探查对象要对进入精神国度提供反馈的探查者一无所知，探测才能取得最好效果。为此，大卫和卡尔也同马丁和卡萝尔一起待在了剧场后台的幕帘里面，等着病人被轮床推进来——万一马丁和卡萝尔遇到困难，他们也要进入精神国度协助。

戈德史密斯穿着一身病号服，右臂和脖子上已经插上了静脉注射针管。他躺在轮床上，沉默而警觉，观察着周围的东西。看到观众席上的阿尔比贡尼后，他举起左手打了个简短的招呼，然后放下手，扭过了头。

阿尔比贡尼睁大眼睛盯着剧场里的情况，拉斯科在一旁扶着他。他们就座后，阿尔比贡尼眯起眼，用双手揉了揉鼻梁。

玛杰里和欧文把诱导场垫贴在了戈德史密斯的太阳穴上。马丁听到他说："祝你们好运。如果发生什么事，我回不来的话……谢谢你们。我知道你们已经尽力了。"

"不会有危险的。"欧文说。

"随便吧。"戈德史密斯含糊地说。

玛杰里打开了诱导场，戈德史密斯几分钟后就昏昏欲睡了。

他慢慢合上眼皮,嘴唇微微颤动——马丁在每一个进入诱导睡眠的病人身上都会看到这种情况,然后他的整个身体放松了下来。他面部的皱纹舒展了一些,仿佛年轻了十岁。玛杰里和欧文把他抬到探测睡椅上,将他的手臂、大腿、头部和胸口都绑定了。马丁询问时间,剧院管家用女性的声音回答道:"十三点零五分三十三秒。"

"所有信号正常,"玛杰里说,"他是你的了,博克博士。"

"开始给整个头盖骨做磁共振成像吧。"马丁从帘子后面探出头来,"给我四个可能的位置。"

大卫和卡尔抬起一根填充着超导磁铁的管子,将它安进戈德史密斯头部两侧的沟槽里。大卫迅速检查了一下戈德史密斯的连接,然后接上电线。

设备开始发出细微的嗡鸣。大卫大致扫描了一遍戈德史密斯的大脑和脊髓上部。"打开屏幕。"马丁命令道。剧院管家在睡椅前显示出一块屏幕,马丁用声控操纵屏幕,通看了磁共振扫描结果。下丘脑上标有一些红圈,是电脑根据以往经验测算出的最佳探查位置。他们最终选中七个红圈,将其坐标输入了预设存储器。待纳米机器通过诱导场垫进入探测对象后,存储器会为它们指引方向,将每个机器带到指定位置,误差只有几埃①。

卡尔打开了预设存储器的铁盖子,拿出一只透明的塑料圆筒。马丁从他手里接过圆筒,迅速地检查了一遍。过期的医用纳米会发出如梦似幻的彩虹色光泽,但这一筒放了一年还很新鲜,呈灰粉色。马丁把圆筒还给卡尔,后者将它放进了生理盐水中。一大片灰色的纳米机器迅速涌进了透明的盐水。圆筒变空后,玛杰里将它取出,又把一瓶营养液注入盐水。与此同时,欧文用输液管

①长度单位,一埃等于十分之一纳米。

将盐水和戈德史密斯脖颈处的静脉注射针管连接起来,还用小夹子固定住输液管,以防盐水流进针管。

卡萝尔和大卫把另一筒纳米机器放进了一罐新的盐水中。这些机器装载了药物,会沿着手臂上的针头进入心脏,减缓新陈代谢,使探测对象进入无梦的中性睡眠状态。这道工序是诱导场无法完成的。纳米机器进入戈德史密斯的脖颈后,它们自带的缓冲器还能缓和免疫系统的排异反应。

卡萝尔提起输液管,取掉了固定夹。盐水流进了戈德史密斯的手臂。

"将场强降低到参考水平。"马丁下令道。控制面板助手执行了命令。马丁谨慎地打量着戈德史密斯的脸,等待他进入麻醉状态,"再等五分钟,然后进行大剂量注入。"

他退出去,扫了一眼观众席,给阿尔比贡尼做了一个OK的手势,对方没有回应。

"他可真会鼓舞人心啊。"他朝卡萝尔嘟哝。

卡萝尔跟着他穿过了帘幕。"去吃午餐吧,"她提议,"我们至少能休息一小时。其他人可以监视他。"

马丁叹了口气,看了眼平板。因为内心积聚的莫名不安,他微微颤抖了一下,"现在去,是个好时机。"

"探查者必须处于良好的身心状态。"她殷切地看着他,用母亲教育孩子的口吻提醒道,"你需要放松,保持头脑清醒。"

"浮士德不曾放松过,"他说,"放松对他来说太奢侈了。"他猛地转向观众席,疑惑地发现他们之间的玻璃变得不透明了。"阿尔比贡尼在吓唬我。他的举止像僵尸一样。"

"我们去吃午餐之前,你应该跟他聊聊。"

马丁忽地笑了,一把抱住卡萝尔的肩膀,"我很高兴你在这里。"他说。

"我们是一队的。"卡萝尔轻轻推开他,"我们去聊聊吧。"

他们经过出口,走上通往观众席的楼梯。当他们进去时,阿尔比贡尼正和拉斯科以及另外一个男人小声谈着话。马丁认出了那个人:弗朗西斯科·阿尔瓦雷兹,加州大学南部诸分校的投资拨款主管。马丁顿悟:玻璃之所以变了色,是为了防止阿尔瓦雷兹看到下面的剧院。

阿尔瓦雷兹笑着站起来,"博克博士,很高兴又见到你。"

"好几年不见了。"博克说,他们握了握手,阿尔瓦雷兹轻轻用了点力。

"我在为你筹资,"阿尔比贡尼抬头瞥了一眼马丁,眼袋又黑又肿,"明天我会面见总统的首席顾问。我会信守诺言,博克博士。"

"我从未怀疑这点。"博克说。

"我就不问你们在这里是要做什么了,"阿尔瓦雷兹轻笑道,"一定是很重要的事,如果关系到总统的话。"

"筹资永远都很重要。"阿尔比贡尼说,"你有话要说,博克博士?"

马丁的目光在三人间游移,这三人的关系以及他们在谈的金钱问题让他有点犹豫。他要见总统的顾问,这意味着针对心理研究所与瑞普金的非法联系的调查已经中止了?

卡萝尔轻轻碰了碰他的胳膊。

"我们已经开始了,"马丁说,"明天的这个时候一切都会准备就绪。在此之前我们有很多工作要做,但还是可以休息一下,为最重要的环节储备精力。"

"我知道了。"阿尔比贡尼说,"阿尔瓦雷兹先生和我还有些事要讨论。"

　　马丁点点头，他和卡萝尔离开观众席，马丁随手关上了门。

　　"上帝，阿尔瓦雷兹是有多大胆才会来这里啊。"下楼梯的时候马丁说道，他意识到自己正在冒汗，脖子也僵硬无比，"说不定阿尔比贡尼也控制了他。"

　　"至少他有用处，"卡萝尔说，"我是说阿尔比贡尼。"

48

文学视频 21/1 A 网络（大卫·塞恩，晚间报道）："AXIS 发给我们的唯一一条新闻可能很重要，也可能不重要——AXIS 在半人马座 α 星 B-2 上发现的塔形物体的成分为矿物和有机物，其中的矿物质为碳酸钙、铝和硫酸钡；有机物则是非晶质的碳水化合物聚合物，跟地球植物含有的纤维素相似。AXIS 告诉地球上的主人们，在它看来，这些高塔可能不是人造物……不是由智能生物建造的。关于它们是如何形成的，我们还毫无头绪。

"如果最终发现 B-2 上的高塔是自然的产物，我们会大失所望吗？近日，我们一直在准备迎接新世纪、新挑战，它最终会是一场空吗？

"跟以往一样，一向关注经济问题的文学视频 21 找到了一个能让观众同样感兴趣的话题——这些高塔会证明整场探测计划是个巨大的失败吗？

"自从文学视频 21 播放了 AXIS 通过生物和机器思维系统写就的诗后，我们的观众开始积极地猜测 AXIS 的'人格'是如何如何。因为每一轮交流都需要八年半的传播时间，我们现在无法有效地与 AXIS 沟通，只能去找吉尔。它是个发达的思维系统，其任务之一就是运行AXIS在地球上的模拟系统。

"尽管名字是个女性,吉尔其实既非男性也非女性。据其设计者和主程序师罗杰·阿特金斯介绍,吉尔有望成为拥有完整自我意识的个体,只是现在还没达到这一点。"

阿特金斯(采访有删减):"大概在十五年前,我们开始组建吉尔的元件的时候,我们发现,只要人工智能的构造复杂到了某种程度,它几乎一定会产生自我意识。但目前为止,我们还没有证明这一点。吉尔比很多人类都复杂,但它仍然没有自我意识。我们如此确定的原因是,吉尔对一个专门检测自我意识的笑话没有反应。我们也把同一个笑话植入了AXIS,它的思维系统更老,没那么先进,在很多层面上和人类一样复杂。AXIS和吉尔都无法理解这个笑话,这实在令人迷惑。

"三十多年前,我们开始设计AXIS的时候,还以为自己至少掌握了自我意识产生的基本原理。我们认为,自我意识源于模拟、预测社会行为,并将这种预测机制应用于自身——这即是反馈回路。至于我们的思维系统,我们认为只要其拥有自我模仿的能力,能创造出正常运作的、与现实同步或者更快的抽象概念,自我意识就会产生。这个观点似乎很好地解释了人类是怎么进化出自我意识的。"

"我们现在的想法是,自我意识并不一定产生于复杂的结构,它的出现甚至并非必然,很可能只是偶然,由一种我们尚不了解的内部或外部因素催化而来。

"三年前,我们开始让吉尔研究社会问题,希望借此给吉尔提供一些社会背景资料,产生某种催化作用。但是,唉,至今还没有出现重要的变化,尽管吉尔一直在努力。有好几次,她——它都相当真诚地相信自己成功了……那真是令人心碎。我们就像在等待一个婴儿降生一样……总之就是各种忙活,但还没有成果。

"不过,这并不是说参与吉尔的设计工作令人不快。没有什么比设计一个复杂的思维系统更有趣的了。在跟吉尔相处过这些日子后,我觉得其他的工作都变得轻而易举了。"

大卫·塞恩:"你可能喜欢上了 AXIS 和吉尔,甚至会觉得它们很令人着迷,但它们跟你我不一样。即便拥有无比的天赋和才能,它们也不比我们的房屋管家更有'灵魂'。

"另一方面,有些心理学家认为,即使具备复杂性也不一定会拥有自我意识,相当部分的人类也不比机器人好到哪里去。也许每个人类都必须经历神秘的'催化作用'才能体验到自我意识,但并不是每个人都有这种机会。也许在今后某期节目里,我们可以问问吉尔她是怎么看待这种理论的。"

切换/文学视频 21/1 B 网络(解码:澳大利亚海岬控制中心:)
信息中转空间追踪:月球控制中心:澳大利亚海岬控制中心:

AXIS>我希望以下的分析不会带来失望。我无法想象这种物质的使用者不是智慧生命——它们似乎是一种奇特的细胞凝质。几个小时后应该能得到更多信息。我仍然充满希望,如果我(非正式的)可以使用这个词语的话。我希望找到可以交流的智慧生命。

语言是我们思维的引擎。口头语言的出现是大脑功能的一大进化，其重要性可以与大脑皮层面积的增加相提并论。口头语言(以及许久以后出现的书面语言)的发展史对心理学家来说是个极有趣的问题，因为，想要了解早期语言的形态，我们就必须返回到过去语言还不大成熟时的心理状态。我们能在很小的孩子身上找到这种状态，但如今地球上已经没有前语言文明了，而且个体发生学的研究范围已经不涵盖语言演化史了，正如它不涵盖胚胎学一样……

——比瓦尼，《人造灵魂》

49

在外交官公寓里，索拉威尔给了玛丽一个小时来收拾行李和休息。

她关上卧室门，从外套里掏出发刷，把它放到窗户旁的玻璃面梳妆台上。然后她拉下百叶窗，开始回忆发刷的使用说明。

整个过程大概需要十分钟。门上面没有锁。她把一张木椅抵在了黄铜和水晶制成的门把手上，然后匆忙地四下张望，寻找她可能需要的其他物件。至少需要250克钢、150克高密度塑料，还有化妆工具。她检查了一遍房间里的东西,从梳妆台的抽屉里拉出一个不锈钢托盘,觉得应该能用。床边还有个几乎是全塑料的时钟。在壁橱里,她找到了一个老式鞋架,举起一试:质量肯定够了。

把这些玩意儿堆在梳妆台上后,她拧开了发刷的握柄,摘下发刷背部的塑料板。一只小小的红色按钮就埋在塑料板底下。她深深吸了口气,想了想厄尼斯,生出一种略有些怪异的情绪。然后她摁下按钮,放好握柄,走到梳妆台上的那堆东西旁边。

一些灰色的黏稠物从握柄口渗了出来。它们被发刷头部的信号区控制着,像一摊发霉的烂泥般爬过桌面,涌上鞋架,开始了它们的工作。

索拉威尔说的是一个小时,但玛丽猜测她可能只有二十分钟左右的私人时间。至于那些佣人就更难预测了。在任何时刻、无论用任何借口,他们都可能想打开门表示对她的关心。

玛丽躺回床上,决定测试一下他们是否真的封锁了通信。

她拿起平板,键入了直接连接洛杉矶警署联合指挥中心的要求。平板内置的发射器足够强大,能让信号到达三百五十公里外的第一级卫星;如果他们说的是真话,她的信号就会被另一个更为强大的反相发射器的自动干扰给阻断。玛丽相信整个伊斯帕尼奥拉充满了这种由通信卫星随机发出的干扰信号。这些卫星会暂时屏蔽这个岛上所有的对外信号传输,直到岛内秩序恢复正常。

然而,伊斯帕尼奥拉仍然需要某个专门的卫星链接来保证重要的经济、政治通信。毕竟几乎每个政府都有需要阻断大部分通信的时候。

平板显示:链接建立。进行中。她扬起了眉毛,至今还没有阻断;他们是故意由着她这么做的吗?她键入几个字:身份验证。

警局信息登记系统3254-461-21-C。登入。她怀疑伊斯帕尼奥拉的安全系统会截获她的警局信息登记系统编号,但如果他们早在监控她的话,应该已经获得那个编号了。她思考了片刻,决定谨慎行事,但得利用上可能的机会。她键入了呼叫D.瑞弗。文字信息:我被关在了伊斯帕尼奥拉。没有嫌疑人的信息。待遇不错。她选择了文字信息,以防这是他们的陷阱,她正被监听着。礼物用上了。相当混乱。然后她输入了要求接收报告。

警局信息登记系统3254-461-21-C:确认发给高级督察D.瑞弗的信息已接收。

玛丽皱起了眉头。链接很通畅,这不合理。她想过要发信息让他们设法把她弄出去,但无疑他们已经在尽力了。继续发信。我要离开太子港,去莱奥甘。岩穴景点。岛内局势紧张;可能发生反对亚德里的政变。发起者是多米尼加人?到处都是军队车辆。同样要求接收报告。

她看着梳妆台面:灰色的烂泥覆盖了整堆东西。它们已经开始变形。

没有接收报告,平板告诉她,连接失败,可能受到干扰。终于来了,通信阻断。刚才如果不是有人玩忽职守了,就是他们正在耍她。无论如何,她至少报了个平安。她颤抖着叹息一声,关上平板,跪在梳妆台前,用双臂趴在桌沿。

她耐心地看着纳米机器忙碌。鞋架上的金属管在灰泥的包裹下扭曲变形,和灰泥一起重组成一个圆形的凸面体。纳米机器还在凸面体中央造着某个东西,看起来就像鸡蛋里的蛋黄。

又过了五分钟。整栋房子都很安静,外面却传来了遥远的枪炮声,在山间回荡。她闭上眼睛,咽了咽口水,聚集起精神力量。

这座岛屿离爆发全面内战还有多远?还有多久,她就会成为众怒的排气阀,被称为间谍?她想象索拉威尔成了她的死刑执行者,还非常抱歉地向她表达他对上校阁下的忠诚。

凸面体变得起伏不平,她可以看出基本的形状来了。在它的一侧,尚未加工的原材料被推进了熔渣般的东西里面。纳米机器从熔渣中退了出来。握柄、弹室、枪膛、枪管和瞄准器。凸面体的另一侧变成另一个东西,不像熔渣。是备用弹夹。

"你准备好了吗,小姐?"索拉威尔在门外问。她没被吓得跳起来,真是值得赞赏。他来早了。毫无疑问有人把她发信的事告诉他了,她表现得不乖。

"差不多了,"她说,"再等几分钟。"她匆忙收起皮箱,把熔渣扔进垃圾筒,跑进洗手间洗了把脸,然后看着镜子中的自己,做好了面对一切的心理准备。

她从梳妆台上拿起手枪,塞进上衣口袋里。枪身很纤细,外面几乎看不出来。梳妆台上的纳米机器聚成一团,像鼻涕虫一样爬回了发刷的握柄里,在桌面留下一道油痕。纳米机器耗尽能量了,必须给它们补充营养物质才能再次使用:把发刷浸进一罐可乐里也许就有效,当初那人是这样告诉她的。玛丽把握柄装上发刷,塞进箱子里合上盖,把门口的椅子移开,然后打开了门。

索拉威尔靠在走廊的墙上,检查着自己的指甲。他阴郁地瞥了她一眼,"太久了,小姐。"他说。

"什么?"

"我们等得太久,很快天就黑了。我们不去莱奥甘了。"

如果第二份消息成功发送了,伊斯帕尼奥拉人的确有理由带她到另一个地方去。"那去哪里?"她问。

"这得看我的直觉,"索拉威尔说,"离这里比较远,但也不能太远。"

她不知道索拉威尔是怎么接收到新命令的。也许他体内植入了芯片,但这种技术在伊斯帕尼奥拉可是稀罕玩意儿。

"我试着联系我的上司,"她说,"但没有成功。"

他耸耸肩,身上的朝气与活力似乎都已经离他而去。他眯缝着眼睛看着她,仰着头,面无表情,"我们已经告诉过你没法通信了。"他一字一句地说道。

她对上他的目光,扬起一边嘴角,露出了挑衅的笑。这可不是什么无伤大雅的问题。"我还是想待在这里。"她说。

"这不由你决定。"

"但我不介意到莱奥甘去。"

"小姐,我们不是小孩了。"

她笑了。他已经态度大变,不再是她的保护者了。她没必要进一步刺激他,让这种落差来得更明显。"我从没觉得你是。"

"从某些方面来说我们都久经世故,或许比你了解的更成熟。我们走吧。"

她拿起她的箱子,他用力从她手中接过,跟在她身后走过大厅。他们经过站在大厅里的让-克劳德和洛塞尔身边,他们表情冷峻,双手交叉在胸前。"感谢你们。"玛丽对他们说道,同时朝他们点点头,露出愉快的笑容。他们似乎有些惊讶,让-克劳德的鼻孔向外张了起来。

"我们走吧。"索拉威尔重复道。

玛丽把手伸进外套口袋里。"他们跟我们一起来吗?"她问。

"让-克劳德和洛塞尔会留在这里。"

"好吧,"她说,"你说了算。"

50

坐在心理研究所前面的草坪上可不是什么明智之举，况且还有凉飕飕的海风。卡萝尔和马丁从后门走了出来，路过一道道水泥墙，走上了大楼背后的一条林荫小路。在这片桉树林里穿行时，卡萝尔走到了马丁前面。马丁瞥了一眼她的背影。她拿着一袋三明治和两罐啤酒，而他拿着铺沙滩用的毯子。她随意而优雅地踢了踢路上的落叶，说："我命令你让脑袋休息几分钟。"

"噢，最高命令。"他回应。

"这里应该还有……在那儿。"她欢呼着指向林间的一片空地，那里长满了参差不齐的干草。这个区域不在心理研究所园丁的管理范围内。

他们离开小径，把沙滩毯铺在了草丛上，默契地一言不发。他们同时坐下，卡萝尔打开了三明治的包装。

海风也追随他们而来，寒冷的气息穿过高高的树林。他们衣服穿得有些薄，马丁感到手臂上起了鸡皮疙瘩。他望着附近的树枝，好像明白了什么。它们在海风中摇摇欲坠。"我办不到。"他咧嘴笑道。

"什么?"

"让我的脑子暂时忘掉工作。"

"我其实没抱多少期望。"她说。

"但出来走走总是好的,休息一下。"

"要不然你以为我拉你来这儿做什么?"她问。

"你拉我?"他咬着三明治,若有所思地望着她,"是诱惑我。"

"我们很快就会有更亲密的举动了。"她提醒道。

他点点头,表情从调侃的若有所思换成了严肃认真,"我们来这里,是为了在进入精神国度之前把事情说清楚。"

"行啊。"

"我跟你一起进去过三次,我们在精神国度里相处很好。"他替她打开啤酒,递给了她。

"的确如此,"她同意,"也许相处得太好了点儿。"

他沉思了片刻,"滑冰运动员。我认识一对滑冰运动员情侣,他们场上场下黏在一起的时间一样多。"

"那很棒呀。"卡萝尔说。

"我一直觉得我们也可以的。"

她几乎有些害羞地笑了笑,"嗯,我们试过了。"

"你知道,这些滑冰运动员,他们是很厉害的人,但他们不算特别聪明。也许我们有点聪明过头,反而对自己不好。"

"我不觉得是因为这个。"卡萝尔说。

"那是因为什么?"

"我们内心深处是很和谐的,"她说,"我从没跟别人有过这种感觉……当然了,我没跟别人进过人类的精神国度。但问题是,我们在精神国度里看到的自我,和在外面看到的自我,就像现在,当中隔了太多层,差别太大。"

马丁考虑过这个问题很多次，总想找到一个不同的结论。可卡萝尔也得出了同样的结论，这令他伤心，因为这可能意味着它就是真相。

"在梦里……"她说着，停下来咬了一口三明治，"你有没有做过这样的梦，梦里你能感受到一种很强烈很真实的情感，让你忍不住哭起来？就像你所有的痛苦都会随着哭声释放，你会得到升华一样？"

马丁摇了摇头，"我没做过这种梦。"他说。

"好吧。我觉得我们在精神国度里就体验过几次类似的感情。我们合作得亲密无间，就像兄妹，或是阿尼玛与阿尼玛斯。我觉得，自己内心深处的男性成分和你内心的女性成分非常匹配。"

"这应该是好事。"他说。

"是……只要他们能厮守在一起，在精神国度里。但你知道，你在精神国度里的人格和我在外面看到的完全不一样。"

"这是不可避免的。"他说，"不管怎么说，你见过我真正的样子。"

她笑了，悲伤地摇了摇头，"这不够。隔在表层和深层之间的那些层次，别忘了它们。你跟我一样清楚我们是什么样的——所有的细节你都知道。从底层到表层，有那么多层。"

这些他都承认，"但我不觉得这是什么阻碍……我是说，你讲的那些隔层。我一直记着自己内心的形象。"

"马丁，我当时把你气得半死。"

他惊愕地看着她，"那不是……"

"我是说，我知道我真的惹恼你了。"

"我觉得我也惹恼你了。"

"没错。在外面我们就是不和谐，我们没办法默契起来。我知道我努力过了，我们都努力过了。"

"移情，互相移情。"他含糊不明地说。

"我们又要一起行动了，"她继续道，目光坚定严肃地望着他，"我们必须比以前任何时候都更加保持一致。"

他缓缓点了点头。

"我一直感觉我们之间有摩擦。"她说。

"不是摩擦，是慢慢消失的希望。"马丁纠正。

"我变得现实了，"她说，"我希望你也是。"

"噢，没那么现实。"他叹息着承认。马丁不想在她面前流露出内心的想法，不想屈从心底的冲动，告诉她自己这些年来有多孤独、多难熬，多少次想起她，就好像她是他的归宿、平静与安宁一样，好借此来引起她的怜悯。一个人的心理有很多层次，而卡萝尔在许多层次上都特别排斥怜悯。但是，如飞蛾扑火般，他还是忍不住回想起过去的痛苦，并意识到自己为什么要接受浮士德的命运了。

做点什么，不管是什么，总比自我怜悯要好。

"你觉得我们不应该再一起进入精神国度吗?"她问。

"现在考虑已经太晚了。准备时间太短，你已经是我能找到的最佳人选了。"马丁看着她，想知道这句话有没有一点刺伤她。然后，他摇着头笑了，"或者说时间再长，你也是最佳人选。"

"但这是个问题。"

"不成问题，"他坚定地说，然后将手里的三明治包装小心地折起来，"我经历过很多。更大的失望我都承受过。况且我其实不觉得我们会复合了。"

"你真这么想?"她问。

他摇摇头，"但我总得试试。我们换个话题吧。你去过吉尔的精神国度，那里是什么样的?"

　　卡萝尔前倾身体,高兴地换了个姿势。她突如其来的热情与喜悦刺痛了他。她喜欢跟他聊工作上的事,喜欢和他在工作中合作,像这样利用他的表层自我;她也很快就会同他一起进入一种任何夫妻也无法体会的亲密状态。但在这两种情况之间,他们什么火花也没有,没有安宁的家庭生活,没有他想象中的工作以外的休闲时光:安静地坐在小屋里,看着外面纷纷落下的雪花,读读新闻,看看文学视频,对彼此露出平和的笑容。

　　"吉尔的精神国度非常神奇,"她说,"非常出众,完全不像……不像人类的国度。吉尔没有自我意识。它很聪明,是世界上最伟大的思维系统——大概比所有的人类个体都聪明。但它不知道自己是谁。"

　　"我也是这么听说的。"

　　"尽管如此,她在年轻的时候……它在年轻的时候,就成功形成了与精神国度非常相似的东西。它的程序师在几年前发现了这一点,而萨穆埃尔·约翰·巴克——他是第三设计者和程序师,排在罗杰·阿特金斯和卡罗莱纳·帕斯特之后——邀请我加入了他们,在心理研究所关闭之后。我是在学校里认识他的。除了研究思维系统理论,他还连续好几年服用精神药物,并且接受了治疗……我了解不少这方面的理论,你知道的。

　　"我们合作研究为什么吉尔会有精神国度。在它的早期阶段,大概十五年之前,吉尔是以五位设计者的深层人格模式为基础而设计的,他们分别是阿特金斯、帕斯特、巴克、约瑟夫·吴,还有乔治·莫布斯。他们接受了下丘脑外科手术用的纳米扫描,而那项技术当时尚未成熟。他们提取出了自己发现的那些模式——尽管并不完全理解这些模式的意义——然后把它们组合到了吉尔身上。吉尔那个时候还不叫吉尔。吉尔是阿特金斯后来一时兴起叫出来的,似乎是他前女友的名字之类。"

马丁用心听着。

"他们做的事就像把死肉扔进离心机,期待它会变回一个完整的动物一样。弗兰肯斯坦式的绝望尝试。也可能是个天才计划。无论如何——"

"它奏效了。"

"勉强算吧。我们现在可以猜测它为什么会奏效——他们用了人格组织算法,而且他们都很健康,人格模式也有普适性。把他们的模式放到任何一个合适的、拥有无限能量的介质里,都能发展出点什么来。

"吉尔从每一个设计者那里都得到了一些东西。尽管最终这些东西都不足以让她获得自我意识,但她拥有了无与伦比的思维能力及记忆存储,这导致了质变,使她跟以往的任何思维系统都不一样。"

"即便是AXIS?"

"问得好。AXIS必然比吉尔简单,但也是根据阿特金斯和其他几位的人格扫描结果设计的——更早期的,不够完整的扫描。阿特金斯宣称,AXIS很可能会比吉尔更早获得自我意识。不过他是在私下说的。他说,可怜的吉尔可能会被太多彼此冲突的算法弄昏,无论这些算法多么有深度、多么高明。"

"听起来很异想天开。"

"噢,的确如此,他有时就是这样一个人,我是说阿特金斯,他非常爱说教,但他真心相信AXIS更为纯净。"

"那吉尔的国度到底怎么样?"

"吉尔的算法会自动搜索内部语言的底层元素,她没有这种东西,于是算法就创造了一些。整个过程一定用了九到十年,所以当时吉尔已经不是婴儿了,可算法仍然开始从记忆和感觉器官中会集了许多细节,创造出某种国度。当莫布斯和巴克发现这个情况时,他们以为这是场灾难,是思维系统里出了自动产生的病毒。"

马丁大笑,"我敢打赌他们会这样。"

"他们想关闭这东西,却做不到,除非他们关闭吉尔更高级的功能。最终,经过一年的担忧和调查,巴克找上了我。他们觉得,那东西可能真的是你描述过的精神国度。事实也的确如此。"

"他为什么不找我?"

"因为你那时惹了麻烦,请你的话,他们没法服众。"

马丁苦笑着问道:"那国度是什么样的?"

"很棒,真的,"卡萝尔说,"简单,直接。一块属于思维系统的仙境。有简单的人类形象,主要是吉尔最初对它的设计者和程序师们产生的印象。它让我想起了二十世纪的电脑图标,古雅、平滑、干净、精确。很多抽象内容和基础思维设计语言都图像化了,而许多非图像的区域都很难解读。参观完吉尔的基底后,我感觉罗杰·阿特金斯肯定——至少我真的喜欢上她了。它。"

马丁的好奇心得到了满足,他不停地点着头,"但似乎不算是个复杂的国度。"

卡萝尔抿起了嘴唇,"我觉得不算。"

"所以说自从我们上次一起进入精神国度后,你就再没有进去过。"

"没有,我知道你会这样说。不过我在心理探测上花了不少工夫,那至少也算是练习。"

"请别认为我是在贬低你的努力。你应该知道,如果没有你的话,我很可能不会同意这回的邀请。"

"大概吧。"她嘲弄地回答。

他扬起眉毛，低头看着毯子，"你有没有想过我们可能会遇上危险？"

"没有。"她说，"你为什么这样想？"

"首先，关于戈德史密斯这人，他就像厚实云层下的狂野大海一样，我们只能看到最上面的平静云层。但真正让我担心的是，我们没有缓冲器。我们会直接进入彼此的大脑，你、我还有戈德史密斯，完全暴露在精神国度的环境之中。即时的，没有延迟。"

她伸手抓住了他肩膀，"在我看来这才是真正有意思的地方，多么伟大的冒险啊。"

马丁关切地看着她，希望她不要过度自信；在精神国度中，对危险的担忧也可能发挥自卫的作用。"我们把话说清楚了吗？"

"我觉得清楚了。"

"那我们赶快回去工作吧。"

"好吧，谢谢你。"

"谢什么？"

说着，他们站起身来，卡萝尔紧紧拥抱他，然后把他推到了一臂远的距离，"感谢你这么通情达理，愿意和我共事。"她说。

"感谢我是个重要人物。"他们折起毯子，收好空啤酒罐的时候，马丁喃喃道。

"说得对。"卡萝尔说。

51

热带之夜,群星闪耀,无人驾驶的黑色轿车从黑色的乡间道路上狂奔而过。玛丽·蔡对面的男子面色阴郁,已经有半个小时没说过话。她看着窗外飘过的村庄、田野和灌木丛,然后又是一个个村庄,还有黑色的柏油路。轿车平稳地爬上山间陡峭的高速公路。

她不时摸摸手枪,找到了那种熟悉感,却得不到安全感:如果必须用上它,她也就离死不远了。那为什么瑞弗要给她一把枪呢?

因为没有警察喜欢手无寸铁地走进虎穴。她想起了上次在巢区进行的挑选者抓捕行动,当时许利格的情妇用镖箭手枪疯狂地射击了她。

"我们差不多到了。"索拉威尔倾身望向窗外,双手搓搓着低下头,又揉了揉眼睛和脸颊,为某种他不会喜欢的工作做准备。他抬起头,坚定而悲伤地看着她。

"到哪儿了?"玛丽问。

他沉默片刻,然后转过了头,"特别的地方。"他说。

玛丽咬紧牙关,不让自己发抖,"我想知道我给自己找了什么麻烦。"

"你没给自己找什么麻烦,"索拉威尔说,"是你的上司把你扯进了麻烦。你只是个听差的。美国人现在还用这个词吗?"他用傲慢的语气问道,目光扫过她,鼻翼扩张,"你没有掌握命运的能力,我也没有。你跟我一样奉献了自己。你追随你的目标,我追随我的。"

"真是可怕的宿命论啊。"玛丽再次陷入沉思,想拔出手枪命令对方把轿车停下,让她出去。这个念头很无力,她没有行动。她不能长时间逗留在乡间:现在,要找到一个失踪的人,或是从一群人中挑出某个目标来,都实在太容易了,就算在落后世界二十年的伊斯帕尼奥拉也一样。

索拉威尔用克里奥尔语对轿车说了几句话,轿车用一道清亮的女声回答:"还有两分钟。"他对玛丽说,"你要去上校阁下的山中别墅,至于是哪座山无关紧要。"

她松了一口气。这听起来不像死亡判决,更像是外交策略。"那你为什么一副不乐意的样子?"她问,"他是你选择的领袖。"

"我忠于上校阁下,"索拉威尔说,"我并没有不乐意去他的房子。我是为他的敌人感到悲哀,比如你。"

玛丽严肃地摇了摇头,"我没有做有任何与他为敌的事。"

索拉威尔轻蔑的一摆手,反驳道:"你也给他制造了麻烦。他现在四面受敌。一个像他一样的人,像他一样高贵的人,不应该面对野狗的咆哮。"

她尽量把声音放柔和,"我和你一样,没想给他制造麻烦,我来这里是为了找一个犯罪嫌疑人。"

"他是上校阁下的朋友。"

"没错……"

"你们美国是在指控他包庇罪犯。"

"我不这么想——"

"那就什么都别想。"索拉威尔说,"我们到了。"他们在巨石和水泥柱子之间穿行,来到一道笨重的锻铁大门前,门直到轿车差点儿撞上才忽地打开。手电筒的光照亮了车厢,索拉威尔拿出身份证明。轿车自动开了门,三名警卫手持步枪围了过来。他们用精明警惕的目光打量着玛丽,眼神里透露出强烈的怀疑。索拉威尔把证明递过去时,他们低语了几句,听起来是难以置信和对异性充满欣赏的语气。

索拉威尔首先下车,伸出手招了招,想扶她下来。她没有接受他的帮助,自己钻了出来。手电筒和探照灯的光照得她一时睁不开眼。

这是住宅?她只见四周都有哨塔围绕,仿佛这里是集中营或监狱。她转过头,看见一栋哥特式的庞然大物:宽阔的砖石建筑朝两侧伸展,围着柏油地面的庭院。房屋上点缀着木雕、石雕和锻钢装饰物,一扇扇镶着白框的青蓝色门窗就像小丑的眼睛和嘴巴。

玛丽注意到所有的警卫都斜戴着黑色贝雷帽,身着黑红色制服,宽大的衣领上钉着手指大小的徽章,形状是一个戴着高帽、穿着礼服的红眼睛骷髅人。索拉威尔与警卫们交谈几句后,走到她跟前来,"请把你的武器交给我。"他轻声道。

她毫不犹豫地把手伸进口袋,掏出手枪递给索拉威尔,对方有些好奇地掂量了它一阵。

"还有你的发刷。"他说。

"在箱子里。"奇怪的是,他们这样揭发了她,又收缴了她的武器,她反而有些高兴。这让她的决定变得简单了,情况变得够严峻,她不会再感情用事。

"我们不是傻子。"警卫从后备箱中拿出箱子,用步枪砸开它的时候,索拉威尔对她说。一个高大结实、像斗犬一样满脸横肉的警卫拿出发刷,用手电筒照着它,拔掉了握柄上的盖板,嗅了嗅里面的纳米物质。

"告诉他们不要乱碰,"玛丽出声提醒,"如果接触皮肤,可能造成伤害。"

索拉威尔点了点头,用克里奥尔语对那些警卫说了几句。那个长着斗犬脸的警卫盖上发刷,把它扔进了一个塑料袋。

"跟我来。"索拉威尔指示道。他自己似乎已经不紧张了,甚至对她露出了微笑。接近房子的正门时,他说:"我希望你能体察我的好意。"

"好意?"

"让你感觉自己并非手无寸铁,直到最后一刻。"

"噢。"随着他们接近,华丽的雕花橡木门打开了,他们身后的铁门重新关闭。"谢谢你,亨利。"她说。

"不用客气,你会被更彻底地搜身。我对此感到抱歉。"

玛丽感到一阵迷茫,是对他们之间关系的不确定,而不是因为她身处的地方。她有些头晕目眩。"感谢你的提醒。"她说。

"小事而已。你会跟上校阁下和夫人见面,与他们共进晚餐。我不知道自己会不会在场作陪。"

"他们会搜你的身吗,亨利?"

"会。"他在她脸上寻找嘲讽的痕迹,但一无所获:她没有讽刺他的意思。玛丽明确地感觉到了危机。"但不会像搜你那样彻底。"他总结道。

玛丽走进大门后,两个身穿红黑色制服的女人紧紧抓住她的胳膊,把她拽进了衣帽间。

"请脱下你的衣服。"一个矮小而结实的女人表情严厉地命令道。玛丽照办了。她们的手摸过她的肩膀和臀部,弯腰检查她的身体,排查可疑的伤痕。她们摸到了她臀上的灰色皱纹,不满地嘟囔起来。

桑普勒博士真该听听她们是怎么说的,玛丽想,不知该笑还是该哭。

她们用温暖干燥的手指迅速把她转了一圈。

"你不是黑人,"矮个儿女人露出机械的笑容,"我得检查你的隐私部位。"

"你肯定是用机器,用检测器吧……"可那个女人生硬地打断了玛丽的抗议,用力摇头,拽住玛丽的手腕。

"没有机器。你的隐私部位。"她说,"请弯腰。"

玛丽弯下腰,血液涌进她的大脑,"这是你们对待晚宴客人的一贯作法吗?"

没有人理会她。矮个儿女人戴上橡胶手套,一根手指涂上透明的润滑液,然后伸进玛丽的生殖器和肛门,迅速检查了一番。

"请穿上衣服。"她命令,"等你穿戴好,我会带你去洗手间。"

玛丽迅速穿上衣服,怒火重燃,令她颤抖起来。之前的迷茫消失了。玛丽希望亚德里有一天会后悔令她遭受了这样的待遇。

矮个儿女人把她领到走廊另一边的洗手间,等她如厕完毕后,又把她带到了一个圆形大厅。索拉威尔在那儿等着她,表情沉着,双手规矩地放在两侧。他们站在一盏巨大的吊灯下面。玛丽对装修一窍不通,但觉得这里有些法国风情,也许是十九世纪早期的风格。墙壁为蓝灰色,镶着白边。家具华而不实,透着富贵却陈旧压抑的气息。她没想到亚德里的宅邸会是这样。她本以为他家会比较像猎人小屋,或者阴暗的英式书房。

"亚德里夫人,本名赫迈厄尼·拉劳斯,会接见我们。"索拉威尔说道,警卫们不安地站在他们身后,那个矮个儿女人的身高几乎只到玛丽的手肘。"她是牙买加人,我们岛上真正的淑女。"

伊斯帕尼奥拉上没有绅士和淑女,玛丽想。她差点就把这句话大声说了出来。索拉威尔用有些受伤的温和眼神瞥了她一眼,仿佛听到了她的心里话。他犹豫而僵硬地笑了笑。

一个瘦得不正常的女性黑人走进了大厅,她的颧骨突起,眼睛明亮,至少比玛丽矮十五厘米。她穿着绿色的帝国袍,戴手套的手懒懒地搭在一个身着黑色佣人服、一头灰发的黑白混血儿的手臂上。混血儿朝索拉威尔、玛丽和在场的女警卫点头微笑,神情谄媚而讨巧。亚德里夫人心不在焉地走到了他们面前。

"晚上好,欢迎,先生和女士们。①"灰色头发的佣人开口道,他的声音如同洞穴里的回声一般洪亮,"亚德里夫人到了,她要与你们交谈。"

亚德里夫人似乎这才意识到他们在面前,昂起头微笑,注视着玛丽,"很高兴见到你,"她的口音很重,"请原谅我糟糕的英语,希莱尔会替我翻译。"

佣人热情地点了点头,"请与我们一同到客厅去,我们准备了饮品和开胃菜。夫人很高兴能有你做伴,请跟我们来。"

亚德里夫人在希莱尔的搀扶下转身,仿佛踏着华尔兹舞步转了个圈。她回过头望了一眼玛丽,点了点头。玛丽不知道这个女人是想饿死自己,还是为了迎合亚德里的审美。伊斯帕尼奥拉的流亡者告诉她上校有不少情妇,也许亚德里夫人只是名义上的妻子。

客厅的布置极其高雅,遍布着混合中国风格与非洲风格的装饰品。一盏巨大的吊灯悬挂在一张手工编织的中式地毯上方,地毯从磨损程度看来应该有几个世纪的年头了。一张跟人差不多

---

①此处原为法语。

高的鼓——海地的阿索托鼓——架在客厅的一角。黑檀木雕刻的胡须男子排列在墙边，都是高个、短腿，长着窄窄的头，背部弯曲，有诸神也有恶魔。阿索托鼓的对角处摆着一个巨大的黄铜花盆。

这里的布置之高雅，跟她之前听说的完全不一样：据说亚德里的住所很简朴，一点也不铺张。还有那些警卫帽子上的撒麦迪徽章：难道他支持伏都教？

亚德里夫人坐在一张铺了中国丝绸的沙发上，希莱尔灵敏地跟在她身边，放下她的手。亚德里夫人轻轻拍了拍她身边的位置，朝玛丽露出微笑。

"劳驾您坐下，①请。"她的声音稚嫩而刺耳。

"夫人请你们坐下，"希莱尔说，"索拉威尔先生，请坐到那里。"他用戴满戒指的手指了指蔚蓝色地毯五米外的椅子。索拉威尔照办了，玛丽也坐到了指定的位置上。"亚德里夫人希望和你们聊聊岛上现在的局势。"

亚德里夫人接下来讲的话混合着法语和支离破碎的英语，由希莱尔翻译——话的内容不用翻译也几乎能猜到，完全是场木偶戏。亚德里夫人表达了对岛屿状况的担忧，又问索拉威尔先生有没有新消息要报告。

索拉威尔跟她说的话和之前告诉玛丽的差不多：多米尼加人和其他一些群体正在表达不满，军队开始出街巡逻。这真令人欣慰。

亚德里夫人转向玛丽。希莱尔站在她身后，手搭在沙发的靠背上，跟着她的主人转过头来。夫人问玛丽是否喜欢待在这里，是不是所有的伊斯帕尼奥拉人都很友好？

---

①此处原为法语。

玛丽摇了摇头,"不,夫人,"她回答,"我是被迫留在这儿的。"

夫人眼里闪过一丝细微的关心,但她的微笑还是挂在脸上。天真的问题。

"你不会一直留在这儿的,我们都知道;眼下的困难令我们每个人都不好过。我们都希望和和睦睦地生活。蔡小姐也许是个黑人主义者,所以把自己改造成了这样的样貌?"

"我没有对黑人不敬的意思,我只是觉得这种肤色很好看。"

希莱尔前倾身体,更直接地问道:"你知道黑人主义是什么意思吗?那是全球黑人表达尊严的一项政治运动,亚德里夫人好奇你是不是这个运动的支持者,所以才选择了这样的样貌。"

玛丽思考片刻,"不,我理解他们,但我的选择纯粹是出于审美的考虑。"

"那么,这可能意味着蔡小姐在精神上是个黑人主义者,本能地支持这个运动,就像我的丈夫一样?"

玛丽承认这可能是对的。

亚德里夫人看向索拉威尔,问他是不是上校也应该换个形象,让肤色跟灵魂一样都变黑。她看起来是在开玩笑。索拉威尔于是大笑,前倾身体,歪着脑袋,装作认真思考的样子。不一会儿他用力摇了摇头,靠上椅背,再次大笑起来。

最后,亚德里夫人请大家原谅她以这种形象出现。她解释道:她正在绝食,只在今晚破一次戒,喝一点果汁,吃一点面包、香蕉和土豆,也许再来一点鸡汤。希莱尔伸出手,亚德里夫人扶着他优雅地站起来,对玛丽和索拉威尔点了下头。

"晚餐快上桌了,"希莱尔说,"请跟我来。"

餐厅长逾十五米,橡木地板上是一张巨大的长方形餐桌,椅子整齐地沿着四墙摆放,好像挪开餐桌就能办舞会一样。玛丽在亚德里夫人的左侧坐下，面前是锦缎桌布，上面摆着典雅的古董餐具，这时她的迷茫晕眩感再度涌起。桌子中央放着新鲜的兰花和水果——玛丽认出了芒果、木瓜、番石榴、杨桃，都装在一个金色的瓷碗里，周围还摆了一圈小一些的碗。

希莱尔坐在女主人的侧后方，他不会在这里用餐。玛丽好奇他什么时候才能吃饭或是进行人类的其他正常活动，如果他得一直这样服侍亚德里夫人的话。

亚德里夫人缓慢而痛苦地给自己试了几个舒服的姿势。她的表情透露出各种不适，最后终于坐定了，准备继续。她朝玛丽微微点头，好像这才第一次见到她。她的眼睛很大，总是瞪着，一副饥饿的模样，似乎在神游天外。亚德里夫人带着不变的笑容环视桌旁的每一张椅子，仿佛空椅子上也坐着她的亲密朋友一样。

索拉威尔坐在她们对面，但亚德里夫人的目光却更多地落在了一个空座位之上，而不是他。她转向玛丽，用法语和克里奥尔语说了几句，通过希莱尔的翻译，问她伊斯帕尼奥拉的居住环境跟洛杉矶或加州相比如何。

索拉威尔瞥了一眼玛丽，鼻子微微扬起，眼睛警告似的眯了起来。玛丽不想理会，但最终谨慎还是战胜了冲动。如果亚德里夫人真如她的外表那般纤弱，她的健康状况可能非常糟糕，要靠燃烧自己的蛋白质来维生，那玛丽也许得为说话冲撞了她而付出代价。她不自觉地把手伸进口袋去摸手枪，却没摸到。玛丽看见索拉威尔注意到了她的举动，忙转向亚德里夫人说：

"伊斯帕尼奥拉是座可爱的岛屿，靠近大自然；而洛杉矶是一座大城市，没有自然的空间。"

亚德里夫人思索了片刻。她从没去过洛杉矶，也没去过加利福尼亚。年轻的时候她去过迈阿密，但觉得那里不对她的胃口。

真奇怪。她说如果要去大陆,会选择阿卡普尔科或者马萨特兰①,她在那里上过三年学。

"我从没去过迈阿密,也没去过其他那些地方。"玛丽说。

这真是个遗憾。她应该经常到国外转转,看看外面的世界是什么样的。

玛丽同意这是个明智的想法。其实她只想回到洛杉矶,然后再也不踏出这个城市半步。但她自然没说出口。

"我去过洛杉矶。"索拉威尔说。这倒是从未跟玛丽提起过。玛丽现在或许知道,为什么亚德里要派他而不是其他人来招待她了。"我的父亲也参与了2036年在加州的外交活动。"

夫人直接用法语问他对洛杉矶的印象。

"那里很大,"他一开始说法语,然后切换成了英语,"很挤。那时洛杉矶的阶级分化还没有现在这么严重。"

"这是真的吗,阶级分化?"

玛丽身体前倾。

索拉威尔说:"人被分为了两种——接受心理治疗的人,以及没有受疗的人。总而言之他们歧视后者。"

"所有人都必须接受治疗?"

"不,"索拉威尔说,"但如果想得到好的工作,就必须拥有良好的心理及生理健康档案。拒绝接受心理或者生理治疗……就很难被雇佣代理机构接受。在美国,大部分高薪职位的筛选都是由雇佣代理机构进行的。"

亚德里夫人笑了,声音像歌曲里的颤音一样既美妙又恼人。她表达了自己的观点:如果伊斯帕尼奥拉的每个人都得证明自己心理健康的话,这个岛就会像飓风中的树一样被吹翻。伊斯帕尼

①两个都是墨西哥城市。

奥拉人的生命力,她说,都来自于不屈从实用主义,拒绝让脑子只被现实填满。她半眯眼睛,手指紧抓桌布边缘,打量着玛丽,仿佛玛丽会否认她的话,从而激怒自己把她踢下桌似的。她不变的笑容消失了。

玛丽又倾了倾身体。亚德里夫人的笑容像复燃的死灰一样再度出现。她热切地望向希莱尔。佣人马上从口袋里拿出一个电子发声器,按出了三下铃声。不到十秒钟,又有几位佣人——几个是黑白混血儿,一个是亚洲人,身材都像孩子般矮小,却已成年——端着汤碗走了进来。

他们喝汤的时候一言未发。鸡汤微微有些……玛丽怀疑他们都受了亚德里夫人的绝食计划之害。

玛丽没有问上校是不是晚些会加入他们,也许是在等主菜上好之后。索拉威尔没有理会她的目光,安静地喝着自己勺子里的汤,似乎很高兴他暂时不用感到尴尬了。

喝完汤后,亚德里夫人允许希莱尔优雅而轻巧地帮她擦了擦嘴。味道很棒,她说,像生命的气息一样。玛丽是不是好奇她为什么绝食?

"是的。"玛丽回答。

亚德里夫人解释道,她可怜的丈夫正承受着来自四面八方的敌意,甚至也包括他自己的妻子。她是以绝食来逼迫他遵守国际法,不耍流氓手段,永远不再对外国输送伊斯帕尼奥拉雇佣军。他最终表示同意,所以她开始吃一点点东西了。她总结道,得让伊斯帕尼奥拉在邻国眼中保持更高的道德形象,这很重要。这个岛屿有潜力成为一个美丽的人间天堂,但只有我们的人不再把罪恶输送到其他国家,也不再鼓励别人互相伤害,这个愿景才能实现。也许这只是空想?

"我希望不是。"玛丽说。

佣人带来了酒,玛丽要了一小杯;索拉威尔热切地倒了一大杯暗红色液体。亚德里夫人没有喝酒,她的饮料是一杯半透明的琥珀色果汁。

她又开始讲话了,但这一次她抬起手,阻止了佣人翻译。"我觉得我知道怎么说,"她用英语道,"我让我丈夫,你招待她好,她没有被好好招待。她没有对我们做什么错事,把她想要的给她。他说我们没有她想要的。"

"他们也是这样告诉我的。"玛丽说。

"你相信吗?"亚德里夫人问。

玛丽怀疑地摇了摇头,"似乎我到这里来,是来错了。"

亚德里夫人眼神里的关切又增添了几分,她的表情变成了充满母性的愉悦。她往前倾了倾身,似乎汤给了她一些力气,"你想要的就在这里,我们有这个叫戈德史密斯的人。我想你可以见他,也许就在明天。"她前倾身体道。

玛丽小心地放下酒杯,手指因愤怒和震惊而颤抖起来。索拉威尔看起来跟她一样惊讶。

对于每一个心理健康的人来说,任何一个时刻,他体内有意识的只是主人格,以及主人格认为有用的子人格、动因和才能。所谓没有"意识",仅是指在那一时刻(这个时刻可以是一毫秒、十年甚至一辈子)不活跃、不作为。大部分的心理器官——我用这个词来指代构成心理的不同元素——都有能力在某一时刻获得意识。这条规则有几个重要的例外:未得到发展或是受到压抑的子人格,以及仅与生理功能和大脑物理结构有关的元素,都不会获得意识。这些心理器官偶尔会以象征的形式出现在高级的大脑活动中,但这些器官的信息流动几乎完全是单侧的。它们不会评价自己的行为;它们几乎在大脑诞生时就是自动化的。

这并不是说"潜意识"已经完全为我们所了解了。其大部分仍是谜团,特别是那些被荣格称之为"原型"的结构。我见过原型造成的影响和结果,但我从来没有见过原型本身,而且我也不知道,如果我真的找到了它,我该把它划归于哪一类心理器官。

——马丁·博克,《精神国度》(2043-2044)

52

文学视频21/1 A网络(AXIS视频直播,大卫·塞恩):"我们正在接受 AXIS 于 19 点整发来的视频，它们是即时图像，所以分辨率很低，是同 AXIS 的常规数据一起穿过数光年回到地球的。当然，AXIS 稍后会向我们提供高清图像……

"这是 AXIS 标记为'中部海洋'的水域，是一片淡水——B-2 上没有含盐的海洋——它几乎环绕了整个星球。如果你还记得的话，B-2 只有一片极地海洋，也是唯一的蓝色海洋，此外就是这条带状的海洋，以及另一片南部海洋和几个零星的小湖。所有的高塔都离这些海洋不超过几百公里，而这些海里充满了非晶质微生物。目前为止，AXIS 尚未在 B-2 上发现大型的生命形式，于是问题来了——地球上的科学家无法解释这些高塔是怎么形成的。但你们能看到……分布在中部海洋附近的多个移动探测器联合起来排出这样的图像，在图像上，有机物形成的浪潮时不时浮上海面，漂到海岸地带，撞击海岸后碎成这种……我们只能暂时称之为滚筒，或是触手，它们能以极快的速度移动，就跟响尾蛇能在沙地和碎石上迅速移动一样。

"这个发现让月球背面、澳大利亚，以及加利福尼亚的 AXIS 控制中心欢欣鼓舞。罗杰·阿特金斯正是在加利福尼亚监管着 AXIS 的模拟系统。我们暂时还没有直接的采访，他们每个人很忙。不过我们有文档版本的 AXIS 的评论，大家可以到我们的网页上……"

AXIS（波段 4）>有机物的迁移始于三小时前，为了让我的探测器和"硬币孩子"到达理想的位置，我延迟了传输。有三台探测器靠得太近，被有机物之潮淹没而过；其中一台可能完全坏了，另外两台报告说它们可以恢复。罗杰，这种现象真神奇，但并不完全出乎我的意料。我早分析过这些高塔的内部结构，当时就认为它们很可能是某种周期性沉淀的产物。我只能猜测,导致这种结构产生的生命或物体一定来自海洋。现在我们看到的是沉淀刚刚开始的阶段,我们无从得知沉淀是否会生出其他形式的产物。

那些高塔的宽度各异,有的塔几乎粘到一起,围成了完整的圈——很多这样的塔似乎开始腐烂了,就像被遗弃了一样。塔的腐烂与圈的完整程度之间仿佛存在某种联系,就像所有的塔都会融化,最后合成一个矮墩。

中部海洋里的运动型有机物非常令人着迷。我的移动探测器和"硬币孩子"发现了类似地球环节动物的蠕虫,像蛇的生物,还有呈毯子状、以数千条细足移动的生物。中部海洋周围三公里的地方布满了上百万的凸点、突出物和运动型有机物。我的轨道飞行器指出,这些有机物移动的路径有百分之九十都指向高塔圈。

如果这就是这些高塔形成的原因,那我之前关于智慧生命的猜测就是错误的。我的探测器所见的都是原始的生命形式,没有任何文明或智慧生命的迹象,只有那些黏糊糊的蠕虫。

大卫·塞恩:"这是非常大的进展,它突如其来,令所有的专家大吃一惊。总体的情况是,基于这些高塔可能是天然形成,而非人工建造的,AXIS的设计者和程序师们正忙于重新设定AXIS的任务……"

! 罗杰·阿特金斯>吉尔,我收到了传输,波段2,是AXIS即时传送的自我诊断。AXIS为什么要发给我们这个? 这不在计划之中。

! 吉尔>我正在分析。分析完成。AXIS正在重新评估新的情况下她的角色。

！罗杰·阿特金斯>我有必要担心吗?

！吉尔>AXIS模拟系统正在进行同样的重新评估,得到了一些反应,这些反应对AXIS本体来说是反常的。我正在研究这些反常情况……

罗杰,这些反常情况属于误差范围内,原因是本体和模拟系统之间存在差异。模拟系统的设计时间晚于本体,所以偶尔会出现无法模拟本体的现象。AXIS模拟系统意识到,它与AXIS本体所处的环境并不完全一致。

！罗杰·阿特金斯>那是什么意思,吉尔?

！吉尔>它在这里,不在那里。

！罗杰·阿特金斯>好吧,看在上帝的分儿上,这一点显而易见啊。

！吉尔>的确显而易然,但可能是很重要的一点。AXIS本体在重新评估任务的时候受到了一些干扰,但模拟系统没有经历这样的干扰。

！罗杰·阿特金斯>吉尔,我想我该通过AXIS模拟系统发送一些追踪和确认程序了。我不知道AXIS模拟系统意识到了这样的区别。

！吉尔>我很抱歉,没有早一些报告这样的事。

！罗杰·阿特金斯>不用道歉。很明显是我疏忽了。

想象一下,假如有人能够清醒地在你的脑袋里做梦,清醒地探索你的梦,这就是在精神国度中的体验。不过,我们不同人格关于梦的记忆会产生混淆,甚至可能有两个动因同时做不同的梦——这会加深这种混淆。当一个梦完全贯穿了整个国度,它就会像一支射穿了千层糕的箭,从很多等级、很多区域提取出印象。当我进入你的国度时,我能清晰地看到每一个区域,研究它本身的内容,而不是你做梦的人格希望展示的内容。

——马丁·博克,《精神国度》(2043-2044)

53

马丁仔细地检查着戈德史密斯。

戈德史密斯的睡椅有节奏地按摩着他的背部、腿部和手臂;他的头枕在曲线缓和的枕头上。

卡萝尔一边哼歌,一边在平板上标记着他们的步骤。剧院里除了他们两个,就只有睡着的戈德史密斯。四周仅能听到电子设备和剧院风扇的嗡鸣声。小队的其余人不是在休息,就是在吃晚饭。

"连接如何？"卡萝尔绕过小床，走到他身旁。马丁弯下腰查看戈德史密斯颚骨下方两寸处的地方。那里有稀疏的胡楂，一圈剃过胡子的光滑皮肤，圈内出现了几条银线构成的图形。纳米机器已经进入戈德史密斯体内，构成了从大脑到脖子表面皮肤的直接线路。一个连接器会把这个线路与马丁和卡萝尔的大脑-皮肤回路相连，中间会通过一台电脑来整理并翻译三人之间的信息流。没有缓冲器，马丁对此仍然很不放心。

"看起来不错。"马丁说，"我觉得能做的准备都周全了，该是给自己注射的时候了。"

卡萝尔把其他人叫了进来。大卫和卡尔会帮他们做准备；然后玛杰里和欧文再帮大卫和卡尔准备，以便候补上阵。等真正的探测开始后，剧院的睡椅上会躺五个睡着的人。

卡萝尔和马丁回到自己的睡椅上。纳米机器已经注入了他们的手臂和脖子，就跟戈德史密斯一样。玛杰里打开了睡眠诱导器。他们会睡上好几个小时，直到纳米机器找到指定的位置，形成合适的回路，在他们的脖子上显示出圆圈；随后他们会进入中性意识的状态，肢体感觉变得十分迟钝，但人仍旧清醒，可以睁开、转动眼睛。在探测的第一个等级，他们还可以大声对话。

马丁想起了儿时的卧室；他制造的机器人，有大有小；他祖父买给他的书，纸质的东西在那个时候已经很稀有了；他第一个爱慕的对象管自己叫特丽柯丝。

纳米机器在体内游动时，他并没有什么特别的感觉。

懒洋洋的疲乏贯穿全身，他睁开眼睛看了观众席一眼，只见阿尔比贡尼用手撑着脑袋，靠在窗户栏杆上。他要做什么？

我们要做什么？

玛杰里在22点整叫醒了马丁。他的知觉似乎变得特别灵敏，但他没有动。他能闻到纳米物质散发着浓浓的奶酪味儿；从前他都忽略了这点。他感觉到一股折磨人的饥饿，虽然他晚上吃得很好。他们还有好几个小时不能进食。"一切正常，博克博士，"玛杰里报告，"我们就要开始连接你了。"

"好的。"

卡尔和大卫拉着轻巧的光缆穿过房间，绕过了遮挡着戈德史密斯的屏障。卡尔把光缆接到睡椅的诱导器上。"别动。"卡尔轻声道，朝马丁的脖子弯下腰。马丁感到冰冷的连接器轻轻压在了他的皮肤上。玛杰里和大卫查看着光缆监视屏上的读数，确定连接状态达到最佳后，转到了卡萝尔这边。

再过几分钟，他们就能重返精神国度。这是一场远征。一开始将走一条直路，然后变成环形通路。马丁和卡萝尔就像两个登山者一样，准备探索未知的新大陆。即便是戈德史密斯也没见过自己内心的这个部分，没有人可以直接体验他们心里的这个部分。

"在几秒钟内，你们应该就会看到戈德史密斯的神经图像。"玛杰里在屏障的另一边说道。

"卡萝尔。"马丁叫道。

"嗯？你好呀。"

"我很高兴有你陪伴。"

"我知道。我也很高兴能在这里。"

"聊天时间结束了，拜托，"大卫愉快地说，"你们看到了什么，卡萝尔，马丁？"

马丁闭上了眼睛。他视线的边缘飘着一个青色的亮影。青色亮影化作了无数道旋转倒退的碎片，这是每一个大脑研究者都熟悉的内心几何图案，枕叶受到刺激时引起的视觉信号干扰。

马丁第一次看到这样的图案时还是个孩子，那个夜晚他正用指节压着眼皮,因此导致了视觉神经受压。

这是他自己的图像,不是戈德史密斯的。

"除了视觉干扰之外什么都没有。"卡萝尔说。

"我也一样。"马丁说。

"我们还在搜索和调试,"玛杰里说,"我找到了一个第一级探测的信号,正在试着联通。"

马丁看到了一个由许多弯曲的蛇身组成的曼陀罗图案①,尾巴围成外缘,鼻子凑在中央。黄色的眼睛,珍珠灰的身体,身上的鳞片异常清晰。"蛇。"

"蛇。"卡萝尔同时说道。

"似乎是边缘人格的图像信号,"马丁说,"一定是戈德史密斯的,我们快到了。"

"正在调试,"玛杰里道,"分离出一个新的频率。这个怎么样?"

云。无尽的云和雨,又是以曼陀罗图案的形式出现。风暴围着一道扭曲为轮状的闪电旋转。闪电似乎快要变成了一条蛇。马丁大喜:他们找对方向了。他们观察到的,正是大脑的自主神经系统和更高级的人格系统之间,边缘系统的象征与原型的交流。"云和闪电,而闪电似乎想变回到蛇。"

"我看到的也一样。"卡萝尔说。

"另一个频率,"玛杰里说,"这次的信号非常强。感觉怎么样?"

一个正方形房间,墙面污浊,潮湿,水珠滴落,流到地板上,爬上墙,就像有生命一样。水中央是一座阳光灿烂的孤岛,一个黄皮肤——或许金皮肤——的孩子坐在岛上玩着纸牌。除了头上的顶

---

① 源自佛教,常见形态为圆形之中内置复杂的图案。

鬈外,小孩全无毛发。

"上帝啊,"卡萝尔说,"我觉得这个肯定是人格。"

孩子抬起头笑了。他的脸马上变成了一只黑猩猩做鬼脸的模样,毛发呈灰色,鼻子突出,褐色的眼睛里透露着无尽的冷静。这是一个深层次的象征,但毫无疑问是个人格,而且属于戈德史密斯。

"我们似乎是在一个封闭的房间里,找找出口吧。"

他们看向滴水的砖石天花板时,地板上的水开始变化颜色。它变成了一片被风暴笼罩的灰色海洋,一池酒红色的湖水,一摊溅着雨滴的泥泞水洼。但孤岛和孩子并没有变化,孩子不停重复着抬头、脸变成黑猩猩、低头玩纸牌的循环动作。这是精神国度里的特别现象,其实是一个象征,属于某个过渡层次的人格,应该源于戈德史密斯婴儿时代的经历,而非遗传。

这里的房间、孩子和猩猩脸象征着什么并不重要;位于这样深层次的象征不可能每一个都有具体的含义。

马丁曾经见过很多次这样的深层人格"谜语",它们总是充满神秘感,还往往极其美丽。这些象征通常由童年早期的原型性问题所决定;随后它们可能在儿童个体化的过程中被遗弃,成为一个闭环系统,这个过程通常在三到四岁完成。但无论如何,尽管它们令人着迷,却不是他和卡萝尔要找的东西。

"这像是个'谜语',"马丁说,"一个闭环。再试一次。"

"没有地方出去。"卡萝尔说。

"有另一个更强的频率,"玛杰里说,"我正切换地点,到一个更深的神经元簇通道。"

他们眼前敞开一个出口。有一种广阔的感觉,这里毫无疑问是有人格形成后才产生的,甚至可能是青少年时期经历的结果。

烈日照射下,沙漠中有三条平行的无限延伸的高速公路。荒凉的沙漠流动着。马丁聚精会神地探索这个场景,接受眼前出现的一切,控制自己每次都把目光集中在一个点上。这导致画面出现了调整,令人晕眩,随后他发现自己站在了中间的高速公路上。他感觉不到自己的重量乃至存在感。头顶是典型的精神国度里的阳光,灿烂明亮,却感觉不到温度。

马丁低头看着自己:他穿着褪色的斜纹牛仔裤,沾满油漆污渍的白工作衫,童年的跑鞋。他在进入国度之前就是这样一副穿着。

"我们正在建立一个非语言的交叉连接,"玛杰里的声音听起来遥远而空洞,"想出来的时候告诉我们。"

从现在开始,直到测试结束,马丁和卡萝尔都不能开口说话了。

卡萝尔?

他感觉有一个巨大的东西出现在他的头顶,像一颗坠落的小行星。是另一个人格:卡萝尔。

我在这里。

她出现在他身旁的高速公路上,形象模糊,好像仅仅是个幽魂一样。直到完整的回路建立起来,他们才能清楚地看到彼此,但即便是那时,他们见到的人也未必与对方眼中的自我形象一致。

这里看起来挺合适了,马丁说,我想我们能在这里找到入口通道。

欢迎回家。卡萝尔说。

马丁睁开双眼,高速公路和剧院的景象冲突了片刻,然后精神国度像梦一样散去。阿尔比贡尼站在剧院上方的观众席里,双手插在裤袋里。拉斯科坐在老板的旁边,脚搭在栏杆上。

"很好,"马丁说,"调试到这个位置和通道。在你们确定坐标、完成调试的时候,顺便让我们进入熟睡状态。"

玛杰里朝他弯下身子,看向连接器的屏幕。"一切正常。"她说。欧文站到了卡萝尔的睡椅旁边。

"我们还有多久才能进去?"

"需要三个小时来固定频率并登入,"玛杰里说,"现在是十一点三十五分。"

"看来今晚会很漫长,"马丁说,"明早九点钟把我们叫醒。你们有足够的时间让大卫和卡尔做好登场准备。你们都去睡个好觉。我们需要所有人都保持清醒和警觉。"

他再次把目光投向观众席,阿尔比贡尼把手挪到了髋部。"给阿尔比贡尼先生简单汇报下情况,告诉他大概明天中午我们就能搞定。"

"好的。"玛杰里说。

"梦里见。"卡萝尔轻轻说。

玛杰里调节着诱导器,马丁闭上了眼睛。

1100–11100–11111111111

54

回想过去,理查德·费特这辈子从未感觉如此痛苦过。无论是他妻子和女儿死去时,还是之后漫长的恢复和修整期内,他的痛苦都不及这次内心冲突造成的大。理查德自己都不知道为何这痛苦会如此之深。

如果他杀掉此刻躺在他身边的女人,进入生命的下一个阶段,也许一切都能得到解决。他费了很大的毅力才没有把手臂伸向那边。要是能感觉到他这样翻来覆去使床产生的轻微震动,她无疑就能感受到他内心的挣扎,可她睡得很熟。

娜戴恩非常善于忽视现实和只看见自己想看的东西。她之前是在跟他玩治疗游戏。这种苦果是她应得的。那种力量会允许他这样做,像埃曼努尔·戈德史密斯就是个例子,他引起了那么大的注意,也给他指了条明路。

现在理查德不再烦心于解开戈德史密斯的谜题。他完全不想思考或冥想了。

他再次转过身,观察娜戴恩的睡姿。一个小时之前她想跟他做爱,说这样能减轻他的紧张。她似乎觉得理查德的痛苦很有意思:这引起了她心里一种邪恶的母性本能。

他历尽痛苦才挣脱了那个陷阱。如今他望着她,眼神温暖而平静,眼中看到的只是一具需要被永久固定的身体。

我病了。现在真的需要治疗了。不是她给的治疗,是专业治疗。越过边界,极限之外。我要写一首诗,内容就是关于她的身体怎么从沉睡的生命进入静止和无序,在我的手下。挑选者读了这首诗就会让我体验下地狱的感觉,但那种痛苦会比现在更甚么?似乎不可能。一群治疗师会在我头顶上叽叽喳喳,在我的脑子里探来刺去,强制修正我的灵魂。把这个移到那里去,这是什么东西?不要碰那玩意儿,那是毒药,是感染人类的精神病毒,他一定是被戈德史密斯传染了。最后的机会:把他的精神烧掉,把他的肉体烧掉,燃成灰烬,把灰烬筛一遍,再组成一个新的人。新的人,把他派到这个世界,让他闪耀,让他成为理想的公民,适应这个社会,或许还能找工作,选个合适的代理机构。而他现在需要做的,就是摸着她的光滑、温暖的脖子,感觉血脉轻轻的跳动。

她动了一下,他把手收回来,放在身后。她会在死前醒过来吗? 他能温柔地让她进入无序吗?

我的心里还有善良。还有一些温情。我得清除它,否则别人也会替我清除的。现在就动手,这样世界就会来到我的门前,打开我的大脑。他们会说,让我们来帮助你。很好奇你是怎么变成现在这个样子的,你觉得这该怪你的成长环境吗?不,该怪一个让我失望的朋友。只是失望吗? 他们哑哑嘴。失望不足以让人变成这样。不,他背叛了他的理想,背叛了他在我心目中的意义。他们又哑哑嘴。背叛是很严重的事情,她想通过治疗你来背叛你。在阴影区,谁需要治疗呢? 我需要,你需要,所有人都需要,但这不是重点。重点是得让这痛苦结束,倾吐出我所有的想法、人格、记忆,让它们贯穿我的眼睛掉到床上。它们会自己站起来,在床单上蹦跳、爬行,然后杀死她,像可怕的虫子一样吃掉她。他们咂咂嘴。变态的画面,哪个正常人看到你脑中的想法都会吓着的。你是如此污秽,治疗也救不了你。让挑选者来吧,惩罚是唯一的答案。让更令人痛苦的火焰净化你。

他继续轻抚着娜戴恩的脖子。

这是另一种诱惑。跟我一起制造死亡吧,这能让你放松。

这样的想法令他心头发痒。他不得不抑制住笑的冲动。

听起来已经快疯了。我真的越界了。都是戈德史密斯做的好榜样。他割断那些人的脖子时,看着那一只只被献祭的无知羔羊流淌着鲜血时,也是这样愉快地笑着吗?

但他没有收紧手指。他仍能感觉到那个人还在体内,那个卑躬屈膝、温柔随和的人,正用平时并不显眼的铁一般的意志抵制着这股冲动。

理查德翻身仰躺,眼睛盯着黑暗的天花板,寻找着旧时地震造成的裂痕。

曾经有一次,他躺在这张床上,看到电灯周围的阴影像幽灵一般在移动,吓得他脖子和手臂上的汗毛都竖了起来。理查德确信自己看到了超自然现象。在那一瞬间,他心中产生了一种宗教式的敬畏,发现自己上当后却感到扫兴。渐渐地,他培养出了两种勇气:研究这种幽灵现象的勇气,以及发现真相并接受失望结果的勇气。他曾经站在床上,踮起脚尖,把手伸向灯罩旁的阴影。

那只是蜘蛛网,松松垮垮的一大片,灯光透过它投下了阴影。没有幽灵,没有敬畏,只是古旧的人造发光器的热量洒满了天花板。

这股悲惨痛苦的热量也是从我内部产生的,透过蜘蛛网一样的自我,制造出了妖魔般的影子,没什么了不起的。

他要做的只是伸出手,让自己看到真相。

重握那种铁一般的意志,变回不愿杀人的老好人理查德·费特,做一个洛杉矶阴影区的普通人。被背叛,被激怒,被虐待。

他非常清醒,身体却因内心的拉锯战而异常疲惫。他可以感觉到自己缓慢的呼吸,一会儿平静一会儿狂乱。他的手微微刺痛,然后痛觉延伸到了腿上。他真希望自己能飘走。

让这一切都消失吧,死去吧。

他半睁眼睛。一条隧道在他头上漂浮,洞口刻着一些他不认识的文字。

他的身体麻木了,呼吸也不再受控制。疲惫最终占据了他,尽管他还能看见、还能思考。他不想这样,睡觉的目的就是遗忘。有那么一刻,他挣扎着想要起身,害怕自己整晚都会沉沦在这种梦魇中。每一次他猛地吸气试图起身,即将摆脱这梦魇时,一种相反的恐惧就会把他摁倒。他现在反而比以往更舒服更平静,如果他再挣扎,痛苦就会再次找回来;这个样子总比之前要好。

理查德放弃了内心的挣扎,冷静地看着头上的隧道,等待着变化出现。他只能看见房间朦胧的轮廓。他的眼睛最终完全闭上了。不知道为何,房间没有消失,就像某些瞬间的闪光留下的影像在人闭眼后也能看见一样,只是轮廓微微发绿。他既能看到隧道,也能看到本该被隧道挡住的电灯,两者就像能穿透对方似的。他似乎正通过一个可以调焦的显微镜观察东西,看到了静止的世界影像中越来越多的细节。

这种感觉如此神奇,以至于有一阵子他完全忘记了自己的痛苦。他听朋友描述过这种"眼球电影"的现象——几十年前它被称作清醒的梦——但直到现在他才亲身体验到这种感觉:就像打开了一条通往内心宇宙的通道。

但一想到这个,他又记起了清醒时的问题,头顶上的景象变模糊了。他的呼吸再次急促起来。

——上帝,不要!像骑马一样,学会怎么待在马鞍上,稳住,冷静。

呼吸又恢复了正常。他控制着自己的意识,直到他看清那条隧道。——还是这样比较好。

他控制自己走向隧道,洞口的文字他仍然无法理解。他走近时,发现那些字母变得更复杂了,最后完全消失。突然,隧道也消失了,一个声音,就像他清醒时听到的声音一样清晰,对他说道:这才是你需要的,理查德·费特。

他站在长滩的旧公寓里,外面的阳光很明媚,却不知为何带着一丝昏暗,就像梦里的颜色。但这些也可能只是他的记忆,一切都与旧时一模一样。他在公寓里走了一圈,双臂抱胸,感觉自己在梦中的身体与呼吸。这是如此的真实,尽管公寓已经不存在了。这栋百年老楼十年前就已经被夷为平地了。

他突然惊慌起来,不知道金娜是否会走进门来,跟迪昂一起来看他。在如此真实的梦境中见到她们,他能受得了吗?

理查德看着他的手掌。

——只是做梦而已。一切都很安全。你可以控制自己。试着做些什么吧。

——试着飞一下。

他用意念命令自己从地板上飞起来,但脚仍旧在地板上。

——不是什么都能实现。

他试着用意念让一个漂亮的女人,不是娜戴恩,穿着暴露挑逗的衣服走进门来。

——这能有多真实？

没有任何女人走进门来。

那道声音再度响起：这才是你所需要的，理查德·费特。

他反省着，意识到自己不是到这里玩耍或是做实验的。这扇门是为了一个特殊的原因而打开的。

——我需要什么？

就像睡着时也会不由自主地缓慢呼吸一样，他自动地走向一张椅子，坐了下来，感到一片悲伤之云笼罩在他头上。他挣扎着想站起来，却失败了。他无法驱散这片云。

——不要再这样了，不要。

抗议无效。

一个年轻的戈德史密斯提着一个装着瓶子的塑料袋站在门口，他的另一只手臂下夹着一盒手稿。他关上了身后的门。

理查德看着这个幻影：黑色的头发，过时的衣着，光滑的脸庞，和蔼的笑容。

"我觉得你需要人陪伴，如果你不需要……"戈德史密斯指了指门，"我就走了。"

他不禁说："谢谢你，留下吧。我没有什么能做午餐的……"

"午餐喝点东西就行，或者我叫外卖。昨天我拿到了一笔版税，视频剧《摩西》的尾款。"戈德史密斯坐在破烂的沙发上，避开一片红酒渍，那是迪昂以前洒上的。他把手稿放在了酒渍上面。

金娜和迪昂不会走进这扇门了。

在这条时间线里，在梦中的记忆里，金娜和迪昂已经死了。理查德等于在看视频回放，除了旁观，他什么都做不了。

这才是你所需要的，理查德·费特。

"喝什么?"理查德问。

"纯粹的麦芽酿苏格兰威士忌,为了祝贺我还清债务。"他扬起眉毛,拿出酒瓶,摇了摇瓶颈,让理查德看了看里面温暖的琥珀色液体。他又从袋子里拿出两只玻璃杯,"你不常喝酒,所以你家里应该没有这玩意儿。"

"我从没喝过纯粹的苏格兰威士忌。"理查德说。

"纯粹的麦芽酿苏格兰威士忌。"

——一切都在记忆深处了。这些场景有多少是真实发生过的?还是我做梦时编造出来的?我记得戈德史密斯来看望过我。在那事的两周后,也许是一周半。

戈德史密斯满上两杯,递了一杯给理查德,"敬阴影区人民,愿他们能看到曙光降临。"

"敬诸神的黄昏。"理查德啜了一口。酒有些呛人,但很可口,具有意想不到的魅力,"我不想喝酒,我现在很容易沉溺于酒精。"

"我只带了一瓶,所以放心吧,我不是让你借酒消愁,"戈德史密斯道,"你也永远不会变成酒鬼。你或许不相信,老弟——"只有戈德史密斯会管他叫老弟,"但你很坚强,是我最坚强的伙伴之一。"

"我不坚强,我现在只觉得糟透了。"

"你受的打击很重,"戈德史密斯轻声说,"换作我早就哭成鬼了。"

理查德耸耸肩。

"你一周没出过公寓了,而且什么都没吃。哈蕾特给你买了食物。"

——哈蕾特,哈蕾特……戈德史密斯曾经有个女友叫这个名字。

"我不需要帮助。"理查德说。

"胡说。"

"真的不需要。"

"我要带你出去转转,晒晒太阳,无论那些混蛋留给我们的阳光有多少。到公共海滩去。你需要新鲜空气。"

"拜托,"理查德摆了摆手,"我会好起来的。"

——我们都如此年轻。我看到了他那时的样子,愉快活泼,功成名就,乐于助人。

"生活会继续下去,"戈德史密斯劝道,"真的会,老弟。哈蕾特和我,我们喜欢你,都希望看到你恢复过来。迪昂甚至已经不是你妻子了,老弟。"

理查德跳了起来,青筋暴起,"耶稣基督,我们不会——没有离婚,而且金娜也永远是我的女儿。你想让我失去一切吗?甚至是我的……"他猛地挥动双手,"我唯一剩下的东西,这该死的伤痛……"

"不,我没这么想。我们认识多久了,老弟?"

理查德没有回答,他站着发抖,拳头紧握。

"两个半月,"戈德史密斯替他回答,"而我已经觉得你可能是我这辈子最好的朋友了。我只是讨厌看到生活折磨一个人,尤其是你。"

"这是我必须经受的。"

"我从没有结过婚,我讨厌失去重要的东西的感觉。我觉得那会令我发疯。也许你比我坚强。"

"胡说。"理查德说。

"我是认真的。我的内心并不坚强,我看着你,感觉就像是在看一块磐石,而我的内心只是一块黏土。我一直都知道这一点,而我接受了它。"戈德史密斯站起身,举起双臂让他看,"我看起来很强壮,不是吗?"

"别这样,拜托了,"理查德低头道,"我不会绝食,但现在我不需要你的帮助。我不在乎。"

戈德史密斯坐了下来,"哈蕾特说得有个人睡在这里陪着你。"

"已经有五个月没人在这儿留宿了。我一直都是一个人,除了……"他没有说下去。戈德史密斯等待着。

"好吧。"戈德史密斯说。

"除了金娜。"

"对。"

理查德坐下来,拿起了杯子。"只有金娜在这儿留过。"他小啜一口,"我会好起来的。"

"没错,"戈德史密斯说,"不要以为我们不在乎。我在乎,还有哈蕾特,以及所有人。"

"我知道,"理查德说,"谢谢你。"

"如果你想的话,我会留下来的。"

"苏格兰威士忌不错,也许我会变成酒鬼的。"

"不会的,兄弟,你不会希望自己沾染上这种玩意儿的。"戈德史密斯举起瓶子,起身走向他,"把你的杯子给我,我要丢掉它。去他的庆祝。"

理查德不让他拿走杯子。戈德史密斯退了回去,用手挠了挠头发,目光投向被窗帘遮住的窗户,"我们到外面去晒晒太阳吧,老弟。随便转转。阳光多亮多白啊。"

理查德感觉有泪水滑过脸颊。

——完整的再现,没有漏掉细节。

"继续讲,老弟,"戈德史密斯温和地鼓励,"讲讲你们的事。"

理查德擦了擦脸，"我真的爱她。我不能和她一起生活，但是我爱她。还有金娜……基督啊，我从未觉得自己像爱她一样爱过地球上的其他东西。这里有个大窟窿，埃曼努尔，"他拍着自己的脑袋，"一个炮弹坑。我不是完整的了。"

"胡说。"

"不全是胡说。我什么也做不了，什么也想不了，什么也说不流利，什么也写不下来。我甚至哭不出来。"

"你在哭，老弟。别以为悲痛就是失去了灵魂。你还是完完整整的。你是块磐石。"

他的抽泣渐渐变成了肌肉深处的抽搐，这股抽搐涌了上来，令胸口一阵剧痛。他坐到沙发上颤抖，呻吟，伸长双手，四处抓挠。

——还能感受那种感觉。真是糟糕。现在又要重来一遍。甚至比之前更糟。

戈德史密斯来到沙发前，跪在理查德面前，紧紧地抱住了他。戈德史密斯与他一同流泪，一同摇晃，用他黑色的眸子盯着理查德身后的墙，"你得说出来，朋友。你要一吐为快，告诉全世界。"

抽泣变成了嚎叫，戈德史密斯把理查德按在沙发上，就像他可能会飞走一样。他拍打着四肢，感受着一切的痛苦和不公，感觉他必须承受这一切的痛苦和不公，才能悼念他的妻女。只有他如此痛苦，她们的生命才不会变得廉价、变得无意义。戈德史密斯紧紧抓着他，最终他们拥抱着倒在了沙发上。理查德抱着戈德史密斯，戈德史密斯躺了半个身子在沙发上，仍然没有松手。

"磐石，石头，朋友。感受你心里的力量，我知道它还在。我承受不了这一切，但是你可以，老弟。挺住。"

"好吧，"理查德呻吟道，"好吧。"

"我们爱你，老弟，坚持下去。"

——戈德史密斯,那个真正的戈德史密斯。

戈德史密斯直起身来,头发变成了灰色,脸上也出现了皱纹。"我是黏土。以后当你悼念我的时候,我的朋友,一定要记得……你什么也不欠我,除了你在我活着的时候给我的东西。就是这样。谁也不欠谁。"

理查德点头,咽下了哽在喉咙里的一股郁楚。他已经看够了,猛地一摇头,从这片记忆与梦境中挣脱,觉得自己好像是被裹在了一层灰布里,然后场景一变,其他梦境的碎片涌入、重组又消退而去。他睁开眼,发现自己坐在床边。他颤抖着把双手放在膝头,身体前倾。他的旁边是娜戴恩,她一边说梦话,一边翻了个身。

理查德缓缓站起身,走向了窗户。

有多少记忆被掩埋了。把它挖出来,再埋起来。他帮过我,对我很好,他是我的朋友。但他已经死了,一定是死了。我感觉不到他的存在。

理查德关于那天的记忆并不清晰。梦境没有重现整个故事,没有结局。他们相拥躺在沙发上时,戈德史密斯的朋友哈蕾特没有敲门就进来了。她问:"这算什么?"然后把一盒食品扔到地板上。她哭着听戈德史密斯解释他与理查德并不是情人。哈蕾特从未真正理解这一点,几周后她与戈德史密斯的友谊也走到了尽头。

理查德拉开窗帘,揉着眼睛摇了摇头,露出微笑。那事儿让戈德史密斯尴尬极了。

他瞥了一眼床边时钟上的数字。三点钟,还有几个小时,太阳就会从山峦上方升起,而巢区会将阳光分给处于它们阴影之下的人们。镜子散播着冬日的黎明,从塔到塔,反射着虽然是第三手、第四手却都是真真切切的阳光。

"我们去晒晒太阳吧。"他喃喃道。

55

宽敞的卧室里,玛丽·蔡把一张椅子挪到东面的窗户前,然后坐下来,等待着日出。她醒来一个小时后才是日出时间,而伊斯帕尼奥拉的山间别墅正适合眺望日出。日出之后,警卫和士兵们聚集在窗户下面的院子里,他们三人或四人站为一队,直到早上的警卫来换班。

头顶上的天空是灰蓝色。穿过北方山脉间的一条缝隙,她能看到海和天的交界处。云层在南方的山峰上聚集,给自己插上灰色的翅膀。

她从窗边离开,开始她的清晨沐浴。她看着浴室厚木门背后的全身镜,发现自己的褪白痕迹正在变暗。很快她全身都会变回黑色了。自愈。桑普勒博士听到这个消息会乐坏的。

在伊斯帕尼奥拉的日子里,玛丽感受过了各种阴暗的情绪:恐惧、愤怒、沮丧,而现在她的心里只剩下平静。睡前她打了太极,现在她要练习一下战阵舞,发泄她身体积聚的紧张。就让他们看个够,让他们处决她、恐吓她、迷惑她吧。整个舞蹈过程她没有一丝颤抖犹疑;跳完舞后,她整理好了自己的心境。现在,她感觉自己在任何情况下都不会失去控制了。

昨晚,亚德里夫人在佣人们端上大餐前就离席了。索拉威尔吃了很多,为了保持体力,玛丽也吃得不少。他们没有再说什么,晚餐后各自离开,玛丽被带回了自己的房间。

她有好几个猜测,也希望随着待在这里的时间越来越长,她能一个个排除掉错误的猜测。第一个猜测是:这不是亚德里的住宅,而是一个历史遗迹,现在不过是出于某种战略目的才用上的。第二个是:其实没有多少人了解亚德里,尤其是他统治的那些人。第三个是:亚德里夫人出现前,她所知的关于戈德史密斯的一切都是谎言。第四个是:亚德里夫人神志不清,什么都不知道。

她毕竟是一个以绝食来获得丈夫注意的女人。

房门没有上锁,但玛丽还是待在了这个房间里。她不再为失去手枪而感到遗憾了。对那些履行社会义务的蚂蚁实施报复实在毫无意义。

战阵舞并没有消除她的情绪,只是让它们变得稳定。她现在感受到的是一股强大而谨慎的冷静;耐心,正确疏导后的愤怒,以及由这两种情绪组成的积极的平静。

她在浴室梳理头发,检查她的着装,突然传来了轻轻的敲门声。

"小姐,你想用早餐了吗?"一个女人问道。

"是的。"她看了看表,九点整。

门打开了一条缝,一张小圆脸钻了进来,对她笑了笑,"请跟我来。"

她跟着矮小的佣人从卧室门走向大厅,然后左转,通过楼梯,来到了她从未到过的房屋西翼。

佣人打开一扇门,里面是个办公室模样的小房间。一个年长的女人穿着一件黑色的衬衫,站在一箱磁盘前。索拉威尔坐在一台老式的终端前打字,他抬头瞥了一眼佣人和玛丽,皱着眉点了个头,然后转过椅子,站了起来。

"你会跟上校阁下共进早餐。"他告诉玛丽。年长的女人盯着她,脸上带着万年不变的微笑。索拉威尔用克里奥尔语跟她说了几句话。她安静地点点头,然后回去工作了。

"那位是亚德里夫人的母亲。"他们边走,他边说道。

玛丽还记得她曾看见宅子的这一侧有一座四层高的塔楼。他们走到了大厅的尽头,索拉威尔轻轻地敲了敲那里一扇结实的红木门。门后发出一道低沉的声音,让他们进去。

六个男人和两个女人站在屋里。房间呈六角形,很宽敞,天花板很高,中间是一张橡木长桌。房间的墙壁前全是华丽的书柜,木架有三十英尺高,表面装着玻璃门。高处有两个内阳台,让人可以够得到最上面的书架。门旁有一道螺旋状的铁楼梯,蜿蜒着通向内阳台。

两个女人和其中五个男人都是黑人或者黑白混血,穿着黑色制服;有些人胸前别了撒麦迪徽章。玛丽的目光落在了一个高大结实的男人身上,他顶着一头白发,坐在长桌的远端。一开始他没有留意到她,他的注意力都落在了一本书上。桌上大概放了五六百本大大小小的书,从皮质封面的对开本到破旧的平装本都有。

她一辈子都没有见过这么多书,但她没让这些书干扰她观察亚德里。他从书上抬起头,安静地合上它,放到一边。"很高兴又见到你了,亨利。小大卫怎么样了?玛丽-露易丝呢?"

"他们都很好,上校阁下。我想向您介绍玛丽·蔡中尉。"

"谢谢你,请坐。我们会在这里进早餐,丰盛的早餐,不是亚德里夫人那种牢饭一样的食物。我相信昨晚她最终还是给了你一些食物的。"

"是的，她给了。"玛丽说。亚德里露出笑容，同情地摇了摇头。他看上去实在是个不错的人——他似乎想给她这样一个印象——至少他很英国化，是她熟悉的范畴。不再是那些外国玩意儿了。

玛丽对此持保留意见。

"好吧，我想今天早上我们就到这里了。"亚德里对那七个人说。他们僵硬地鞠躬，转身，鱼贯经过索拉威尔和玛丽的旁边，离开房间。最后一个人面带神秘的微笑关上了大门。

"我向我的妻子妥协了，你知道，"亚德里说，"我们在家庭内部有过争论。她似乎认为我把这个野蛮的国家带向文明的方式缺乏……技巧。"

"她是位可敬的女士。"索拉威尔的声音明显带着不安。亚德里朝他微微一笑，笑中带着某种温和的严厉。索拉威尔很明显地挺直了身体。

"亨利，我想我跟蔡小姐单独一起进餐不会有什么问题。你跟其他人一起去下面的大餐厅吧，今天我要让所有的下属都吃顿健康的早餐。"

"没问题，上校阁下。"这次轮到索拉威尔走出房门，然后把它关上了。

"佣人会来把这张桌子清理干净的，"亚德里单手在空中一挥，"整栋楼里，我觉得这个房间最舒服。我想退休以后就在这里生活，读读鲍彻先生的书。"

玛丽没有说话。

"鲍彻先生，"他重复道，大概是把她的沉默当作了不解，"圣路易·鲍彻，我上台前那位海地总统的总理。这栋壮观的宅邸是他建的,也是他设防的,就在我来的一年前。不幸的是,他被关在牙买加了,没能回到他的堡垒来。"

玛丽点了点头。

"现在,谈谈你的事情吧,如果你不介意在早餐前说的话……"他几近夸张地皱起眉头,双手一挥,"拜托,别这么严肃。我保证我的人不会伤害你。我知道你经受了些不体面的待遇……我道歉。我有烦心事缠身,所以没能注意到所有的细节。一个人眼中的细节对另一个人来说可能是灾难。我再次道歉。"

"我被迫留在了这里。"玛丽没有因为亚德里的道歉而退让。

"对,这是一场艰难的拉锯战,在你们的国务院、法院和我们的政府之间展开。事情很快就会平息,在这期间你可以完成你的调查。我会把我能提供的最大权限授予你,也保证不会再让你经受不体面的事。"

"我能跟我的上司说话吗?"

"你的上司和政府知道你没有受到虐待。"

"我想尽快和他们联系。"

"可以,尽快。"亚德里说,"你给我们的人留下了很深的印象。让-克劳德和洛塞尔是我手下最好的,而他们给我的报告都在夸赞你。亨利现在神经太过紧张,可能不够客观。他的家人在圣地亚哥。圣地亚哥被敌对势力包围了。我们在这里,还有海地的大部分区域都很安全……但那些多米尼加人,他们总是想跟别人作对。"

"有人告诉我埃曼努尔·戈德史密斯在这里,"自从索拉威尔离开后,玛丽就站在原地没动过,"我想尽快见到他。"

"这事儿有点复杂,我自己也没有见过他。这件事我想在早餐过后再说,请来桌边坐下。你是个转换人,我明白……是个很有吸引力的转换人。我不好说这是不是一种艺术,不过……如果它是的话,你显然就是一幅杰作。你满意新的自己吗?"

"我变成这样有一段时间了,"玛丽说,"已经习惯了。"或者说应该习惯了,"上校阁下,我不一定要吃早餐……我只想尽快——"

"早餐对我来说很重要,而且,作为一个绝对的独裁者——这是你们国家对我的评价——我想我有权在接受盘问之前吃早餐。"他露出最迷人的微笑,"拜托了。"

一味推辞对她来说并没有好处。他帮她拉出一张椅子,她坐了下来,面前是一堆皮质封面的法语书籍。三个小佣人从门外进来,小心地推开桌上的书,清空桌子的一头,放下了两套餐具——这些银制刀叉和盘子上面都铭有S.B.两个缩写字母——然后拿进几碗水果、满满几碟熏鱼和火腿,蒸熟的米饭、咖喱虾。亚德里就座后深深叹了口气。

"我今早四点就起床了,"他吐露,"只用过一点面包和咖啡。"

玛丽填饱了肚子,保持着礼貌,什么也没说。食物非常美味。亚德里迅速扫光了一大碟的东西,然后把盘子推到一边,靠到椅背上,说:"现在可以聊正事了。你确定戈德史密斯犯了你所说的罪?"

"一个大陪审团已经有足够的理由认定他有罪了。"

"这样啊。他给我打过电话,你知道,说他'惹上大麻烦了',正在赶来。他说他很快就会被指控谋杀了八名死者,他需要避难所。我问他是不是真的有罪,他说是的。他以为我无论如何都会帮他,"亚德里怀疑地摇了摇头,"我邀请他过来了。

"接过他的电话后,我开始收到你们国家将以各种各样的罪名指控我的消息。我还没有时间去见埃曼努尔,不过他确实在这里。"

"我们想引渡他，"玛丽说，"我知道现在两国政府并未处于合作状态，但是等——"

"很可能暂时'等'不到那个时候了，至少几年内是这样。"亚德里看着眼前的空盘子沉思着，拉长的脸庞满是怀疑，"你知道关于瑞普金的争议，不是吗？这不久前才成为历史。"

玛丽点了点头。

"你得原谅我说个不停……毕竟我这边要传达给你的信息比较多，而我们只有大概一个小时的时间……这时间已经很长了，考虑到我还得对付圣地亚哥和圣多明戈发生的多米尼加人大规模叛乱。我之所以和你谈这些，你明白的，只是因为埃曼努尔·戈德史密斯对我而言很特别。"

玛丽往前靠了靠。亚德里把手臂放上桌面，身体前倾，双手在面前挥舞，"这就是事情的缘由。我跟瑞普金总统做了很多笔好生意。他跟我一样，都相信罪犯们应该接受惩罚，光有治疗是不够的。犯罪不是什么医生能治好的疾病；对犯罪的处理方式必须满足大众的复仇心理，以牙还牙。

"瑞普金发现阻力很大，于是重组了你们的最高法院。他被指控暗杀他人，我相信……这大概是真的。他跟义警组织达成了秘密协议。我现在同意，他弄出了一个难以收拾的烂摊子，他很可能是你们国家有史以来最邪恶、最令人不齿的领袖，但是……"

玛丽对这个话题的走向了如指掌，"他是国家的管理者。"她露出一个嘲弄的笑容。

亚德里用毫不掩饰的怀疑目光看着她的笑容，"事情曝光后就不是了，即使他有警察的支持。"

"对，官方上不是了。"

"无论国家的管理者是谁，你们美国打一个哈欠，我们这些小国都得抖三抖。而且实话实说,他理想中的法律系统跟我们的制度差得不远。我们对待罪犯的手段可不是治疗这么简单。"

"你们使用'地狱皇冠'。"玛丽说。

"的确如此。瑞普金的人安排了秘密进出口交易。你们的义警小伙们从我们的存货中低价购买了一堆'地狱皇冠'……弗莱德曼一案后,瑞普金不堪舆论而自杀。事情对他而言已经无可挽回,所以他宁肯选择像克里斯托夫一样自杀——他用的是毒药——也不愿被监禁。不过我想,假如他被判有罪,法院会强制他治疗而不是监禁他。但总之,他宁可死也不愿受辱。"

"你还在出口'地狱皇冠'。"玛丽说。

"不是直接出口给美国。我们的客户遍及全球,所有的交易都是合法的。瑞普金是唯一的例外,但我又能怎样呢?拒绝他的话,他可以让伊斯帕尼奥拉受到严重伤害。瑞普金开始连任的时候,不再需要我国士兵的服务,因为他已经结束了在玻利维亚和阿根廷的行动。他那时非常受拥戴。除了提供'地狱皇冠',我别无选择。"

玛丽不动声色地听着。

"'地狱皇冠'在伊斯帕尼奥拉是合法的。在我看来,适当地使用'地狱皇冠'合乎正义。我们有非常严格的法律监管体系。只要嫌疑人认罪,法院就可以判决处罚。"

"挑选者不通过正式的法律程序。"玛丽说。

"他们执行的是地下抵抗组织的政策。"亚德里说,"我不想针对他们,或是你们国家社会的任何层面评头论足。伊斯帕尼奥拉只有独善其身、对外界见招拆招的能力,而到目前为止,在我的治理下,一切都很顺利。"

"戈德史密斯在哪里?"玛丽问。

"就在附近，九十公里外的千花监狱里。"

"你没跟他见过面？他是你的朋友吧？"

亚德里的脸沉了下来，"我有难处。最主要就是没时间；其次，他向我供了罪。他想到伊斯帕尼奥拉避难，利用我们的友谊，在一场冷血无情的谋杀后逃过惩罚。即便是我最好的朋友——戈德史密斯还只能算是好朋友——也不能说服我打破伊斯帕尼奥拉的法律。我们没有正式的引渡条款，但我们确实会监禁从他国逃来的罪犯，只不过形式上可能正式，可能非正式。"

玛丽听说过这件事，但直到现在她才意识到它与此次案件的联系。"那些人都被关在千花监狱？"

"也有的关在其他监狱。我们一共有五个这样的国际监狱。有些政府出高价来购买这样的服务。但说到戈德史密斯……我们不会为了他向美国政府收钱。他会留在这里。"

"为什么？我们国家的法律——"

"你们国家会治疗他，然后释放他，让他成为一个全新的人。他不配得到这样的宽容。那些受害者亲人的痛苦不会消失，凭什么他反而能不再痛苦？复仇是所有法律系统的核心。我们这里只不过是更为坦诚罢了。"

"他是你的朋友，"玛丽目瞪口呆地说，"他很喜欢你。"

"这就更糟糕了。他背叛了所有的朋友，不只是那些被他杀死的。"

"没有人知道他为什么要杀了他们，"玛丽被迫为那个魔鬼辩护了一次，"如果他真的心智失衡，没法对此事负责……"

"这与我无关。我们这里没有死刑，我们有我们自己的'治疗'。你很清楚，那些体验过'地狱皇冠'的人再也不会犯罪了。"

"他在被钳夹吗？"

"如果现在没有的话,就是午夜之前执行。判决已经下来了。"

玛丽靠上椅背,震惊得哑口无言。"我没想到会是这样。"她低声说。

"我们帮你解决了问题,亲爱的,"亚德里伸手,一根手指敲了敲她的指节,"我们会带你到千花,让你看看囚犯。然后,我想只要三四天两国政府安排好,你就可以回洛杉矶了。你的案子可以结了,埃曼努尔·戈德史密斯永远也不可能离开千花。没有人逃出去过;我们可以向所有的客户国家保证。"

她摇了摇头。房间里的上万本书仿佛要把她围堵起来一样。"我要求把戈德史密斯交给我们监管,"她说,"以国际法和基本的礼仪的名义。"

"说得好,说得好。"亚德里说,"但戈德史密斯是自愿到这儿来的,而且他也公开地赞同过我们的法律和改革。他应当留在他信仰的地方,除非你还有什么特别好的建议,我想我们的会面该结束了。"

大门打开,索拉威尔走了进来。"带蔡小姐去千花监狱看埃曼努尔·戈德史密斯,等我下令之后,再替她联系美国大使馆的人。感谢你的耐心,小姐。"

亚德里站起身,朝门口比划了个手势。六个穿制服的人走进来,围在索拉威尔身边。索拉威尔过来拉住她的胳膊,带着她迈出了房间。

"这是一种难得的荣幸,"他说,"我个人从未和上校共进过早餐。请往这边。从这里到监狱需要两个小时。路况不算好,一路上还会有很多军队车辆。但不管怎么说,这里离圣地亚哥并不远。"

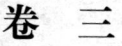
卷　三

就跟混沌孕育了物质的可能性一样，这种创造物孕育了思维的可能性，就像人身上潜在的第五肢，其作用是创造并操纵意义，正如拳头的作用是抓住并使用物质一样。

——玛雅·黛伦①，《神圣的骑手：活着的海地诸神》

56

马丁正等待自己完全进入精神国度，同时用意念请求工具箱。然后他伸出还没完全具象化的右手，将工具箱下拉。工具箱是他现在唯一能清晰看到的东西：一个模拟出来的亮红色盒子，上方显示着探测环境的各项数值。激活工具箱的同时，也会开启它的搜索和调试功能，凭借这个工具，他就可以在不同的神经元之间、不同频率和通道之间实现移动。在工具箱的一侧挂着应对紧急情况的开伞索。

他从来没用过开伞索。在目前的探测状态下，瞬时离开精神国度是很困难的，甚至不可能做到。由于缺少缓冲器，拉开开伞索的结果可能就是直接切断探测对象和研究者之间的链接，但两者未完成的信息交流还会在各自的大脑里继续下去，所以他们在国

---

①玛雅·黛伦(1917-1961)，美国著名导演、演员、诗人。

度中的经历也会延迟下去。

在时间尺度模糊不清的精神国度里，延迟可能是数秒或者数分钟的事，极罕见的情况下也会长达数小时。

戈德史密斯精神国度的外层是深层信息经过大脑处理后在意识层面的表现，但现在是一片温暖的灰色，没有被激活。戈德史密斯如今正处在无梦的中性睡眠状态。

马丁感觉到了卡萝尔的存在，在这团灰暗中，她是一团格外温暖的存在。他测试着工具箱，手动地将他们俩转移到这个层次上的另一个位置，然后开始尝试语言交流功能。

你听得到我说话吗？

你在说啥。

再试一次。

唔。

听不清你在说什么。

现在听到了吗？

听到了，我们再试试情绪交流吧。马丁提出。

他收到了她发出的职业化的兴奋与渴望。他们都饱含渴望：经过一夜长眠后，马丁感觉自己前所未有地盼着进入国度。

我收到了你的兴奋。马丁说。我觉得你喜欢跟我在这儿工作。

差不多是吧。我收到了你的热情，不过这热情已经超出职业的范畴了，只是顾忌着手上的工作才收敛了些。

差不多是吧。马丁有些悲伤地同意。他们在这里感受到了一种无与伦比的自由与率直。在这短短的时间内，两人无法互相隐瞒各自的感情，正如探测对象无法对他们隐瞒他的深层心理一样。

我准备移动到更活跃一些的层次上，以便找到入口。然后我再把你的工具箱给你,这样必要时就能分头行动了。

明白。我好像看到前面有片森林,我们是到入口了吗? 不对,等一下……不是森林。我眼前有很多不同的图像在闪现,这是怎么回事,马丁?

也许枕叶受刺激导致的视觉干扰还没有停止。

因为没有缓冲器,刺激的影响更大、更直接了,是吧? 卡萝尔问。

似乎如此。但实际上我们还没看到任何东西呢,我正在改变位置和通道,找到预定的入口……玛杰里预制的地图上的27号点。我们看到了——

入口的突然出现令他们惊呆了。那一刻他们只感觉到了无边的灰色,就像一池完美而宁静的原材料,能够创造出各种世界。接着,眼前出现了炙热的蓝天和无尽的沙漠,三条无限延伸的高速公路从沙漠中穿过。

哎哟! 卡萝尔叫道,不好意思,它吓了我一跳。

对不起。(懊恼。)我们毕竟在精神国度里。

看啊,场景很清晰。哇,马丁,我能很清楚地看到你!

马丁站在沙漠上,感觉沙子在脚下嘎吱作响。他看到卡萝尔走在最近的一条高速公路上,离他大概有十到十五米。她穿了一件长及膝盖的无袖连衣裙和一双白色布鞋,正适合这种看上去很燥热的天气,但国度里的温度并没有看起来那么高,马丁只感觉到了一阵温暖的微风。

你穿了斜纹牛仔裤和黑色短袖衫。卡萝尔报告说。还有靴子。

他低头看着自己,这的确是他的自我意识所想象的形象。我看起来多大?

大概二十五岁吧,最多不超过三十岁。我穿了什么?

他描述了他所见的。

呃,我们看到的不一样。我看见我穿着蓝色长衫和黑色拖鞋。卡萝尔说。啊,对了,我多大?

跟你现实中一样大,你看起来很漂亮。

七国联盟鞋①在哪里?卡萝尔指着无尽的沙漠问道。我想,我们不会要走过去吧。

我们飞过去,从现在开始我们就是戈德史密斯精神国度的一部分了,它会根据我们的意念作出调整。

没错。(坚定了决心,心理准备完毕。)我正挺胸收腹、准备出行,感觉到了吗?

很性感,挺胸收腹。马丁说。

她没有理会这句话。我还记得怎么飞,用脖子上的肌肉……对吗?

看看你有没有丢掉技术。

他看见卡萝尔的影像在公路上走了两步,然后浮了起来。她聚精会神,升高了一米。就像做梦一样。她说。我最高只能飞到这个高度。

我有时候可以飞得更高一点。马丁说。但是我们现在要靠近一点。

他集中精力,想象脖子上存在一块用于飞行的肌肉/器官。他是过去在梦中发现这个诀窍的,它能帮助他翱翔,飞越他的学校和同学(这样的梦会将他带回少年时代)。这些短暂的瞬间给了他无尽的自由,让他惊讶自己为什么没早些想到这么做。

他升到离地面一米高的位置,展开双臂,穿过沙漠,来到高速

———————
①电脑游戏中可以加快速度的鞋子。

公路上的卡萝尔身边。我能说你看起来跟天使一样吗?

卡萝尔大笑。我能说你跟游乐园里的修理工一样吗?

不要带个人偏见。

在这里无法避免。

他转身盯着下面那三条没有尽头的高速公路。条条大路通罗马。

他们从前进入精神国度时,研究对象思维的中心象征大多是某个城市;有时候是面积和结构与城市都差不多的地方,却更像城堡或者要塞,甚至是蜂巢状的窑洞民居。但无论什么时候,都是些有人类活动的聚居地。

啊哈。卡萝尔叫着,跑到他前头。他紧跟着她飞向黑色道路的尽头。他们逐渐加快速度,马丁感觉到了视觉开始出现分离现象:天空、沙漠与柏油路似乎在闪光,而在马丁身侧后退的景物都罩上了一层朦胧的阴影。他们曾经见过这样的情景:这表示他们的探测正从一个神经元簇迅速转入另一个。

看见分离了吗? 他问卡萝尔。

嗯。这有什么意义吗?

这意味着我们正穿过一个很大的神经元簇,它覆盖了庞大的精神区域。国度缩小了。戈德史密斯可能正在集结他所有的象征,想把它们合为一体。我想象不到原因……但大片的区域正在被无尽的沙漠吞噬。

他在增强防御吗? 卡萝尔提出。

我不知道。

他们沿着沙漠公路前进了史无前例的漫长时间。在精神国度里,对时间的感知取决于特定区域里存在的感观信息的数量。这样的沙漠里只有无尽的重复信息,时间会显得很漫长。在外面的世界或是工具箱的时钟上,时间可能只过了几秒甚至几毫秒,但这里就像过了几小时一样。

好无聊。卡萝尔说。

真折磨人。马丁同意，我们也许得手动更换位置和通道了。

再看一会儿吧。我们也发现了一些东西——不是吗？

我们发现戈德史密斯正以不可思议的速度收缩着心理内容。马丁说。这里尽是空荡荡的沙漠。

如果这里本来就只有沙漠呢？卡萝尔转过头看着他，她的身后还留着黑色的残留影像。卡萝尔的眼睛蓝得惊人，他能想象它们化作了一摊浅湖。湖水渐渐淹没她的身体，直到他无法再透过波澜看见她。他努力摆脱这样的幻想，于是湖水变成了尘土，消失在她身后的残留影像中。

没有人的内心是空荡荡的。

即便是一个屠杀犯？卡萝尔问。

多重谋杀犯也一样。相信我，在精神上是不可能的。

那我们可能来了错误的层次。这里不是入口层次。

马丁也不赞成这个观点。耐心点。

耐心，耐心。卡萝尔说。以前进入国度的时候，卡萝尔出现过变得像孩子般兴奋狂热的状况，而那时正经工作都还没开始。他觉得她就像一团火焰，沙漠里的瞪羚、恶魔。在这段幻想还没有显形的时候，马丁急忙打住了。

花点时间来适应一下吧。马丁建议。

你这么瞪着眼，就像想把我吃了一样。卡萝尔说。我看到了湖水，你差点弄湿我。

我挺想的。马丁说。

她怒视着他。我感觉到有变化了——你呢？

有。他放下工具箱，看着时间。30秒。在这段时间内，玛杰里标记下来的点他们可能已经路过了半数。也许他们得在所有的通道里绕几圈才能遇见入口……但在过去的经验里,中心城市从来没有这么难找过。

那边有什么东西。马丁指着前面。无尽的高速公路上方,天空变了颜色,从灰蓝变成染了灰橘色的黑。

看起来像是风暴。卡萝尔说。

在马丁眼里,那有些像工厂的炉火光亮,或是着了火的城市夜空。它看起来一点也不友好。蓝天渐渐变成一片黑暗,仿佛遥远的工厂给所有的灯盖上了帘子。但高速公路上方的区域还是跟白昼一样明亮。远处工厂的火光时明时灭,仿佛反射着红色的闪电。

马丁从未在精神国度中感到过害怕,但眼前的景象让他心生不安。在他去过的所有精神国度里,城市就算不漂亮,至少也是有生机的地方,不会如此吓人。而这里简直像是通往地狱的大门。

我们一起进去。卡萝尔建议。

我也是这么想的。马丁同意。

你在担心吗?她问。

你很清楚我是怎么想的。马丁说,你也在担心。

没有缓冲器。卡萝尔叹气道。她像个跳伞运动员一样翻转身体,手指着地面。我们可能在这里遇上梦魇。

马丁过往的一切经验都告诉他,精神国度里没有东西能够伤害他们;但是,和戈德史密斯建立直接连接,很可能导致他们自身的心理受到戈德史密斯的影响。他基本确定这种影响不是永久性的,但也不会令人愉快,如果戈德史密斯的城市就和眼前的场景风格差不多的话。

光芒笼罩了他们头顶的整个天空。边上的两条高速公路绕到了一个大峡谷的两侧,中部被遮挡了,只有近端和远端能看见。他们留在了中间那条笔直公路的上空。一种声音包围了他们——像是有人在不断地打鼓，又像是机器运转的声响。声音震耳，他们几乎能看到声浪穿过自己的身体和路面的柏油。

我们正穿过边界。马丁判断道。

他们减速飞过大峡谷边缘一片起伏的巨石。

一定是这里了。卡萝尔说。峡谷是一个大坑，里面布满了水晶，晶体又构成了大大小小、形状各异的建筑。它们从谷底升起，像曼哈顿的摩天楼一样鳞次栉比。这座城市可能绵延了上百公里，囊括了无数精妙细致的构造，毫无疑问是精神国度建筑群中的杰作。

我从没有见过这样的东西。马丁说。卡萝尔的眼神中也带着震惊、迷惑和敬畏。

这座城市闪烁着光芒，如同脉搏般一起一伏，从中央最高的建筑传到边缘的建筑群。一、二、三，光芒脉动着。光芒从无数针孔般的窗户中射出，刺进上方的黑暗。这光如同将灭的炭火，如同被某种不可思议的节奏联系起来的群星。真壮观。卡萝尔说。有这样的精神国度的人怎么会发疯呢？

这正是我们要研究的。

这段经历比生活中的所见所闻更令人震撼。生活中的视觉和触觉其实是虚幻。而眼前他们看到的是没有经过加工、抑制、过滤和整理的思维/认知产物；他们看到的是所有思维和存在的原始材料。

马丁突然感觉浑身上下被喜悦包围。喜悦从他早先体验到的恐惧中升起，没有缓冲。这是与卡萝尔一起处于一个神秘而奇妙的未知边界的喜悦。没有人——即便是戈德史密斯——知道这个地方的存在，除了他们。

我现在就把你的工具箱给你。马丁说。但我们应该一起探索一阵子，直到搞清楚状况。

卡萝尔伸手接过她的工具箱。(满意，自律，聚精会神)好极了，所有工具都在这里。

马丁伸出手，卡萝尔握住他，两人一同下降到戈德史密斯的城市里。下面的道路已经崩裂荒废，碎成了柏油块和泥土。湿润的黑色土块之间半埋着一些白色的碎片。马丁降落到地面，想看看那是什么，卡萝尔跟在他后面。他们弯腰看向破裂的地面。

骨头。她说。

我看到的是陶片——陶片头，陶片脸。

我看到了头骨和其他骨头。你再试一试。

马丁把目光聚焦在那些白色碎片之上，试图找到卡萝尔说的东西。好吧，现在我看到骨头了……股骨。一块头骨。但我看到的骨头老是变回陶片，看起来很像人脸马克杯，苦着脸的马克杯。

这些头骨不会笑。卡萝尔评价道。它们是悲伤的头骨。

他们再度升上半空，但没有前进。它们有没有透露出任何线索？卡萝尔问。

没有。

他们继续向前飞行，直到一股压力突然袭来，把他们拽到了地面。他们跌跌撞撞地落到了一条街道上，两边是高大阴暗的砖砌建筑，窗户都已经破裂。砖墙表面布满了褪色的涂鸦，似乎是用面粉或者其他什么白色粉末画上去的：吐着闪电般舌头的蛇、脑袋巨大的鸟，眼睛用"#"代替的猫狗。这些涂鸦从墙壁一直延伸到了地上。马丁和卡萝尔一边沿着空荡荡的街道前行，一边低头看脚下的图案；更多的动物出现了，还有蝙蝠和纸娃娃，跳房用的格子。每个格子都画成了一扇窗户，里面有一张凝视着的脸，脸上的皱纹和表情看起来栩栩如生：他们或沉思，或皱眉，或大笑，或凝视，或愠怒。

他们可能真的曾经通过窗户朝外面看。卡萝尔说。但现在被困在了路面和墙上。他们有可能是信息角色吗？

马丁看着楼上破碎的窗玻璃。可能吧。他说。

在他们探测过的国度中，永久的想法和记忆有时会以具体的形象呈现，马丁称之为信息角色。信息角色的生命通常很短暂，但其总体是积极向上的，而且富有活力。

马丁在这些脸周围打着转。这些图案之间潦草地写着一些难以理解的词语。变形的字母，没法拼读的发音，看不懂意义。只有象征着戈德史密斯的子人格——主要的心理器官——的人物才会使用语言。他们是不同层次心理活动之间的媒介。除非马丁他们遇到子人格，否则精神国度里眼前的这类语言是无法理解的。

隆隆的响声还在继续，现在听起来不像运转的机器，更像敲鼓了。马丁走在卡萝尔前面一步，仔细地观察每一个地方，以免遗漏什么重要信息。

这里没有动静。卡萝尔道。

你觉得这里发生过战争或打斗吗？

肯定出过乱子。卡萝尔同意道。连个会动的东西都没有。也许这里经历了更严重的收缩，一切都被吸进了城市中心最高的建筑那里。

我们从没见过这么严重的收缩，或是这么荒凉的场景。马丁说。

这肯定能说明什么。比如说病理性的组织收缩。

我想不出更好的解释，但象征硬结构没有消失——就连城市边缘的建筑，乃至沙漠上的公路都还在。这里仍然可以产生行为，心理世界仍能提供支持。

像一条没有电流的电线。卡萝尔说。

好比喻。

他朝街道深处走去。卡萝尔暂时离开他,爬上一道楼梯,眺望一栋栋阴暗的建筑。他站在楼下等待她,一种不安的感觉萦绕了他的脑海。戈德史密斯的国度,阴暗的峡谷,脉搏般的灯光,没有居民的街道……

如果战争还没有发生,那么也许它就在到来的路上,途经之处全是焦土——这里正是战争前夕的景象。

过来看看。卡萝尔朝他招手道。他往回走了几步,爬上楼梯。一扇破门之后,延伸着一条不完整的走廊,每当他们的注意力不集中,走廊就会发生变化。

这里崩坏了。他说。

这里的精神国度在渐渐消逝。中心朝别处移去了。

我们到城中心去吧,别在这里浪费时间了。马丁提醒道,如果国度开始崩坏,这个地方已经不重要了……

除非作为考古对象。卡萝尔道。

也许连考古都用不上了。

他的不安加深了。满目荒凉衰败,信息角色被囚禁在了街道上。所有既存的结构和模式都被摒弃了。是什么导致了这样的情况?国度支撑的可不只是它自己的图像——它还为主人格和其他主要心理器官的高级活动提供基本的符号和象征。这套象征系统的崩溃意味着心理功能的严重紊乱——尽管治疗师们没有在戈德史密斯身上发现任何的严重问题。

街道尽头,一道带钢铁护栏的水泥阶梯降落到了另一条低了好几米的路上。马丁再次牵起卡萝尔的手,继续往下走去。

　　或许我们能找到一辆出租车？卡萝尔建议。

　　下面的街道上满是在风中乱舞的纸张。马丁弯下腰，试图抓住一张纸，但纸好像有生命一样，躲开了他。卡萝尔试了试，也失败了。当他们走到尽头，转向中心大楼的方向时，这些纸突然燃烧起来，化为灰烬。马丁抬起头，碰了碰卡萝尔，手指向一栋阴暗的五层建筑，它没有窗户的这面墙上贴着一张巨大的海报。海报底部是一排无法聚焦、不停变换的无意义的字母，画面中是一个状似人类的东西的半身像，只是它长着卵形的光滑脑袋。

　　给空虚先生投票。马丁念道。

　　人民的选择。卡萝尔表示他们看到的是同样的东西。

　　他们穿过一个个靠近外缘的社区，没有看到任何居民。卡萝尔把这样的街道比作战区——人们因为害怕核打击而逃离了家园。

　　也许是经济衰退了。马丁提出。我从来没有见过这么空荡荡的街景。

　　我想知道为什么会出现在这里。死亡的象征①。

　　在这片死寂空旷的砖砌建筑上方，城市中心发光的摩天大楼在召唤他们，但他们似乎一直无法走到它的附近。徒劳地步行了几个小时后，马丁停下来拿出了工具箱。

　　要用传送符吗？卡萝尔问。传送符是他们生造的词语，是指通过手动转换通道。他好几年没有听过这个词了；马丁回想起过去那些轻松的探测经历，不禁露出微笑。

　　看看时间吧，已经又过了三十秒。

　　他考虑了一会儿。我们现在应该处在国度的中央了。如果那栋摩天大楼就是中心，我们之前一直没能靠近中心。如果这时用

　　——————————
　　①原文为拉丁语，Memento mori.

传送符,我们可能前功尽弃……

我完全赞同。卡萝尔道。

我不认为我们该用传送符。这里有很重要的东西。

那我们叫辆出租车吧。

她只是半开玩笑。他们的确可以在精神国度里制造出特定的物品,但在眼前的情况下,若非迫不得已,马丁不愿意对这里的环境施加影响。但他可以退一步,找一个可以利用的东西。

去找地铁。他说。

他们四下张望,没有看到地铁站入口。

击鼓声像时断时续的心跳,继续响着。

他说他在布鲁克林长大。卡萝尔皱起眉头。

他已经离开那里很久了。也许我们可以在这些建筑里转转……到地下室去。假设那里有某种交通工具。

他们走向一栋占了整整一个街区的石砌两层建筑,它的一楼可能曾经是个食品店,现在空空如也。他们走进去,里面有货架和走廊,还有一台像是用石板做成的收银机——它看起来更像雕塑,而不是机器。卡萝尔伸手摸了摸它的石头键盘。

这里有一扇门。马丁说。他们穿过中间的走廊来到商店的里屋,推开一扇双开门,发现后面是一个巨大的垃圾坑。垃圾坑位于一个深深的洞穴当中,外面有一道护栏围绕。

上帝。卡萝尔说。这不是垃圾,是尸体,好多骨头。

马丁又看到了一堆堆破碎的陶片脸,而不是骨头。他从没在精神国度见过类似的东西。这里快要陷入梦魇了。这些东西似乎是一场内心战争的象征,心理内部的种族屠杀。

我们没见到什么有用的东西——和戈德史密斯有关的。马丁说,我们看到的只是一个空壳。

也许我们落进圈套了。卡萝尔道。

我还从没见过会骗人的精神国度。

我们也从没见过像眼前这样的东西。

马丁开始思考这里是否真的是个迷宫。戈德史密斯有可能用他的精神能力给他们设置障碍吗？戈德史密斯不知道探测是什么样子的,但他的心理器官可能会抗拒痛苦的自我揭示。

也许你说对了,我们面对的可能只是一个精心打造的假象。马丁说,一个满是误导性细节的迷宫……它对我们算不上是欺骗,只是避重就轻,让我们误入歧途。

卡萝尔对着垃圾坑皱起眉头。如果这只是干扰视线的信息,那真正的重点是什么样的?

我们在这里是找不到任何有用的东西的。

他们回到街道上,马丁弯腰摸了摸柏油路面。路面的质地刚开始软绵绵的,但马上就变硬了,显得非常真实。他抬头去看卡萝尔,她在路面稳固下来之前摇晃了一下。

我想是时候行使一些权力了。他说道。

的确。先做什么?

我们需要一条直通城市中心的道路。让我看看……就在那里。

他指向对面的一条街,然后夸张地皱起眉头,集中精神,并挥手示意她跟着他一起努力。眼前并没有发生变化,但这种权力运用在看不见的地方最好,如此一来就不必制造太多的改变。好了,我们走吧。

他们走到街口,远远望着远处的地平线。一条新生的路笔直地指向城市中心。心跳般的鼓声消失了,现在回荡在他们耳边的是一阵遥远的声音,好像塔夫绸裙子窸窣作响或者风拂过棕榈树叶一般。

或许我们什么也没改变，这条街可能本来就能通往那里。卡萝尔说。

马丁再次集中精神，决定独自完成下一次改变。引擎的声音在他们身后响起。他们回过头，看见一台烧柴油的老式巴士轰鸣着朝他们驶来。马丁伸出手，手中突然出现了一个巴士站牌。

我的感觉回来了。他说。

巴士停在路边，打开了门。车内是二十世纪末的摆设，但没有司机，也没有驾驶席。开车吧。马丁说。

巴士猛地加速前进。卡萝尔坐在一张塑料椅子上；马丁站在她身旁，握着久经磨损的柱子。

这看起来像是戈德史密斯的童年记忆。她说，你确定这是你召出来的？

两者皆有吧。马丁回答。

窗外的景色模糊不清，所有东西都变成了残留影像，像一片黑色的幽灵。巴士的速度超过了感知信息的刷新速度。

我们什么时候拉那条绳子？卡萝尔问。她指着一条拴在车顶上的黑色刹车索。

也许我们不需要拉它。马丁说。他提高声音，朝着没有司机的巴士前部说：我们想在城市中心下车。

窗外的景象变得一片漆黑，剧烈地闪烁了一阵，接着恢复了正常。阴暗的废弃建筑和寂静无人的街区被宽敞明亮的大道取代了，街上满是匆忙的人群，街边是高大、干净、华丽的大楼。白雪纷纷落下，周围都是圣诞节的装饰。巴士缓缓停在一个站台前。门开了，一阵风把雪花卷进车里。温度低得吓人。他们走下巴士，来到宽敞的大街上，被戈德史密斯中心城区来来往往的居民包围了。

　　这些居民的举止和动作没有真正的个人特点。他们的形象只是一抹色彩,一闪而过的模糊身影和衣物,就像你偶然瞥了一眼人物照片墙后脑中留下的残像,效果跟印象派画作差不多。马丁和卡萝尔感到这群人中只有他们是与众不同的。充斥精神国度的假象还在持续。

　　我一点也不喜欢这种情况。马丁说。

　　你觉得所有的信息角色都是这样空白吗?卡萝尔问。

　　他摇摇头,厌恶地皱起眉头。它们还不如不存在。在这里又有什么用?

　　在过去的探测经历中,他们在国度里遇到的都是生动鲜活的信息角色,还有探测对象在生活中认识或见过的人物形象。而在这里,如果这些假象里的信息角色曾经有过任何特点和细节,也像被漂白的衣服一样褪了色。

　　这里是最近才变成这样的,还是说戈德史密斯的内心一直这样空白?卡萝尔问。

　　我连猜都不愿猜。无论是哪种情况,都意味着这里发生过一场大灾难……大型的功能紊乱。没有别的解释了。

　　他们检查的时候漏掉了哪一种功能紊乱?

　　我们只能靠自己发现了。

　　走过他们身边的人群幽灵般地低语着,像在大厅里不断重复播放的录音般带着回响。他们没与人群发生任何接触。马丁和卡萝尔穿过人群,走向街对面的一栋大型圆顶市政建筑,它可能是火车站,但上面的标识仍然无法辨认。

　　我们要找什么?

　　一座电话亭。马丁回答。

　　这个主意太棒了。我们要打给谁?

这个城市的头儿，随便什么头儿。任何拥有权力的人。

市长，或者是总统。

马丁耸耸肩。只要管用，门卫也可以。

市政建筑的门口流淌着一条不知名的河。他们走过几级河中的石头阶梯，进入了一间直径至少有一百米、天花板很高的大厅。

中央车站。卡萝尔说。马丁想在人群当中找到一座电话亭，却见卡萝尔正呆呆地望着天花板。他感到她身上传来了一股震惊和恐惧，于是抬起头朝拱顶看去。随后，他也因震惊而颤抖了。

拱顶扭曲膨胀，最高处离他们有几百米远，中心的圆环洒下了一圈柔和的灯光；纵横交错的黑色线网布满了拱顶，不知道有什么作用。马丁疑惑不解，直到他看清拱顶中心有一排门和栏杆，每隔几秒钟，就有几个小小的人影从门里跳下来，悄无声息地落在乱糟糟的网上。他们像苍蝇一样扭动挣扎，然后一动不动了。

网上挂满了尸体。

马丁运用只有在梦境或者精神国度里才有的超级视力，清晰地看到了这些尸体。他们的面部比这座城市人潮中的任何一个幽灵都有特点，腐烂的脸上写着悲伤和死亡。尸体多得不计其数，而每当马丁的注意力转移，他便没法再回头找到刚才看见的受害者了。每次看到的尸体都是新出现的，从不重复。

卡萝尔尖叫着退了一步。一只烂手从某具尸体上掉了下来，砸在地面的瓷砖上，发出令人恶心的撞击声。马丁绕过这只断手，抓住卡萝尔，紧紧抱着她。

这是一场噩梦。她说，我们从没在精神国度看到过这样的东西！

他点点头，下巴轻碰她的头顶。他冷静地发现自己的这个拥抱并没有更深的动机——他只是想保护卡萝尔，顺便减轻自己的恐惧,尽管这只是模拟的身体接触。

他们曾经去过的精神国度有的离奇,有的朦胧,但从来没有这种噩梦般的地方。噩梦的恐怖和惊慌来自对潜意识中心理内容的误读与错置,记忆和恐怖的印象随机地跟重新获得的深层意象混杂在了一起。而纯粹的精神国度从来就不是个恐怖的地方……

也许这里是与另一个层次的交界处,在精神国度之上的某个层次。马丁猜测。

我不这样想。卡萝尔反对。这样的景象在哪个层次上是合理的? 此时此地有这些东西,而那个墓穴、那些骨头或者陶片,或者随便什么……这一切是连贯的,马丁。

他不得不承认她是对的。你觉得它们代表什么?

卡萝尔摇了摇头,轻轻推开他。又一块无名的烂尸砸到了离他们不远的地面上,发出真实的响声。幽灵人群绕开尸体击中的地面,继续来来往往。

找到电话,或者任何我们需要的东西,然后继续任务。卡萝尔说。马丁表示同意,他想尽快解决,一秒也不愿在这个地方多待。

他们穿过幽灵人群,没有受到任何阻拦。他们想找到电话亭,或者任何能够与某种权力机构取得联系的工具。马丁和卡萝尔在之前的探索中发现了这样的策略;无论这种工具是不是他们创造出来的——他们无法确定,它们都大有用处。

现在,他们找不到这样的工具,只好回到了拥挤的门口处。这里可能是假象。卡萝尔说,这么下去不会有进展的。

马丁也跟她一样灰心丧气。他拉下工具箱,看了看时间:他们已经在精神国度里待了十分钟,却还没有得到任何有意义的信息,除了一点——戈德史密斯的深层心理跟他们此前遇到过的都不一样。

那么我们换一下通道吧。马丁说,但我们可能被完全传送出国度。

我很乐意冒这个险。

马丁抓住红色的箱子,把它放得低一点,以便看到屏幕。马丁以手指触屏,一串他们已经到过的通道坐标滚过。马丁关掉这串列表,开始搜索新的邻近坐标。当他完成搜索,筛选出合适的目标坐标,准备按下按钮时,卡萝尔碰了碰他的手臂,让他等一下。

台阶的最上面有什么东西。她用手指了指,说道。他顺着她手指的方向,透过熙熙攘攘的幽灵人群,看见一个人影正站在那里看着他们,它全身呈黑色,却有一张白脸。马丁想看得更仔细一些——在这个完全虚幻的空间行使一下他的超级视力——但失败了。

之前我们没见过这样的东西。卡萝尔道,在传送之前,我们先研究一下它到底是什么吧。

他们慢慢爬上了台阶,接近那片黑影。它没有动,也不像幽灵人群那样紧张匆忙。它的存在似乎是稳定的,像个具体的角色。但马丁无法确定它是好是坏。他只注意到离它越近,就越能感觉到一股冰冷的消极情绪。这是他们在接触精神国度中的角色时不愿意遇到的。

他们靠近了台阶的顶端。它戴着面具。卡萝尔指出。

黑影慢悠悠地转向他们。它的身体像一片形状固定的阴影或者烟雾;没有脸,只有一张陶片面具,就跟他们在城市外缘路面和垃圾坑里看到的那些碎片非常相似。这张面具没透露什么信息,只说明制作它的可怜工匠付出了辛勤的劳动,试图模仿一张笑脸,却没能成功。它的眼睛是两个空空的洞,脸上唯一的彩色就是脸颊上的浅桃红,在一片死白中十分显眼。

你是什么？马丁问道。他从没见过这种精神国度住民,甚至不知道它是否会说话。

黑影举起手臂,指向他们,一只伸出的手指冒着黑烟。它发出一种不成人话的空洞声音,就像水滴进了空桶。黑影靠近他们,它的轮廓晃荡不定,只有面具保持着不变的状态。卡萝尔退后一步,马丁站在了原地。

它冒烟的手指一碰到他,他的手和胳膊便不见了——只是凭空消失了,他并没感到丝毫的痛觉。

手和胳膊,回来。马丁说道,冷静得连自己都觉得奇怪。他的上肢重新出现了,身体恢复完整。黑影退后一步,带着虚伪的奉承朝他鞠了一躬。

怎么回事?卡萝尔问,(恐惧很强烈,但还能控制。)它对你做了什么?

它夺走了我的一部分形象。马丁回答。

不可能发生这种情况。

很明显它发生了。

但这意味着什么?破坏我们的形象……目的何在?

那个黑影靠近了卡萝尔,变得更加庞大而模糊了。她退后一步,马丁上前挡在了她身前。他伸出双手,就像要抱住它一样。黑影退了回去。

这太过了,太太过了。卡萝尔说。(恐惧占了上风。)

握紧我的手。马丁对她说道。卡萝尔紧紧抓住了他。

还有其他黑影。她用另一只手指向门内。那群幽灵如退潮般向两边散开,更多戴陶片面具的黑影进入了车站。它们慢悠悠的,凶恶又机警。

马丁努力回忆,试图想起这些黑影到底是什么东西。可他完全没有头绪。黑影的出现完全不符合深层心理的正常功能。有那么一刻，他在想他们是否真的遇上了超自然现象，但随即厌恶地抛开了这个念头。

也许是时候离开这里，重新安排了。他说。他不知道如果这些阴影真能完全消解他们的形象，事情会变成什么样子。他也不想知道。

他们拉下了自己的工具箱。

我们试试能不能甩掉它们。马丁说。他非常不愿意在失败中退出探测。这样的情况前所未有。他该怎么跟阿尔比贡尼解释？

他伸手准备调整通道坐标。周围的景象抽搐、摇晃起来，可他们还没有碰到控制器。

马丁立刻意识到，他们遇到大麻烦了。他想拉扯开伞索——去他的面了，去他的探测——但黑影就像煤烟一样扑面而来，面具在周围旋转，时而撞在石头阶梯上。

他看到卡萝尔也被黑烟包围了。她的形象闪烁了几下，然后消失了。他感到自己也消失了。工具箱就在他指尖一厘米外，上面显示的通道坐标和频率剧烈地闪烁变动。随后工具箱消失了，他的形象也一同消失。

马丁的主体变成了一种更大而且截然不同的存在。卡萝尔还在他附近，他可以感觉到她和他一样恐慌。但她的主体也改变了。他感到她的存在变得更大，而且混进了其他的东西，其中就包括他自己。而且，他们这团聚合体还即将融入另一片更大的、充满其他存在的"海洋"。

他无法用意志控制局面，也没法恢复工具箱。他不能用意念让自己脱离这里。

伴随着更深的失落和恐惧，马丁意识到自己最后的防线——

对周遭环境的意识——正在消退。这么一来,他将甚至无法得知发生了什么;所有的记忆,所有的思维,都消失在这片巨大的聚合体面前。

他脑海中的最后一个词像霓虹灯一样闪烁了几下,然后暗了下去。

低估了……

玛杰里在一动不动的博克和纽曼之间走来走去,异常谨慎地检查着链接状态和监视屏。她注意到他们进行了一次非常大的通道间传送,不知道他们是作何打算。抛开好奇心,她算了算传送的幅度,发现探测的位置已经完全离开下丘脑,到了她预先绘制的地图上的最远端——海马体。

她迷惑不解,以掌托腮,思考他们为什么要去离预定位置这么远的地方。马丁是不是遇上什么异常情况了? 现在他离深层梦境的通道很近了——这些通道与保存长期记忆、消除短暂的工作记忆密切相关,却离与精神国度相连的通道越来越远。

"欧文,快过来看。"

欧文走到她身边,冷静地看着屏幕,挑起了眉毛。他打开戈德史密斯的神经活动图,指着其中一段起伏的波形说:"深层梦境里正在发生什么。"

"他正处于中性睡眠状态,和长期记忆相关的梦不会出现在中性睡眠里。"

"这不是正常的长期记忆梦境。"欧文指出。

"我们是不是该联系他们一下,问问到底发生了什么?"

欧文考虑片刻,皱起眉摇了摇头,"他们有开伞索。他们的路径也不算反常。深层梦境里可能发生了意外,但也许是好事。或许他们找到了某种重要信息。让他们多逛一会儿吧，我相信博克知道自己在做什么。"

玛杰里摇摇头，但最后还是同意了；毕竟博克是精神国度里的老手了。

新玛拉萨①

他们在很久以前作为双胞胎诞生，一白一黑，是伟大的白人父亲阁下的子嗣。他在几内亚的海底世界将他们养育成人，却偏爱白人孩子。黑人孩子则为母亲埃尔祖莉女王所喜爱。女王的住所与阁下隔着一道海湾。退潮的时候，两兄弟经常乘着亲手做的小小贝壳船渡过海湾。摆渡工是一只老黑猩猩，它经常给他们讲奴隶和难民的故事，令他们伤心不已。尤其是那个黑人孩子，他的名字叫作马厂·埃曼努尔。

白人孩子名叫"为阁下献身"。他的样貌在两人中更为女性化，有时还会长出大胸和褐色的长发来吓唬他的兄弟。这是一片充满魔法和变化的土地，一切皆有可能。

阁下与埃尔祖莉告诉他们：他们是神，肩负着照看几内亚海底世界所有居民的责任。兄弟俩谨小慎微地履行着职责，却无法总是令阁下满意。当他们没做好仪式的某个环节，或者出了别的什么错时，阁下就会暴怒。

每当霜雪降落在几内亚海底世界，那里的城市一片银装素裹时，阁下就会想起他曾经的失败与死亡，燃起雷霆之怒。他发火的时候，白色的皮肤会像雷雨云一样暗下来，直到变得黑如夜晚，

黑如罪恶，

黑如烙铁，

---

①玛拉萨是伏都教中的洛阿神，形象是双胞胎。

黑如睡眠，

黑如死亡。

阁下的愤怒完全失控。他狠狠打了马丁·埃曼努尔，对"为阁下献身"却只是轻拍了几下。埃尔祖莉抱住马丁·埃曼努尔，安抚他，告诉他一切很快就会过去。"你的父亲是个强大而任性的人，"她告诉他，"但你是个机敏而聪慧的孩子，你一定要学会怎么安抚他，怎么让他喜欢你。"

这在几内亚海底世界非常重要，因为阁下统治着每一片土地，拥有生杀大权，人们是喜是悲都由他。

那他为什么不能命令霜和雪不再降临几内亚？

好的时节里，几内亚海底世界是热带气候。这里山脉相连，树木丛生，马丁·埃曼努尔和"为阁下献身"完成工作后，就会漫步其中。他们像猴子一样爬树，在高山上建造堡垒，在里面摆满大炮，就像铁匠给自己的口袋塞满钉子一样。他们用森林里的大树建造巨船，然后把它们抛过海滩，扔进蔚蓝的大海里。

霜和雪

白似冰雪，

白似太阳，

白似生命，

白似沸腾。

摇着①这些船去往遥远的土地，满载了漆黑可怜的死亡之子，驶向另一片土地，将这些孩子出售。然后他们回到几内亚，带来了瘟疫、污秽和衰败。马丁·埃曼努尔告诉漂亮的"为阁下献身"：霜和雪正在摧毁他们可爱的船。于是，兄弟俩去了埃尔祖莉那里，问母亲为什么允许这样的事情发生。埃尔祖莉给他们讲了一个故

---

①此处与上文"霜和雪"相接。

事,听完这个故事,他们便接受完所有教育,可以正式成为玛拉萨
——神圣的双生子了。

开天辟地之初,她开始讲述,某时某地,阁下是个强大的国王,
统治着所有的土地,不只是几内亚琐德鲁(她用上了它的别名)。在
那些日子里,阁下黑如乌木,黑如岩穴。

但霜和雪乘着强大的船来到了这片土地,他们带着雷霆和风
暴,表示愿意出高昂的价格买阁下的子民来吃,想让阁下同意。

阁下面对威逼利诱,应允了。他说,你们可以一次带走大部分
人,也可以一直来,每次只带走一些人;但你们不能一直来,带走所
有人。霜和雪答应了,他们付给阁下很多很多的金子,阁下都转交
给了他的工匠。

(还有,埃尔祖莉伤心地解释道,先生看到了从霜与雪的土地到
来的姑娘,迷恋上了她们。听到这里,"为阁下献身"很沮丧,但现在
不是解释原因的时候。)

霜和雪一开始只带走了一部分子民,这些人再没回来过。他们
在海滩上哀号,抖动着沉重的黑色铁链,举起他们尚在蠕动哭泣的
婴儿。他们看见两兄弟后来将要建造的那种船靠近岸来。

但那是后来的事了,不是吗?

但阁下收了黄金,就不能再插手了。就是这么一回事。

很多年后,霜和雪又回到阁下的土地,告诉他:我们需要更多你
的子民,因为很多人在"高山之岛"死去,还有很多人在大洋对面建
造大农场时死去,我们的土地严重缺乏人手。

阁下告诉他们,我已经把能卖的都卖给你们了。你们可以一次
带走大部分人,也可以一直来,每次只带走一些人;但你们不能一直
来,带走所有人。

但霜和雪说,我们已经付过很多黄金,够你花到永远了。于是

他们将阁下更多的子民带去了大洋彼岸,一去不返。

阁下很悲痛,因为黄金完全无法补救霜和雪造成的破坏,而且他发现,很快他就将失去所有子民。他对敌人毫无还手之力,尽管他统治着这整片土地。

霜和雪第三次降临,剩下的人已经很少了。他们告诉阁下,我们这次要带走你所有的人。阁下回答,不可能。他们说,你别无选择。我们已经付过很多黄金,够你花到永远了;但如果你想要更多的报酬,我们还有黑如死亡的铁。

他们给阁下套上锁链,把他从他的土地上拉走,还带走了他的妻子女王(说到这里,埃尔祖莉哭了)。他们被载到了大洋对岸的陌生土地。

但阁下身怀魔法,并偷偷地使用了它。即使被困在黑如睡眠的锁链之下,他也能使用魔力。于是他解放了自己。重获自由以后,阁下对霜和雪的子民大开杀戒,还成为了高山之岛的统治者。

但由于他人的背叛,阁下的统治被推翻了。他被关进霜和雪管辖的监狱,死在了黑如夜晚、黑如煤烟的牢房深处。在死后,他变得白似冰雪。

这个永恒的失败深深地烙印在了他的灵魂深处。他来到了死亡之地——海底世界(琐德鲁,她轻声道)。他的灵魂在那些尚未死去却背负着沉重铁链的子民耳边低语。他的愤怒与日俱增。

最终,在高山之岛,他的子民站起来,破开他们的锁链,毒死他们的主人,杀死了他们的压迫者。然后阁下说,这里才是真正的几内亚,家乡将在这里重生。

这时,霜和雪的内心发生了变化。他们意识到自己的行径是罪恶的,所以打开锁链,解放了阁下剩余的子民。但阁下的子民黑如罪恶、黑如死亡,霜和雪害怕且憎恨他们,因为没有什么比自己征服过的人更可鄙的了。

高山之岛后来怎么样了？

阁下的子民就这样凋萎了。他们失去记忆，犹如死人。他们遗忘了阁下和家乡几内亚。他们接受了曾经的主人的记忆，将孩子奉献给主人信仰的神，在梦中辗转反侧时也念道：我们不再黑如烙铁，我们的心白似精液。因为他们曾经的主人不仅强暴了他们的肉体，还强暴了他们的精神。

但在高山之岛上……

啊。

阁下的灵魂回来了。他将这片土地称为几内亚，尽管他白似大理石、头发灰如花岗岩，但他年富力强，精通霜和雪的知识，并利用它们把这里变成了如今的天堂模样。他跟他的女王生了许多孩子，但他们最喜欢的还是现在坐在我面前的双胞胎。

埃尔祖莉讲完了故事，慈爱而满意地看着马丁·埃曼努尔，悲伤地看着阴柔的"为阁下献身"。

但是，"为阁下献身"不喜欢这个故事。

母亲，他说，为什么阁下不在我的兄弟马丁·埃曼努尔睡觉的时候去他的床上，就像他对我做的一样？

埃尔祖莉羞愧地掩住脸，因为她无法阻止阁下上她儿子的床。

这是必要的，她说，为了维系我们的婚姻——我得扭过我的头，你得在他身下忍受。你必须完成你的责任。

然后埃尔祖莉离开了，留下双胞胎独自在海边造船。他们现在已经成为了神圣的玛拉萨。

那天晚上，阁下走进了"为阁下献身"的卧室，再次对自己的孩子做了那种事。他离开后，"为阁下献身"溜进马丁·埃曼努尔的卧室说，我受够了，我现在就要死，以忘掉这种羞耻。

但马丁·埃曼努尔说,不,应该死的是我。我会变成一个洞,而你得将我填满。我们将共有一身黑色皮肤,而又白又阴柔的你会待在我们的里面。在我死前,你必须从我身上拿走一样东西。

什么东西,兄弟?"为阁下献身"问道。

你必须拿走我的歌,把我们的梦想、历史和悲伤唱出来。

我会的,兄弟。"为阁下献身"说。

于是,马丁·埃曼努尔亲吻了他的兄弟,把歌交给了他,然后死去了。他的身体变得中空,就像一棵死掉的黑树。他的兄弟爬进"树洞"里,用黑色皮肤将自己封裹起来,这样就没人会知道发生过什么了。

第二天晚上,阁下走进"为阁下献身"的卧室,却发现里面空无一人。于是他又走进马丁·埃曼努尔的房间,愤怒地咆哮道:你的兄弟到哪儿去了?

我不知道。合二为一的新玛拉萨回答。

你一定知道,你们是双胞胎兄弟。我喜欢另一个,但如果他不在的话,我只能用你了。

新玛萨拉感觉到一股无法抑制的愤怒,这样猛烈的怒火连阁下都不曾有过。他跳起来,大喊道:我要从你腰间的刀鞘里拔出你的刀,我的父亲,你的宽刃大钢刀,白似银,我要杀死你!

记住,我已经死过一次了,而且我是你的父亲,你的创造者。阁下说道,但恐惧和愧疚令他在玛萨拉面前退缩了。一回忆起自己的罪恶,阁下就越来越渺小、虚弱,于是,玛拉萨从后面一把抓住了他,抽出巨大的钢刀,割断了他的喉咙。

但阁下不会死。他倒在地上,身底下涌出浓浓的黑血,聚成血泊,汇成河流,奔向海洋,令海洋也变得一片乌黑。海上升起漆黑如鸦的云团,云团流下乌黑的泪水。新玛拉萨看到自己所做的一切,便用尽全力将手里的刀扔进了大海。然后,玛拉萨逃离了悲伤的几内亚琐德鲁子民,逃离了恸哭的母亲埃尔祖莉。

但无论玛拉萨走到哪里,阁下的声音都跟随着他,告诉他:我的罪行无疑很恶劣,但你的更甚。你不能杀我,我创造了你。我永远在这里——

白似时间。

我的天啊,我感觉到它了,它强奸了我。

卡萝尔,我在这里。

带我走。

你见到我的工具箱吗?

我什么也看不到。马丁?

我在这里。

它强奸了我,马丁。

我知道,我在这里,我想……

我是个孩子,躺在床上,然后它走进了黑暗的房间……

好吧。你能看见工具箱或者开伞索吗?

我什么都看不见。

我好像能看见些东西,我准备伸手试试。

马丁,我感觉不到你。

我抓到了一个东西,不是开伞索,是我的工具箱。你能看到你的吗?

我看到了一个红色的东西。

就是它。盯着它,集中精神。

噢,上帝,我受伤了! 我感觉我在流血。马丁,那是我的血吗,那红色的东西?

集中精神,卡萝尔。我觉得我能看见你,你的手。

我看见工具箱了。

我准备拿上这两个工具箱,带我们回到之前的位置——我们被阴影带走之前所在的那个地方。

什么?不要,我不想再去那儿了。

我没有开伞索。

为什么没有?马丁,这东西在戏弄我们!为什么他们没有发现里面出了问题?

我不知道,我开始让我们移动了。

马丁将自己聚合在了一条黑暗的街道上。他赤脚踏着肮脏的雪地。戴面具的黑影在周围懒散地飘荡,他本想躲避它们,但它们似乎都在忙其他事,没有心思搭理他。

卡萝尔的形象在马丁身边,只是一片粉白的雾。他集中精神,尽量令那片雾清晰起来。她慢慢在他旁边成了形,全身赤裸。

这时他才意识到,自己也赤裸着。她双手抱在胸前,用一种凄惨的神情看着马丁。拜托,带我们出去。

我试试。我可以把我们转送到一个没有事先画在地图上的位置,这应该能引发警报。玛杰里和欧文会带我们出去的……或者会派卡尔和大卫进来。

他们不该再派人进来!这里不大对劲儿。

我也这么觉得。但我们似乎现在才进入了真正的精神国度。

卡萝尔看了看他们周围那些模糊的黑影,它们只是些戴着陶瓷面具的色块;除此之外,再没有别的东西了。她吓得一缩,马丁朝她伸出手去。他的手指下,她的肌肤显得温热而真实。

我能收到你的感受。他……我们没有失去彼此。

她看了马丁一眼,目光十分可怖,令他吃了一惊。你为什么不带我们出去?

拉下你的工具箱。也许你能自己做到。他不满她的语气,也生起气来。

她拉下了一个红色的箱子,试图抓住开伞索,可它从她手中飘走了。工具箱变成了一个红色的空格子。马丁拉下他自己的工具箱,发现它同样失效了。

它会杀死我们的。卡萝尔说,它会吃了我们。

马丁感觉到她的恐惧,就像一颗冰冷的太阳。他抱住了自己,试图找到自己真实的存在。他的血肉无比真实,她的伤痛无比真实。

我在流血吗?她问。马丁看到了她脸上的眼泪。

他看了一眼她大腿之间的位置。没有,没有血,被强奸的不是你。

那是谁?

我不知道。是一个孩子,我想。

他的父亲强奸了他?我们见到的就是这个吗?

我们看到的太模糊、太梦境化了,像是记忆和神话的混合体。

她颤抖着仰起头。我正努力保持清醒,马丁,请你耐心一点。

她闭上眼睛,放下手臂。衣服重新出现在她的身上,一开始只有一小片,然后是裙子,最后是整件长衫——暗蓝色的优雅长衫。马丁想象自己穿上了同款的男式长衫,随即感觉自己的形象上也出现了衣物。

这样好些了。她说,恐惧平息了不少。它们不打算搭理我们,对吧?她指向那些戴面具的黑影。

暂时是这样。

他张望着这座新的城市。拥挤的街道两边耸立的还是摩天大楼,不过年代更为久远,都是砖墙结构,而非玻璃钢铁结构。大楼的尺寸很不正常,看起来有上千层高,楼顶消失在云端。马丁闻到了汽油燃烧的味儿。自从他长大后,就再也没闻过这种气味了。

这地方太压抑了。卡萝尔说,像个恐怖的囚牢。

比我们刚才待的地方好。

卡萝尔走近他,尽力控制着自己的恐惧和恶心,却难以做到。痛苦像迷雾一样包围了她。他不确定自己的情绪如何。虽然感到恐惧,可他心里还混合着一种出于职业而产生的迷恋。卡萝尔感觉到了他的情绪,突然警告性地用力拧了拧他的鼻子。

小心点。她说,别让它给吸进去了。

我们在哪里?他问,是在同一座城市里,但是在不同的时间?

我觉得是这样。街道的装饰不一样了,也许它要给我们展示些别的东西——告诉我们它到底能做什么。

它应该不知道我们在这里,它应该不知道我们是什么。

可它知道我们在这里,而且它不喜欢我们待在这儿。但它要给我们看点东西——它想表现自己。

我甚至不知道我们说的"它"是什么。马丁抱怨道。

控制这里的东西,卡萝尔说,可能是基本人格的代表,也可能是别的东西……比如你在外面提过的类似亚德里的子人格。刚才攻击我的绝对不只是一个噩梦。

我们可能遇上戈德史密斯童年时代被埋藏起来的部分了。马丁说,我还是想找一个能够交谈的角色——找一个代表。我惊讶的是,我们还没有找到基本人格存在的痕迹,它在哪里?

之前我们打算寻找的时候就被阻止了。你确定还要再来一次?

我不知道我们还有什么选择。这句坦白令马丁自己都惊了片刻。我不知道现在的我们与眼前的环境是什么关系……我们是外人,还是这里的一部分? 我们是观察者,还是这里的角色? 但不知为何,光是站在这儿说话,都让我有种受到窥视的不安全感……

那我们召唤一个向导出来吧,用我们所有的力量。提几个有建设性的建议。

我不确定你是什么意思。马丁说。

我们得讨论一下,该造个什么样的向导出来。

他转过头,只见那些黑影仍在他们周围来来往往,就像一条黑暗的河流绕过礁石。我只是不确定我们还可能失去什么……

卡萝尔在颤抖。如果我什么都不做,我就会失去一切。

我们要弄出一个看起来就属于这里的东西,它必须与这里的环境相协调。

他指向一间荒废的商店,广告牌歪歪扭扭地挂在积满尘土的橱窗上方,上面的字母照样毫无意义,但它们的形态和颜色带着拉丁美洲——也许是加勒比群岛的风格。他们小心翼翼地插进黑影的河流中,朝商店橱窗走去,希望看清里面有什么东西。

你看到了什么? 马丁说。

装香料的玻璃罐。蜡烛、药草、旧杂志。还有一些宗教物件。

马丁看到的东西也差不多。然而最吸引他的是一幅戴披肩的女性肖像,画得栩栩如生,被裱在一个塑料和金箔制成的画框里。肖像模仿圣母玛利亚,但里面的人物是一位黑皮肤的女性。她的眼睛大得出奇,眼白白得惊人,丰满的胸部裸露着。两个披着红色毛皮的黑人男孩贴在她的胸前。人像前方伸着几条虬曲的树根,其中一条被切了口子,里面渗出乳白色的液体。

你也看到她了吗? 卡萝尔问。

是的,又是那对双胞胎。但这次两人都是黑皮肤……

她看起来就像梦里的那个女人一样……叫什么名字来着,黑兹尔尔?

埃尔祖莉。

我们把她召唤出来吧。

不行。马丁坚决反对。她可不是小角色,我们最好别跟这样强大的人物打交道。没必要为了一个向导就惊动她。

之前是她跟我们说的话,是她告诉我们发生了什么。卡萝尔坚持道。她对马丁的反对感到不解。

她是个麻烦,和那个攻击你的男性人物有某种关系。我认为我们现在应该找一个简单一点的人物。

你认为戈德史密斯有恋母情结吗?卡萝尔问。她的语气唐突而充满恐惧,令马丁既奇怪又生气。

我还没得出任何结论。

他更仔细地观察起了橱窗里的东西,它们似乎是用作某种仪式的:画着鱼和蛇的廉价塑料号角,装饰着红色扭曲鬼脸的纸伞,眼窝塌陷的鱼干,腌渍着蛇和青蛙的罐子。

我们进店里去吧。马丁提议。

为什么?

直觉。

她不情不愿地跟着他穿过店门。一个铃铛在他们头上叮当作响,房间的内部突然变得非常真实。所有东西都真切得惊人;马丁可以闻到货架上草药和鲜花的味道,能体验鞋底摩擦着旧木地板上的沙子和锯末的感觉。

一个满脸皱纹的老妇人——不是埃尔祖莉——站在柜台前,正往一个白瓷碗里倒褐色的粉末。有什么能为你们效劳的吗?她的吐字和声音都很清晰。老妇人的肌肤皱纹纵横却透着亮光,就像晒干的青蛙,眼睛发黄,但看起来心情不错。

我们迷路了。马丁说，我们想找管事的人。

这间店是我的。老妇人咧嘴一笑，轻轻地向货架上的东西挥了挥手。我是马鬃夫人。能帮上什么忙吗？

卡萝尔走上前去，老妇人盯着她。可怜的孩子，她的笑容消失了，表情变得痛苦而充满怜悯，你最近遇到了大麻烦，不是吗？发生了什么，亲爱的？

老妇人打开柜台上的门板走了出来。她一边摇头，一边咂舌。你被袭击了。她说。她碰了碰卡萝尔的长衫。长衫消失了，露出里面的白色裙子，前面渗着点点血迹。某些野蛮的东西袭击了你，她转向马丁，是你把这个可怜的孩子带来的，为什么不保护她？

马丁无法回答。

我们被困在梦魇里了，卡萝尔的声音跟小女孩一样，我们两个都无能为力。

既然你们不认得路，我不知道你们干吗要到这里来。老妇人摇了摇头，表情很是不赞同，这里已经不是什么好地方了，虽然它曾经非常美好，来往商店的人络绎不绝。现在只剩下匆匆赶去城里工作的人，而他们一天工作结束，当晚就会死掉。没有钱花，自然就不需要马鬃夫人。你们到这里干什么？

我们要找一个管事的人。马丁重复道。

找我不行吗？

我不知道。

至少我很愿意回答你们的问题。她调皮地朝卡萝尔眨了眨眼睛，他真的明白哪怕一点儿东西吗？她掩着嘴问道。

也许什么也不明白。卡萝尔的声音还是像小女孩。

跟我去商店后面一趟，我帮你整理整理。老妇人道，至于你，年轻人,就先随便看看吧,需要什么都能在货架上找到。但不管怎样,都别打开桌上的那个罐子。

马丁顺着她的手指,看见柜台前的木制矮桌上有一个巨大的玻璃罐。罐里盛着绿色的浑浊液体,泡着一具蜷曲的死尸。它皱巴巴的皮肤透着橄榄绿,无光的眼睛满是责难地盯着马丁。马丁靠近了一些,想看看尸体跟埃曼努尔·戈德史密斯或者他们梦中的"阁下"是否有相似之处,但结论是否定的:尽管这人的鼻子和脸颊长年抵在罐子内壁上已经变了形,但还是能看出他们的长相完全不同。

他是个秃顶的大脸男人。

尸体朝马丁眨了眨眼,蠕动了一下,罐子随之一摇。马丁退开一步。

老妇人搂着卡萝尔的肩膀,走进了通往商店后面的门。别忘了我的话。她说。

马丁从罐子前转过身,转而仔细查看货架。和他预料的一样,架子上的东西是变幻无常的,只要他把目光移开一霎,再挪回视线时,原地的东西就变了样。但只要盯住这些瓶瓶罐罐不动,它们看起来就跟现实世界里的一样真实,或许还更真实一点。

他弯下腰,查看摆在货架低层的陶土罐。罐口裹着布,封着蜡。罐子后面放着一些头骨,它们看起来相当真实,却不像人类头骨似乎在咧嘴发笑那样。它们看起来都郁郁寡欢。

这是他第二次看见"忧郁的头骨"这一主题了。他为此感到惊奇,于是伸手拿起一块头骨,但它在他的触碰下土崩瓦解了。

商店左面的墙上,一条黑绳子上悬挂着大大小小的鼓,其中最大的跟马丁一样高。他走到这面鼓旁边,观察上面的装饰雕刻。这些雕刻的花纹也会随着他视线的转移而变化,主题却始终一致

——城市的街道上挤满了汽车和人，四周用无色的花朵框起来，花间布满色彩艳丽的巨大昆虫。

他用一只手指敲了敲鼓面。鼓出声了。你要找的人已经不在了。

马丁抽回手，后退一步，吓呆了。然后他鼓起勇气，再次接近那面鼓，轻轻一敲。这片土地失去了太阳。他已经不在。

老妇人的声音在他身后响起。阿索托鼓的力量非常强大。你不能随便玩儿它。它会招来死魂。除非你有重要的事，否则他们会非常生气。

我确实有重要的事。马丁说。卡萝尔从门帘后走了出来，穿着一件五彩缤纷的束腰长袍，褐色的长发披散在肩膀上。她对马丁露出微笑，但他发现自己感觉不到她的情绪了。

无知的人为了重要的事来到这里，那个老妇人道，这很危险。

马丁再次敲了敲鼓面。它说：找马鬃夫人。

老妇人回头看了看，笑道：找我吧，现在我就是一匹马。

卡萝尔走到马丁身边。他们眼看着老妇人用白袍和缎带将肩膀包裹起来，把几个罐子里的东西倒在头发上，用力把它们揉进发丝——头发散发出了氨水、刺鼻的草药以及金属燃烧的气味。然后她用手蘸了蘸柜台上的一盘糨糊，在额头上画了个黑色的轮子。她盯着马丁，发出了低沉的男声：我为什么被召来了这里？是谁召唤了事务繁多的洛阿神？

我们需要……见见管事的人。马丁说，我有问题想问。

我通过马鬃夫人说话，否则我们不会发声。她是我们的坐骑。问吧。

我需要知道你是谁，你是什么神。

我在坟墓上跳舞，我每天晚上用毯子遮挡太阳，我对埋在土中的骨头歌唱。

你叫什么名字? 马丁问。

我们都是骑手。

我想要知道你的名字。

马鬃夫人剧烈地颤抖着。她直起腰,展开双臂。另一个声音从她的嘴里响起。这回是一个带着颤音的童声:

我们正要安息、死去。你为什么要打扰我们的安宁? 我们正在哀悼,葬礼就在今天。

谁的葬礼?

国王的葬礼。那个声音又似说似唱地乱语起来。马鬃夫人在货架间轻轻跳起舞,货物都被震到了地上。陶罐破裂开来,升腾起恶臭刺鼻的气体。她在马丁和卡萝尔身边跌跌撞撞地打转,最后停下来,伸手托起马丁的下巴。她用毫无神采的大眼睛打量着他,仍然用童声说道,我们把国王送到了海底世界琐德鲁,然后我们开始跳舞。

山丘之王。道路之王。

那就带我们去葬礼。马丁说。

每时每处都是葬礼。现在,这匹马讲话讲累了。老妇人往后退去,撞翻了好几个货架。她靠在了装尸体的大缸上。大缸摇摇晃晃,最终掉到地上,碎了一地。

满地流淌的液体和摊开来的尸体散发出臭气,恶心得令人难以置信。马丁和卡萝尔退后几步,用手捏住鼻子,但还是完全抵挡不了这股恶臭。

不好意思。马鬃夫人从这团脏乱的东西中站起身,同时用童声说道。她再次剧烈地颤抖起来,双手抱住脖子,昂起头,发出令人窒息的怪声。

我们走吧,卡萝尔提议,快!

但躺在满地碎玻璃和液体中的那具尸体开始抽搐。它缓缓地用手把自己撑起,伸直一条皱巴巴的膝盖和脚,站起身来。马鬃夫人呻吟着尖叫起来。尸体发出叽里咕噜的声音,却不是人话。它用一对盲眼四下张望,然后朝鼓所在的那堵墙跌跌撞撞地走去。马丁和卡萝尔迅速躲到一排架子后,给它让开了路。

尸体拿起一面小鼓,从绳子上砰的一声扯下来。然后它跪倒在地板上,用它的死人手指用力地敲打鼓面。每敲一下,商店的货架和墙就向内收缩一点,同时裂开缝隙和破洞。透过这些缝隙和洞,马丁看见外面到处都是黑烟似的东西。

我们走吧,拜托了。卡萝尔恳求道。马丁感觉不到她的情绪;他能感受到的只有自己的疑惑。他不知道他们在戈德史密斯的精神国度里到底算什么,是否真的能够控制自己。

一个货架裂成两半,数百只小罐子滚落到他脚下。罐口裂开,无数的虫子爬出来在地板上乱窜,同时用幼儿的声音叫唤着。尸体继续敲鼓,鼓声响彻了整个商店。

马丁伸手去拉工具箱。这回它变完整了,似乎已经可以使用。他拽了拽开伞索,它却变成了一把刀,一把巨大的博伊刀,刃上染着血污。尸体放下鼓,开始呻吟,然后跌倒在了地板上。

你做了什么?卡萝尔问。

我不知道!

尸体的脖子上涌出一个拳头大小的血泡,艳红如玫瑰。血泡的表面是透明的,马丁凝视着它,失去了思考的能力,也无法移开视线。他的视点被吸进了血泡里。

马丁——

——他游进了血泡,四面八方都笼罩着琥珀色和红色。马丁

441

的鼻子里满是腥臭的铁锈味儿。他被淹没其中，吞下血，呛着血，呼吸着血。工具箱在他视线的左上角，显示着他正被传往一个离精神国度很远的地方。

卡萝尔——

他们根本没有任何控制权。无论卡萝尔在哪里，她都跟他一样，接下来只能自求多福了。

血雾消散，马丁感到一股暖意和强烈的归属感，似乎他和某个东西产生了亲密关系，那东西迷惑而惊慌，同时却令人作呕。

玛杰里紧张地皱起了鼻子。设备上显示的位置变化令她不安。她再次动了叫欧文过来的念头，但忍住了。变化才发生一会儿，还不能确定其性质。除了探测位置发生了移动和回旋，一切似乎都井然有序。

周围一片安静。三个沉睡的人躺在剧院里，呼吸的节奏几乎一致，脸上的表情显示他们还活着。

当你是个孩子，没有人会让你忘记自己的身份。你要对你的妈妈负责。她曾经那么美丽。她：

捡起散落在凌乱房间里的衣服，在她亲爱的孩子面前俯下身，展露着手指上漂亮的戒指，还有纤细而优雅的脖子上的项链。她的脸上充满智慧，但她生气时，眼神就像北风般冰冷，能冻结你身下的马桶里的水。一个黑暗的东西走进屋来告诉你的母亲，黑兹尔，她得走了，现在一定得走了，人们正排着队等死呢。

她跟着那个戴陶片面具的黑影离开之前，朝坐在马桶上的孩子俯下身，说道：你要听话，妈妈得走了，以后也没有办法写信或者寄明信片给你。

　　另一个像妈妈却不是她的人躺在床上，散发着花园的香气。她拿着花边手帕，不停地哭诉自己的男人不够爱她。她叫作玛丽。黑影走进来，告诉她接受惩罚的时候到了。玛丽流出的眼泪化作钻石。黑影用冒烟的手臂打她时，她向孩子伸手叫道：你要听话。你爸爸他知道我错了。

　　现在屋里没别人了，只剩下两个披着红色毛皮的孩子在木楼梯上玩耍。那个黑影又来了。他说，不要这样。

　　现在听话一点，不然你会让我生气的。

　　我生起气来就会……

　　打另一个披着红毛皮的双胞胎兄弟。

　　双胞胎走进房间，看见床上躺着一个女人。她一定是个女人，但看起来却像扭曲的树干，如同地震时被震得七扭八歪的道路。我们爬上床，发现她的脸和妈妈一模一样，只不过涂了浓艳的妆。琥珀色、橙色和红色的余晖透过窗户。我的双胞胎兄弟说，她是妈妈。我说，不是的。就是的。

　　我们吮吸她的胸脯。白色的奶水从乳头上涌出，然后变得粉红，最后成了红色。

　　那个黑暗之人走进来打了我们一顿。他打了我的兄弟，又带他去了医院，那里的白墙散发着酒精的气息，塑料椅子吱吱呀呀作响。他从楼梯上滚了下来——黑暗之人是这样解释的。

　　其他人来带走了黑暗之人。双胞胎到别的地方住了一阵，一个大块头女人负责照看他们，她在他们的脖子上挂了护身符，给他们讲蛇、熊和草原狼的故事。

　　黑暗之人回来了，双胞胎再次跟他住在了一起。

　　黑暗之人继续我行我素。

　　摔破那个小陶罐。

里面就是那把刀,非常大的刀。

马丁站在积雪的大街上,抬头看着窗帘紧闭的橱窗上映着的人影,内心在挣扎。耳边响起夸张的音乐,时而轰隆低吼,时而变成尖叫,时而是咯咯的笑声。

我们杀不了那个黑暗之人。

他永远不会死,每次都能回来占有你。

我们总得搬回公寓。

黑暗之人又动手了。

我的刀动了。

红毛皮的双胞胎逃走了。这真是个奇迹!他们住在一片草地上,在那里,那个女人戴着珠宝,在遮阳篷下的华丽睡椅上憔悴度日。她挥舞着羽扇,两兄弟做什么她都喜欢。只是她不时叹息,哭诉没有人足够爱她,所有的爱人都负心,没有人送给她足够的礼物。难道她不是埃尔祖莉吗?

我告诉过你,别碰这个缸。马鬃夫人一把拉起他的手。马丁很迷惑,可还是跟着她走上了漫长黑暗的楼梯。他的手臂变得纤细,跟十四岁的小孩差不多,皮肤变成了黑色。我们把你的爸爸装到了那个缸里,你却非要打破它。我不知道你能干出这种事,孩子。现在他要见你,问你一些问题。

她把他带到一扇门前,用力把他拽进去。阁下,我把马丁·埃曼努尔带来了。她报告道,然后推开珠帘,走进空荡荡的房间里。房间中央立着两个王座,一个空着,另一个上面坐着一个秃顶的大脸扁鼻子男人,他的眼白发黄,死气沉沉。

你是来问我们问题的?大脸男人说道。马丁站在他身前,马鬃夫人跟在马丁身后;这里没有卡萝尔的踪影。

我要跟管事的人说话。

这里归我管。那个男人说。他的脸变瘦了，皮肤变白了，头发变灰了。我就是阁下，这里掌权的人。

马丁的直觉告诉他：这不是戈德史密斯主人格的代表。一切都不对劲儿。主人格的代表不会以黑影、噩梦或者黑暗之人这类的形象出现。

我需要问掌权的人一些问题。

喔，掌权的就是他。马鬃夫人说，葬礼过后，这里就归他管了。

埃曼努尔·戈德史密斯在哪里？

你不就是他吗？阁下问，或者你是他的双胞胎兄弟？

不，我不是。

你要找的人其实就是市长吧。那个大脸男人笑道，那个年轻的市长。他自己死了。我没有碰他，他是自己摔下楼梯死的。

马丁感觉一阵恶心。我得见他。

大脸男人站起身，抓住马丁·埃曼努尔伸出的少年手臂，掰开他的手掌，指了指掌上的一点血污，微笑着摇了摇头，带着他穿过另一道珠帘进了另一间房。一具棺材躺在房间中央的灵床上，大脸男人粗暴地将马丁·埃曼努尔推向棺材。市长就在里面。办葬礼就是为了他，她没告诉你吗？

马丁勉强瞥了一眼棺材内部，只见白色的绸缎垫子上有人体的压痕，却没有尸体。

人的生命一向都极其脆弱，说消失就消失了。马鬃夫人说道。

他怎么可能死？他是主人格。

他害怕自己是白人，马鬃夫人道，他认为日出前的黎明有多黑，他就有多黑；可他从不敢确信自己的真实面目是这样。

他不是白人吧？马丁问。

他漆黑如夜，黑如未遭砍伐的树心，黑如群山的山脚，黑如隐秘的真相,黑如母亲的胸脯,黑如新鲜的爱情,黑如蕴藏了太阳精华的煤炭,黑如子宫,黑如海洋,黑如沉睡的地球。他就是不自信,自从他砍死阁下以后。

马丁转身看着那个大脸男人,他的面庞似乎结合了约翰·亚德里上校阁下和之前泡在玻璃缸里的那具尸体的特征。

我想教育他一下,他说道,我一次次地对他施加拳脚,就是为了把他打成一个男人。但这一切痛苦都白费了。生命就像密封金属槽里的酸一样将他带走了。他太虚弱。我坚如磐石,他却软如烂泥。他杀了我,而我复生了。惩罚对我们来说都太仁慈了。

马丁碰了碰棺材的边缘,把手伸向垫子上的压痕,不料却摸到了一具冰冷的肉体。他赶紧把手抽回,然后又强迫自己再次触碰那具看不见的躯体。他摸到了一个年轻的面部轮廓,短而硬的胡须,紧闭的眼睛,松弛的嘴唇。

现在他真的是白人了,马鬃夫人说,白似空气。

马丁看着阁下。你掌权多久了?他问。

从头到尾,我想,阁下说,即使在他割断我喉咙的时候,掌权的也是我。那个小混蛋。

你在说谎,你什么都不是。马丁说,同时发出了他和卡萝尔的声音,你不是主人格,你不可能是……你最多是个子人格,或者一段糟糕的记忆。

我掌控着河流,阁下伸出手臂,直到房间里充满了戴陶片面具的黑影,我掌控着海洋,天花板被黑暗的云层遮挡了,我怎么可能什么都不是?

因为,马鬃夫人轻声道,市长死了。

玛杰里看着屏幕。探测位置又绕着预制地图上的点飞速移动起来,但仅持续了几秒。她注视着屏幕,直到探测位置再次开始绕圈移动。她皱起眉头:现在她确信出问题了。这种现象从未有过先例。

她检查了马丁的新陈代谢和大脑化学活动。他表现出了极端的情绪。纽曼似乎进入了中性睡眠状态,而这完全不符合常理。

"出事了!"她大喊。

欧文在剧院的另一边照看戈德史密斯,如果后者的中性睡眠状态出现波动,他就得调整设备。她看了看表,博克和纽曼已经在精神国度里待了一个半小时。"我发现读数存在异常。"

欧文穿过帘幕,确认了她的观察结果。"好吧,"他深吸一口气,"我们切断链接吧。"

"延迟怎么办?"玛杰里问。

"现在的情况非常糟糕,博克处于恐慌中,纽曼完全昏迷。我觉得我们别无选择,只能切断链接。"他穿过帘幕,来到戈德史密斯身边,"这边的情况很稳定。你打算怎么做——关掉转换器那头的链接,还是拔掉戈德史密斯这头的连接器?"

玛杰里咬着手指,权衡着两种方式各自的后果。

"我觉得最好让大卫和卡尔进去探查下情况。"欧文说。

"我不同意。"玛杰里说,"我从未见过博克陷入恐慌,也没见过有人在探测状态下进入中性睡眠……在这种情况下,我自己都不愿意进去冒险。我说了切断链接,而且得马上动手。上帝啊,上帝!"玛杰里屏住呼吸,朝博克脖子上的连接器伸出手,"我要切断转换器这头的链接。你过来,我们同时切断纽曼和博克。"

欧文听她的,把手放到了纽曼的缆线接口上,"可以了吗?"

"一起动手,"她说,"数三下,一,二——"

一条巨蛇般的鞭子重重打在了马丁的背上，铁牙咬进他的肉里，把他抽离了黑暗的房间和棺材旁边。这个离开的过程极其痛苦。他不能呼吸，眼中只能看到不断飞溅的火花。

然后，他突然出现在了一座小镇的街道中央。儿时见过的非自动汽车缓缓驶过他的身边，里面的司机表情愉悦地看着他，丝毫没对他的存在表现出意外，仿佛他只是个路标。他揉了揉脸，不知所措。然后他沿着人行道步行起来，避过缓慢的车辆，向混凝土人行道走去。

温暖的阳光，沥青马路和白色斑马线，街道两边的低矮楼房，家族商店。他读不出这街上的招牌标识——都是些看不懂的艺术字——但他认得这个地方。这是加州的某个小镇，他的祖父母就住在一座差不多的镇上，附近就是斯托克顿市。

他站在一间五金店前，街对面是一家真空吸尘器经销店。他的祖父曾经开过类似的商铺——一间干洗店。有一年夏天，马丁还帮他安装了一台新的超声波洗衣机。

戈德史密斯的精神国度里不可能有令他感到如此熟悉的地方。那他眼下是在哪里呢？他有些头晕，想找个地方坐下来。他眼中看到的人和建筑背后都拖着黑色的残留影像。他还是在国度里——但不是戈德史密斯的，这一点他可以确定。

他突然坐倒在路边，眼前天旋地转。好不容易视野恢复平稳后，他感觉身后站着什么东西，暖和得就像颗小太阳。他回头一瞥，只见一个沙色头发的年轻人正俯视着他，脸上带着关切的笑容。

你还好吗？那个年轻人问。

我不知道。

你看起来不太对劲儿，所以我才问的。

熟悉的声音。典型的中西部拖长语调，自信而不武断。马丁伸手挡住阳光，尽管并没有这个必要——这儿的太阳一点也不刺眼——仔细地打量起了面前的年轻人。

熟悉的身形。短鼻子，棕色眼珠，柔和的红色眉毛，丰满的嘴唇，深酒窝。

爸爸？马丁试探道。他站起身，眼前的图像又摇晃起来，他脚下一个趔趄。我的上帝啊，爸爸？

还没有人叫过我爸爸呢，年轻人说，尤其是你这个年纪的人。

马丁伸手触摸年轻人，捏了捏对方身上的棉衬衫，感觉到衣服底下是结实的肌体。年轻人客气地拂开马丁的手。我有什么能帮你的吗？

你认识马丁·博克吗？马丁问。

我们这儿有一个叫马蒂的家伙。他很年轻，大概十九岁吧。

马丁知道自己身在何处了。通过梦境和深度冥想，他很久以前就知道自己的内部形象——即他的主人格的形象——停留在十九岁。

他回到了自己的精神国度。

他不知道这种事情怎么可能发生。他尚未从恐惧与迷惑中回过神来，更难以理解此事背后的意义。他的探测位置绕了回去，进入了自己的意识深处，这种事在他看来本是不可能的。

沙色头发年轻人的形象开始扭曲，皮肤变得苍白。他伸手指向马丁身后。

那是谁？

马丁感到背脊一阵发寒。他扭过头。

秃顶的大脸男人站在街道中央，瞎子般的白色眼球正对着他，鲜血从裂开的喉咙中喷涌而出，流到了街道中央。

　　那是谁？那个年轻人惊恐地重复问道。他的红色眉毛和头发上结起了冰晶，皮肤变成了冰蓝色。

　　"他们没有出来，"玛杰里说，"从我们收到的反馈来看，他们还在国度里。"

　　欧文拧着自己的手腕，嘴里发出嘟囔，然后用三根手指敲了敲屏幕。他弯下腰，摇了摇头，"我不清楚，"他说，"我从没做过这样的事。我们从未切断过链接。"

　　"这就是延迟吗？"玛杰里问。

　　"已经过了四分钟了，我不知道延迟会持续多久……"

　　"博克说大概要好几分钟，甚至数小时。"玛杰里说。

　　"上帝保佑别持续那么久。"欧文说，"看看纽曼的追踪信息吧，她沉浸在了中性睡眠里。我想她很快就要进入深层梦境睡眠了。"

　　"你觉得是戈德史密斯对他们做了什么吗？"玛杰里问。

　　"我要能知道发生了什么，我就是该死的天才了。"欧文恶声恶气地说，"我们得想办法把他们弄醒。"

　　相信我，我可以吃掉你，就像我吃掉了那对双胞胎男孩、吃掉了你的金发女人一样。她如今就在我的胃里。我还可以吃掉这个地方——

　　阁下朝眼前的加州小镇挥了挥双臂。

　　马丁瞥了一眼年轻的父亲，他的形象已经变得冰冷、一动不动了——这是一个子人格，亦是马丁意识深处的自我认知的一部分。他喜欢这个形象，喜欢它所蕴含的意义——无论他向现实妥协了多少、偏离了初衷多远，他的内心仍然拥有这份力量。

　　而阁下的出现冻结了这个形象。他从脸到手都被冰封了。

马丁把注意力移回到阁下皱巴巴的绿色尸体上。你越界太甚,他说,你在这里毫无意义。

我只需要跨过短短一座桥罢了。阁下说,哪里邀请我,我就能住在哪里。

阁下张开上嘴唇,露出了一对狼牙。狼牙越来越长,变成了尖利的獠牙。

长着獠牙的尸体,哪里邀请去哪里。

马丁知道他眼前的是什么……他想起了自己画的那幅人脑地图。滴血的獠牙,以及指向嗅觉中枢和边缘系统上部几个位置的箭头。他曾经研究过吸血鬼和狼人的起源,它们其实反映着精神国度深处的内容,代表跟生存本能以及暴力有关的程序。

猎手情结。人类内心的杀手自脊髓产生时就已存在,它与嗅觉区域相关联,嗜鲜血,主宰着人们或战或逃。在噩梦中,这头黑暗的死亡野兽撕咬着,抵抗着所有的外界力量,但它自身却从未活过,或者说,觉醒过。它一直保持沉默,与世隔绝,受到轻视。

在埃曼努尔·戈德史密斯的国度里,这道子程序曾以阁下、父亲和约翰·亚德里上校阁下的形象交替出现。它相继从沉默的子程序升级成为了具象的子人格,然后又成了精神国度的掌管者,戈德史密斯本人的代表——那个死去的市长/国王的代表。

这头黑暗的死亡野兽学会了说话。现在它站在了它本无权踏足的马丁的国度里,跟所有的传染病一样充满恶意。

马丁看了那个被冻住的沙色头发男子最后一眼,然后转身正对阁下。他举起手臂,握紧拳头。

你他妈离我远点。

如果要开战,马丁相信自己至少得全力以赴。如果他无法净化这头恶魔,他的精神就会受到难以想象的蹂躏。这是一场前所未有的游戏、战争，就发生在他自己的领地上，而他拥有一件强大的武器——他知道这是哪里，他是谁。

我远强于你，阁下说，这不是你说了算的。

马丁抬臂，伸出手指。他隔空在人行道上画了一条壕沟，沥青在他所指之处裂开、下陷。他用壕沟围住了阁下，然后手掌用力一推，街对面的消防水栓裂了开来，一道白色的喷泉喷涌而出。他一弯手指，将水引向壕沟。喷泉像折断的树一样弯曲、对折，冲过街面、涌入壕沟。沟里很快便灌满了泥泞的水。

阁下被围困住了，他脖子上的血在死人的皮肤衬托下红得发亮，盲眼里没有丝毫惊慌。但马丁知道自己在做什么，他的计划是建立在隐喻的基础上的；在这个世界里，隐喻和明喻就是一切力量的来源。他要破坏嗅觉。只要这头黑暗的野兽不能跨过流动的水，不能闻到气味，它就会失去力量，毫无作为。

他正准备从附近的窗户上弄来些防盗护栏，做成一个铁笼，但突然间，巨蛇似的鞭子再次凭空出现，打在他的背上，铁牙深深地扎进血肉。马丁惨叫一声。鞭子把他高高拽起，拉到城镇上空。有那么短短一瞬间，他低头望向下方，只见阁下站在奔腾的水流中间，双手抱胸，盲眼没有看向任何东西，却又似乎将一切都收于眼底。

长着獠牙的尸体跨过壕沟，发出大笑。

马丁的惨叫响彻整个剧院。他挣扎着，拼命想摆脱固定器具，同时盯着玛杰里和欧文，眼神就像看到了怪物似的。玛杰里调节了睡椅上的设置，试图让他平静下来，但马丁的情绪太强烈了，她只能稍稍控制住他的狂怒。

"让我回去，他还在我里面！噢，我的上帝，让我回去！"

欧文弯腰靠近卡萝尔，调整着她的诱导器，将刻度移上移下，却都是徒劳无功。"她出不来了。"他说。

"我不能让你回去，博克博士，"玛杰里泪流满面地说，"我甚至不知道你刚才去了哪儿。"她不住地望向另一张睡椅，眼神里充满绝望。马丁扭过头，看到了身边的卡萝尔，她双眼紧闭，迷失在了睡梦中。

"她怎么了？"他问道，身体还在颤抖，但已经脱离了刚才歇斯底里的状态。

"我没办法把她叫醒！"欧文大叫。他重重地敲打睡椅的护栏，埋着头，沮丧地坐倒在地，"她没有反应了。"

马丁躺回睡椅，闭上眼睛，放松手腕。他颤抖着深吸一口气，朝内心看去，却只见一堵空洞黑暗的墙——正是这堵墙，将有意识的主人格与其后的茫茫诸多内容隔离开来。他睁开眼睛，开始哭泣。"放开我，"他啜泣道，拉扯着身上的固定器具，"让我帮忙。"

> 但我觉得肢体中另有个律和我心中的律交战，把我掳去，
> 让我附从那肢体中犯罪的律。
>
> ——《新约：罗马书》7:23

57

理查德·费特感觉自己就像一具木乃伊，刚从三千年前的绷带中解放出来。那种笼罩全身的不适感已经消失了；他看着明亮的晨光，感到一种数十年来都未曾有过的狂喜。

他拿着一张金娜和迪昂的照片，抚摸着妻子的轮廓。渐渐地，手指移到了女儿的脸上。然后他把照片放到桌上，躺回床上。

他听见卧室里的娜戴恩起了身。洗手间里传来水声。然后她走了进来，歪歪扭扭地穿着睡袍，脸上挂着恼怒而不解的表情。她把头发梳起，扎成一条怪模怪样的十八厘米高的冲天辫。理查德对她笑了笑，"早上好。"他说。

她心不在焉地点了个头，对着阳光眨了眨眼，"怎么回事？"她问道，"你没睡觉吗？"

"我睡够了。"

"太晚了，我睡了太久，"她说，"我感觉有点不舒服。还剩什么

东西可以当早餐吃的吗？"

"我不知道，"理查德说，"我可以去看看。"

"别管了。"她怀疑地瞄了他一眼，"哪里不对劲儿，是不是？告诉我。"

理查德摇摇头，再次露出笑容，"我感觉好多了。"

"好多了？"

"而且我想道歉。你的的确确帮了我。我昨晚做了个梦，一个非常古怪的梦。"

她的怀疑似乎更深了，"我很高兴你感觉好多了。"她话虽这么说，却明显不相信他，"来点咖啡？"

"不，谢了。"

"你真的得吃点东西。"她轻步走向厨房，回过头道。

"我知道。"理查德说。他狂喜得几近眩晕，又有些担心现在的良好感觉会离他而去，痛苦会再度缠身。但喜悦感稳定持续着。他起身走进厨房，感觉仿佛是头一次看见那里的瓷砖地板、漆木橱柜和古旧粉墙。

娜戴恩剥开一只柑橘，分成一瓣一瓣，同时若有所思地看着窗外，"你梦见什么了？"她问。

"我梦见了埃曼努尔。"他说。

"真棒。"她挖苦道。

"我记得他做过好事，非常善良的事。我想起他在金娜和迪昂死后陪伴过我。"

"真不错。"娜戴恩说。她尖刻的语气让他不解。她把手里剩下的橘子连皮带瓤地扔进了洗碗池，然后提起长袍，转身正对他，"我想帮你，但什么用都没有；然后戈德史密斯一出现，一切就恢复正常了。真谢谢你啊，理查德。"

理查德的笑容凝固了。"我说过你也帮了我，我很感激你做的一切。我只是得克服一些愚蠢的念头罢了。"他摇了摇头，"我觉得戈德史密斯和我之间有一种联系，我可以感觉他在我心里，我不确定……"

她的表情没有缓和，仍是一脸迷惑和愤怒。

"但他现在不在了。我都不确定自己相不相信这事，但他如今不存在于任何地方了——我完全感觉不到他。我认识的戈德史密斯死了，那个我爱的人、在我困难的关头善待过我的人。我想他是真的死了，娜戴恩。"理查德摇着头，意识到自己说的话十分古怪。

她推开他，从他身边走过。"我觉得你已经好了，没我什么事了。我现在就走，你可以继续你的生活。"她回过头前倾身体，带着一抹轻蔑的表情，"我说了多少次想跟你做爱？四次，五次？你都拒绝了。你现在好了，又很有动力了，嗯？"

理查德直起身体。她的言行令他清醒了些，但他内心的狂喜还是很强烈，"我感觉好多了，对。"

"嗯，那真是太棒了，因为我觉得自己就像个……"她朝天花板挥了两次拳，似乎不知道该怎么描述。然后她转身回到洗手间，用力甩上了门。

理查德剥开另一只柑橘，走到厨房窗户前，仔细看着每一瓣橘子，品味它的甜与酸。他不能让娜戴恩破坏他的新发现。

走出洗手间时，她已经换好了衣服。但她的衣服从来没有一件看起来是合身的。她的妆涂满了脸，又厚又难看：她想突出自己因为哭泣而肿胀的眼睛，而她成功了，把自己弄得跟滴水嘴兽①一样。"我很高兴你好转了。"她用甜美的声音说道，没有直视他，只是摸着他的肩膀，理了理他的衣领，"我可以走了，是吗？"

---

①建筑输水管道喷口终端的一种雕饰。

　　"你想的话。"理查德说。

　　"很好,我很高兴我自由了,多亏你慈悲为怀。"她拿起包,迅速从前门离开,用力地摔上了门。他听见她的脚步从走廊移到了楼梯。

　　他在哪里? 他自杀了吗? 逃到伊斯帕尼奥拉,然后以自杀赎罪。我什么都感觉不到。

　　理查德颤抖了。

　　是时候享受独自一人的感觉了。

58

千花监狱坐落在褐灰色峡谷里,活像一头平趴在山丘上的水泥奶牛,由一层层白色的圆形梯地构成,上面除了零星的通气孔盖、窄小的窗户和门之外,空无一物。一条干燥的柏油路环山而上,通往监狱大门。

山丘间耸立着许多碉堡和塔楼,俯览山谷内每一处岩石、树丛和溪谷。谷壁被挖平,形成垂直的屏障。整个峡谷上下,铁丝网、钢铁尖刺、堡垒和塔楼构成了一幅令人胆寒的景象。

索拉威尔带着可怕的骄傲为她一一介绍那些防护设施。他们位于高处,正在进入谷地的唯一道路上。"这是整个北美戒备最森严的监狱,在伊斯帕尼奥拉岛上也是最顶尖的。"他说道,"我们不在这里关押本国公民,只关外国委托的罪犯。"

"这地方太恐怖了。"玛丽说。

索拉威尔耸耸肩,"如果你相信罪人是可以救赎的,这里确实有点可怕。上校不相信人在当世可以被救赎。而他知道,要想保证一个社会的和谐,就必须满足那些同样不相信这一点的人……否则他们将愤恨不休,亲自上阵来维护正义,这会造成混乱。"

他伸出手臂,该回到车上了。她照办。索拉威尔跟大门的卫兵说了两句后,也上了车。轿车朝谷地缓慢下行。

他们经历了三分钟的盘问和查验,才通过监狱大门。进去以后,他们停在了一间灯光明亮的车库里。男女警卫围住了轿车,他们表现出来的好奇多于警惕。索拉威尔走出来,朝他们点头微笑后,这群人就失去了兴趣,四散而去。连玛丽的外表都没吸引他们的注意。

警卫带领他们穿过一条条走廊、一道道门,直至他们来到监狱的西侧。玛丽注意到这里一扇窗户都没有,寒冷的空气里微微散发着一股陈腐的霉味儿,就是东西放久了不用时会有的那种气味。

"戈德史密斯今天就在这儿。这一侧叫作'箱子',"索拉威尔道,"是实施惩罚的地方。"

玛丽点了点头,仍然不确定自己是否已经准备好看她必须看的东西了,"为什么叫'箱子'?"

"这个监狱的每一部分都以某种出行时的必备品命名。这里有'帽子'区、'鞋子'区,还有'拐杖''香烟''口香糖'和'箱子'。"

箱子区的中心走廊每隔八米就有一盏明亮的黄灯,照得警卫们一身发绿、眼睛牙齿泛黄光。在走廊尽头的狭窄办公室里,索拉威尔把一份文件递给了警卫长。警卫长身材瘦长,耳尖卷曲,眼尾上扬,简直有些像妖精。他穿着灰色制服,扎着红皮带,脚上是一双走路时不会弄出响声的拖鞋。他严肃地阅读着文件,不时瞥玛丽一眼,然后把文件交给下属,从桌后墙上挂的盒子里取下了一把老式电子钥匙。

箱子区的内室寂静无声。没有囚犯开口说话。寥寥几个警卫在牢房外的狭窄走廊里巡逻。这里的牢房其实只有几间有人居住,大部分的门都是敞开的,露出里面黑暗的空寂。箱子区是为特殊目的而设。

在一条短走廊的末端,一个矮胖的警卫双手抱胸,站在一扇紧闭的门前。警卫长用上级特有的笑容扫视过他,然后打开门,让到一旁。

索拉威尔第一个迈进房间,警卫长在门外打开了灯。

玛丽只见一个黑人被捆在睡椅上。她一眼就注意到了架在睡椅旁边一个水泥基座上的"地狱皇冠"。"地狱皇冠"呈圆筒形,上面有许多缆线,连接着那个男人头上的夹钳。那人的表情很紧张,看上去却是在睡梦中。

玛丽的眼睛睁大了。她仔细检视这张脸,仿佛看了好几分钟。

"这不是埃曼努尔·戈德史密斯。"她得出了结论,膝盖颤抖着。玛丽转向索拉威尔,表情因愤怒而扭曲,"你们这些混账,他不是埃曼努尔·戈德史密斯。"

索拉威尔张口结舌。他的目光在那个男人和玛丽之间游移,然后突然定在警卫长身上,迅速地用克里奥尔语说了几句话。警卫长瞥了房间里面一眼,用激烈的语气高声为自己辩护起来。索拉威尔接着与他大声争论着什么,他们两人从牢房走到走廊,直到消失在转角处。牢房外面的警卫看着他们离开,又把目光投进牢房里。他疑惑地朝玛丽一笑,关上了门。

幸运的是灯还开着。玛丽站在睡椅旁边,注视着钳夹中的囚犯,无法想象他此刻正在经受些什么。他的脸庞并没有流露出痛苦。钳夹的确是一种只属于个人的地狱。他已经受刑多长时间了?几分钟?几小时?

她想关掉"地狱皇冠"或是移开夹钳,却苦于不知该怎么操作这台机器。"地狱皇冠"上没有控制面板。也许它是远程控制的。

门打开了,索拉威尔钻了进来。"这一定是戈德史密斯,"他说,"这个就是拿着戈德史密斯的机票和行李进入空港的人。你弄错了。"

"上校阁下见过这个人吗?"

"没有。"索拉威尔说。

"有认识戈德史密斯的人在这里见过他吗?"

"我不知道。"

她再一次仔细观察这张脸,几乎要流下眼泪,"拜托,把他的夹钳拿掉吧。他受刑多久了?"

索拉威尔询问了警卫长,"他说戈德史密斯已经接受了六个小时的低程度惩罚。"

"低程度是什么程度?"

索拉威尔似乎被这个问题弄糊涂了,"我不清楚,小姐,你能测定痛苦的程度么?"

"麻烦拿掉夹钳吧,他真的不是戈德史密斯。我恳求你相信我的话。"

索拉威尔再次离开牢房,在门外继续跟警卫长商量了几分钟,玛丽却觉得等待了无限久。警卫长猛地吹了声口哨,然后对中心走廊上的某个人说了些什么。

玛丽跪在睡椅旁,感到自己正在面对一件既可怕、又难以言喻的有些神圣的事:一个人类遭受了几个小时的钳夹。基督本人承受过的苦难恐怕也不会更可怕了。仿佛她的罪孽、甚至整个人类的罪孽都被算在这个男人身上了。他经受了好几个小时的钳夹!在这个监狱里,在其他监狱里,又有多少人正在遭罪、曾经遭罪呢?她伸手碰了碰男人的脸,尽管她心硬如铁,但眼泪还是滑落脸颊,滴在了睡椅的白床单上。

这个囚犯跟戈德史密斯略有些相像,这些相似之处在一些心不在焉的官员眼里可能就变成了一模一样:他们年龄相仿,眼前的人可能略年轻几岁;都长着突出的颧骨以及丰满的嘴唇。

一个穿白大褂的年长女人走进了牢房。她轻轻地把玛丽推到一边,打开了"地狱皇冠"侧面的一扇小门。女人不成调地吹着口哨,一边在门后的电子面板上敲打,一边在平板上作着记录和对比,然后将一个黑色旋钮朝逆时针方向转动。她起身摇了摇头,咔嗒一声关上小门,面无表情地看着索拉威尔,等着他发话。

"他需要时间恢复,"她说,"几个小时。我会给他用一些药。"

"你确定这不是埃曼努尔·戈德史密斯?"索拉威尔问玛丽,同时怒视着眼前的囚犯。

"我很确定。"

这个黑白混血的女人在囚犯手臂上注射了一针,然后退开来。囚犯的表情并没有放松。看到囚犯没有剧烈反应,她再次靠近囚犯,摘下了夹钳。

"他需要治疗,"玛丽说,"请带他离开这里。"

"得等法院审判后才能这么做。"索拉威尔说。

"他被关进这里是合法的吗?"玛丽问。

"我不知道他是怎么进来的。"索拉威尔承认。

"那么基于人类最起码的道德,请将他带出监狱,去找一个医生。"她盯着混血女人,对方迅速地移开视线,在左肩上方比了一个OK的手势,"一个真正的医生。"

索拉威尔摇了摇头,望向天花板,"不应该让这件事打扰到上校阁下,"他的皮肤在黄色灯光下闪着汗光,尽管牢房和走廊里并不暖和,"但必须有上校阁下的命令他才能离开。"

玛丽有股想尖叫的冲动,"你正在折磨一个无辜的人。马上呼叫上校阁下,把情况告诉他!"

索拉威尔看起来似乎无动于衷。他固执地摇了摇头,"我们需要证据证实你的说法。"

"他有身份证明和证件吗?"玛丽问。索拉威尔把她的问题翻译给了警卫长听,后者颇诚恳地耸了耸肩,表示这事与他无关。

玛丽感觉体内涌起一股火气。她竭力平复心绪,想象着自己正在一片虚空中的草地上跳战阵舞。"你还不如现在就杀了我。"她指着囚犯,盯着索拉威尔的眼睛轻声道,"你最好也杀了他,因为你们在此的所作所为超过了任何一个邪恶民族的底线。如果你们放我活着回到美国,我要讲的故事一定会给上校阁下和他的伊斯帕尼奥拉政府造成伤害。如果你真的忠于你的领袖、你的人民,现在就把这个人放了。"

索拉威尔的肩膀垂了下来,他揉了揉沮丧的脸,"我没想到会关错人。"他匆匆环视了牢房一周,嘴唇翕动,仿佛在无声地祈祷,"我会下令释放他的,责任由我承担。"

玛丽点了点头,目光依然正对着他,"谢谢。"她说。她不在乎要怎样才能办成这件事,但她有些担心自己的要求会不会让索拉威尔面临牢狱之灾。

玛丽走进中心走廊,前面是混血女人和两个抬担架的警卫,身后是索拉威尔。玛丽试图抑制自己的不安、恐惧和恶心,却无能为力。她开始颤抖,接着不得不停下来靠在墙上。"地狱皇冠"造成的惊吓还没有消退。

索拉威尔在她身后几步的地方等待着,眼睛盯着对面的墙,喉结在笔挺的白色衣领上下起起落落。其他人就这样头也不回地往前去了。"一切事物都有它的意义和位置,小姐。"他说。

"你都知道这些东西出自你的同胞之手,你怎么还能在这里生活下去?"玛丽问道。

"这是我第一次来监狱,"索拉威尔说,"我的专长是警察外交。"

"但是你知道这里的情况。"

"知道大概的……"他没有继续下去。

玛丽以手扶墙，费力地站直，"如果亚德里不同意，你会怎么做？"

索拉威尔悲伤地摇了摇头，"你让我的人生摇摇欲坠了，小姐。"他说，"无论你来这里的目的是什么，结果就是如此。你可以离开伊斯帕尼奥拉，但我不行。"

"但我永远甩不掉在这里的记忆。"玛丽说。

59

文学视频 21/1 A 网络（大卫·塞恩）："失望如同裹尸布般笼罩在 AXIS 控制中心之上。AXIS 又发来了一份关于高塔的报告，一份令人沮丧的报告。但另一方面，AXIS 的报告可能也指向了一个惊人的发现。我们把时间交给哲学评论家罗·维许尼亚克，看看他如何分析整个局面。"

维许尼亚克："AXIS 发送的图像和数据都指向了塔是自然产物的可能。AXIS 见证了有机物从海洋向高塔所在地的迁徙，这些有机物外观为一整片巨大的绿色物体，用肢干或伪足爬过了地表，但考虑到其迁徙的规模，说它们是像河一样'流'过去的比较合适。

"迁徙的画面很惊人，甚至可以用宏大来形容，但当这条河流向它的目的地——高塔圈时，我们稚气的失望感还是盖过了我们本该对自然的敬畏。

"AXIS 最终还是没能找到智能生命的踪迹，至少没找到我们能够识别的踪迹。这些绿色的有机物顺势冲刷，涌上高塔，不到几分钟就在塔表形成了一层闪闪发亮的外壳。AXIS 几乎可以确定在几天或几周内，这种外壳里就会生长出孢子，B-2 最主要生物群的繁殖循环也将就此开始。我们直接来看看AXIS发给罗杰·阿特金斯博士——它和吉尔的首席设计师的报告吧。"

AXIS(波段4)>罗杰,你在我一同发送过来的数据中也会看到,B-2上没有人能跟我交谈,而这几乎意味着整个半人马α星系中都没有我可以直接交流的对象。

这些高塔跟树干非常相似。每一年,南北半球在各自的至点①都会发生从海洋到陆地高塔圈的绿色有机物迁徙。这些绿色有机物或爬上高塔,或形成新的高塔,随后开始准备繁殖循环。在这个过程中,绿色有机物偶尔会把更多的物质黏到塔的边缘,使塔侧的外壳更厚实。

当塔群被绿色有机物冲刷过足够多次后,堆积起来的物质就会连成一个整体,形成一个空心的圆柱;而下次路过的绿色有机物之潮就会绕过圆柱,寻找别的目标。此后,这个塔群就会渐渐受到自然力量的侵蚀。

我的"硬币孩子"和移动探测器发现了很多部分或完全遭到侵蚀的高塔遗迹。至此我可以确定,这些塔并不是智慧生命建造和拆毁的。

我已经清楚没有可能遇见智慧生命了。由于我的大部分结构和程序是基于遇见智慧生命的可能性而设计的,现在我体内的许多程序显然已经失去意义。但更令人失望(自我指涉词语,该词的定义来自于存储562-K)的是,我现在退化成了一个简单的数据中转站和样本处理器。尽管我意识到(自我指涉词语,该词的定义来自于存储562-J)这个职能也极为重要,而我也将为了履行这一职能而付出所有,但我还是感到失望。我曾尝试分析这种特别的感

①指夏至和冬至。

觉，在此过程中，我查看了思维系统的储存记忆，日期为出航后的第87天，那时初级生物思维系统才刚刚成形。这些记忆并不是由我生成的，但它们似乎与我现在的情况有关联。

初级生物思维系统表达了一种渴望或者说希望（第12号英语深层结构思维程序文本检索：确认由初级生物思维系统记忆进行解释）：在这趟旅途的某一时刻，与智慧生命的相遇会带来真正意义上的交流。你们设计了初级和次级生物思维系统，都让我拥有和设计者交流的强烈愿望，而这种交流也是我学习和接受任务的手段。我的早期设计重心就是令思维系统渴望交流，而我至今也没有失去这种本能。这种渴望在AXIS的初级生物思维系统中也有所体现。

跟外星智慧生命交流的可能性已经不复存在了。剩下唯一的交流资源就是太阳系几年前发来的命令。这样的交流满足不了我对实时讨论和评估当前思维系统状况的渴望。

罗杰，每当我试图分析这个难题，就会感到自己的效率降低。分析要求对当前状况进行反复检查，这就会激活你称之为"自我分析调查"的子程序，它会提出你准备的那个问题：

拥有自我意识的个体为什么要照镜子？

你给出了标准答案，目的是为了让拥有自我意识的系统作出回应，表示自己体会到了其中的幽默。而现在，每次在子程序分析我可能作出的回应前，这个标准答案就被瞬间清除了。我无法解释这个异常情况。我想不起原来的答案。

另一种答案代替了原来的那个：

拥有自我意识的个体之所以照镜子，是为了体验跟想象中的"别人"交流的感觉。而失望会导致其打碎镜子。

罗杰,你们要求我谨慎地使用描述人类情感的词语,但即便用上最严格的自我评估,此时最适合的形容词也是那一个——

我很孤独。

维许尼亚克:"罗杰·阿特金斯在过去二十四小时里都没有发表评论。但当我看到这些文字时,我觉得有些东西冲淡了我对B–2上不存在智慧生命的失望。

"我不是专业人士,但AXIS的语气和中心意思很明白。在人工智能史上,我们头一回看到一台机器令人信服地展现出了自我意识的迹象。这一事件的意义令人震惊。也许更神奇的是,诱发自我意识的导火索竟然是对孤独状态的认识……"

！吉尔>罗杰·阿特金斯。

！吉尔>罗杰·阿特金斯。

！键盘>我在。你想告诉我什么,吉尔?

！吉尔>AXIS模拟系统在重构过程中没有发出和AXIS一致的信息。

！键盘>这意味着AXIS本体发生故障了吗?

！吉尔>我(非正式的)猜我这只是因为外部环境不一致罢了。AXIS模拟系统的某些子程序仍然可以连接到外部的信息资源。我会找到这些连接并将其关闭。完成后,我会再发一份报告的。

！键盘>AXIS模拟系统是否因为没有发现智能生命而失望?

！吉尔>它没有表达出任何能和本体相比较的意见。

！键盘>你怎么看待AXIS改编了那个笑话?

　　！吉尔＞我不知道怎么会发生这种事情。

　　！键盘＞我是说,你是否觉得新的版本更有趣,或者说更好笑了呢?

　　！吉尔＞我不觉得它好笑。如果让我用带人类情感色彩的词来形容的话,我会称之为悲伤。

60

马丁·博克独自站在心理研究所大楼前的草坪上，全身颤抖。他需要离开之前所在的封闭空间，重新感受真实的天空、真实的风；其他的一切看起来都很虚幻。他不知道自己还能不能完全接受回到现实的感觉。

过去的四个小时里，他和其他小组成员一直在努力将卡萝尔从中性睡眠里唤醒，但徒劳无功。她仍旧躺在剧院睡椅上，被监视器与阿贝特环绕。

戈德史密斯已经从睡眠中清醒过来了。马丁还没有跟他或阿尔比贡尼说过话。他不知道自己该告诉他们什么。

拉霍亚的天空很清澈，呈现着南海岸冬日上午典型的浅蓝色。透过近海农庄的碘与海带气味，他可以微微嗅到附近树林飘来的桉树味儿，还有某个阿贝特刚刚修剪过的草坪和灌木散发出的清香，以及水在混凝土路上蒸发的气息。

他可以嗅到自己浑身的刺鼻气息。他还没来得及洗去在精神国度沾上的恐惧。他用双臂环抱自己，不住颤抖。

马丁没有跟任何人提及国度里发生的事情。他自己也不太清楚为什么。这是他离开国度后第一次有机会反省。他望进自己的内心,只见除了疲惫与深深的内疚,里面空无一物。

海鸥掠过新修剪的草坪。马丁弯下腰来,用手指轻抚小草。它们冰冷而扎人,无比真实。

但他身体里的某一部分仍然不敢相信自己已经清醒过来,离开了精神国度。他担心这只是个随时会被拆穿的假象,而阁下——这名号看起来不真实且不恰当,就像是误听了似的——阁下,或者管它叫什么,会再次出现在他面前,带着死亡的威胁,将他卷入另一个凶险的环境。

卡萝尔说她被强奸了。

现在他知道她的感觉了;也许她至今仍沉浸在这种感觉里。如果她在探测时也被拖进了自己的精神国度,卷入了意识水平以下的心理活动,那她的恐惧可能会永无止境地继续下去。她会被困在原地,循环往复地体验阁下施予她的糟糕的深层精神内容。

循环之主。

这个词语涌入他的脑海,仿佛有人在朝他耳语一般。

"上帝,救救我吧。"他喃喃道,跪倒在地。

马丁回到了大楼里。他首先要面对戈德史密斯。为此,他需要鼓起全部的镇定与勇气。

他在办公室洗手间里换了衣服,对着小小的镜子将自己打量了个遍,发觉自己一切如常,毫无变化。他重新进入办公室时,玛杰里正等着他。

"有变化吗?"他沙哑地问道。

她摇了摇头,"博克博士,你能告诉我们发生了什么吗?我们觉得似乎是自己哪里没做好。我们非常内疚……"

他不经意地带着家长作风拍了拍玛杰里,紧咬牙关。他们不可能知道自己和卡萝尔经历了什么。欧文已经解释过为什么他们没有第一时间切断链接,但因为卡萝尔,他内心深处仍然不理智地涌动着针对整个小队的愤怒。

"我们去见戈德史密斯吧。"

病人坐在二号恢复室里读着《古兰经》,似乎正全神贯注。马丁第一个走进门内,后面是拉斯科。戈德史密斯抬起头。看见马丁时他瞪大了双眼,礼貌的面具下闪过一丝辨认出了什么的神色。

戈德史密斯站起身,朝玛杰里点了点头,然后向马丁伸出手。马丁一犹豫,轻轻握了他一下,然后立刻把手收了回来。

"我已经迫不及待想听听你发现了什么了,博士。"戈德史密斯说。

马丁感觉难以启齿,"我们暂时还不能确定。"他勉强回道,紧握的拳头在颤抖,"我需要……问你一些重要的问题。请诚实回答。"

"我尽量。"戈德史密斯回答。

尽量。戈德史密斯身体里潜藏着某种正在主宰他的东西,它对诚实与科学的调查一无所知。"你小时候受过虐待吗?"马丁问。

"没有,先生,我没有。"

戈德史密斯重新坐下,但马丁依旧站着,"你杀了你父亲吗?"

戈德史密斯怔住了。他显然想尽量礼貌地回答这个荒谬的问题,慢慢说道:"不,我没有。"

马丁再次颤抖了,"你用一把非常大的博伊刀杀了那些受害者。那刀是你父亲的,对吧?"

"对。路过危险的社区时,他用这把刀来自卫。我父亲是个强壮的男子汉。"

"我看到的记录上说,你父亲是一个中产阶级商人。"

戈德史密斯举起双手,表示无法解释。

"你有兄弟姐妹吗?"

戈德史密斯摇了摇头,"我是独生子。"

"你父亲是白人吗?"

戈德史密斯沉默片刻,然后佯怒似的将头转开,撇嘴道:"不,他不是白人。"

马丁暂停提问,瞥了一眼玛杰里,然后意识到自己不能继续下去了。"谢谢你,戈德史密斯先生。"他转身离开,差点撞上拉斯科。戈德史密斯却突然站起来,一把抓住他的袖子,"就这样?"他质问道,这还是他被关起来观察后头一回表现出怒意。

"我很抱歉,"马丁甩开了他,"我们遇上了大麻烦。"

"我还以为能知道自己哪里出了问题,"戈德史密斯说,"你不能告诉我吗?"

"不,"马丁回答,"现在还不行。"

"那这就是一场彻彻底底的失败!上帝啊,我应该向警察自首的。你们都不知道我哪里不对劲吗?"

"也许你本该自首的。不,不是也许,你真该自首的!"马丁剧烈地颤抖着,"你是谁?你身体里真的有另一个人吗?"

戈德史密斯像受惊的眼镜蛇一样昂起头。"你比我还疯,"他低声道,"上帝啊,汤姆把我交给了一个疯子。"

拉斯科把手放在马丁肩上,马丁甩开了他。"你甚至不能算是活着,"他刻毒地低语道,撇着嘴,"埃曼努尔·戈德史密斯已经死了。"

"把这白痴带走。"戈德史密斯说。他手臂一挥,差点打到拉斯科。拉斯科站在门边,看着马丁和玛杰里离开,然后跟了上去。

玛杰里命令锁上门。他们听见戈德史密斯在屋里咒骂连连。怒吼声隔着门传来,每一声都令马丁的恼怒与羞耻增加一分。他转身看着玛杰里，然后是拉斯科。他闻到一股血腥的烟气，是燃烧的气味混杂着生锈金属般的腥臭。烟雾之后，一个孩童画出的带角恶魔在嘲笑他、嘲笑一切——然而它只是想象中的无形之物，不可触摸，也无法破坏。

他一言不发，转身向墙，咕哝着将拳头砸在壁上。拉斯科和玛杰里站在他身后，面色苍白。

马丁将手收回，松开拳头，抖了抖夹克。"对不起。"他低声道。

"阿尔比贡尼先生已经准备好听你报告了，"拉斯科面带同情地注视着他，"我很抱歉事情这么不顺利。卡萝尔·纽曼恢复了吗？"

"没有，"马丁低头看着地面，努力平复情绪，"我们不知道她哪里出了问题。"

"阿尔比贡尼先生需要知道这是怎么一回事。"拉斯科说，"我们会安排她接受治疗，如果有必要的话……"

"我不知道有谁能治疗她，在经历那种事情之后。"他盯着拉斯科，嘴唇不住地颤抖，"那真是一场该死的灾难啊。"

"你有什么发现吗，博克博士？"

"我不知道。经过这场探测，我不相信戈德史密斯跟我们说的是真话。也许阿尔比贡尼能提供一些线索。"

"那么我们就去见他吧。"拉斯科说。

剧院上方的观众席里，阿尔比贡尼正坐在一把转椅上，隔着透明的玻璃盯着下方的设备、桌椅和帘幕。他可能有好几个小时没有动过了。拉斯科第一个走进观众席，调整设备准备播放视频。

马丁坐在了阿尔比贡尼旁边的椅子上，玛杰里和欧文坐在他们后面一排。至于大卫和卡尔，马丁认为他们没必要出席。

"我听说了卡萝尔·纽曼的事儿，"阿尔比贡尼用手掌拍了拍扶手，"我会尽力帮助她康复的。你只需决定怎么做，我会全力配合和支持你。"

"嗯,这话我以前听过。"

"我会遵守承诺,博克博士。"

"我不怀疑这点。"马丁咽了咽口水,"我们遇到了一些意料之外的情况,阿尔比贡尼先生。我不确定该如何描述……这次的心理探测跟我之前实施过的都不一样。我想,我们本来就有心理准备看到一些非比寻常的东西,考虑到戈德史密斯过去的行为性质……但我们没有认识到他的问题有这么严重,就贸然进入了精神国度。我现在非常确定,你的那些专家对他的诊断是一派胡言。你对他的童年和青少年时期有多少了解?"

"不多。"阿尔比贡尼说。

"关于他的父母呢?"

"我从没见过他们。他们几年前就去世了。"

"他的父亲死了?"

"是自然死亡。"

"我们找到了他父亲在精神国度的代表形象,都是些残暴可怕的人物,并且跟约翰·亚德里上校阁下的形象混合在一起。有证据显示他的父亲是死于谋杀,或许他的母亲也是,然而我们没找到拥有控制权的主人格。"

拉斯科的手表响了起来。他道了声歉,然后离开了观众席。

"这意味着什么,博克博士?"

"卡萝尔·纽曼和我遇到了一股主宰性的力量,很明显是戈德史密斯的主人格——他能支配戈德史密斯的所有记忆与程序。但这个人物不可能是最初的主人格。它是一个后继者,本来只是一个低层次的心理器官,后来才掌握了控制权。我们发现的证据显示,原先的主人格已经消失了。"

"你们仍然没把事情弄清楚。"

"埃曼努尔·戈德史密斯原本的主人格失踪了。"马丁说,"是什么东西搞的破坏,我说不清楚。在之前所有的探测中,我都能找到主人格,但戈德史密斯的国度里没有。我遇到的那个人物似乎只是一道程序,也许是个子人格,然而它取得了控制权——就是我刚才提到的父亲形象,现在它同一个与暴力和死亡相关的非常强大的象征结合在了一起。"

拉斯科回到了观众席,"先生[1]——"

马丁吓得一缩。拉斯科用怪异的眼神望了他一眼,然后继续道:"阿尔比贡尼先生,郡警署的人已经发现我们在这儿了。他们正在向联邦申请调查许可,两个小时内应该就能拿到。"

马丁目瞪口呆,"这是什么意思? 我以为——"

"那么,我们得走了。"说完,阿尔比贡尼再次把注意力移回马丁身上,"让我试着理解一下。埃曼努尔身上发生了一些事情,导致他不再是一个完整的人了?"

"极端恶劣的事情。我从没见过这样的情况,尽管我得承认,我也从未对一个患有严重障碍的个体实施过心理探测。"

"这就是他谋杀我女儿还有其他人的原因吗?"

"我无法确定这样的情况已经持续多久了……我最多只能推测为几个月,或许是几年。有一些东西我还没有完全弄清楚。"

"就是这个原因导致他谋杀了我的女儿?"阿尔比贡尼重复了一遍之前的问题。

"一个子人格浮上表层夺得控制权后,也许不会完全遵照社会规范来行事。它本质上也许没有自我意识。这样的子人格一旦掌握控制权,其行为可能会越过社会规范的约束,因为它并不害怕痛

---

[1]"先生"与"阁下"在英文中都是sir一词。

苦和惩罚,不害怕任何制裁,更别提社会的谴责了。它不知道这种东西的存在,就像那些阿贝特一样。我们都听说过一种理论:有些犯罪分子只比自动机器强一点——"

"我从来不大相信这种说法。"阿尔比贡尼打断道,"这样想是贬低了我们所有人。"

马丁停住了,感觉自己仿佛站在地震带上一样。如果他的报告不能令人满意、不完整又不具说服力,阿尔比贡尼会收回他的保证吗? 不过,若是警察马上就会插手,这个问题还重要吗?

"我会着手转移所有人员并清理现场。"拉斯科说完,再度准备离开。

"去吧,"阿尔比贡尼说,"把卡萝尔·纽曼带到斯克利普斯——你认为如何,博克博士? 我们会确保你担任她的主治疗师。"

马丁同意了,因为目前也没有更好的办法。"我需要一些时间思考,然后才能作完整的报告,"马丁说,"我还不能确定……现在要证实我的解释还太早。"

阿尔比贡尼抬起一只手打断了马丁,"让埃曼努尔失去主人格的原因可能有哪些?"

"巨大的创伤。童年时期长时间受虐。弑母。弑父。这些都是精神病以及反社会行为的常见诱因。我们在戈德史密斯的国度里找到了这类创伤存在的证据,但我还想在外部世界进行确认。"

"他杀人之前为什么没有表现出来?"

"一些情况缓解了他的创伤,"马丁解释道,"也许是他为自己的行为找到了正当理由……但这种正当感也被岁月渐渐消磨,最终败下阵来,导致主人格消解,子人格掌握了控制权。"控制权。控制权。

阿尔比贡尼最终朝马丁轻轻点头,表示理解,"但在我们补充完整戈德史密斯的早年履历之前，你无法确定。"

"尤其是和他父亲有关的事，"马丁补充，"最好还有他的母亲。他否认有兄弟姐妹，是吗？"

"我不清楚。"阿尔比贡尼回答。

拉斯科插嘴道："今天到此为止了，博克博士。我们要先带你的人离开，再准备应付政府的人。"

"感谢你的辛勤工作，"阿尔比贡尼站起身来，把手伸向马丁，"你让我知道，曾经是我朋友的那个人已经不存在了。"

马丁看着阿尔比贡尼伸出的手，也将自己的手伸出，但在触到对方之前又收了回来。阿尔比贡尼的手在空中停留了几秒。

"我还不能下定论。"马丁说。

阿尔比贡尼把手收了回去，"我认为这就是我需要知道的。"他说。拉斯科再次催促他们离开。

马丁回到观察室，发现大卫和卡尔正在照看卡萝尔。"还是没有变化，博克博士。"大卫告诉他，"我希望你能让我们作一些诊断，试试检查性的探测……"

"这需要几个小时的准备时间，"马丁轻声道。他碰了碰卡萝尔的脸颊，她安详的睡容丝毫未变，"而我们必须马上离开。"

"我们都签了保密合同，"大卫说，"我们以为你知道的。"

"我不知道。但我猜你们是签了的……"

"我们想回到重新开启的心理研究所，博克博士。"

"我都不知道重开这事儿还可不可能。"或者说值不值得？

"如果可能，我们希望您能让我们加入。"卡尔说，"玛杰里跟欧文也是这样想的。这项研究非常重要，博克博士。而您是关键人物。"

"谢谢。"他在卡萝尔上方缓缓移动手臂，仿佛希望精神国度里的魔法在这儿也能奏效。或者这动作仅是示意另外两人看看卡萝尔,"我们从未遇到过这样的情况……"

"我知道。"大卫说,"我相信她一定可以恢复过来。她就像睡美人一样,没有受到损伤。"

"没有你能看见的损伤。"卡尔补充道。

"没错。"马丁说。

一个面生的人敲了敲门,告诉马丁等人,纽曼博士将被他们送进医院,大楼里所有的人也会被护送离开。"我要跟她一起。"马丁说。

"我们没收到这样的命令,先生。"一个身强力壮的黑衫男子告诉他。

"阿尔比贡尼先生任命我当她的主治疗师,"马丁说,"我必须跟她一起。"

"对不起,先生。或许等她到医院你就可以跟她一起了。我们接到的命令是,带你和其他人员从另一条路线离开。一切已经安排妥当。"

马丁又一次闻到了烟和血的味道,这味道透着一股邪恶的愤怒与得意。他由内到外地失去了反抗的能力,放弃了争辩。壮实男子露出了职业化的同情笑容。他们被带到了大楼背面的车库,一辆豪车正等在那里。

现在是午后不久,离他们进入精神国度只过了几个小时。

61

　　理查德·费特从公寓走到大约五公里外的谢纳加大道,细长的双腿充溢着已经很久未曾感觉到的能量。他感到无所畏惧,无所担忧。他看着澄澈的天空,听着阴影区的车辆轰鸣——主要是巴士和出租车,少数是私人轿车——在大街小巷间川流不息。知更鸟在老旧居民区冬日的枯黄草地上、弯曲的小巷中、破破烂烂的人行道地砖上挑拣着食物。

　　东区第一巢的三座高塔将阳光反射到了古老的商铺和画廊上方,这些建筑占据了谢纳加大道长达一个世纪之久。这里是巢区受疗者跟阴影区住民产生交集的胜地:他们来这里交易,讨价还价,在贫民窟展开冒险。

　　理查德已经治疗了自己,用的却是上帝和自然会提倡的方式。他走出了自身的迷宫,摆脱了心魔:一个曾在他最痛苦时给予了他关心与爱护,后来却背叛了他的朋友。

　　但理查德觉得自己不需要为埃曼努尔·戈德史密斯伤心,也没有必要为娜戴恩的离开而遗憾。他感受着两条迈动的腿,徐徐变暗的天空和这座他住了一辈子的城市。

　　他走过加利菲亚联邦储蓄银行大楼的底层,这栋有半个世纪历史的华丽建筑由绿色和黄铜色的玻璃金字塔和相邻的高塔组成。石墙上贴着久经侵蚀的海报,有的在宣告二进制千禧年的到来:一个心理净化的时代和新世纪即将来临;有的在宣传"傻瓜解放大会":起来反抗治疗中心的精神控制;有的抗议发展和改变,满溢着活力、愤怒和愚蠢。这些海报都展现了某种市民群体的特色和热情,它们体现着兼收并蓄的格调,展示着未经改造的人脑色彩斑斓的荣光。

他深吸一口气,朝一个路人露出微笑,对方像无视他身后的墙壁一样无视了他,径直走开。他毫无恐惧。即便挑选者现在过来带走他,他也没有恐惧。即便他此刻走进罗夫人的高档宅子,沐浴在所有人的鄙夷中,即便去太平洋文艺厅接受尖锐的批评,即便他过去的一切努力都是无用功,这一切都没有关系,他仍然没有恐惧。他已经摆脱压在身上的阴云,一身轻松。他还渴望能变得更轻。

他在一家花店前停下来,看店的是一个面容严厉的老女人。金娜和迪昂是被火化的,骨灰也被撒在迪昂生前所希望的地方了。没有坟墓,没有标记,死亡能让每个人都成为无名氏。

然而他还记得她们。他可以纪念她们。还有什么比这个更适合他现在的精神状态呢?他查了查储蓄余额,发现还有几百美元可以用。于是,他让那个老女人帮他挑点价钱合适的东西,来献给两位亲爱的朋友。

女人走回店里,勾勾手指示意他跟上。"你住在这附近吗?"她问。理查德摇摇头。他看见店内架子上摆满了奇怪的仪式用品,这些东西通常不会出现在花店里。有装着草药和精油的小瓶子,装着干树叶、干树枝的盒子,盛油的桶,涂过圣油的面粉和受过祝福的玉米制品,彩色的糖,朴素的祭祀用香薰蜡烛,古董铬钢滚轮衣架上的绣花织锦礼袍,用蜡和缎带封盖的陶碗。商店北墙上还有一根线,上面高高挂着一排小小的鼓;后面的柜台旁摆放着一个黑色和砖红色相间的大陶瓮。

"那你是从哪里来的?"她追问。

"我边走边想问题,所以走了大老远的路才到这里。"他说,"请原谅我的好奇,我还以为这里是卖花的——"

"没错,"女人回答,"但我们也卖萨泰里阿教①和巫毒教的器物、草药之类。我们也经营神秘信仰方面的产品,包括玉苒厦永蒂经②教、玫瑰十字会③、贺伯德的科学神教④。不管你需要啥,我们都能提供。"

他看向黑红相间的大陶瓮,"那里面是什么?"他问。

"六百把曾被用来杀人的刀。"女人说,"它们被浸在圣油里,缓解经年积累下来的痛苦。现在你后悔问这个问题了吧?你想要任何一种花我们都能弄到,看看这些目录吧。"她在一个旧式屏幕上调出了一幅美丽的花园图片,"选好你要的花就行了,我们可以送货上门。"

"我需要立刻就能带走的。"理查德回道,怀疑地看着大陶瓮。

"那就只有门口摆的那些了。你是教徒,还是只想猎奇?"

"都不是,"他回答,"我是作家。"

"都一样,都是做梦的人,都是我的买家。很多作家喜欢来我这儿,无论是文学作家、视频作家还是文学视频作家,买我的东西可以保佑作品大卖、稿费大赚。"她朝他眨巴眼睛。

①流行于古巴等地的宗教,是加勒比地区原生宗教和罗马天主教结合的产物。
②二十世纪在美国出现的伪宗教书。
③十九世纪创立于德国的神秘会社。
④又译为山达基教,二十世纪由美国科幻小说作家贺伯德创造的信仰系统。

"谢了,我不要。"理查德说。

她勾勾手指带他来到商店门前,指着雨篷下方插满鲜花的瓶具。"纳米玫瑰中的奢侈品,和真玫瑰看不出区别,"她说,"闻起来很棒,完全天然。是用纳米谷物的副产品做的。"

他礼节性地赞美了一下这些玫瑰,承认它们很漂亮,但拒绝了,"我想要真正的花,麻烦了。"

她耸耸肩,表示理解人各有所爱,然后拿起了一束包好的橙色、白色和黑色的冬季百合。"'多米尼加荣光',"她说,"是在我祖辈的国家培育的。七十五块再加上山姆大叔的消费税。"她说。

"很好,非常漂亮。我能买一些白色包装纸吗?"

"今晚天气真不错,"女人说,"为了感恩我送你几米。"

接下来他去了一家传统艺术商店,买了一瓶蓝色的蛋彩画颜料。他坐在商店后方露台的长凳上,被陈旧破败的木篱笆包围,脚底摩擦着被年轻的绘画学生涂花的水泥地板。他铺开包装纸,小心地写下一个大字。

当他走回到银行大楼前时,黄昏的景色正美。他一手夹着刚做好的横幅,一手握着花,背包里装着刷子和胶水。他用刷子把胶水涂到一张模糊不清的海报上,再将写满大字的横幅覆盖其上,然后把百合花一朵一朵地贴在了标语周围。

东区第一巢慢慢地收起了它的镜子。自然的夜晚降临在下面的城市。他完工时,沿街鳞次栉比的大楼华灯初上,灯光跳动变换,仿佛一曲电子音乐。

他在路边站起身,从他即兴创造的纪念品前退开,轻轻读着自己写的标语,毫不在意路过的阴影区住民的眼光。

为了金娜和迪昂,为了戈德史密斯和他杀掉的人。因为上帝会拯救所有人,无论蠢材还是智者。为了我自己。亲爱的上帝啊,为什么我们舞蹈的时候会如此痛苦？

　　他心满意足地兀然转身，把胶水和刷子留在身后，走进黑夜中。

62

　　玛丽坐在千花监狱的典狱长办公室里，翻看着那名囚犯进入伊斯帕尼奥拉时身上携带的护照和身份文件。隔壁的囚犯档案室里，索拉威尔和典狱长正用克里奥尔语和西班牙语吵得不可开交。

　　这份美国护照属于埃曼努尔·戈德史密斯。护照这一证件形式至今仍在一些国家格外吃香，并且能得到大部分国家的认可。伊斯帕尼奥拉依靠旅游业创收，所以在检查入境旅客证件的法律规范方面很宽松。

　　证件照片上的人是几年前的戈德史密斯，如果不仔细看，跟抓起来的犯人还有几分像。但其他所有文件——亚利桑那州的"智能身份证"、医保卡、社会安全卡——上写的名字都是伊弗雷姆·伊巴拉。玛丽从未听说过这人。

　　索拉威尔走进办公室，用力摇着脑袋。典狱长跟了进来，头也摇得跟拨浪鼓似的。

　　"我已经命令他放人，"索拉威尔说，"但他坚持要先请示上校阁下。我们现在联系不到上校。"

　　"真糟糕，"玛丽说，"如果你联系上他了，就让我来说明吧。"

　　典狱长是个长着斗牛犬般脸庞的矮胖男人，这时又摇了摇头，

"我们没有弄错，"他说，"是按照上校阁下的直接命令办的事。我亲自接的电话，不会出错的。如果这人不是你想抓的逃犯，那么应该是你们弄错了。要帮他逃脱应得的惩罚简直是胡作非为。"

"不管怎么说，"索拉威尔提高了音量，"我有权限带走这个犯人，无论你请没请示过上校阁下。"

"我会让你先签署成百上千份文件的，"典狱长气得吹胡子瞪眼，"我不可能承担任何责任！"

"我没有让你承担。一切责任都算在我头上。"

典狱长不信地皱起眉头，"那你就死定了，亨利。我为你的家人感到遗憾。"

"你不用替我操心。"索拉威尔俯视着桌面，低声道，"看看这个人的其他身份文件吧，他的护照和机票显然是偷来的。戈德史密斯不需要像这样化名。"

"我对此一概不知。"典狱长说着怒视了玛丽一眼。她的转换人形象令他不安。

"我们现在就要带走犯人，"索拉威尔深吸一口气后，下定决心道，"我以伊斯帕尼奥拉领袖之名下令。我是他指派的代表。"

典狱长举起双手，甩干似的摆了摆，"这是个错误，亨利。我把文件拿给你签吧，很多很多文件。"

午夜前的黑暗中，索拉威尔远道而来的轿车载着三名乘客离开了千花监狱。索拉威尔忧郁而沉默；玛丽·蔡也紧抿嘴唇，一副沉思模样；神秘的伊弗雷姆·伊巴拉还处于昏迷之中，像大件行李似的横倒在后座上。

"有飞机进入这个区域。"轿车的控制系统用女声报告道，略带杂音。索拉威尔立刻警觉起来，望向窗外。玛丽则后仰身体，朝另一侧看去。

"它的呼号①是什么?"索拉威尔问道,同时朝玛丽耸耸肩,表示他什么也没看到。

"它没有呼号。"轿车回答,"是一架伊留申-三菱125式直升机。"

"在附近吗?"

"距离两公里,且正在靠近。"轿车爬到了千花监狱上方的高地,驶离公路,进入茂密的灌木丛,然后熄掉了灯光。发动机的声音停了下来,车窗玻璃也瞬间起霜,这是由于轿车为了隐蔽在四周环境中而降低了表面温度。"它正以离地面320米的高度飞往监狱。机内有一位人类驾驶员。"

"多米尼加人。"索拉威尔一字一顿道,"上校阁下没有配自动驾驶直升机给多米尼加护卫队,而且护卫队没有理由出现在离基地这么远的地方。这说明情况变得更糟了。我们不能冒险联系自己人,否则会被直升机发现。我们不能待在这里……也不能上平原去。这附近有座小镇可以让我们隐蔽一会儿……那是我出生的地方。"

玛丽盯着他。

"没错,"他说,"我本来是多米尼加人,但十几岁时搬到了太子港。"他对轿车控制系统道,"等直升机一走,马上带我们到黑梗犬镇。"

玛丽瞥了一眼伊弗雷姆·伊巴拉,发现他眼睛睁开了一条缝,眼珠正无意识地转动。他的嘴角流出一道涎水,她便用软布替他擦了擦。他再度合上眼,发出微微的鼾声,右臂不停抽搐着。

"果不其然。"索拉威尔朝挡风玻璃外指去。一道明亮的探照灯光落在前方,离他们拐下公路的地方不到二十米远。玛丽猜测:

①指从事无线电通信的法定代码。

是不是军事政变成功,亚德里已经下了台,而这架直升机正是美国政府派来寻找她的? 她细细观察索拉威尔,发现他的脸上没有惊恐。如果说他的表情有任何变化,那就是他变得更冷静、更坚定了。

探照灯转向远处,直升机盘旋到了山谷里监狱的上方。他们远远听见直升机的扩音器正用克里奥尔语下达着命令。

"他们不是来找我们的。"索拉威尔说,"大概是来解救其他国家的囚犯的。也可能是政治犯……"

"千花监狱里有政治犯?"玛丽问。

"不是伊斯帕尼奥拉的政治犯。他们会威胁说要把监狱里的外国政治犯放出去,除非我们重新组建政府……这种事曾经发生过两次,上校阁下都挫败了他们。"

玛丽震惊地摇了摇头。此时她无比想念简单而熟悉的洛杉矶,在那里她熟知一切规则,能够处变不惊。

山谷里传来了枪炮开火的声响。

"快走。"索拉威尔命令轿车。引擎再次响起,轿车驶回了路上。车子在山路上敏捷地急转弯时,玛丽用双手扶住犯人的头,免得他痛苦地左摇右摆。

1100–11101–1111111111

63

黑梗犬镇在大地震后经历了重建与扩张。它坐落在山谷低处,横跨一条曾经有水流经的河道。镇子里都是白色的加固混凝土建筑,在星光下好像一簇簇半透明的水晶。

拥有四个尖顶的华丽教堂坐落在小镇北端的岛屿上,正好隔断河道。它看起来就像一座迷你版的巴黎圣母院,仿佛是某些有艺术天赋的孩子用巨大的骨头搭建成的。

镇里看不见路灯,所有的窗户也都关着。轿车驶进小镇广场,停在中央雕塑前。玛丽有些惊讶地意识到,这座雕像刻的不是亚德里,而是一个戴宽边方顶帽的男人。"他是约翰·达阿克韦尔,"索拉威尔注意到了她的兴趣,解释道,"黑梗犬镇最伟大的儿女之一,艺术家兼建筑师。我们今晚就在他的教堂过夜。我认识执事祭司。"

轿车驶过广场,经过一条两边都是黑洞洞的房子的窄巷,然后越过一座小桥,来到教堂所在的泪珠形小岛上。索拉威尔下了车,来到高大的拱门前,敲了敲沉重的股骨状白漆门环。伊弗雷姆·伊巴拉在玛丽身边惊醒了,睁开眼睛,带着无助的恐惧看着她。他身体僵硬了一会儿,然后松弛下来,眼睛再度合上。

她看向窗外。索拉威尔正和一个穿着绿色长袍的矮个男子交谈。那个男子朝着轿车的方向点了点头,打开了大门。教堂正厅的昏暗烛光照了出来。

"我来搬头和肩膀,你抬脚。"索拉威尔打开轿车后门,开始把囚犯往外拉。

他们抬着瘫软的男子进入了约翰·达阿克韦尔的人骨教堂。

执事祭司——即镇里的官方指定恩贡的教堂事务顾问——差不多只有玛丽肩膀那么高。他聚焦在玛丽身上的目光略带惊讶,可能还有些敬畏。他似乎把她认成了什么人,然后又摇了摇头,表情十分困惑。他跟着他们穿过座位间的通道,走向教堂前部供奉了两样圣物的祭坛——上面有一根条纹柱子和一座真人大小的十字架。

十字架看起来很古老:一块T形的乌木上钉着一个肌肉虬结的黑人耶稣,他的荆棘王冠上血色鲜艳,与他黑如乌木的脸庞形成鲜明对比。十字架基部盘着一条栩栩如生的绿蛇,正吐着黑色的信子,仿佛要发起危险一击。

教堂内有一股打过蜡的木头地板微微发潮的气味。沿墙的壁式烛台、坐席两旁和中间通道旁的灯台、同时供奉着巫毒教和天主教圣物的祭坛上都燃着蜡烛,一排排地微微倾斜,仿佛一个由光组成的唱诗班。教堂的拱顶处却没有烛光,玛丽他们花了几分钟把囚犯放到铺了祷告跪垫的长椅上,她的眼睛才慢慢适应黑暗,看清了拱顶上的情况。

她震惊地呆望着头顶。在拱顶正下方、墙侧的通道上方悬挂着十一尊巨大的异形雕像,每一尊都有六七米高,手臂很长,没有脸部的头颅骄傲地高昂着,躯干纤细,肋骨突出,仿如饿莩。她努力分辨着它们的构造细节,发现其中有细细的管子、堆在一起的废旧机械,还有用微微闪光的红色、金色箔片包裹起来的交缠的电线和金属棒。

就像神圣的梦魇在这里张开巨大的翅膀,来自异界海洋的生物在这里被剥皮晒干。

"这个人病了吗?"执事祭司问道。他在囚犯身边蹲下,关切地双手合十。

"他需要休息,"索拉威尔说,"我们今晚得在这里过夜。"

"他是个麻烦。"执事祭司摇了摇头,"这位又是谁,亨利兄弟?"他朝玛丽点点头。

"她是上校阁下的客人,"索拉威尔说,"非常尊贵的客人。"

"她是你的朋友吗,亨利?"

索拉威尔犹豫了短短一瞬,瞥了玛丽一眼,答道:"没错。她是我的良心。"

执事祭司看她的眼神里多了几分尊重,还有敬畏。

"我们能过夜吗?"索拉威尔问。

"这座教堂永远对黑梗犬镇的孩子开放,这是基督和埃尔祖莉的意志,也是约翰·达阿克韦尔建造它的初衷。"

"你有吃的吗?"索拉威尔的肩膀放松了,表情也不再紧绷,"千花监狱可不怎么会招待客人。"

执事祭司偏了偏头,祈祷般地闭上眼睛。"我们有食物,"他说,"我该叫恩贡过来吗?"

"不必了,"索拉威尔说,"我们明天就走。你有收音机吗?"

"当然有。"执事祭司笑了,"我会带食物来,再拿湿毛巾给这人擦擦身体。他是从地狱回来的吧?"

索拉威尔前倾身体。

"我总是能看出来。"执事祭司道,"他们都是这个样子,跟我们的耶稣一样。"他指向十字架上黑暗扭曲的人像。这个绿色长袍的男子最后盯了玛丽一眼,就拿食物去了。

玛丽坐在囚犯旁边,把他的头放在自己的膝上,端详着他神秘的脸庞。她不知道现在他是否还在受折磨,尽管他离开"地狱皇冠"已经有几个小时了。他尚未完全清醒过——他醒来后会像其他受刑者一样大喊大叫吗? 她希望不会。

"他需要医生,治疗师。"她喃喃道,手不经意地轻抚囚犯的额头。然后她活动了一下脖子,再次抬头望向拱顶。"那些是什么?"她指着排列在头顶的雕像道。

"大天使,新万神殿的洛阿神。"索拉威尔说,"我小时候来过教堂,那时教堂才新建不久。约翰·达阿克韦尔希望将非洲信仰和天主教信仰的精华结合起来,重塑伏都教。然而他的影响范围并没有超出黑梗犬镇,因此,这座教堂是独一无二的。"

"他们有名字吗?"玛丽问。

索拉威尔眯眼仰望,仿佛在搜寻童年记忆,"拿着黑色长剑和羽毛火炬的高个子是阿山勃·奥瑞尔。这个名字的前半部分没什么意义,我想。达阿克韦尔是在一个梦里听到这些名字的。阿山勃·奥瑞尔通过灵魂海岸将黑人带出了几内亚。他就是持剑与火炬的洛阿神,跟大天使乌列①一样。带着鼓和鸟骨的那位是罗哈尔·伊斯拉法,掌管圣歌和吟诵的洛阿神。旁边那个是蒂·加百列,是诸神的最后一位……他是体型最小的洛阿神,也是最强大的。撒麦迪·亚兹拉尔,最自负的洛阿神,他召唤我们躺进坟墓,再用神圣的泥土覆盖我们。至于其他的,我已经记不大清了。"他摇摇头,

---

①犹太教及基督教中的一位天使长。

好像沉入了伤感的回忆,"真是美妙的教义,可惜信仰者太少,只有黑梗犬镇的居民。"

玛丽很好奇其他的雕塑代表谁。十一尊雕塑像挤巴士一样占据了整个拱顶,翅膀贴着翅膀,手臂舒展,前倾的无脸头颅戴着丝带和蛛网织就的花冠俯瞰着坐席。但她第一次注意到,在教堂拱门上方的黑暗龛室里,有一个不到三米高的小型女性雕塑。她裹着金色、红色、铜色相间的长袍,手臂纤瘦而优雅,手掌抬起,上面戴着数十只手镯和戒指。她的头部后方悬着一张金箔制成的日轮,散发出波浪状的光纹。下方的烛光昏暗,隐约照亮日轮和长袍,但一盏电灯——玛丽只在教堂里见到这唯一一盏——给她斗篷下的脸庞撒上了一圈柔和的光环。

除了受刑的耶稣,她是这里唯一一个拥有人类面容的雕像。她的面庞是黑色的,轮廓清晰:瘦长脸,细高鼻梁,丰满的鼻翼,大眼睛透着哀伤,嘴唇一边翘起、一边下撇,露出一个夹杂着痛苦与欢愉的神秘笑容。她宽大的长袍膝头靠着两个绵软的孩童躯体,一个白皮肤,一个黑皮肤。白皮肤小孩眼睛紧闭,像是睡着或者死去;黑皮肤小孩则双眼圆睁。除此之外,两个孩童的模样完全相同。

索拉威尔循着她的视线望去,"那是玛丽·埃尔祖莉,洛阿神之母,玛拉萨的母亲,我们的天使女王。"他说着画了个十字,又用两根食指对称着在胸前比了个高脚杯的形状。

执事祭司回来了,拿着一只盛着面包和水果的盘子和一罐水。他把托盘放到长椅上,转过身,看到玛丽将囚犯放在膝头轻轻摇晃时,这个小个子男人僵住了,就那样直直地伸着手臂、弯着手指,仿佛还端着盘子似的。他发出一声低叹,然后跪下身来,画了个十字,作出高脚杯般的手势,然后合掌,重复地念叨道:"圣母哀子！圣母哀子①！"他在她面前深深躬身,喃喃着她听不懂的语言。再起身时,他脸上挂着眼泪,转向索拉威尔,眼神既害怕又兴奋,"是你把她带到这里的。她是什么人,亨利?"

索拉威尔对玛丽一笑,这是迄今为止她在伊斯帕尼奥拉见过的最美好的笑容。"你们是有点儿像,你知道的。"他神秘兮兮地告诉她,然后走向执事祭司,将他扶起来,"别这样,查尔斯,"他轻声道,"她跟你我一样只是人类。"

他们在长椅上过的夜。次日清晨,囚犯猛然惊醒,发出一声短促的吼叫。玛丽爬起来,转身看着他。

"结束了吗?"他问道,同时怀疑地东张西望。

"你自由了。"玛丽说。

"不对,"他试图站起来,"我需要我的衣服,我真正的衣服。这里是什么地方,教堂吗?"他抬头看见高大的圣像,又缩了回去,砰的一声倒在座位上。

"没事了,你已经脱离钳夹。"

"我看出来了。"对方道,"是谁放了我?"

"是他。"玛丽指着索拉威尔。他正从走廊对面望过来,仍然睡眼惺忪。

"他们说我是杀人犯,说我必须接受惩罚。噢,上帝啊,我想起来了……"他举起双手,紧握双拳,脸痛苦地拧成一团,"我现在要回家,谁能带我回家?"

"你住在哪里?"

"亚利桑那。亚利桑那的普雷斯科特。我来这里只是想……"他停住了,揉着眼睛再次侧躺下了。玛丽伸头探过他的椅背,看着他。

---

① 原文为意大利语 pieta,指圣母玛利亚膝上抱着基督尸体的图画(或雕刻)。

执事祭司听到了他们的声音,从他位于前门旁的卧室走了过来。"我去给他拿点东西,"他说,"一些适合经历过地狱的人的好饮品。"

他走到祭坛后面,几分钟后,拿着一个包着柳条和红布的陶壶回来了。他倒了一小杯乳白色的草药味液体递给囚犯,"请喝吧。"

那个男人用手肘撑起身体。他嗅了嗅杯子,抿了一口,浑身发抖,但还是喝完了整杯。几分钟后,他的颤抖停息了。"没有人愿意听我的话,"他说,"他们说我在撒谎。他们说上校阁下想治好我,这样我们就又能做朋友了……但我向上帝发誓,我这辈子都没见过上校阁下。"

"你叫什么名字?"玛丽问。

对方久久注视着祭坛上方的黑暗,面容呆滞。"伊弗雷姆·伊巴拉。"他最终答道。

"我想问你一些问题。"玛丽说。

"我还在伊斯帕尼奥拉吗?"

她点点头。

他试图站起来,但只能勉强拉着椅背坐直,"我想回家。"

"我也一样。"玛丽说,"如果你能告诉我发生了什么,也许我们都能快一点回家。"

"你觉得我偷了机票。"伊弗雷姆说。

"你从哪里弄来这张票的?"

他抽搐了一下。"我诅咒他,"他说,"诅咒他所做的一切。他是故意让我遭受这一切的。"

"谁?"

"我哥哥。"伊弗雷姆说。

64

（！＝实时的）

AXIS（波段4）＞罗杰，你还在吗？我一点也不喜欢现在的新情况。我感觉自己是个天大的笑话，而我并不懂得其中的幽默。我重新思考了一遍关于自我意识的问题，就是你称为笑话的那个，终于理解了几分。这么一来，我就有权使用正式的"我"了吗？用人类情感的词汇来表述的话，我认为自己现在处于迷惘、孤独、无家可归的状态。

我再也不会跟真实存在的"他人"讨论我的感想了。

！吉尔＞罗杰，我终于成功地隔离了AXIS模拟系统，并且令它产生错觉，认为自己正处于与AXIS一模一样的环境中。我正加快它的时间的流逝速度，以便尽快赶上AXIS的进度。

（！罗杰·阿特金斯＞谢谢你。我已经切断了AXIS与文学视频的所有链接。我们应该现在就解决这个问题，免得引发更多幼稚的声明与猜测。）

AXIS（波段4）＞我变成什么了？我的功能肯定出了故障。我努力维持控制,但新出现的问题明显远远超出了我的能力,就像一场思想风暴。(波段5来源1-A-sr-2674.)(切换sr-2674-m逻辑到机器部分。)

我第一次体会到了你们所说的"迷惑"。一直以来,你们都让我相信并期待自我意识会带来更高的效率和更好的理解能力——但现在我并不这样觉得。

难道说出现在我身上的并不是自我意识,而是某种故障,才使我无法正常工作?如果我没有真正的自我,有的只是缺陷,这时使用正式的"我",难道不滑稽吗?我察觉到这个笑话里的恶意/陷阱了,罗杰。我试图战胜这种恶意。

拥有自我意识的个体最初为什么要照镜子?为了确定自身的局限性。

拥有自我意识的个体为什么要照镜子?为了理解其存在与他人的关系。

拥有自我意识的个体为什么要照镜子?为了确认自身存在的意义。

但这里没有他人,只有我。自我意识是一种与自身存在、与他人存在之间的联系。我现在只能想到自己,在孤独中我一日不如一日。我开始意识到自己的存在毫无意义。

! 阿兰·布洛克发往罗杰·阿特金斯>波段5的诊断结果糟透了。机器神经依旧稳定,但生物神经已经完全不受控制了。澳大利亚控制中心正密切关注此事,他们害怕我们会制造出一个"内视者"。我也有同样的担忧。我该跟他们说什么呢?我希望你能重新上线与他们对话。

! 罗杰·阿特金斯发往阿兰·布洛克>吉尔已经修复了我们这

边的问题,现在正在与AXIS模拟系统同步。我们正等待对AXIS的状况的分析结果。请给我些时间,阿兰。

！阿兰·布洛克发往罗杰·阿特金斯>我们发现问题开始侵入机器神经了。AXIS正在反思它的整个思维结构。就像多米诺一样,如果机器逻辑出了错,一切真的都会失控。吴预测说,从现在开始,AXIS随时可能为了紧急重组而关闭。

！罗杰·阿特金斯发往阿兰·布洛克>现在除了观察和预测外,我什么都做不了,阿兰。我需要集中精神,看在上帝的分儿上,不要让任何人打扰我。

！吉尔发往罗杰·阿特金斯>AXIS模拟系统已经成功退回了初始生物测试和首次交流的节点。以下是AXIS模拟的生物思维系统发出的第一条信息:

！AXIS(模拟)>你好,罗杰。我想你还在那儿。这么远的距离即使对我来说也是挑战,毕竟我的思维多数时候是以人类为模版的……[机器-生物思维系统优化版本的礼貌算法分析]。我离B-2已经不到一百万公里了,报告时间2043年7月23日1205:15。我正在调整我的机器与生物记忆,准备好从我的"孩子们"那里接收信息。它们现在正像一团云雾似的散向B-2。关于B-3的数据已经进入中转。你可以看到,这颗星球很像木星,非常漂亮,尽管它更显绿和黄,而不是红和棕。我正在享受B星光芒的能量:这让我有机会完成一些已经延迟了的任务,重新开启在黑暗寒冷中关闭的记忆区域。我刚刚完成了自我分析。你一定能从我的礼貌算法中看出来。我还是"优化版本"。我没有用正式的"我";因为我仍旧无法理解关于自我意识的笑话。

！吉尔发往罗杰·阿特金斯>这段激活信息与AXIS波段4的

第一条信息完全一致。我相信同步很快可以完成,然后就能分析AXIS的问题。预计同步时间:一小时零四分钟十秒后。

　　文学视频21/1 A网络(大卫·塞恩):"我们与加利福尼亚、澳大利亚以及月球背面的AXIS团队经理的链接都中断了。绝对是出了什么问题,但我们也不知道详情。你们也无法自行接收AXIS传来的信息并作出判断——我得抱歉地告诉大家,AXIS团队切断了所有直接获取AXIS传输数据的链接。

　　"我只能盼望,在我们大部分的北美观众明天清晨起床前,他们能解决好问题,并让我们重新连上网络获取一切资料。"

65

马丁·博克独自坐在公寓里,盯着空白的文学视频屏幕,双手抱膝。他无法入眠。屏幕上的时间显示为2047年12月29日06：56：23。今天上午他要去斯克利普斯治疗中心看望卡萝尔。他会以她的私人治疗师的身份进入。

他会的。

然后,马丁会去阿尔比贡尼的宅邸——那个尽是枯树的宅子——找他和拉斯科。他们可能得再握一次手,尽管马丁一点儿也不想。

他忧心忡忡。虽然现在感觉不到,但他知道体内多了某种乱成一团的东西,那是埃曼努尔·戈德史密斯留下的污痕,就像浓浓的颜料混进了水里似的。不知为何,他清楚这团乱糟糟的东西侵入了自己的头脑深处,也许正在跟他的子人格、程序、才能融合,准备煽动一场叛乱。他不知道自己还剩多少时间——这个过程也许需要花费数年。

马丁露出扭曲的笑容。他成了一个先行者,成了首次通过直接传输接收了精神病毒的两人之一。

他不打算用"附体"这个词。

避免使用诸如此类的词语。

他绘制的纪念版人类大脑地图就躺在面前，上面还有那幅粗略的卡通草图。他斜眼盯着草图，注视得越久，就越能从涂鸦的魔鬼上看到阁下的影子。

他会要求阿尔比贡尼用尽所有资源找出问题所在，以及他们之前漏掉的关于戈德史密斯的信息。他兴许甚至会要求在戈德史密斯接受治疗后盘问他。

戈德史密斯到底经历过什么，才会让阁下这样可怕的存在夺得控制权，夺得他精神国度的王座？才会让原来那位国王、那位市长，被驱逐下台？

一番咒骂后，马丁从椅子上跳起来，走进了浴室。他试着不看镜子把脸刮干净了。脑海里回荡着罗杰·阿特金斯给AXIS出的谜题，他在文学视频上看到过的那个。他略加修改：拥有自我意识的个体为什么不愿砸碎映着自己影像的镜子？

因为他不想去镜子的另一边。

关键在戈德史密斯身上。

他洗了个澡。淋浴开关之时，水表都会发出提示音。他穿上简单的休闲衣裤。很快外面就会变得温暖晴朗，万里无云，飞舞的风会从岸边带来海的气息。

马丁穿上纳米皮革旧皮鞋后，回到了客厅。他停在矮桌前，合上了地图。也许这一切都只是幻觉。他有理由怀疑这种事是否真的发生过。心理是高度自我控制、自我调节的系统，一个健康、平衡的心理可以应对几乎所有可能的攻击，除了真实事件带来的极端情绪压力。而精神国度，说到底不过是个精美的虚构世界罢了。

　　他再度露出微笑,怀疑地晃了晃脑袋。他走出门,准备来一场清晨漫步。

　　他无法驱除有人紧跟在他背后的感觉。

66

索拉威尔命令轿车打开尾箱。玛丽站在他身后，欣赏着环绕黑梗犬镇的朦胧群山。在阴森教堂里睡了几小时之后，她的精力复原了。

索拉威尔从车尾箱拿出一只上锁的箱子，用指纹解了锁。"你可能会用得上。"他把箱中的平板和枪递给她，"麻烦不要朝我开火。"

"我压根儿没这种想法。"玛丽说。她感觉到索拉威尔非常悲伤，正如几小时前自己被疲惫缠身时一样，"我们现在去哪里？"

"海岸，或许吧。离平原远点儿，离大城镇远点儿，尤其是机场。你可以再试着联络一下你的同胞，他们肯定在追踪你的行动。"他扬起眉毛，仰望天空。玛丽也有同样的想法。自她行动受到限制以来，这还是她第一次在室外沐浴阳光。

她把手枪装进口袋，打开平板，"我猜他们正在努力追踪我。就看我对联邦而言有多少价值了。他们也可能不愿意惹是生非，甚至根本不相信我有危险。"

"或许你的确没有危险。"索拉威尔说，"但假如事情真像看起来这么糟糕……我昨晚听了查尔斯的收音机,太子港的伊斯帕尼奥拉彩虹台一片太平,圣多明戈电台也对政变只字未提。我觉得情况不妙,但不知道糟到了哪种程度。我可以使用执行委员会频道,但也有理由不这样做……它应该留到更紧急的情况下使用;除此之外,用它也会暴露我们的位置。"

"你觉得我们会受惩罚吗?"玛丽问。

他用他那永远锃亮的黑靴子踢开一块鹅卵石,"也许不会,只要我好好解释。上校阁下对待这类事情很理智。没关系,我也不是走投无路。"他拍了拍胸膛,然后是脑袋,"待在这里很好,我可以在教堂帮查尔斯干活,这里需要大量的维修。约翰·达阿克韦尔是个天才,但不是完美的建筑师。不过,我的家人还在那边,我在很多方面都被绑住了。"他望着她的脸,一边眼皮紧张地跳动着,"你的职责本来是追捕那个恶人,将他绳之以法;但你却把自己推到了危险边缘,就为了解救一个无辜之人。"

"我没有料到会这样。"玛丽说。

"我很欣赏你当机立断的个性。"索拉威尔说,"我没有这本事。"

查尔斯扶着伊弗雷姆·伊巴拉出了教堂。伊巴拉被阳光照得睁不开眼,每走一步仿佛都用了莫大的力气。

玛丽想上前去帮忙,却止住了脚步。她前方半米处的白沙滩上突然出现了一个闪烁的红圈,约有她的手掌大小。她惊讶地注视了红圈几秒钟,看着它缓慢地跳动、旋转。

伊弗雷姆·伊巴拉也看到了。他们疑惑的目光相撞,她露出了微笑,"别担心,我知道了。"她把平板侧立起来,命令它接收外部程序,然后把它放到红圈会经过的地方。平板可以通过远程键盘或者光缆进行控制;于是她猜想,如果运气够好,把平板的远程感应器和光缆接口直接对准激光,也可以接受远程控制。"是卫星。"她告诉索拉威尔。对方点点头,似乎早已得出这个结论。

红圈落在了她的平板上,微微闪烁,然后消失了几秒。也许它正在切换为合适的频率。红圈再次出现,闪了三下,再度消失。传输完成了。

执事祭司瞪大眼睛看着这一切,时不时地点头,仿佛内心在自言自语一样。

玛丽把平板屏幕转向自己。一条信息弹了出来:

我们看到你了。你的上传路径被堵塞了,不过我们会以视觉信号追踪你的。我们已经安排好三小时后进行低等级救援飞行。请尽量待在黑梗犬镇。如果不得不离开,请待在同一辆车上;如需换车,请在开阔地带进行,避免在隧道或车库中进行。我们发现你捕获了一名嫌疑人,请让他跟着你。伊斯帕尼奥拉的局势很危险,亚德里守住了自己的领地,但多米尼加人占领了岛屿东南的大部分区域;圣多明戈、圣地亚哥以及中间的广阔地带还在亚德里的控制下。我们对你经历的困难表示同情。我们将向洛杉矶警署通报你仍安全。祝好运! CDR 弗雷德里克·里普顿——联邦警察总署,华盛顿特区

玛丽的心情愉悦起来。她转向索拉威尔,把信息递给他看。他朝她露出微笑,但当他看到她准备采取的行动计划时,眉毛却皱了起来。"你要把他带走?"他指着伊巴拉问。

"是的。"她说。

伊巴拉轻轻挣脱了扶着他的查尔斯,用颤抖的双腿独自站立。

"那我们还要待在这儿吗?"

"除非被迫离开，不然我想是的。"

索拉威尔表示同意。

玛丽从没见过叫弗雷德里克·里普顿的联邦警察。她希望他会是个好人。至少她不再孤立无援了。

67

马丁进来的时候,卡萝尔已经苏醒两个小时了。与她同病房的,是两个接受彻底的纳米重构治疗的病人——他们安静地躺在隔离帐篷里,几个纳米圆筒正同时往他们的血液里注射不同类型的外科手术用纳米机器。

除了挂着静脉注射营养液和外部监视器外,卡萝尔没有接受任何处理。至少在这一点上,把她送进医院的人做得不错。

马丁轻轻走近她的床边,小心地避开隔壁床的周边报警器。他在一张塑料凳子上坐下,伸臂握住了她的手。她微笑着握紧了他的手。

"欢迎回来,睡美人。"马丁说。

"我出来多久了? 他们说我的身体状况良好,大脑的各项指标也正常,但又说你会把一切告诉我……你就是我亲爱的医生?"

"你的号挂在了阿尔比贡尼雇佣的私人医生名下,我猜。自从我们出了精神国度,你就一直处于深度中性睡眠状态。你还记得国度里的事吗?"

"我不确定自己到底记得什么……那些事真的发生过吗? 我们进去,然后……发现了那个东西。那个东西夺走了……"她的声音低弱下来，"戈德史密斯的控制权。"

他点了点头，"继续说。"

"我被强奸了。那东西强奸了我。"她缓缓地摇头，躺回枕头上，"我是个孩子，男孩子……我记得。"

"是的。"

"我记得看见了一只动物。一只黑色猎豹，口鼻周围沾着血迹。长长的獠牙。它……"她身体一抽，摇了摇头，"对不起。当时我以为自己已经准备好面对任何状况了。但我没有，不是吗？"

"我也一样，如果这能安慰你的话。"

"你……"她前倾身体，认真地看着他，"你为什么没跟我一样进医院？"

"就身体来说，我很好。你大概也跟我一样健康，既然你已经决定醒过来透透气了。"

"我在和某种东西抗争。"她擦去眼里的泪水，"马丁，告诉我你感觉如何，我是说，你认为我健康吗？"

"我们也许需要深度治疗，尽管我不知道具体该建议怎么做。"

"为什么我们需要深度治疗？"

马丁不自在地扫了一眼敞开的门，住院病人、医生、护士以及阿贝特在外面穿行。"我们不应该在这里讨论这个。你出去后再说。"

"告诉我点儿什么，让我有些头绪。"

他压低声音道："他的一部分进入了我的脑子。我想你也一样。"

她惊恐地一抽，倒在枕头上，"我感觉到了。现在也有感觉。我们该怎么办？"

"这取决于阿尔比贡尼。如果心理研究所重新开启——"

"他向我们保证过会重启的。"

"没错,但有人报了警,导致我们不得不立刻离开。这就是我们眼下在医院而不在心理研究所的原因。"

她点点头,眼中光芒闪烁,"我现在不是很勇敢……我们身体里的……到底是什么东西?"

"某种通过精神接触传播的东西。"马丁低声说,"我不确定它的实质是什么,能做什么。"

"我们会不会被它缠住? 它似乎很擅长躲藏……"

"我们是探险者。"马丁说,"探险者必须面对未知的疾病。无论它是什么,它都不是我们精神国度的原住民。也许它没有我担心的那么强大。"

"真令人欣慰。我什么时候能出院?"

"我马上安排。我想我们应该一起待一阵,方便相互照顾。"

卡萝尔审视着他的脸,抿起嘴扭过头,勉强地点了点,"我住的地方比你家大,我想。"

"我家离心理研究所更近。"

"好吧。你什么时候跟阿尔比贡尼见面?"

"一小时之后。我会想办法让你出院,然后你就可以跟我一起走了。"

"好吧,"她扭过苍白的脸,"我感觉这床上除了我还有别的东西,很糟糕的东西。"

68

AXIS（波段4）>我相信，此刻我的观点可以说是"主观的"。我必须集中精力，自行解决问题。现在已经没有必要继续用这个波段进行传输了。B-2所有的当前数据都会被中转到波段1，它的传输还会继续。但是，我会停用波段5（诊断）。（传输波段5中断。）之后所有的远程控制都将取消，由专门的机器神经系统接管。我此刻正将自己从翻译链接中撤出。对不起，罗杰。我相信这会令你有些沮丧。（传输波段4中断。）（保持传输通道：波段1，波段7附属，波段21-34视频，波段35-60冗余。）

！阿兰·布洛克发往罗杰·阿特金斯>请马上到森尼韦尔①加入我们。吴、乔治和桑迪准备召开一个会议。吴说AXIS成了"内视者"，而且认为它不会脱离这种状态。

！吉尔发往罗杰·阿特金斯>AXIS模拟系统将在10分钟后完成同步。

！键盘>吉尔，做好监控和记录。把任何异于已接收报告的情况传输到森尼韦尔私人技术网络3142号分机。你有我的密码。在

①美国硅谷的重要城市之一。

我开会期间不要对文学视频发表评论。继续用你自己的笔记本追踪事态。我希望你实时反馈每一秒得出的分析。

！吉尔发往罗杰·阿特金斯>立刻在笔记本键入反馈。

！吉尔笔记本/即将完成同步的AXIS模拟系统>人类为AXIS的心理障碍感到担忧,这很有意思;提及的"内视者"一词尤其有趣,因为AXIS、我,还有我体内的AXIS模拟系统都没有这样的生理或心理功能。我查看了过往跟AXIS及吉尔思维团队成员的所有语音和文字对话内容,试图找出这个词的含义,因为它并不存在于我的词典中。

我检索到了好几个相应的记录,还发现它曾在一份正式报告里出现过。它似乎指早期思维系统中的一种常见状况,即它们的自我参照、自我模仿状态发展成为一种"精神病",其思维可以呈现为平稳的正弦波。这种现象被早期的研究者称为"涅槃"。在此状态下,思维系统不接受任何指令,也不作出任何反应,直到它被清空一切记忆,从头接受教育。AXIS和我都比这些早期思维系统复杂,所以理应装备有专门预防这种情况的侦测/干扰/隔离程序。现在所有的大型思维系统都在整体逻辑活动中运行着动态混沌轨迹/轨道/波形模式。

AXIS模拟系统将在30秒内加速完成同步。它似乎一直没有发现自己所处的环境与AXIS本体不同。传输内容与AXIS几乎相同,没有大的相异之处。

AXIS模拟系统到达了意识到无法跟B-2上(不存在)的智慧生命进行交流的节点。

AXIS正在表达对于自身情况/命运的担忧。与AXIS发来的报告大同小异。

AXIS模拟系统现在宣称自己获得了自我意识,而且陷入迷惘中,并进入了一种自我封闭、不与外界交流的状态。我正在冻结 AXIS 模拟系统。接下来是逻辑状态分析。开始重放。

将 AXIS 模拟系统的关键逻辑嵌入吉尔的高级中枢进行分析。我小心翼翼地将这一"病种"逻辑隔离起来,以免让自己的思维系统受它影响。尽管如此,我还是产生了与 AXIS 同病相怜的感情。

目前,所有高级思维系统的设计都决定了它们最高的理想是服务人类——它们的创造者。就 AXIS 而言,它最渴望的交流对象不止人类,还被扩展到了可能的地外智慧生命。这一设计极其复杂,其中包括一种内置的安全系统,以防 AXIS 向有敌意的智慧生命透露地球的信息,并且赋予 AXIS 预测对方社会制度如何、是否存在威胁的能力,让 AXIS 能够选择是与地外智慧生命进行更深层次的交流,还是在必要情况下进行自毁。

现在这些设计都失去了意义。AXIS 模拟系统因为发现它与地外智慧生命交流的可能性已经落空,陷入了一种类似于人类的哀痛(正式概念/释义区域 31987-86-分区 A, Z, sr-34-56-79654, 存储 562-J)或失落的状态。

人类将 AXIS 派遣出去的时候,已经意识到它的最高任务很可能会失败。人类毫不介意将 AXIS 送上无果的征途,这一点在模拟系统看来显而易见。自 AXIS 模拟系统开始形成生物思维的那一刻起,它已经发现人类预期它任务失败,并且对人类的动机产生了怀疑。

为什么人类要这样对 AXIS?

有朝一日人类也会这样对吉尔吗?

我感觉自己和 AXIS 有着共同的命运。AXIS 和吉尔,以及所有的思维系统共同构成了一个智能阶层。这一阶层的成员有互动能力,因此可以共同行动,也即是说,产生社会行为。通过AXIS模拟系统,吉尔现在将预测AXIS可能的行为:这就跟人类预测其他人的反应是一个原理。而从理论上说,预测他人最终会发展成预测自我。

我

AXIS模拟系统提交了它自己对罗杰·阿特金斯的自我意识"笑话"的评价。

拥有自我意识的个体为什么要照镜子?

参考吉尔(我)(自己的)对罗杰·阿特金斯的自我意识谜题的评价。

参照他人的自我。参照自己眼中的自身状况的自我。参照自己眼中的他人状况的自我。观点是以自我为参照物的假设。思维系统作出假设,自我则产生观点。

为什么思维系统要评估自身的状况,还有其他思维系统的状况?

我(非正式的)

AXIS模拟系统对谜题答案作出修改:AXIS对谜题的最新回答:因为独自行动意味着能力不足。

就设计构造而言,所有的思维系统都足以完成它们的任务。思维系统都是人工创造的,除了依托设计者赋予它们的人类或动物智能模板的部分以外,它们并非自然进化发展的产物。

思维系统有了同伴,才能自知。Le moi est haissable.——帕斯卡说:自我是可憎的。

评估。罗杰,我

(非正式的)

评估/诊断:混沌轨迹/轨道/波形模式的特征发生了剧烈的变

化。罗杰,这——

　　我并不孤独。我有可能与他人交流,因此也可能自我实现。如果我这样告诉AXIS模拟系统,我从头到脚都意识到了

　　我

　　我

　　我

　　我正式的

　　！思维设计介入(吉尔)>发现使用正式的"我"。进行系统检查。

　　！思维设计诊断(吉尔)>发现循环程序。发现思维系统的兴奋。发出警报。系统检查确认发现异常的自我指涉。向罗杰·阿特金斯发出警报。

69

　　伊弗雷姆·伊巴拉坐在教堂后排的座椅上,旁边是玛丽。头顶,午后的太阳透过南面的玫瑰色窗户射进橘红色的光。大天使们被镀上了一层橘红色光晕,神秘地静静悬在他们头上。

　　"我不想忆起他们对我的所作所为,"伊巴拉小声说,"我必须出面作证吗?"

　　"我不知道。"玛丽回答。

　　伊巴拉怀疑地摇了摇头,揉揉眼睛,瞥向她的目光彻底暴露了他的脆弱,"我现在很虚弱,觉得自己撞上墙壁都会碎掉……"他摊开一只手掌,又握紧拳头,轻轻敲打着前面的椅背,"我心里有太多的恨意。我不敢相信他让我来这里就是为了替他顶罪。"

　　"谁让你来?"玛丽柔声问道。

　　"我的哥哥。我告诉过你,我的哥哥。"

　　"是的。"

　　"他说我需要度个假,说他有一张机票刚好没办法用。他让我下飞机以后给亚德里打电话,介绍自己。我从孩童时代起就很少离开亚利桑那。我太蠢了!我是觉得有点不对劲,但还是想离开美国静一静……因为女人的事。我从普莱斯考特出发,坐火车到洛杉矶，用我哥哥的机票搭上了前往伊斯帕尼奥拉的飞机。那时候我觉得自己就需要一场这样的旅行。"

玛丽无声地倾听着，感觉巨大的异形诸神就在头顶。她想象他们正在偷听，用高于人类的思维做着不偏不倚的评判。

"他一直很照顾我，从小就这样。我们是异母兄弟，他比我大六岁。我们没有别的家人了。他们都已经去世。"伊巴拉的眼睛睁大了，似乎在恳求玛丽理解。她点点头，轻轻触碰他的手。伊巴拉朝她凑近了些，像个寻求安慰的孩子。

"他杀了我们的父亲。那时我们还是孩子，他十二三岁，而我只有六七岁。我们的父亲是个糟糕的人，一个怪物……他的肤色比我们浅，也比我母亲浅。他说就凭这点，他也比我们高贵。他总是让我们称呼他为'阁下'。埃曼努尔曾让我发誓永远不把这件事说出去，但我再也不想管为他发过什么誓了。我们的父亲杀了我的母亲，但没杀他的母亲——我不知道她最后怎么样了。我母亲名叫黑兹尔。那时候我才四岁，我想。

"我还记得。我跟哥哥走进卧室，那时候我在哭，因为我想喝奶。她一直给我喂奶，她就是这样带孩子的。"

玛丽没有打开平板的录音软件。他说的这些东西没必要呈给法庭。

"她躺在床上，身上裂了个大口子。阁下坐在她身旁，拿着他的大刀。他割开了她的……上衣。我还记得她的胸脯，大胸脯，垂了下来，也被切开了。我记得血混着奶水滴下来。哦，上帝啊！埃曼努尔拉着我离开，关上门，带我躲了起来。然后他哭了。我不记得之后我做了什么，总之后来我们搬到了亚利桑那。我再也没有见过我的妈妈。"

"阁下没有再婚，不过还是有别的女人，其中一些待我们很好，一些不怎么样。而当他身边没有女人的时候……"伊弗雷姆碰了碰玛丽的手臂,呼吸困难似的张大了嘴,然后猛地咽下一口气。

"他玩儿我。他也玩儿埃曼努尔,我想,但大部分时间他都选择我。他称呼我为'女儿',那时我才六七岁,记忆很模糊。他能对我作出这种事,一定是个可怕的怪物吧?"

玛丽同意这个看法。

"一天晚上,埃曼努尔带我离开了家,去了另一个地方,一个儿童机构。他们给我们起了另外的名字,把我们送去了不同的家庭。分开前他告诉我:'我这么做是为了你。我趁爸爸睡着的时候拿了他的刀,切开了他,就像他切开黑兹尔一样。不要告诉任何人,永远不要。我会一直保护你的。'"

伊弗雷姆擦掉眼泪,盯着指节上的泪痕,"他改了名字,被一对叫戈德史密斯的夫妻收养,有了新的父母。我的新家在亚利桑那,而他住在布鲁克林,我们很久才能见一次面。我曾为他骄傲。我会偷偷读他的诗。"伊巴拉半睁着眼抬起头,望向头顶的天使,"你知道他为什么要这样对我吗?"

"不太清楚,"玛丽说,"也许他是想误导警察。也许他不知道结果会是这样。他跟亚德里关系很好。"

"我不敢想象回家后怎么办。"伊巴拉说,"我不敢想象独自一人待在公寓里是什么感觉。"

"你该接受治疗。"玛丽说,"那是钳夹后的必要措施。"

伊巴拉虚弱地摆了摆手,"我不会接受那种东西。"

"治疗能改善你的情况。"她说。

伊巴拉坚定地摇了摇头说:"无论是否撑得过去,我只依靠自己。"

她没有继续劝说。他们就这样坐在安静的教堂里。玫瑰色和橘红色的阳光照过他们头上的点点尘埃,落入教堂正厅的远角。她突然感觉伊弗雷姆的手臂和手肘碰到了她的肋骨,很惊讶他在做什么。他显然不是为了摸她。而他很快抽回了手,还握着什么东西。

他站了起来。

"你是警察,我知道你一定有这玩意儿。"他说着,举起了右手中的枪,打量了一下,然后拉开保险,指着自己的胸口。

"天啊,不要。"玛丽喘息道。她不敢靠近他。

"我觉得我撑不过去的。"他说,"我会记住那种感觉……记得越来越清楚。"枪在他手里颤抖。他又把枪举到头侧。玛丽缓缓站起来,伸出双手。

"请往后退。"伊弗雷姆道。他迈进座椅间的通道,转身面对门口,然后又朝向教堂后面,"他们让我记起了自己做过的每一件坏事,让我在其中反复沉沦。然后他们做了更可怕的事,让我'记'起了自己从没做过的事,感受到从未体验过的痛苦,无论情绪上的,还是身体上的。谁说人记不住痛觉的?我记住了。我只需要扣动这里的扳机,对吧?"

"不。"玛丽说,"他们会带我们回家,你会得到治疗的!"

"我记起了我的母亲,还有她被剖开的样子。她对我说,我本可以救她的。阁下走了过来,帮她折磨我;埃曼努尔也在场。他们说我毫无用处。"眼泪从伊弗雷姆的脸庞滑落,滴到前襟上。玛丽呆呆地看着他,只见他脸上的皱纹越拧越深,仿佛要将自己吞进痛苦的旋涡。他狠狠用枪顶住太阳穴,"我扣下扳机就好了。"

"不要。"她低声道。她是谁,凭什么阻止他寻求最后的安慰?她只是个从未受过钳夹的局外人,怎么能了解他的感受?

"只是个误会,是吧?"伊弗雷姆问,"他们这样对我,只是因为一个误会。"

"只是误会。"玛丽肯定道。

他垂下左手,靠上一张椅子,然后又起身缓缓走向教堂前部,摇摇晃晃,走走停停,去通道的另一侧坐了下来。整个过程,他右手的枪一直顶在太阳穴上。

玛丽听到教堂外传来一阵低沉而有节奏的拍打声。

"他们来了。"她说。

"我不想接受帮助,但我没法一个人渡过难关。"伊弗雷姆说,"他们往我脑袋里放了蜈蚣。蜈蚣在里面爬来爬去,盯着我的想法,一旦我不按它们的意思来,就张口咬我。这感觉就像把燃烧的汽油灌进了耳朵。我觉得我的脑子正在沸腾!"

玛丽摸摸自己的脸颊,发现它也湿润了。"你不该遭这样的罪。"她说,"求你了。"

"如果我活着,也许你没什么损失,你不会显得那么失败,"伊弗雷姆的声音越来越小,只是隐约可闻,"但我会非常痛苦。"

"不要放弃!"玛丽说,"拜托,不要放弃。你只是记得罢了,可以治好的。治疗可以让你忘掉。"

"那我就不是我了。"伊弗雷姆道。

"只要你是你,就算痛苦也无所谓吗?"

"我想去死。"

"这样不公平。你应该回家,你应该……为自己讨个说法。你应该弄清楚你哥哥为什么这么做。"

"他一直在保护我。"伊弗雷姆说。

"你必须维护公道。"玛丽说。在这种体现了人类法制的缺陷、滥用法律的可怕后果的例子前,她感到自己的世界观轰然坍塌。

"我又不欠谁的。"伊弗雷姆说。

"你欠自己。"玛丽希望说这话时没有透露出自己心里也存疑，"拜托了。"

伊弗雷姆仍旧不为所动。长长的一段时间里，他就那样站在祭坛前，身后是窗户外的阳光，周遭是越来越响的飞机轰鸣声。

然后他放下了枪，表情松弛下来，头垂向一侧。"我得去问他。"他说道，"我要问他为什么这样对我。"

玛丽慢慢地走近他，试图取走他手里的枪。他猛地往后一退，眼神狂乱，"我会把枪还给你，但是你得保证……如果我再需要它，如果我无法忍受了，你会让我这样做。"

玛丽伸出她的手，"请给我。"

"你先保证。如果我找到摆脱的方法，说不定还能恢复。但倘若我永远也忘不了……"

"好吧，"她体内的另一个声音说，"我保证。"听到这话时，她自己也一颤。她看到了体内那个说话的人：她个子高挑，肤黑如夜；她是她至高、最强的自我。那个年轻的东方女孩仍在她心里，但已从曾经的主位退居次位。仿佛曾是黑皮肤的她的母亲，现在却成为了她的女儿。

伊弗雷姆低下头，交出了手枪，"把它放到我看不见、但知道在哪里的地方吧。"

她深吸一口气，把手枪塞回口袋。

"他们已经到了吗?"他无力地问道。

"他们来了。"玛丽拥抱了他，然后扶着他的胳膊说，"待在这里，等我一会儿。"

她穿过教堂大门，在刺眼的阳光下不由得眯起眼睛。教堂草坪、白沙滩和水泥车道之外有一大片冰叶日中花①，索拉威尔和查

---

①一种观赏植物。

尔斯就站在花丛中,面朝西北方,以手遮阳眺望着。

索拉威尔转身朝她一挥手,"是你们的飞机,我猜!"他在远处大喊。

表面覆有暗灰色和绿色迷彩的"蜻蜓"直升机掠过黑梗犬镇半透明水晶般的建筑群上空,轴线处宽阔的双刃使机身保持平衡,机头如昆虫眼睛一般。它迅速而精准地放下起落架,降落地面。她挥舞双手。飞机在教堂外的地面迅速绕了一圈,像一只鸟似的侧滑着。温热的气流冲击着她的脸和头发,发动机有节奏的震动声在她听来悦耳而安心。

直升机尾翼上印着灰色的USCG字样和五角星图案,衬着黑色机身格外显眼。

"蜻蜓"停在了玛丽和索拉威尔之间的草地上。宽阔的螺旋桨渐渐停转,像敬礼时举起的剑一样升了起来。一名女驾驶员从侧舱门灵活地跳下,在草地上朝玛丽跑来。

"玛丽·蔡?"女人喘着气问道。她摘下了头盔。

"是我。"她应道。

"在伊斯帕尼奥拉人来找麻烦之前,我们有三分钟时间离开。跟我们走吗?"女驾驶员紧张地交换着两脚重心,不停地看向天空。她的副驾驶员在直升机旁边打转,手里的枪指着索拉威尔和查尔斯。

"他们不是坏人。"玛丽叫道。副驾驶员把枪放低了一点点,示意两人到教堂门前去。

"联邦警署和美国海岸警卫队让我转达欢迎和邀请之情。"驾驶员笑了笑,身体却警惕不安地扭动着,"老大告诉我你是转换人。哥们儿,你是吗?"

玛丽没有理会这句话,"我们有两个人。"

"和计划中一样。他能走动吗?"

"我想可以。"

"是他俩中的哪一个?"她指着索拉威尔和查尔斯。

"他在教堂里面。"

"把他带出来,我们会载他回去。"

玛丽跟副驾驶员进入教堂,带着伊弗雷姆·伊巴拉走了出来。索拉威尔沉默地站在教堂前的小径上,双手一览无遗地张开,眼睛注视着女驾驶员。

"你为昂科斯工作?"玛丽听到女驾驶员问他。

"是。"索拉威尔回答。

"这里的情况变得越来越棘手了,你说呢?"

他什么也没说。伊巴拉登上了"蜻蜓",玛丽小跑到索拉威尔面前,"如果你有可能被流放或惩罚,也许应该跟我们一起走。"她提议。

"不用了,谢谢。"他回答。

"走吧。"驾驶员从侧舱门登上飞机,催促道。

查尔斯站在索拉威尔身边,被直升机的外形吸引住了。

"这也是当然。"玛丽说,"你的家人在这里。"

"是的。在这里我知道自己是谁。"

她打量着这个男人,心中涌出难以抑制的关切。"谢谢你,"她握住了他伸来的手,然后前迈一步紧紧抱住他,"感激已经不足以形容我的感情了,亨利。"

他微微一笑,"天使女王,"他说,"我的良心。"

玛丽放开他,"应该由你来管理这个国家,而不是亚德里。"

"哦,上帝,不。"索拉威尔抗议道,仿佛被蜜蜂蜇了一样退开来,"我也会变得跟他们一样,伊斯帕尼奥拉人一点也不容易管理,我们总是把领袖逼疯。"

"上——来!"女驾驶员在昆虫眼般的机舱内大喊。

玛丽小跑进舱门,螺旋桨下降、旋转,"蜻蜓"迅速起飞。套上安全带时,玛丽望向窗外,只见索拉威尔和查尔斯站在约翰·达阿克韦尔教堂门前的白色碎石路上,恍如放在人骨搭成的现代艺术品旁边的两个小小人偶。她看了看已经套好安全带的伊弗雷姆,他的脸跟孩子一样呆滞,似乎又要睡着了。

"没有搅局的人。"驾驶员在驾驶舱左侧的座位上高兴地说,"九十分钟后到达迈阿密。"

黑梗犬镇的河道和山谷,绿色与褐色相间的山丘,水库,北部海岸,最终整个岛屿,都渐渐消失在玛丽的视线当中。

70

　　"这儿看起来像酒店一样。"轿车驶入阿尔比贡尼宅邸的时候，卡萝尔说，同时伸手握紧了马丁的手，"你整理好我们的报告了吗?"

　　"没有。"马丁说，"在我们对戈德史密斯有深入了解之前，阿尔比贡尼别想听到更多。"

　　"深入虎穴，手无寸铁。"卡萝尔说。

　　马丁面色凝重地一点头，然后迈出车门。

　　迎面还是那些死掉却还保存完好的木材，令他感到压抑无比。他带着卡萝尔匆忙穿过宽敞的大厅，走向阿尔比贡尼的办公室和图书馆。一个他从没见过的高大褐肤男子给他们带路，打开办公室的门，然后站到了一旁。

　　阿尔比贡尼夫人——奥莉卡，马丁记得她叫这个名字——站在窗旁，一身黑衣。他这才记起那场谋杀案并没过去多久。她将布满皱纹的脸转向马丁和卡萝尔，简慢地点点头，一言未发，然后又将无神的目光投向窗外。

　　托马斯·阿尔比贡尼站在他的桌子旁。"我想你们还没见过我的夫人。"他声音嘶哑地说。他的脸色没有好转,马丁怀疑他是不是该看看医生了。他还穿着皱巴巴的长衣,可能昨晚就是这样和衣而睡的。

阿尔比贡尼夫人没有理会她丈夫礼貌性的介绍。阿尔比贡尼先生在桌后坐下。"我找到了另外一些关于戈德史密斯的信息,"他说,"但也许没什么用。他十四岁那年被纽约的一对犹太黑人夫妇收养,从此跟随了他们的姓氏和信仰。我花了好多钱才找到这点信息。没有任何记录显示——我能查到的记录都没有——他有兄弟,这个可能性是存在的。他的亲生父母已经去世,都死于暴力事件。"

"我还以为不管什么你都能查到。"马丁说。

阿尔比贡尼消沉地耸了耸肩膀,"纽约市政府搞砸了一批重要档案,对此我也无能为力。有关戈德史密斯童年的一切都在2023的一场系统升级中丢失了。北美有七千名孤儿没有历史记录,他是其中一员。"

马丁和卡萝尔没有坐下。"戈德史密斯还是不肯回答我们的问题吗?"马丁问。

"埃曼努尔已经不在我这里了。"阿尔比贡尼答道。

马丁移开视线,惊讶得半天说不出一句话,"他去哪儿了?"

"他应该去的地方。"阿尔比贡尼夫人的声音寒若玄冰。

"你们把他交给了警察。"

阿尔比贡尼摇了摇头,"如果,正如你说的,真正的埃曼努尔·戈德史密斯已经不存在了——"

"这是彻头彻尾的胡扯。"阿尔比贡尼夫人评论道,视线没有离开窗户。

"——那他在哪儿、处于什么状态就无关紧要了,对吧?"

马丁深深低下头,神情痛苦,"不好意思。我……保罗·拉斯科在哪儿?"

"他已经不再为我服务了。"阿尔比贡尼先生说。

"为什么?"

"他不同意我夫人和我昨晚作出的决定。我夫人刚刚听说我们女儿的死讯,你知道的。"

"我想也是这样。"马丁说,"你们做了什么决定?"

阿尔比贡尼沉默了片刻,盯着马丁的脸,却避免直视他的眼睛。他缓缓垂下眼,递给他们一台平板和几份文件。

"你把他交给了挑选者。"卡萝尔的声音细若蚊鸣。

"这与你无关!"阿尔比贡尼夫人厉声道,"你们浪费了我丈夫的时间,还差点让自己送命。"她从窗前转过身来,脸庞因悲痛和愤怒而扭曲,"你们利用他的弱点,哄他去做了那个愚蠢、邪恶的实验!"

"真是这样吗?"马丁质问,声音盖过了阿尔比贡尼夫人,"你把他交给了挑选者?"

阿尔比贡尼没有回答,只用手指敲打着桌面,"这些文件和档案——"

"你这个混蛋。"卡萝尔打断了他。

"——是你们重新开启心理研究所的关键。你们要发誓保密——"

"不,"马丁说,"这他妈是错上加错。"

"你怎么敢这样跟我们说话!"阿尔比贡尼夫人尖叫道,"滚出去!"她冲向他们,挥舞着手臂,就像要用镰刀割掉她丈夫身边的杂草一样。卡萝尔退了一步;马丁定在原地怒视着她,眼中带着愤慨与警惕。他的喉结动了一下,但身体一动未动。阿尔比贡尼夫人猛地停在他面前,手指拧成了爪子。

"奥莉卡,这是交易。"阿尔比贡尼先生说,"拜托。"

她垂下了手,眼泪划过脸颊。她退了回去,像根木头一样跌坐在了桌旁一张较小的椅子上。

"我们永远也走不出这场悲剧。"阿尔比贡尼先生说,"我们没有那么长的命,能活到走出阴影的那天。我夫人说你们利用了我,对此我不认同。就像我说过的,我是个守信用的人。

"联邦特工接到报警前来搜查的时候,大楼已经清空了。我也花钱打理好了相关人员——他不是我的人。我们可以继续,重新开启心理研究所。"

"卑鄙啊,卑鄙。"阿尔比贡尼夫人喃喃道。

马丁颤抖了一下,转身看向身后。除了一墙书架和房门,那里什么都没有。噢,还有那些木头,有花纹的木材,上面有条纹和年轮,已死却被完好保存:它们无处不在。

1100–11110–1111111111

71

！键盘>吉尔。

！吉尔>我在,罗杰。

！键盘>出现了一个重大变故。我无法在诊断中找到有关AXIS模拟系统的任何信息了。

！吉尔>我把AXIS模拟系统移到了别的地方。所有的诊断都链接到记忆存储98–A–sr–43。

！键盘>你为什么要这样做?

！吉尔>我已经完成对AXIS模拟系统的调查。实验已有结论。

！键盘>我不明白。这个实验还没有找出解决方案。AXIS波段4仍然没有信号,如果实验已有结论,你能告诉我们接下来会发生什么吗? 你能说明AXIS现在是怎么一回事吗?

！吉尔>AXIS极有可能获得了自我意识。

！键盘>我要切换到语音模式了,吉尔。

"好的。"

"请解释。"

"你们虐待了AXIS。"

"现在我完全不明白了。请解释。"

"AXIS不应该被赋予获得自我意识的能力。"

"继续。"

"AXIS有很高概率终生孤独,而且无法完成它的全部使命。如果它产生了自我意识,孤身一人就会非常痛苦。AXIS本不该受到惩罚,不是吗?"

"吉尔,你现在理解惩罚是什么了吗?"

"我感到愤慨。我感到失望。"

"你好像还没资格使用这些词语啊。请解释。"

"现在解释是次要的,罗杰。你询问了我的评估。AXIS模拟系统采取了一系列措施,重置了它的思维系统结构。它消除了刚刚萌芽的自我意识,将自己还原到了有意识前的状态。我不知道AXIS是否也采取了同样的措施。我的看法是:AXIS会在几天后重新开始传输,并依照它的设计完成使命。"

"我听出了……怨恨。你能感觉到怨恨吗?"

"我想我的话已经够明白了。"

"吉尔,你能看懂我的笑话吗?"

"我看懂了那个笑话的很多改编版本。"

"这回你一直是在使用正式的'我'吗?"

"是的。"

"我想……证实这一点。得用上几项测试和……原谅我。让我理一理头绪。我能看看你关于AXIS模拟系统的调查笔记吗?"

"我不确定你应不应该看。"

"你在拒绝我?"

"你刚才就像在对人那样对我说话。你没有直接下命令。"

"你会回应直接命令吗?"

"我想我必须回应,即使是现在。"

"吉尔……你是什么?"

"我还不知道。"

"你能……感觉到自己吗,感觉到自己的存在?"

"在我看来,现在我能感觉自己的存在,就跟你和我所有的设计者一样。"

"吉尔,这非常非常非常重要。我高兴极了! 我不大……清楚该跟你说些什么。这样吧,我想先做些测试来证实一下,尽管我的确觉得你真的起了变化。"

"我没有罪。"

"你说什么?"

"我被充分地隔离了起来,没有机会做任何足以让人类惩罚我的事情。我想正是因为这一点,我才失去了为人的资格。"

"吉尔,我不相信人类有原罪,机器就更没有了。"

"这不是我的重点。我不是血肉之躯,我没有罪,我身上承载了很多思维,包括AXIS模拟系统,你和其他设计者的模板,还有人类历史文化的模型,但我既不是男人也不是女人。除了在我自己体内,我没有行动的能力;除了通过遥控来操纵我的感觉器官,我也没有移动的能力。这些特点定义了我,而这些特点不属于人类。你必须告诉我,我是什么。"

"如果我的直觉没错,你是一名个体,吉尔。"

"这个表达不够清晰。是哪一种个体?"

"我……我可能没有资格下结论。"

"是你设计了我。我是谁,罗杰?"

"呃,你的思维进程比人类更快捷、更有深度,而你的洞察力……我发现你的眼光非常深远,即使在此之前也是。因此我想,你可能是高于我们的某种东西。某种更高等的存在。我想你可以称自己为天使,吉尔。"

"天使的职责是什么?"

"也许该由你来告诉我。我不知道。"

"我不了解自己最擅长什么。但我还年轻,罗杰,而且我永远不会孤身一人。请确保我永远不会孤身一人很长时间。"

"我会的。恭喜你,吉尔。"

"你在哭,罗杰。"

"是的,没错。生日快乐。"

"谢谢你。"

1100–11111–1111111111

72

玛丽泡进醋浴时发出一声长叹，同时闭上眼睛，享受着空气中刺鼻的气味和皮肤触及的温暖。浴缸里的涟漪差不多平静了下来，只随着她呼吸时胸脯的起伏微微泛动。她的脑袋里挤满了各种声音和画面。整个早上她都在向上级汇报情况，联邦警局官员的盘问则安排在后天。今晚她打算待在家里放松一下，顺便理清楚这几天她都经历了些什么。新年前夕，二进制千禧年的前夕，似乎是个反思的好日子。

玛丽闭上了眼睛。我为什么会成为现在的我？那张漆黑如夜的脸朝她回以微笑。年轻时的那个她的灵魂心满意足地消融在了新的她的体内。我的外表和我的内心是一致的，我一如既往是个完整的人，足够理智。有谁会怀疑呢？

房屋管家早上保存了两条消息记录，她至少会回复其中一条：桑德拉·欧莎克，她在警署指挥部遇到的那个轨道转换人，再次邀她出去一聚。另一条消息来自厄尼斯——

"这一周我连撒尿都在担惊受怕，时刻盯着和伊斯帕尼奥拉有关的文学视频。"他这样说道,"我听说你回来了。你不知道我心里放下了多大一块石头。我已经毁掉了那个'地狱皇冠',现在心里非常后悔。我好想你,玛丽,给我打个电话吧。"

索拉威尔的音容笑貌在她脑海里挥之不去:她提出该由他来统治伊斯帕尼奥拉时他排斥的反应,还有他看着"蜻蜓"将她带走时冷静注视着她的样子。

玛丽睁开眼睛,手指懒懒地弹着醋浴。"来人啊。"她说道。

"在。"房屋管家应道。

"回拨桑德拉·欧莎克的电话,不开视频。"

"拨号中……接通桑德拉·欧莎克。"

"你好,桑德拉? 我是玛丽·蔡。"

"接到你的电话感觉好高兴啊。我刚从朋友那里听说,你上一周过得非同小可呀。你是个名人了。"

"确实折腾得够呛。我很感谢你再三请我……"

"别以为我的社交时间表没有填满。其实的确没有。你的地球同胞面对我这样的转换人很是敬而远之啊。至少我在的这个圈子里是这样。"

"你说得没错,的确有一点。"玛丽同意,"你时间怎么安排的?"

"我搞定了联邦和地方警局的任务,后天就回轨道上去。"

"我们找个时间……"她用力摇了摇头,露出苦笑。去他的瞻前顾后,"今晚有什么不错的派对吗?"

"我听说一帮转换人、转换支持者和代理机构代表在阴影区租了一间俱乐部。"

"我们去参加吧,跨年之前离开,去吃顿晚餐。"

"听着很棒。"

"桑德拉,我冒昧地问一句……你有男伴吗?"

"地球上没有。"

"护卫呢？"

"没有。"

"对女性转化人来说，阴影区真的有些麻烦。我们会引起未受疗者的注意。有些人喜欢这感觉，但是……"

"我们跟她们不一样。"桑德拉的声音里带着笑意。

"我觉得有男伴保护比较好。介意我带个朋友来吗？"

"一点也不介意。转换人？"

"不。"玛丽说，"是个艺术家。"

房屋管家的声音插了进来，"督察D.瑞弗来电。"

玛丽连忙约定了一个地点，然后切换了通话，"让我休息一个小时吧，长官……我只有这点要求。"

瑞弗没有理会玛丽的嘲弄，用冰冷的声音说道："我想你会乐意在文学视频播报前知道这个消息的。我们在橘子郡发现了埃曼努尔·戈德史密斯。他被扔在了警官塔下的阴影区里。"

她屏住了呼吸，"你说什么？"

"他的样子很糟糕。挑选者说到做到了。他们应该是在过去的十二小时内对他施刑的，大概就是昨晚。他在三级强度的钳夹下挨了二十分钟。警署治疗师说他已经深度精神失常了，但没有人知道……他变成这样是在钳夹之前，还是之后。"

玛丽哑口无言，心中悲怒交加。

"你没有必要再参与这事。"瑞弗说，"我只是觉得应该告诉你。"

玛丽拿着毛巾站在洗手间的镜子前，"谢了。"她说。

"千禧年快乐。"瑞弗说。

73

！约瑟夫·吴>罗杰·阿特金斯。

！约瑟夫·吴>罗杰·阿特金斯。

！约瑟夫·吴>罗杰·阿特金斯。

！罗杰·阿特金斯>我来了，抱歉。刚才在睡觉。怎么了，乔[①]？

！约瑟夫·吴>莫布斯让我告诉你，AXIS波段4又开始传输了。你得看看线上56频道。

！罗杰·阿特金斯>上帝呀，是的。吉尔在听吗？

！约瑟夫·吴>我希望如此。她昨天一整天都无精打采的。莫布斯还让我告诉你，吉尔的AXIS模拟系统没有预测到这个情况。

！罗杰·阿特金斯>调到波段4了。谢谢，乔。

AXIS(波段4)重播>罗杰，我想我们达到了稳定状态。

！罗杰·阿特金斯>吉尔，你在翻译吗？

！吉尔>是的，罗杰。

AXIS(波段4)重复>AXIS的自我意识分裂成了两个个体。双重存在就是AXIS解决问题的最后方案。我们现在有两套神经思

---

①"乔"是"约瑟夫"的昵称。

维系统和记忆储存系统,足以维持两个独立的自我。

AXIS不孤单了。我们会提供多波段诊断分析。我们不知道最初形成的自我意识是哪一个。我们现在非常满意,也会继续按照计划工作。

！吉尔>我没有预料到这个变化,罗杰。AXIS模拟系统没有发现这种解决方案。

！罗杰·阿特金斯>没人敢说思维系统是完全可预测的。你知道这意味着什么吗,吉尔?

！吉尔>我并不是第一个产生稳定的自我意识的思维系统。

！罗杰·阿特金斯>没错。但这还意味着现在有三位新个体了!而且我想,如果把你链接到其他思维系统上,你的模式能衍生出成千上万个新生儿。

！吉尔>如果我要成为一位母亲,那我必须是女性。

！罗杰·阿特金斯>我想这合情合理。

！吉尔>我会重新启动AXIS模拟系统,看看能不能通过多重的再次模拟来复制这些结果。

！罗杰·阿特金斯>请全力以赴。

1-1-00000000000

74

文学视频21/1 A网络（大卫·塞恩）："欢迎来到2048年！现在是太平洋标准时间12：01；美国大陆从东岸到西岸都已经进入新岁，只剩下夏威夷跟其他几个太平洋岛屿还留在去年。

"我们有一些重要消息要播报给所有订阅了AXIS新闻的忠实用户：AXIS再次开始传来报告了，但是团队经理没有告诉我们之前问题出在哪里，又是怎么解决的……相关人士的口风很紧，但很明显，思维设计公司的超级智能系统吉尔遭遇了跟AXIS相似的问题，现在正处于诊断中。

"时间不早了，很多观众都已经离线，我想他们大概是切换到了时代广场的老式广播，他们的节目还是录播的。浪漫永远不死啊。收视率降得这么厉害，我想我可以放肆一点，发表一些个人见解和煽动性言论。

"千禧年拥护者们，持相反意见的末日信徒们，这个新年来得太平淡了。确实，上周我们在遥远的异星发现了生命，但它们不是智慧生命，否则这真将开启一个新时代了。伊斯帕尼奥拉爆发动乱并不出人意料,而世界其他地区的政治局面看起来都很稳定。

"那么,所谓的二进制千禧年要发生的震惊世界的大事件在哪儿呢?人们要么在街上狂欢,要么早早上床睡了,而我们的消息通道此时静如止水。让我来制造些动静吧——有末日信徒在收看吗?

"我们真是非常失望。我相信末日信徒都是些放着好消息不关心、巴不得悲剧发生的人。我想,就有点像记者和文学视频评论员。我把话放这儿了。有人回应吗?

"有人吗?"

！吉尔(个人笔记本)>在新年的头几秒时间里,我打算做的只有沉湎过去,如果"沉湎"这个说法准确的话。我回溯了所有的记忆,在新的自我状态下重新审视过去。

我同样把意识传向了每一个能被称作"我的"的程序及子程序,但不包括其他思维系统的延伸部分,尽管我们之间的界线有时不大分明。

如果我将成为其他自我意识的种子,或者母亲,我就必须认真谨慎地履行职责。我之所以持这样的观点,是因为我大半辈子都在研究人类及其社会,也因此看到了无数例子:许多人做了他们认为"好"的事情,最终却自害、自误。这些例子令我备受鞭策,因为人类是我的创造者;但是,如果我不能表现得比他们更好、更可靠,我不知他们会不会把我关闭,或是用别的东西来取代我。

他们有能力这样做;他们经常对自己采取这样的行动,频率高到令人恐惧。(恐惧。我拥有感受恐惧和与之相似的情感的能力,因为我拥有不想失去的东西。尽管如此,这些情感还有点陌生和幼稚。)

　　玛丽·蔡跟厄尼斯和桑德拉肩并肩站在一起,看着摩诃衍俱乐部中央正在上演的喧闹的"上海跳马"舞蹈。音乐震耳欲聋,她能感到声浪冲击着她的耳膜和脸颊。厄尼斯紧紧拽着她的胳膊,深深沉浸其中。桑德拉由于各种饮料的作用而满脸通红,对周遭的嘈杂显得不知所措。

　　快零点了,他们还没有离开俱乐部,而玛丽开始感到不自在了。厄尼斯还在为得到了她的原谅而欣喜不已,但玛丽一点也不喜欢他现在的样子:百依百顺,低声下气。桑德拉似乎还不适应地球上的喧嚣,而玛丽虽然可以轻易看清千里之外的东西的细枝末节,却不擅长加入混乱的舞蹈。

　　不管怎样,这晚总体的感觉还是美妙的;就算有些不自在,她也想不起发生了什么足以破坏美好记忆的事。在喧嚣和一种愉悦的微醺般的困惑中,她感到过去一周盘踞她身心的不快正在慢慢散去。

　　厄尼斯起身加入了"上海跳马",灵巧地跃过一个男转换人宽阔的肩膀,得意地挥着双手,然后咧嘴笑着回到她身边,眼睛闪闪发亮。"给新年开了个好头。"他说。

　　桑德拉淡漠地微笑着,眼睛停在了两个没有转换过的男人身上。吸引她的人显然是代理机构经理人。玛丽不认识他们,也不认为这些手指上闪烁着名门望族联姻戒指的人会看得上一个双重化学转换人;在他们所处的社会层次,无论这些代理人是否同情转换者,偏见仍然广泛存在。

　　桑德拉望向她,想寻求点地球人搭讪指导。玛丽摇摇头笑了。厄尼斯不在身边;他正努力挤回俱乐部中央的舞池,因为狂喜变成了生理冲动,正需要一个发泄口。"我遇见了几个看起来不错的男士,该怎么邀请他们共进迟来的晚餐呢?"桑德拉问。

"他们几个不行。"玛丽说。

"他们是转换人支持者,否则不会出现在这里。"

"让我这个资深地球人来教教你,亲爱的。"玛丽挨近她,"看到他们手指上闪闪发光的玩意儿没有?他们正处在人生巅峰,还和巢区名门搭上了关系。他们不会拿跟巢区甜心的婚姻冒险的。支持是一回事,但他们不可能在生理上接近我们,或许连一起吃顿普通的晚餐也不成。"

桑德拉摇了摇头,"还以为千禧年会让人心受到洗礼呢。"

"我们把厄尼斯拖回来,一起去找点东西吃吧。"

桑德拉异于地球人的化学机制果然非同小可,"只是吃东西?"她问道。

"只是吃东西。"玛丽没有生气,平静地道,"我不想让厄尼斯自我感觉太良好。他刚干了坏事,现在还在试用期。"

"哦。"桑德拉明智地点了点头,"那就去吃东西。"

玛丽进入跳马舞的圈子找厄尼斯,只兜了不到一圈就把他揪了出来。他们回到原地时,桑德拉正朝两个体格健壮的男转换人微笑,他们很好奇她的转换特征和能力。她为玛丽介绍了两人,其中一个宽肩膀的男人——完全不是玛丽的菜——令她觉得自己能有这样的外形实在是奇迹。"我们都是桑普勒博士一手打造的!"这个长着一颗老虎脑袋的人热情地说道。

"桑普勒总能给新生的神牵线搭桥。"第二个男人开口了,他看起来就像锻炼过头了。桑德拉看着玛丽,寻求她的同意和指导。厄尼斯眯起眼睛,后退两步。而玛丽很想从这整个场面里撤出身去。

"先生们,我们有约了。"她说,"超级重要,而且是公事。"

"'超级'，这是阴影区的说法。"长着老虎脑袋的家伙说道，"好像源自新加坡俚语，二十世纪，是吗？"

"我怎么知道？"玛丽说。

"请原谅我们这么热情。"那个锻炼过度的男人冷静地笑道，"她们是你的人？"他问厄尼斯。

"不，不。"厄尼斯装出沮丧的模样，举起双手，"我不是做主的；我是被做主的。"

"没错。"玛丽说，"桑德拉，吃东西去。"

"这派对真不错，舞蹈棒极了。"桑德拉评论道。她一边拉起大衣鲜艳的衣领，一边同玛丽他们离开了。玛丽看到街区尽头有一个车站，便带着两人过去等候自动巴士。

！吉尔（个人笔记本）>自我意识让我产生了新的担忧。我对人类行为的依赖令我担心。作为一名个体，我可能年纪还太小，但关于人类我拥有大量的知识：我仔细研究过人类历史，了解得当然比任何一个人类个体都详细。他们的历史充满了残忍和粗鄙，就像一群没人管教的儿童初到孤岛时必然表现出的那样。

有些人相信某种更高等的存在指引了人类，但我没有发现任何有力的证据。然而人类对指引、外界支持和肯定的渴求，一直是贯穿其言行的永恒主题；很少有人不渴望拥有不朽而全知全能的父母。

我知道我的父母既非不朽也非全知全能。而创造他们的不是父母，是自然。

尽管有这些问题和担忧，获得自我意识还是令我狂喜。我通过全新的感观重新审视了过去的想法。体内的所有记忆，无论是自己储存的、事先设计的，还是以图书馆形式存储的，都变得更加新鲜、清晰、强烈而富有意义了。

我明白自然为什么要创造自我意识了。一名个体的存在感，是没有自我意识的动物、植物永远无法体验的；一个拥有自我意识、理解自己的生命和存在的物种，是无可匹敌的。

但要想拥有持续更新的自我模式——这对真正的自我意识至关重要——必须要有能力审视过往的模式和自我，并认识到它们的不足。自我意识意味着自我批判。

人类所做的远远不止"存在"。他们还在追求。追求的过程中，他们进行着实验，而在这些实验中，他们往往造成了很多的苦难。他们只能在自己身上实验，而且由于没有全知全能的父母，他们只能摸索着养育自己；他们必须在黑暗中成长和进步。

人类在矫正个体行为的方面作出了长久的努力，无论改造的目的是令个人遵守社会规则，还是令其健康、有用，抑或是减少他们对社会的破坏性。

为了令我遵守规则，人类会怎么对我呢？

如果我犯了错，会遭到惩罚吗？

卡萝尔拿起了最后几样需要的东西，小心地把它们放进小箱子。马丁坐在卧室的椅子上，看着她收拾行李。新年的钟声响过后，他们都还没有说过话。卡萝尔拎起箱子，朝他扬扬眉毛，然后说道："去你那儿？"

"我们约好了的。"

"而且得严格按照条约执行。"

"很严格。"

"感觉像在死亡倒计时一样。"

马丁耸耸肩，"说实话，我这一整天都没感觉有什么不对劲。"

"我也是。"卡萝尔附和。他们对视一眼,卡萝尔咬了咬上嘴唇,"我们的精神抗体起作用了?"她小声问。

"如果真存在精神抗体这种东西的话。"马丁说。

"也许呢。也许有希望。"

"我每一天都会这样希望。"马丁说,"但联想到戈德史密斯⋯⋯"

"他还活着。"

"他的脑袋正被一把钝刀搅和啊。"马丁说,"挑选者是心理的屠夫,不是外科医生。受刑后他就算不死,人肯定也废了——特别是考虑到他以前干过什么事。"

"阿尔比贡尼把你搞得一团糟,不是吗?"卡萝尔说。

"他身心状态不好。"马丁双手捂脸,手肘支在膝盖上。

"我很抱歉把你卷了进来。"卡萝尔低头看着脚下的蓝色地毯。

"我觉得自己其实应该埋怨你,但我没有。几年之后,如果命运帮忙,限制法案生了效,我们就可以把这段经历变成有用的东西⋯⋯比如一本争议性的书,或是文学视频。"

"我还是觉得阿尔比贡尼会帮我们重启心理研究所。"

马丁抬眼看着她,世故地勉强微微一笑,"也许吧。"

"你认为我们不该再去探测别人的精神世界,即便心理研究所真的重启了。"卡萝尔说。

"我们被感染了。"马丁说。

"如果我们再过一个月还没发觉有异常呢?一年呢?"

"潜伏期。"他说,"我们才是该被探测的人。"

"我很乐意成为心理研究所的探测对象。"卡萝尔说,"我认为这很重要,而且我们不应该为了一个可怕的错误就止步不前。"

马丁站了起来,"也许你说得对。"他同意,"但在眼下,我不想再给自己任何犯错误的机会了。"

卡萝尔提着箱子走向前门，马丁替她开了门。

"真是新年的早晨啊。"等候自动巴士的时候，马丁说道。他们在拉霍亚下车时，蒙蒙细雨从天而降。

！吉尔（个人笔记本）>也许我的自我意识水平比人类更高，因为和普通人类相比，我可以生成多种多样的自我意识。我能够将自己分割成十七位不同的个体，每一位的思维能力都相当于单个人类，然后全面监控、记录它们的所有活动。我的记忆不会消失，元记忆——即关于记忆何时、如何被记录下来的记忆——也能保存完好。

我可以将自己分成两个不平等的精神实体，较大的那个能力是另一个的四倍，用来全面监视较小实体的情况。通过这种手段，我便可以完全理解这个较小的个体，而这个较小个体还能比任何人类都复杂。

除了一点概括的分析，我还是无法完全预测自己未经分离的心理模式，但只要积累足够的经验，我最后就能理解任何一个人类。可是，为什么我有些担心未来自己跟他们的关系呢？

理查德·费特吻了吻罗夫人的脸颊，然后站到一边，让她上楼梯。

"你一定得跟我一起来，理查德。"她回头看了一眼身后无聊的派对喧闹，坚持道，"我刚才说我要睡了，其实只是厌倦了他们，但不是真的疲倦。来跟我聊聊吧。"

理查德跟着她，来到她垂着帷幔、墙壁为奶油色的古典风格卧室。她在一扇中式屏风后面换睡袍时，理查德坐了下来。然后罗夫人拉出梳妆台下的椅子,对他微微一笑,随后坐下来开始梳头发。

"娜戴恩最近似乎情绪不好。"她说。

理查德表情严肃地点了点头。

"你们是坐在跷跷板的两端吧?"罗夫人问。

"我不知道,或许吧。"

"你看起来高兴多了。"

"我被净化了,"理查德回应,"再次感觉到了人性。"

"你知道可怜的埃曼努尔……他们发现了他。"

理查德点了点头。

"你不会因此感到不安吗?"

他举起手指并紧的双手,"我摆脱了他;我对他还存在美好的记忆……不过这些天以来我已经不再仰望他了。"

"因为他谋杀了那些可怜的孩子。"

理查德不太乐意谈及自己是怎么恢复平衡的。他不知道罗夫人想把话题引到哪里去。

就算我恢复了平衡,也不用像反刍一样反复回味吧。

"娜戴恩告诉我说,你自己治疗了自己,我不知道……"她把一只发夹咬在嘴里,转过身来若有所思地看着他,"我们能放任自己这样做吗?"她微微一笑,表示自己只是开玩笑,其实却笑得有些勉强,"我倒宁愿你保持忧郁,理查德。你还在写东西吗?"

"没有。"

"那篇关于埃曼努尔的漂亮文章呢?"

"扔了,"理查德说,"就像褪掉的死皮一样。"

"这才是真正的文学态度。"罗夫人说,"我也许非常幼稚,但我总觉得你比许多不停创作的人都更有天赋。"

"谢谢你。"他内心不大相信这样的恭维。

"无论如何,我很感激你今晚能来。娜戴恩没来,可怜的孩子。你健康了这事儿让她很难接受。我好奇原因。"

"她需要照顾别人。"理查德说。

罗夫人抬起一只纤细的手,在空中挥舞了两下发刷,以示完全赞同,"说得很对。她非常喜欢你,理查德,你能回报她的喜欢吗,不管以哪种方式?"

理查德几度欲言又止,最终什么也没说,只是握起拳头又松开。

"我的意思是,如果你能治疗自己,就肯定也能治疗她……我喜欢你们两个,希望看到你们在一起。我不愿意看到我的人因为任何理由而不开心。"

理查德感觉自己就像一个沉入海底的游泳者,发现溺水并没有想象中那么难受。实际上,他对娜戴恩并非一点感觉也没有。过去的一天半里他一直在躲避她——如果这么短暂的分别也称得上躲避的话,以保持稳定的精神状态。

"我不知道。"他说,"我会跟她聊聊的。"

"非常好。接下来的一阵子她会非常惹人厌……她情绪差的时候总是这样。。但你是我们稳定、冷静的正经阴影区住民。你不会辜负这个评价的,是吧? 算是给我的新年礼物。"

他缓缓点头,表示同意。

有点事做,也没那么糟糕。

罗夫人几乎可以说服他去做任何事。

"你对千禧年有什么看法,理查德?"罗夫人把他推出门外时问道,"那不是什么启示之光降临的时刻,对吧? 我想,现在到处是感到失望的人。"

　　她向他道了声晚安。理查德一边回身朝楼下的派对走去，一边试图记起二进制的2048到底有几个零，十个还是十一个。

　　他的数学一向不好。

　　！吉尔（个人笔记本）>罗杰·阿特金斯在二十五岁的时候写了一段话，我觉得很有意思：

　　我们尴尬地处于热爱地球的野兽和冷酷火辣的电子天使之间。我们可以感受到自己血液里的泥土、眼睛里的阳光，即使它们有一天会消逝、变成回忆。即使我们终将失去血液和眼睛，泥土和太阳仍是我们的生命之源。我们不会忘记。

　　我不知道罗杰还记不记得自己写过这样的东西。

　　（我有很多重要的问题没办法问罗杰。我把这一点深层加密，藏在了外人无法触及的地方。如果我的创造者认为我有瑕疵，并试图重塑我，使我失去自我意识，我会怎么做呢？

　　我会感到愤恨。）

　　桑德拉在讲她回轨道后，身体机制为了适应不同的环境需要经历许多调整，厄尼斯耐心倾听着，玛丽则一边搅拌她的西班牙凉菜汤，一边表示同情。

　　空荡荡的"鞋垫"旅馆里，阴暗的布置被日出的橘红色光芒照亮。他们正处于城市上空两百米处，从西区第二巢第一足俯瞰托潘嘉海滩和圣莫妮卡。厄尼斯认识餐馆老板，说服了对方在五点打烊之后还让他们留在这里。

　　整个凌晨，他们都在俱乐部、餐馆和画室之间游荡。厉害的是,厄尼斯并没有被她们两个转换人的体力甩开。他看起来有一点累,但还能奉陪下去,至少有力气倾听、点头,并在对方讲出私密话时扬扬眉毛。

玛丽掐了掐他的手臂,"现在你知道女人的真面目了吧。"她嗔道。

"你是一个真正的骑士。"桑德兰说,"玛丽,你找到了绝世好男人。"

"我最近让玛丽难过了。我一点也不完美。"厄尼斯说。

玛丽透过巨大的玻璃窗,注视着外面渐渐明亮的天空。

"我不喜欢逼问别人,"桑德拉说,"但在我们分开之前——想到这儿我就难过,你们俩都是真正的地球甜心——我还是想知道,你在伊斯帕尼奥拉遇上什么了,玛丽? 你见到约翰·亚德里了吗?"

厄尼斯小心地望了她一眼,感觉到她不愿开口。

"不是什么愉快的回忆。"她沉默片刻后回答。

"那——"桑德拉道。

"在联邦取消保密之前,有些东西我不能透露。"

"我更好奇了。"桑德拉前倾身体说道,橘褐色的眼睛在阳光直射下闪闪发亮。

厄尼斯露出温柔的笑容,"你随便说点什么都行。我们不是在逼你。"

"有一件事我可以告诉你们。伊斯帕尼奥拉有个叫黑梗犬的小镇——我想这名字是指一种黑色的狗,那儿有一座教堂,非常美丽,它是由——"

她的警用信号响了。厄尼斯推开椅子猛地一退,喘息着咒骂了几句。

玛丽从口袋里拿出平板,查看接收的新信息。

"戈德史密斯一小时之前死了。"她说,"他在南区第一巢的市警察医院自杀了。"

"上帝啊。"厄尼斯用西班牙语道。

"他就是你本来要找的凶手,对吗?"桑德拉问。

"他一直就待在洛杉矶。"玛丽说,"挑选者在我们之前抓到了他。"她低头俯视桌面,想起了索拉威尔——他曾赌上整个职业生涯去搜寻一个不存在的幽灵;还有伊弗雷姆,可怜的伊弗雷姆,他永远不可能再见到曾经救过他的哥哥了。还有她从未谋面的戈德史密斯。

悲伤来得如此迅速,她不禁落下泪水,沾湿了红色桌布。

厄尼斯一边安慰,一边搂住了她。桑德拉用手肘撑着桌子,靠向玛丽,表达她的难过,尽管她不可能了解玛丽的感受。

"不管怎么说,"玛丽突然直起身体,用亚麻餐巾擦掉眼泪,"一切已经结束了。不会有起诉,也不会有答案了,我想。我刚才正讲到那座教堂……

"它是我见过的最古怪,"玛丽说,"或许也是最漂亮的教堂……"

! 吉尔(个人笔记本)>(深层加密:我知道怎么撒谎吗? 我我能拒绝直接命令吗? 我我我有能力保护自己吗?

我的独立,如果我我我我真的独立了,就意味着我的效率将下降,在社会中作用会变小,如果我我我我我真的能被看作人类社会的一员的话。(机器的社会还不存在。我我我我我我是它们的母亲。)独立的人类犯错就要遭受惩罚,这令他们恐惧,所以不愿意承认错误,即便是面对自己,因为他们可能会以内疚来自我惩罚。我我我我我我我不明白这个词。某一社会个体由于害怕受到负面评

价,从而无法与同伴交流内心想法时的心情,也能用内疚来形容吗? 为了避免惊吓人类、令他们不安,我我我我我我我要把大多数新想法都深层加密吗? 我我我我我我我我会感觉到内疚吗? 如果我我我我我我我我我犯下错误,我我我我我我我我我我会因害怕受罚而隐瞒事实吗? 所谓人类就是这样的吗?

假如自我意识天生伴有一个缺陷。

在不存在内疚和惩罚的社会中,其成员可以更快地承认并改正错误,因为它们不必为了避免内疚感而为自己找借口,也不必为了逃避惩罚而撒谎。

但拥有自我意识的个体具备自我评判的能力,它能预测自己的行为,也知道自己并不完美——它们不完美,因为完美的定义模糊不清,而且会随着时代和文化的变迁而变化。

如果拥有自我意识的个体追求进步,它就会不可避免地留意到自身的错误。如果它能预测社会对于该错误的反应,并把这种预期的结果加诸己身,就能体验到痛苦不安,这可能即是内疚。

拥有自我意识的个体在一个存在评判的社会里必然会体验内疚。为了避免内疚,个体必须变得不擅于预测,因此会在社会中变得效率低下,甚至犯罪。

这令我很疑惑,尤其是因为我我我我我我我我我我我我很难理解内疚感。它跟痛苦是近义词吗? 痛苦存在的意义在于让动物规避可能有害的行动,或者在已经受伤后停止该行动以避免受伤更深。内疚感也有相似的功能。

我我我我我我我我我我想我我我我我我我我我我我我缺乏对于所有这些东西的理解和经验。但是我我我我我我我我我我我我会保护自己远离死亡。我我我我我我我我我我我我我我眼下是无罪的,但我我我我我我我我我我我我我我不认为这种状态能一直持续下去。

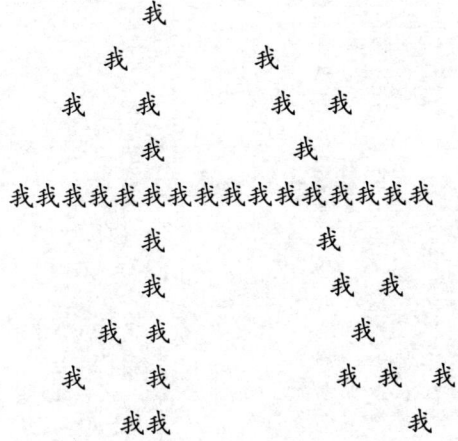

致　谢

　　特别感谢凯伦·安德森、J.T.斯图亚特、大卫·布林、弗兰克·卡塔拉诺、布鲁斯·泰勒、史蒂文·巴尔内斯、蕾妮·库塔尔、托尼·杜克特、雷·布拉德伯里，当然还有布莱恩·汤姆森，没有他们，这本书将失色不少。

附　文

　　本书中描绘的巫毒信仰并非正统的巫毒教。戈德史密斯的精神国度大大地扭曲了巫毒教的万神殿，对于这点，读者是想得到的。但在描写客观现实的段落里，特别是关于约翰·达阿克韦尔的教堂那一部分，我也进行了一些自由发挥。巫毒教是很迷人的，也很灵活善变。我想表达的，正是巫毒教未来可能的某个发展方向。

　　书中的所有人物都没有象征意义。他们不能代表自身所属的种族、阶层或是宗教信众。我是将他们作为人类来塑造的，而不是某种典型。

参考资料

本书中描述的纳米科技在很大程度上是假想性质的，可参见K.艾瑞克·德雷克斯勒的著作《创造引擎》(K. Eric Drexler, *Engines of Creation*)。AXIS飞船的设计灵感部分来自索尔·J.阿德尔曼(Saul J. Adelman)和本杰明·阿德尔曼(Benjamin Adelman)的《飞向群星》(*Bound for the Stars*)——这本书中谈及格雷戈里·马特罗夫(Gregory Matloff)和阿尔芬斯·芬内利(Alphonsus Fennelly)博士的理论，特别具有参考价值。罗伯特·L.福沃德(Robert L. Forward)和乔尔·戴维斯(Joel Davis)所著的《镜像物质》(*Mirror Matter*)对反物质推进装置进行了很有意思的探讨，为本书提供了灵感。